TU ME VERTIGES

DU MÊME AUTEUR

Les Brontë. Éclatants comme la gloire, sombres comme le crime (avec Claude Mettra et Jean-Pierre Léonardini), Paroles d'Aube, 1997.

Histoire de la passion amoureuse (avec Michel Cazenave, Jacqueline Kelen et Catherine Pont-Humbert), Le Félin, 2001 ; rééd. Oxus, 2005.

Le Plaisir, Oxus, 2003.

Maria Casarès, une actrice de rupture, Actes Sud, 2013.

Jacques Lacarrière, passeur pour notre temps, Le Passeur Éditeur, 2015.

Florence M.-Forsythe

Tu me vertiges

L'amour interdit de Maria Casarès et Albert Camus

roman

LE PASSEUR
ÉDITEUR

Dans la collection « Le Passeur Poche »

Gilles Babinet
BIG DATA, PENSER L'HOMME ET LE MONDE AUTREMENT

Linda Bortoletto
LÀ OÙ JE CONTINUERAI D'ÊTRE

Stéphane Degonde
J'OSE ENTREPRENDRE

Jean-Pierre Guéno
ANTOINE DE SAINT-EXUPÉRY,
LE PETIT PRINCE, C'EST TOI

Frank Lanot
UNE BALLE DE COLT DERRIÈRE L'OREILLE

Nadine Laporte
NICOLAS BOUVIER, PASSEUR POUR NOTRE TEMPS

Laurence Roux-Fouillet
LA SOPHROLOGIE AU TRAVAIL

Jean-Pierre Siméon
LA POÉSIE SAUVERA LE MONDE

Gilles Vervisch
LA PHILO CONTRE-ATTAQUE

Joëlle Désiré-Marchand
ALEXANDRA DAVID-NÉEL,
PASSEUR POUR NOTRE TEMPS

Laurence Roux-Fouillet
LA SOPHROLOGIE AU TRAVAIL

www.le-passeur-editeur.com

ISBN : 978-2-36890-519-7

À Carol-Ann Willering.

PREMIÈRE PARTIE

État d'urgence

Paris, 6 juin 1944

Maria rit, dévalant l'escalier à toute vitesse en tenant la rampe. Camus la suit et lui crie : « Attendez-moi ! » Il la dépasse, mais elle trébuche sur la dernière marche et il la rattrape au vol.

– Vous ne vous êtes pas fait mal ?

– Non, tout va bien, dit-elle toujours en riant.

Ils viennent de quitter la fiesta organisée chez Charles Dullin. Camus prend sa bicyclette, adossée au muret dans la cour de l'immeuble, et ils sortent côte à côte, font quelques pas rue de la Tour-d'Auvergne, échangeant des paroles anodines. Ils retardent le moment de se quitter, mais finalement Camus enfourche son vélo. « Je vous raccompagne ? » propose-t-il, espérant que Maria dira oui.

Elle ne demande que cela. Mais pour ne pas avoir l'air trop délurée, elle fait semblant d'hésiter, puis lui répond simplement : « Et pourquoi pas ? »

Il la regarde furtivement, lui sourit en faisant un clin d'œil comme pour dire « Tu en brûlais d'envie et moi aussi », mais prudent il se tait.

– Alors, vous montez sur le guidon ou sur la barre ?

– Le guidon, c'est plus amusant.

D'un coup de reins, elle se hisse entre les poignées des freins, et se cale en équilibre instable devant Camus.

– Vous êtes prête, c'est parti !

Camus commence à pédaler et c'est la descente de la rue Rodier. Le vélo file, prend de la vitesse ; il chante à tue-tête, Maria rit à pleins poumons.

– Vous y voyez quelque chose ? hurle-t-elle.

– Non, rien du tout ! crie-t-il en penchant la tête sur le côté.

Leur soirée se prolonge par cette échappée belle.

La vitesse les grise. Elle a l'impression qu'ils pourraient s'envoler. Elle rit à gorge déployée.

– Arrêtez de raconter des blagues, si vous continuez on va tomber dans la Seine, lui lance-t-elle alors qu'ils traversent le pont du Carrousel. Elle voudrait se retourner, mais impossible de bouger sinon ils risquent de basculer.

– Vous n'avez pas trop mal aux fesses ? hurle-t-il.

– Non, vous voyez j'ai les jambes à l'horizontale, comme sur une luge…

– Je ne vois rien ! crie-t-il…

Ils roulent à vive allure le long des quais de Seine et sa robe légère se soulève. Le vélo tangue, manque de chavirer… il pourrait se transformer en tapis volant. Maria renverse légèrement sa nuque en arrière, pointe un doigt en direction d'une étoile. « Vous avez vu ? C'est l'étoile du berger qui scintille. »

Est-ce un signe ? Elle le prend comme tel. Elle aime et guette les messages du destin. Une belle coïncidence, songe-t-elle, dans ce ciel si pur. Ils semblent être seuls au monde dans ce Paris qui s'éveille.

– Attention, on va culbuter !

– Tant mieux, répond-il en riant tout en lâchant les pédales. Le vélo se met à zigzaguer. Il fredonne un air zazou et elle chante à tue-tête « *Y'a d'la joie, bonjour, bonjour les hirondelles* » tout égayée par ce moment si joyeux.

– Continuez à faire le pitre, et on va se ramasser par terre !

– Si je dis des bêtises, c'est pour entendre l'éclat de votre rire.

– C'est loin chez vous ?

Il ne répond pas, tout à son bonheur. Ils éprouvent une liberté soudaine, ne pensent même pas aux patrouilles allemandes. Il chante à son tour à tue-tête.

– Vous êtes ivre, lance-t-elle.

– Parfaitement, mais de joie, répond-il.

En prenant la rue de Sèvres, il ne lui propose pas de l'accompagner chez elle, rue de Vaugirard, mais bifurque vers la rue Vaneau.

– Nous y voilà ! C'est la porte marron, au 1 bis.

Maria saute du guidon, intriguée elle questionne :

– C'est ici que vous vivez ?

– Oui, j'ai trouvé ce studio.

Ils s'engouffrent sous la porte cochère. Il la précède dans les escaliers. Étourdie de rire, d'émotion et de fatigue, elle le suit, toute à la joie d'être en compagnie de cet homme qui l'attire follement. Camus désigne une porte sur le palier :

– Là, c'est l'appartement de Gide.

– Il est là en ce moment ?

– Non, il voyage, sans doute à l'étranger à moins qu'il ne soit à la campagne.

Camus pose l'index sur sa bouche en faisant « Chut ! » et en s'approchant de son visage :

– Il y a l'amie de Gide qui loge ici. Il ne faudrait pas la réveiller, elle n'est pas commode, grimace-t-il.

Maria se retient d'éclater de rire. Camus ouvre délicatement la porte de son studio. Elle fait le tour de la pièce semblable à un atelier. Son regard s'arrête sur un trapèze suspendu au plafond.

– C'est vous qui l'avez installé ?

– Non, j'en ai hérité de Catherine Gide. C'est sa fille.

Décidément, pense Camus, il faudrait que je me décide à décrocher ce trapèze qui attire mes visiteurs comme du papier tue-mouche. Mais il ne lui dit rien. Elle s'y accroche, et se hisse sur la barre où elle s'assoit, se balançant légèrement. Elle le défie en souriant : « Moi aussi, je suis une acrobate ! »

Et tandis qu'elle saute à terre, il la rattrape au vol par la taille. Elle s'abandonne dans ses bras.

Trois mois plus tôt
Fiesta chez Louise et Michel Leiris
Paris, 19 mars 1944

Maria saute du lit, se rend en chemise de nuit dans la cuisine, fait réchauffer la chicorée sur le fourneau. Gloria dort à poings fermés comme l'atteste un léger ronflement dans la maison. Si sa mère la voyait nu-pieds elle lui dirait aussitôt d'aller mettre des pantoufles. Maria déteste les pantoufles et préfère sentir, sous sa plante des pieds, le froid des tomettes. Depuis leur arrivée en France, la mère et la fille vivent dans cet appartement presque vide, si ce n'est quelques meubles et le strict nécessaire. Rien n'y est véritablement installé, au cas où il faudrait partir vite, ailleurs, changer encore de pays, de décor, comme cela, du jour au lendemain, fuir sans presque rien. Ou rentrer chez elles à La Corogne.

Maria éteint le feu sur la cuisinière. C'est la guerre. Chaque soir, elle prépare la table du petit-déjeuner, un bol pour elle, et pour sa mère, une tasse en porcelaine, même si le garde-manger est pratiquement vide. Maria fait le chef de famille, s'installe en bout, et Gloria face à elle.

Il n'y a pas si longtemps, à La Corogne comme à Madrid, les domestiques de la maison s'occupaient de tout cela. À présent, les deux femmes réfugiées ne comptent que sur elles-mêmes ou plus exactement sur Maria qui a pris en charge l'appartement et la vie de sa mère, Gloria Corrales Perez.

Maria ouvre le garde-manger. Il n'y a plus de pain pour les tartines. Gloria, sans s'en apercevoir, a dû utiliser tous les tickets de rationnement. Elles vont devoir attendre pour toucher les prochains. C'est la vie quotidienne, leur vie dans un pays où elles ont dû repartir de zéro, recommencer… Elle finit de boire son bol de chicorée et le lave dans l'évier.

Aujourd'hui en fin de matinée, elle a répétition au théâtre des Mathurins et en fin d'après-midi, elle doit retrouver Zanie Campan pour se rendre à une soirée. Qu'est-ce que je vais bien pouvoir mettre ? se demande-t-elle. Oh ! la chose la plus simple, une jupe noire, un chemisier et mon châle rouge feront l'affaire.

Elle va dans la salle à manger et du balcon jette un coup d'œil au-dehors. Le jour vient de se lever. Le marathon de la journée commence.

La veille, Zanie avait téléphoné. Une migraine avait cloué Maria à la maison. Elle était assoupie quand la sonnerie a retenti. « Demain, on est invitées à une fiesta, je t'expliquerai », avait dit Zanie à toute vitesse. « Il faut que tu m'accompagnes. Je passe te prendre aux Mathurins. » Maria avait à peine eu le temps de balbutier quelques mots que Zanie avait raccroché.

Maria et elle se sont rencontrées fortuitement. Zanie Campan veut être comédienne et suit les cours privés de madame Dussane, qui a été le professeur de Maria au Conservatoire national supérieur de Paris. Le jour de leur rencontre, Maria était venue avec un bouquet de jacinthes pour son professeur, et avait vu Zanie passer une scène. Plus tard, dans le hall, Zanie s'était approchée d'elle pour lui dire qu'elle l'avait vue jouer dans *Deirdre des douleurs* et qu'elle la trouvait extraordinaire. Maria, sans être vaniteuse, en avait été flattée et les deux jeunes femmes, quasiment du même âge, avaient sympathisé.

Zanie, en retard comme d'habitude, entre en coup de vent dans le hall du théâtre. La caissière la reconnaît.

– Bonjour mam'zelle Zanie, quel chic !

– Bonjour Aline, Maria est encore là ?

– Ils n'ont pas fini de répéter. Reprenez votre souffle.

– Ils en ont pour longtemps ? demande l'impatiente.

– Aucune idée, entrez dans la salle sans faire de bruit. Ils ont commencé plus tard que prévu.

Zanie a remarqué les cernes sous les yeux d'Aline.

– Vous allez bien, Aline ? demande Zanie naturellement pour ne pas la froisser.

– Ne m'en parlez pas. Je n'ai pas fermé l'œil de la nuit. À Joinville, les alertes n'ont pas cessé. Ça a pilonné dur dans le secteur où on habite. Les sirènes ont retenti jusqu'au petit matin. J'vous dis pas le boxon. On commence à avoir l'habitude. Et pas de métro. Pour venir, j'ai pris le vélo. Ce matin, j'avais un d'ces maux de crâne.

Zanie lui fait un signe de la tête amical comme pour dire « je compatis », puis d'un geste énergique pousse la porte molletonnée à double battant ouvrant sur la salle de spectacle, et s'assied au dernier rang, d'où elle a une vue d'ensemble sur la scène.

Ni le metteur en scène, assis au premier rang, ni la comédienne sur le plateau ne se sont aperçus de sa présence, tant ils sont accaparés par la répétition. Du fond de la salle où elle se trouve, Zanie, attentive, observe : obstinée dans le travail, Maria propose un geste, puis insatisfaite reprend, s'arrête à nouveau. Elle ne se contente pas de dire un texte. Elle engage tout son corps. Il semble même à Zanie qu'elle crie trop fort, déchire sa voix.

« Projette la voix ; rythme, rythme… » scande Marcel Herrand depuis les premiers rangs de l'orchestre. « C'est ça, oui, tu y es », renchérit-il. « Reprends et cette fois-ci ne t'arrête pas, bourrique », lance-t-il. S'il voulait faire s'emballer un pur-sang, il ne s'y prendrait pas autrement.

Maintenant, il se poste devant la scène, talonne sa comédienne, lui chuchote des indications, et elle, sans rien perdre de sa concentration, écoute tout en poursuivant. Soudain, Maria se fige, réprimant un éclat de rire.

– Je ne peux pas Marcel, Marchat est dans les coulisses et il me fait des grimaces. On pourrait reprendre la scène avec lui puisqu'il vient d'arriver ?

– Si tu veux, dit Marcel. Reprenez depuis l'arrivée du roi Conchobar. Tu es prêt, Marchat ?

– Moi, je suis toujours prêt, répond celui-ci en surgissant de derrière le rideau.

Herrand retourne à sa place pour prendre du recul.

– Ne t'énerve pas Maria, cherche encore ; tu es en train de saisir le mouvement global de la scène, dit-il.

Au moment où Marchat lance ses premières répliques, Maria fait volte-face. Elle se retient quelques instants puis son rire fuse en cascade. Elle se plie en deux, mais Marchat continue ses répliques et à chaque fois qu'elle essaye de se reprendre pour jouer, c'est à nouveau le fou rire.

– Vous avez bientôt fini ? tempête Herrand exaspéré.

– C'est Marchat, tente de dire Maria entre deux hoquets. Il change le texte. Je n'arrive plus à suivre ses répliques.

– Moi, je suis innocent comme l'enfant qui vient de naître, reprend Marchat avec une mauvaise foi évidente, l'air faussement ingénu.

Jean Marchat, codirecteur du théâtre des Mathurins, est un joueur, un jouisseur de la vie, un épicurien qui n'a pas hésité à s'éloigner un temps de la Comédie-Française, où il est sociétaire, pour tenter l'aventure des Mathurins avec Herrand dont il est le compagnon.

Zanie s'extrait alors de son fauteuil, signale sa présence, s'arrête derrière Herrand en faisant désespérément des signes de la main à Maria, afin d'attirer son attention. Celle-ci ne parvient toujours pas à stopper son fou rire. Elle relève la tête, prend une respiration et devine la silhouette de Zanie. Elle parvient alors à demander :

– Est-ce qu'on a bientôt terminé, Marcel ? Zanie est arrivée et, comme je te l'ai dit, on doit partir.

Herrand avait complètement oublié. Il se retourne et découvre Zanie.

– Dis-moi, Zanie, tu es en beauté, la complimente-t-il.

Pour l'occasion, Zanie s'est confectionné une robe à petits carreaux rouges et blancs, et un nœud papillon en ruban ornemente son épaisse chevelure frisée.

– Zanie de mon cœur, quelle belle choucroute sur la tête ! lance Marchat. Puis, à Marcel : Je me vois déjà en Bourgeois gentilhomme avec un gigantesque turban choucrouté. Et revenant à Zanie, un brin d'envie dans la voix : Ma tourterelle, ça doit prendre un temps fou pour se coiffer ?

– Ne m'en parlez pas. J'ai failli être en retard à cause de ça ; je crêpe mes cheveux mèche par mèche pour faire un échafaudage et ensuite je les entrelace avec mon ruban.

– Marchat, arrête d'ennuyer Zanie ! On n'a pas le temps de parler de ça aujourd'hui, se hâte de dire Maria irritée en descendant de scène pour aller se changer.

– Mademoiselle est jalouse ! Ma parole, je parie que tu voudrais avoir une aussi belle coiffure.

– La répétition est terminée, reprend Herrand voulant couper court. Il se retourne vers son compagnon. Marchat, demain, texte su, au rasoir, lance-t-il de son regard noir.

Maria revient en courant dans la salle et crie à Zanie : « Attends-moi dans le hall, j'arrive tout de suite ! »

Quand elle redescend, Herrand sort de la salle.

– Qu'est-ce que tu fiches là encore ? Je vous croyais parties.

– Tu vas bien Marcel ? répond Maria, et elle dépose sur sa joue un petit baiser.

Il la regarde d'un œil évasif.

– J'ai des affaires à régler.

Cela fait plusieurs mois que Marcel descend régulièrement au sous-sol. Il ne reste pas très longtemps, mais y va fréquemment. Trop pour que Maria ne s'en soit pas aperçue. Elle n'ose pas lui demander pourquoi. Après tout c'est son secret. Mais elle ne s'est pas interrogée longtemps. Elle a deviné : il cache des réfugiés, des juifs ou des résistants. Et même s'ils sont proches tous les deux, il ne lui en a jamais parlé jusqu'à présent.

– Ça va aller Marcel ? Tu n'as pas de soucis, au moins ?

Il la regarde en se taisant. Puis lui dit avec tendresse :

– Profite bien de ta soirée, Mariquita. Si tu croises Jean-Louis Barrault, engueule-le de ma part. Il m'avait promis de venir me voir.

Une fois seul, Marcel Herrand descend à la cave. La nuit, l'on y ressent la vibration du dernier métro, entre Opéra et Havre-Caumartin.

Bras dessus bras dessous, Maria et son amie descendent au pas de course l'avenue de l'Opéra. Il fait doux, en ce début de printemps. D'ordinaire bavarde comme une pie, Zanie est étrangement muette.

– Allez courage, plus que 15 kilomètres, on y est presque, lance Maria d'un ton rude.

Puis, s'apercevant de la pâleur du visage de Zanie :

– Je plaisante. Mais dis-moi, ça va ? demande-t-elle inquiète, en la faisant s'asseoir sur le rebord de la fontaine devant la Comédie-Française.

– Je n'ai rien avalé de la journée. J'ai hâte d'arriver ; il y aura de quoi se mettre sous la dent, mais en attendant je vais défaillir.

– Pense à autre chose, répond Maria qui, elle aussi, a faim.

– Il y aura plein de monde. Pourvu que je sois à la hauteur.

Maria lui prend la main, histoire de la calmer et s'assoit à ses côtés. Elle remarque que ses cuisses tremblent.

– N'y pense pas et fais le vide, ça va passer.

Puis elle ajoute :

– Tu les connais tous, les invités de ce soir ?

– Certains d'entre eux, oui. Oh, je sens que je vais vomir.

– Calme-toi, et respire !

– C'est toujours la même chose, j'ai le trac comme si c'était la première fois.

– Zanie, je suis là. Tu ne risques rien. C'est seulement une lecture. Crois-moi, je connais aussi le trac.

Maria l'a toujours avant d'entrer en scène. Au mieux, elle ressent une sensation de nausée, des vertiges, la respiration coupée. Au pire, elle se met à trembler avant de jouer, se dit qu'elle va mourir, que c'est la dernière fois qu'elle monte sur le plateau, qu'elle ne sait plus son texte ; puis le rideau s'ouvre et une fois les projecteurs allumés, elle oublie ce qui lui faisait craindre le pire.

Zanie reprend des couleurs.

– Moi, je trouve ça plutôt agréable ces réunions, dit-elle d'un air un peu supérieur maintenant qu'elle va mieux. Tu verras, il y a des artistes et des intellectuels avec un grain de folie dans la tête. Ce qui les rend plutôt sympathiques. On ne peut pas dire qu'ils soient zazous. En fait, j'adore les côtoyer. Et puis ça lave la tête. C'est comme avant-guerre, on se sent libre, on dit des textes, on rencontre des gens, on boit, on mange, on danse parfois. Tu te souviens avant, quand on faisait des excentricités ?

– Depuis que je suis en France… Maria réfléchit. La seule fête à laquelle j'ai participé, Marcel l'avait organisée pour mon anniversaire le jour de la première de *Deirdre*.

– C'était quand ?

– Il y a deux ans. Raminagrobis, c'est le surnom de Marchat, avait acheté au marché noir un gigot et des flageolets. Après la représentation, il avait apporté un énorme gâteau au chocolat qu'il avait fait et j'avais soufflé mes bougies. Marcel avait pris une épée, il m'avait fait agenouiller et avait dit, en me touchant légèrement de la pointe les deux épaules et la tête : « Maria Victoria Casares Perez, te voilà née comédienne au théâtre des Mathurins, ce 21 novembre 1942. » Bon, tu vas mieux maintenant ? Prête pour le sprint ?

Elles traversent la cour du Louvre, aménagée en champ de topinambours, et arrivent enfin au carrefour du pont du Carrousel.

– Dis-moi en deux mots de quoi parle la pièce, demande Maria.

– Impossible de te dire exactement. Des gens se retrouvent dans un hôtel, ils sont affamés et crèvent de froid. Il y en a qui ont même les orteils gelés. Pour tout te dire, je n'ai pas vraiment tout saisi. C'est un peu tiré par les cheveux… Et parmi les habitants du Sordid's Hôtel, ne te moque surtout pas, je joue La Tarte…

– La Tarte ?

Maria ne peut s'empêcher de pouffer.

– Oui, à qui un certain Gros Pied fait du gringue.

– Ça paraît loufoque… Je ne t'aurais jamais imaginée en tarte, ma chérie. Non, avec ton chichi dans les cheveux, je dirais plutôt en pot de confiture comme dans *Alice au Pays des Merveilles*. Cela te conviendrait mieux.

– Ne sois pas moqueuse.

– Moi, jamais ! réplique Maria, une lueur de malice dans les yeux.

Zanie éclate de rire.

– C'que t'es bête !

Sans s'en rendre compte, elles viennent de traverser le pont et d'arriver sur le quai des Grands-Augustins. Soudain, Zanie agrippe le bras de Maria et la retient par la manche.

– Pourvu qu'il n'y ait pas de rafle. La semaine dernière, tu vois, juste à l'angle devant nous, une voiture est entrée dans une vitrine et quelques minutes après, des miliciens frappaient les passants et les obligeaient à monter dans une camionnette.

– Allez viens. C'est à quel numéro ?

– Attends, j'ai oublié si c'est le 53 ou le 56.

Zanie fouille dans son sac, plonge la main et elle exhibe une feuille de papier sur laquelle est griffonné : « Leiris, 53 bis ».

– C'est à deux pas. Je vais te présenter mon petit mari. Il fait également partie de la distribution, fait Zanie à Maria qui la suit.

– Et c'est quoi son rôle, à part de t'avoir épousée ? demande-t-elle intriguée et curieuse de le voir.

– Les Rideaux. C'est aussi ridicule que La Tarte !

L'immeuble donne sur une cour intérieure pavée. C'est une belle bâtisse du XIXe siècle avec une montée d'escalier en pierre et fer forgé. Dans la cage, on entend des bruits de porte, des éclats de voix. Zanie monte la première et Maria la suit, curieuse de ce qui va se passer. La porte du quatrième est entrebâillée. Zanie la pousse légèrement lorsque surgit le maître de maison, qui l'accueille en la prenant dans ses bras. Elle se dégage un peu et lui présente Maria.

– Michel, voici Maria Casarès. Maria, Michel Leiris est à la fois écrivain et un archéologue de très grande réputation, spécialiste de l'Afrique et passionné de tauromachie.

– Enchanté de vous rencontrer. Zanie est ma partenaire dans la pièce, alors nous sommes devenus en quelque sorte de vieux complices. Puis il se tourne vers Zanie : Tu as fait des frais de toilette… c'est une bonne idée la choucroute, on dirait le Petit Chaperon rouge.

Michel Leiris les débarrasse de leurs sacs et de leurs vestes avec un savoir-faire d'homme du monde. Il s'adresse à Maria qu'il connaît de réputation.

– J'aime l'Espagne et j'ai baptisé « fiestas » les fêtes que nous donnons. J'ai eu le plaisir de vous admirer dans *Deirdre des douleurs* et plus récemment nous vous avons applaudie avec Zette, mon épouse, dans *Le Voyage de Thésée,* de mon ami Georges Neveux.

– C'était un petit rôle.

– Il n'y a pas de petits rôles quand on interprète de grands mythes. Considérez-vous des nôtres, ajoute-t-il en inclinant la tête pour lui faire un baisemain.

Dans ce mouvement, il dévoile une calvitie naissante. Une terre vierge chez notre archéologue, note Maria amusée. Il lui propose de rejoindre le reste des invités qui se pressent au salon. Maria a perdu de vue Zanie. Elle l'a plantée là.

Sur un parquet en marqueterie, des chaises ont été disposées comme pour un concert. Maria ferme les yeux une seconde, prend sa respiration. Indécise, elle se fraye un passage parmi ces gens qui ont tous l'air de se connaître.

À l'autre bout de la pièce, elle aperçoit Zanie se précipiter vers une femme enturbannée qui l'embrasse et admire sa choucroute. Ces gens pleins d'entrain semblent ravis de se retrouver. Quant à Maria, elle se demande ce qu'elle fait là... Dans cette assemblée, hormis Zanie, aucun visage ne lui est familier.

À présent, Zanie entoure de ses bras les épaules d'un petit homme portant des lunettes en écaille aux verres épais. Maria s'amuse de ce couple improbable, Zanie dépassant d'une bonne tête l'homme dont la laideur lui semble plutôt sympathique. Maria a envie de les rejoindre, mais sa timidité prend le dessus. Des gens circulent autour d'elle, vont et viennent, parlent fort, se regroupent, pérorent. Les lieux deviennent vite une volière. Et soudain, cela lui rappelle les salons glacés du ministère où son père, ministre de la Seconde République espagnole, recevait à Madrid hommes politiques, artistes et intellectuels. Le brouhaha des voix augmente. L'espace se remplit. En cette fin d'après-midi de printemps, une lumière douce illumine les quais. Elle se dirige vers la fenêtre, contemple le ciel qui, maintenant, prend des teintes orangées avant d'entrer dans la nuit. Les invités affluent, se congratulent. Un homme se précipite vers elle comme s'il allait l'épingler à la fenêtre tel un papillon de nuit, et tandis qu'elle détourne le visage pour échapper à son haleine poisseuse, il lui demande, l'air radieux : « Vous vivez seule à Paris ? Je vous ai admirée dans *Deirdre*. »

Elle bafouille quelques mots. La tête lui tourne. Sa phobie du monde l'envahit. Un fauteuil, dans lequel elle se laisse tomber, la sauve de son étourdissement. L'homme à la mauvaise haleine revient, insiste pour qu'elle boive la coupe de vin qu'il lui tend, mais elle refuse.

– Savez-vous que vous êtes assise sur un Juan Gris ? lui dit-il avec un petit hoquet.

– Je vous demande pardon ?

– Oui, la tapisserie sur laquelle vous avez posé votre arrière-train a été réalisée d'après les cartons du peintre espagnol Juan Gris.

– Je suis désolée, dit-elle en se redressant.

Zanie vient la rejoindre et la voit aux prises avec l'homme qui insiste. Elle le chasse avec diplomatie.

– Tout va bien, Maria ? Ça va bientôt débuter.

– Je viens d'avoir un petit vertige. Tu m'as dit qu'il y avait à manger… je n'ai rien avalé, moi non plus, depuis mon petit-déjeuner.

– Ne bouge pas. Dans la pièce à côté, il y a des canapés au foie gras. Je vais t'en rapporter deux en douce.

Sur les murs, de haut en bas, est accrochée une impressionnante collection de tableaux. Un instant, Maria les superpose, dans son imagination, à ceux qu'elle a admirés au musée du Prado. À douze ans, le *Saturne* de Goya, un écorché au corps spectral dévorant ses enfants, l'avait subjuguée. Puis les fous, le Carnaval, la Sardine et les vieilles aux mâchoires édentées, toutes fardées de poudre jaunâtre sous leurs ombrelles en dentelle. Elle se demande comment Goya représenterait ces figures anonymes bien vivantes qui rient et se parlent, en ce moment même dans cet immense salon. Un rire tonitruant la sort de ses visions. C'est Picasso qui manifeste sa présence.

– Comment va ma Nathalie ? lance au même moment, dans son dos, une voix qui la fait sursauter. Elle reconnaît le timbre nasillard de Jean-Louis Barrault, son partenaire dans le film *Les Enfants du Paradis*.

– Jean-Louis, tu m'as fait peur, dit-elle en tournant la tête vers lui.

Enfin un visage connu, pense-t-elle.

– Que fait Herrand en ce moment ?

– On reprend *Deirdre des douleurs*. Il voudrait te voir.

– À part ça, tu as d'autres projets ?

– Je vais tourner avec Robert Bresson, et j'ai bien l'intention de ne pas avoir le trac comme avec Marcel Carné. Je lui ai même demandé de quitter le studio parce qu'il me dérangeait.

– Tu as fait ça ! Comme tu étais ravissante, éperdue et touchante dans Nathalie. Tu ne m'en veux pas trop de t'avoir trompée avec la belle Garance ?

– Comment rivaliser avec Arletty ? réplique-t-elle d'un ton ironique.

Jean-Louis Barrault prend des poses à la manière d'un arlequin, fait un petit pas de côté.

– Ah, ma Nathalie, je te délaisse encore, mais cette fois-ci, c'est Madeleine qui risquerait d'être jalouse et de s'impatienter.

Maria le suit du regard alors qu'il s'éloigne et le voit saluer un homme raide comme un manche à balai, en costume et nœud papillon. Une femme l'accompagne, hausse la voix, attire sur elle l'attention. D'où elle est, Maria entend Barrault la saluer d'un éclatant : « Bonjour, très chère Sylvia, que joues-tu actuellement ? » La femme sourit et détourne le visage.

Maria voudrait s'éclipser… Pourquoi ne pas aller faire une balade sur les quais ? pense-t-elle. Mais Zanie lui a demandé d'être là pour l'aider au cas où elle flancherait. Une parole, c'est une parole. Au fait, où est-elle encore passée ? Elle cherche Zanie du regard et finit par l'apercevoir papillonner dans un angle du grand salon. Maria se rapproche. Ayant oublié son angoisse, « la traqueuse » se prépare à jouer tout en discutant avec Dora Maar. Celle-ci porte avec élégance une robe en voile noir de Balenciaga. La main gantée de soie rouge jusqu'au coude, maniant un long fume-cigarette avec un chic suranné, elle relève un poignet autour duquel cliquette un semainier en or formé de bracelets en forme de serpents. De l'autre main, elle agite une boîte d'allumettes, dessine dans l'air des arabesques devant les yeux écarquillés de Zanie qui les suit de la tête, comme un chat, tout en s'exclamant :

– Mais c'est une colombe, Dora !

– Chaque fois qu'on mange au Catalan, ajoute Dora, il ne peut pas s'empêcher de me chiper mes boîtes vides et plus tard, je les retrouve avec dessus une peinture ou un dessin. J'en ai toute une collection ; ça ou des papiers découpés en forme de cœur ; il faut que je te montre ce qu'il fait juste avec le pouce ; Pablo a sculpté une capsule de bouteille d'eau pour en faire, devine quoi… une chauve-souris.

Les invités continuent d'affluer. Un jeune homme, qui regardait par la fenêtre, se détourne et s'approche de Maria.

– Vous les entendez piailler ?

Son ton rude l'a sortie de sa torpeur.

– Oui, répond-elle.

– Tout ce brouhaha, ces cancans, ça ne vous fatigue pas ?

Et sans attendre de réponse, il continue : Je peux m'asseoir à côté de vous ? Ça me lasse d'entendre pérorer. C'est vulgaire. Pendant ce temps-là, il y a des hommes qui se battent en crevant de faim.

Maria l'écoute sans répondre, et il continue comme s'ils étaient complices.

– Je viens de province. Dora Maar m'a invité. Elle ne me fait rien du tout d'un point de vue sexe, mais j'aime l'imaginer… comme si elle était une Cadillac ou une Rolls.

Cette fois-ci, Maria éclate de rire. Ce jeune homme sympathique l'intrigue. Enfin, quelque chose se passe.

– Vous vous appelez comment ?

– Simon, Claude Simon. Vous savez pourquoi ils appellent ce genre de soirée des « fiestas » ?

– Non.

– Vu votre accent, vous, vous êtes espagnole.

– Oui.

– Il y a des fiestas en Espagne.

– Oui, sans doute, mais moi, je dirais plutôt fête ou réception.

– Vous n'avez jamais assisté à une fiesta ?

– Probablement que non. Et je ne sais pas ce qu'est une fiesta véritablement. Durant la guerre civile à Madrid, on n'avait guère le cœur à faire la fête.

– Vous connaissez un type qui s'appelle Hemingway ?

– Non.

– Eh bien, c'est un sacré reporter de guerre. Il est aussi allé partout, à Bilbao et Pampelune où il a assisté à des « fiestas » comme on nomme là-bas les corridas. Au moins, vous aurez appris quelque chose ce soir. Hemingway a écrit un livre qui s'appelle *Fiesta*. En France, il a été édité sous le titre, mal traduit certes mais très beau, de *Le soleil se lève aussi*. Vous ne l'avez pas lu, je parie.

– Et alors ?

– Je me demandais si Leiris avait rencontré Hemingway. Ils chassent sur les mêmes terres, la Corrida et l'Afrique. Peut-être l'a-t-il croisé par l'intermédiaire de Picasso qui lui a fait rencontrer Gertrude Stein, sa mécène. Et maintenant Hemingway est devenu l'ami de Gertrude. Tout ce monde se fréquente désormais, Américains et cosmopolites.

Pour faire patienter les invités en attendant la pièce de Picasso, on apporte des coupes de vin. Maria en saisit une et dit, s'adressant à Claude Simon :

– Prenez-en également, ça fait du bien. Vous aussi vous êtes peintre ?

– Moi, si je peins… oui, je suis débutant et fruste. J'écris aussi.

Soudain, la main de Maria qui tient le verre se met à trembler. Elle voudrait l'arrêter mais rien à faire, le muscle de son bras s'est tétanisé.

– Ah, je dois être très fatiguée. Il vaudrait mieux que je parte tout de suite.

À peine a-t-elle fini sa phrase qu'une voix forte s'élève. C'est le Catalan en l'honneur de qui est organisée la soirée. À présent, l'assemblée est au complet. Maria tourne la tête. Picasso revient en portant un tableau et demande qu'on déplace les objets sur la cheminée pour l'y installer. Puis, s'adressant à la salle : « C'est Max Jacob. Ça, on le sait. C'est l'ami mort à Drancy. Voilà... Rien d'autre à dire. »

Maria contemple la toile. Picasso a dessiné Max Jacob en complet veston. Il est assis de face, légèrement en plongée par rapport aux invités. Le crâne chauve et les yeux perçants, il ressemble à un bonze, un léger sourire à la commissure des lèvres, il semble dire : « Bonjour mes amis, je suis parmi vous ce soir et je vous regarde, mais vous, vous ne voyez de moi qu'une image. Une belle image dessinée par mon ami Pablo. Voici le reflet de mon âme qu'il vous tend pour que vous ne m'oubliiez pas trop vite. »

À présent, le spectacle commence. Maria aperçoit un homme à l'allure certaine qui prend place dans l'entrebâillement d'une porte-fenêtre. Il est de trois quarts dos. Il frappe les trois coups du brigadier, lit les indications scéniques de la pièce sans se retourner. Voici Michel Leiris, alias Gros Pied, qui s'assoit dans un fauteuil et commence sa réplique : « *Les Demoiselles d'Avignon* ont déjà 33 années de rentes », quand entre La Tarte (Zanie). Gros Pied lui fait des avances et l'accueille par ces mots : « Voilà la chance qui arrive ce matin, à l'heure des biscottes et des figues "mi-figue mi-raisin..." ».

Claude Simon murmure à l'oreille de Maria :

– Ça ne vous dérange pas, vous, d'entendre parler de bouffe, et qu'on s'empiffre ici ? Même si c'est au marché noir qu'ils ont eu ces victuailles, il ne faudrait pas oublier que c'est la guerre tout de même !

– Oui, c'est vrai. La situation est aussi surréaliste que cette pièce ! répond Maria.

Elle jette un œil au programme : Les Rideaux : Jean Aubier ; Le Bout Rond : Jean-Paul Sartre ; Les Deux Toutous : Louise Leiris ; La Tarte : Zanie Campan-Aubier ; Sa Cousine : Simone de Beauvoir ; Le Gros Pied : Michel Leiris ; L'Angoisse Maigre : Dora Maar ; L'Angoisse Grasse : Germaine Hugnet ; L'Oignon : Raymond Queneau ; Le Silence : Jacques-Laurent Bost.

Maria s'évade – des mots arrivent par bouffées – « Sordid's Hotel… ». Comme dans une parade, ces figures sont aussi des masques. Une tache rouge attire son regard. Le pull-over de cette femme portant un turban qui joue… Elle jette un œil discret sur le programme : c'est la Cousine. Maria la regarde : « Elle porte un joli collier de grosses perles bleues », se dit-elle.

Qui est-ce qui se donne ici en spectacle ? se demande Maria. La salle ou la scène ? Une voix lui parvient… Elle se laisse prendre par ce fil ténu. Son regard est aimanté par le dos de l'homme qui a cette voix – légèrement brisée – douce – chantante avec un léger accent. Quel contraste avec cette farce. Silhouette immobile. Une voix sans intonation, mais dont la tonalité et le grain lui plaisent. Une voix témoin, une voix dans l'ombre. Celle de celui qui manie les fils de ces pantins. Le montreur de marionnettes dicte à ces masques grimaçants les indications que l'auteur a inscrites dans son texte.

La représentation s'achève. On applaudit poliment. On vient saluer le maître. La maîtresse de maison, qui joue les Deux Toutous, passe le bras sous celui de Maria et l'entraîne avec elle.

– J'espère que cela vous a plu ; venez, je vais vous présenter à Picasso.

De nouveau, Maria voudrait fuir. Mais prise de court, elle articule comme malgré elle :

– Avec plaisir !

Louise Leiris, dite Zette, est la belle-fille de Daniel-Henry Kahnweiler, le marchand de tableaux de Picasso et, depuis peu, sa galeriste. Le Maître discute en ce moment avec Braque, qui lui demande :

– Tu sais où est Kahnweiler ?

– Il reste caché en Corrèze. Il a vendu sa collection à Leiris et à Zette, comme ça les Allemands ne pourront pas se l'approprier.

– Et Gertrude Stein ? poursuit Braque, qui veut avoir des nouvelles de sa mécène.

– Elle s'est réfugiée dans l'Ain, répond Picasso. Chez elle à Paris, rue de Fleurus, tu te souviens l'ami, c'était comme ici, les murs couverts de nos plus beaux tableaux. Si les Boches ne les lui piquent pas, elle a toute l'avant-garde, de Léger à Soutine en passant par toi, mon vieux, et Pablo Picasso qui a peint sa chère Gertrude…

Louise Leiris s'est approchée de Picasso et de Braque rejoints par Henri Michaux. Elle se retourne vers Maria.

– S'ils continuent à parler ces trois-là, on ne pourra jamais les interrompre. Faites-moi penser à vous présenter Camus qui a fait la mise en scène. Mon petit doigt me dit que ses comédiens improvisés lui ont donné du fil à retordre, poursuit-elle avec un petit rire, mais vous connaissez Michel et Sartre.

Maria ne connaît Michel que depuis le baisemain ; quant à Sartre, elle ne l'a jamais rencontré. Zette la pousse devant Picasso.

– Juste une seconde, je suis désolée, mais Pablo, je tenais à vous présenter Maria Casarès. Elle est comédienne.

Picasso la déshabille du regard et s'exclame :

– Yeux de braise Casares ! Vous parlez espagnol ? interroge le Maître, n'étant pas sûr de savoir qui elle est.

– Oui, non, évidemment, bafouille Maria qui ne s'attendait pas à une telle question.

Puis, figée, elle reste sans rien dire.

– Casares, Casares… (Maria imagine qu'il ne sait même pas que son père, Santiago Casares Quiroga, a été ministre de la Seconde République espagnole durant la guerre civile).

Picasso ne sait pas trop quoi lui dire. Après tout, il ne la connaît pas et il est en pleine discussion avec ses amis.

– Je suis charmé. Passe donc me voir à mon atelier, c'est à deux pas d'ici, après on ira déjeuner au Catalan. Tu aimes les huîtres ?

– Oui, beaucoup.

– Il y a deux menus, l'un normal et l'autre qui vient du marché noir. Tu prendras celui où il y a des huîtres.

Barrault, papillonnant de groupe en groupe, surprend leur conversation et intervient :

– Pablo, si tu invites notre chère Maria, permets-moi de me joindre à vous.

– Comme tu veux, après tout c'est toi qui as essuyé les plâtres du Grenier.

Barrault en profite immédiatement pour évoquer son passé.

– Avec la permission du Maître, je te ferai visiter le lieu où j'ai débuté. Là où peint Picasso actuellement, c'était notre repaire et on était une bande de fous de théâtre. On n'arrêtait pas au Grenier des Augustins. C'était la vie de bohème. Et s'adressant à Picasso : Est-ce qu'on y grelotte toujours autant ?

– C'est moins pire qu'au Bateau-Lavoir. T'as vu ce soir, dans ma pièce, j'ai ressorti l'histoire des orteils gelés, précise-t-il, fier de lui. Puis s'adressant à Maria : Sur la Butte, on caillait tellement que j'avais les doigts de pied gelés. Qu'est-ce que j'en ai chié à cette époque…

– Ça va pour toi maintenant, reprend Barrault.

– On fait ce qu'on peut ; je ne me plains pas.

– Tu verras, Maria, poursuit Barrault, je te montrerai le Grenier où chacun apportait de quoi pique-niquer et du gros rouge. C'étaient des tablées de plus de soixante. D'ailleurs, je viens de croiser Bataille, qui y venait avec les frères Prévert, Artaud, Vitrac, Duhamel et le petit Mouloudji. Et aussi ce fou du violoncelle, Maurice Baquet. Lui, il adorait les moules, mais il ne pouvait pas en manger tous les jours.

– Et toi, tu as quitté le Grenier pour Auteuil, rétorque Picasso.

– Que veux-tu, j'ai rencontré Madeleine…

– Heureusement pour moi. J'ai récupéré le Grenier grâce à Dora. C'est elle qui l'a dégoté.

Maria observe les deux hommes. On dirait Sancho Panza et Don Quichotte, pense-t-elle amusée. Le plus trapu a un sourire carnassier et le grand frisé, une tête d'oiseau de proie. Isolés du monde, ils pourraient continuer des heures à évoquer leurs souvenirs de jeunesse. Se sentant à l'écart, elle s'apprête à s'éclipser quand Picasso s'empare de sa main qu'il caresse dans un geste affectueux et doux. Il la garde dans la sienne en lui demandant, ses yeux dans les siens :

– Tu as vu *Guernica* ?

– J'en ai entendu parler.

– Mais non, mon tableau. Tu n'as pas été à l'Exposition universelle au pavillon espagnol ?

– Non.

– Tu es arrivée quand ?

– En novembre 1936.

Il lâche la main de Maria et se met à parler en faisant de grands gestes. Maria regarde ses mains puissantes, carrées, petites et nerveuses, et quand il parle, il ferme les doigts comme s'il voulait retenir la terre entre ses poings.

– Tu aurais dû venir. C'est dans le Grenier que j'ai peint *Guernica,* en mai 1937 à la demande des républicains espagnols. J'ai représenté des visages d'agonie. Le cri d'une mère et son enfant mort. La bravoure de l'Espagne qu'on transperce avec l'image du taureau. La douleur de notre peuple. La lampe avec l'ampoule au-dessus vacille mais la colombe veille dans l'ombre. Tu sais, toi, Maria Casarès, ce que ça représente : trois heures, ça a duré ! Trois heures pour les anéantir – des innocents, une population surprise par les Junkers 52 de la légion Condor qui bombardaient sans répit. On ne peint pas des tableaux pour en faire un décor. Nous, les artistes, on doit se battre avec notre art pour dénoncer l'atrocité. Tu m'entends Barrault ? insiste Picasso. Retiens bien ça.

– Tu n'as jamais été inquiété ? demande Barrault.

– Les Boches sont venus, ils ont regardé le tableau et avant qu'ils aient le temps de dire quoi que ce soit, je leur fourguais des cartes postales en disant : « Emportez. Souvenir ! Souvenir ! », espérant que comme ça, ils n'allaient tout de même pas revenir embarquer l'original.

Picasso scrute Maria et devine, au-delà de son sourire, une mélancolie qu'elle cache.

– Ça te fait sourire Maria ? Mais ton sourire est triste, je le vois. Tu viendras à l'Atelier. Je voudrais te le montrer parce que toi, une fille de la République espagnole, tu dois voir ce qu'est Guernica peint par Pablo Picasso.

Il n'est pas loin de 23 heures et le couvre-feu donne le signal du départ. Seuls les intimes vont rester jusqu'au petit matin. Avant de partir, Maria cherche parmi la foule celui dont le dos a suscité en elle un petit frisson qui la fait sourire en y repensant. Elle voudrait l'approcher, mais le salon est bondé et on vient d'apporter un immense gâteau au chocolat. La maîtresse de maison remercie le couple d'amis argentins pour ce cadeau royal. Barrault susurre à l'oreille de Maria : « Payé à prix d'or au marché noir ! Ce sont des mécènes, les Anchorena. Tu les connais ? » Maria ne répond pas car elle vient d'apercevoir le dos qu'elle recherchait, moins rigide que tout à l'heure, plus harmonieux et d'une souplesse nonchalante. Son regard vert le fixe, elle oublie où elle est, comme aimantée…

La fiesta bat son plein. L'homme, aux lunettes aux verres en cul de bouteille, entonne un air. Sa voix séduit, pense-t-elle. Près de lui, se balançant d'une jambe sur l'autre, les mains dans les poches de son pantalon trop court retenu par des bretelles, un jeune homme, yeux noirs et chevelure frisée, reprend le refrain, fredonnant : « *Gentil coquelicot, Mesdames… Gentil coquelicot, nouveau* ». Maria, charmée par son timbre mélodieux, se tourne vers Barrault. Lui aussi le regarde avec tendresse.

– Il est gitan ? lui demande-t-elle. Comment s'appelle-t-il ?

– Mouloudji. Il est kabyle.

C'est vrai, Maria aime les coquelicots. Cette chanson fait ressurgir des images : une terre ocre, rouge et violine. Une route sans fin. Un départ. Et elle, enfant, dans la voiture, découvre la plaine aride des paysages castillans. Le soleil tape dur sur la roche. Il n'y a pas une once d'ombre. Soudain, d'épais nuages gris surgissent d'un ciel plombé ; elle a mal au cœur à l'arrière de la voiture, mais au-dehors ce ne sont que champs de coquelicots à perte de vue.

Le maître de maison se précipite pour fermer les volets, la bouscule légèrement. Il s'excuse, puis rejoint Claude Simon qui, impassible, n'a pas quitté les quais des yeux. Henri Michaux se pointe près d'eux :

– Vous savez l'autre jour, je sortais de chez moi rue Séguier, et je me baladais sur les quais et je me suis senti souffrir d'« une étrangeté, sans doute le manque de moi ».

– Michaux, tu avais pris de la mescaline, répond Leiris.

– Vous devriez essayer, tous autant que vous êtes !

Maria aimerait voir de plus près à quoi ressemble le visage de celui dont la voix l'a envoûtée. Elle voudrait le féliciter, car il n'y en a ici que pour Picasso et ses interprètes. Peut-être est-il déjà parti. Dommage. Elle retourne près de Claude Simon, lorsque la femme au pull rouge la bouscule sans le vouloir, un verre à la main qui se renverse sur son chemisier.

– Je suis désolée.

– Ce n'est rien.

– Non, vraiment. C'est idiot. Je ne vous avais pas vue.

– Il n'y a pas de problème.

– Je vais vous chercher une serviette.

– Merci, mais je vous assure…

La femme revient et veut essuyer le chemisier de Maria mais celle-ci s'empare de la serviette.

– C'est un luxe en temps de guerre de se parfumer au champagne, dit-elle, ce qui fait rire la femme.

– Et les fleurs, vous les aimez ?

– Oui.

– Vous n'êtes pas très loquace.

– J'aime les pavots.

– Je vous ai vue au théâtre. J'aime le théâtre. J'ai en projet une pièce.

– Vous écrivez ?

– Cela m'arrive. Le plus souvent dans les cafés où il fait plus chaud que dans les chambres d'hôtel. J'ai publié un livre, *L'Invitée*. Mon nom est Simone de Beauvoir. Mes amis m'appellent le Castor.

Elle reste un instant en suspens, comme si elle pensait à autre chose, puis son visage se détend :

– Qu'avez-vous pensé de la pièce de ce soir ?

Maria hésite, ne répond pas.

– Vous n'avez pas aimé, n'est-ce pas ? insiste Beauvoir.

– Je n'ai pas vraiment écouté ; c'est un peu bizarre de parler d'orteils gelés qui attendent devant une porte pour entrer…

Beauvoir sourit, allume une cigarette, tire une bouffée.

– Pablo l'a écrite très vite, cela fait trois ans déjà, en 1941 et d'un jet. C'est une sorte d'écriture automatique. Il faisait si froid cet hiver-là. Vous souvenez-vous ? La brise, la neige, les bourrasques et la faim. Ce qu'il a voulu montrer, c'est la vie avec tout ce qu'elle a d'incongruités. Vous êtes de Catalogne ? Je ne reconnais pas votre accent.

– Oh ! non, je suis de la Galice, répond Maria avec fierté.

Cette fois-ci son visage se détend.

– Ah, vous voyez bien que vous parlez ! Je vous offre une cigarette ?

Maria acquiesce et Beauvoir lui donne du feu, en la regardant droit dans les yeux. Puis elle poursuit, impassible :

– Sartre a écrit *Les Mouches* et la pièce a été jouée à deux pas d'ici, de l'autre côté de la Seine, au théâtre de la Cité. C'était plus honnête quand il s'appelait du nom de sa propriétaire, le théâtre Sarah Bernhardt.

– Pourquoi l'a-t-on débaptisé ?

– Parce qu'elle était juive... Puis changeant de conversation : Sartre, c'est celui qui joue Le Bout Rond, et qui a une voix acidulée ; et il va être chahuté demain au Café de Flore, mais il s'en contrefiche.

L'homme à la voix dans le dos s'est approché et Maria le voit de face pour la première fois.

– Je m'excuse, Simone, mais on vous attend.

– Au plaisir de se revoir, conclut Simone de Beauvoir, adressant son plus beau sourire à Maria, tout en prenant le bras de celui qui vient de l'alpaguer et qui lui demande : « C'est qui cette charmante ? »

Beauvoir répond, sans en avoir l'air : « Une biche effarouchée. »

Décidée, cette fois-ci, Maria se dirige vers la sortie. Aussitôt Claude Simon la suit, passe devant elle et lui barre le passage.

– Qu'est-ce que vous foutez là ? demande-t-il.

– Si je le savais.

– Vous avez vu Dora ? (Il continue comme s'il se parlait à lui-même.) Oui, c'est Dora qui a poussé Picasso à peindre *Guernica* pour l'Exposition universelle de Paris en 1937. Le torchon brûle entre eux. Il a une nouvelle amie très gentille, Françoise Gilot, et pour l'instant les deux femmes se le partagent.

Il fait si chaud soudain. Maria éprouve un léger vacillement. Elle enfile sa veste et se dirige vers la porte d'entrée de l'appartement. Dans le couloir, elle croise « la voix », cette fois-ci une cigarette à la main, qui lui sourit. Il a un grand front. Parlant avec l'homme au nœud papillon, ils discutent à bâtons rompus.

– Je vais leur dire « ça ne fait aucun doute, elle jouit », affirme le nœud papillon.

Maria tend une oreille attentive :

– Il n'y a qu'à la voir drapée par Le Bernin. Sainte Thérèse dans son extase reçoit le dard, l'épée de l'Ange. Vous n'êtes pas d'accord Camus ?

Et comme Bataille passe à ce moment-là, Camus l'interpelle.

– Lacan voudrait vous poser une question.

– Je veux bien répondre, soupire Bataille agacé, pourvu qu'il ne s'agisse pas de Sylvia. Certes, on est toujours mariés, mais à présent c'est avec toi, mon cher Lacan, qu'elle vit !

Maria se faufile parmi les invités sur le point de partir, descend les escaliers à toute vitesse et se met à courir. Il est 23 heures. Elle a oublié de dire au revoir à Zanie mais n'a plus le temps de remonter.

Au même moment, dans la cuisine des Leiris, Simone de Beauvoir, assise à la table, délace sa chaussure droite et, croisant la jambe, masse son pied.

– Zut ! Ça me fait un mal de chien. J'ai une ampoule, maugrée-t-elle.

Zette ouvre un tiroir et prend un flacon.

– Tenez, mettez ça dessus, ce sont des fleurs de lys trempées dans de l'alcool à 90, ça désinfecte les panaris. Je n'ai rien d'autre sous la main. Je vous offre un dernier gin ?

– Un verre de vin fera l'affaire, merci Zette. C'était formidable ce soir, ajoute-t-elle en se tamponnant le pied avec un coton. Ces soirées sont de réelles soupapes.

Elle allume de nouveau une cigarette, pose l'allumette dans un cache-pot et consulte le cadran de son bracelet-montre.

– Ça fait tellement de bien, reprend Zette agacée, qui recueille l'allumette qu'elle jette dans une poubelle sous l'évier. Simone la suit du regard en buvant son verre.

– On pourrait dire que c'est indécent ; inconvenant. Mais moi je ne trouve pas.

– Vous étiez là ? demande Leiris en entrant, vacillant, légèrement imbibé. Vous faites bande à part ?

– Non, on cherchait un peu de calme après tout ce mouvement.

– Nous voilà repartis pour faire la bamboula, dit Leiris en allant chercher un disque de Claude Luter qu'il met sur le pick-up en poussant à fond le son. Zette sort de la cuisine et lui fait signe de baisser.

– Allez, Sartre, chante ! Une chanson, une chanson !

Sartre ôte son gilet, déboutonne le col de sa chemise et se met à fredonner « *Las de t'attendre dans ma chambre* », et Mouloudji reprend en chœur.

– Oui, oui, c'est extra, s'extasie Leiris.

Au-dehors, Maria est vite rattrapée par Claude Simon qui lui emboîte le pas.

– J'ai cru que je ne vous rattraperai pas. Je ne vais pas vous laisser seule avec ces patrouilles en pleine nuit. Elles surgissent quand on ne s'y attend pas. Vous allez dans quelle direction ?

– Vers Vaugirard…

– Je fais un bout de chemin avec vous. J'habite vers les Gobelins, mais je dois passer du côté de Montparnasse.

Maria n'a pas trop envie de cet accompagnement gentil mais forcé.

– Vous connaissez ce Camus qui a présenté et mis en scène ? demande-t-elle, comme si de rien n'était.

– Curieuse ! Il vous a tapé dans l'œil ou quoi ! J'ai lu son livre, *L'Étranger*. Je n'aime pas son menton, vous ne trouvez pas qu'il a quelque chose de Fernandel dans la mâchoire ?

Maria s'arrête net. Elle le remercie et lui dit qu'elle a besoin de rester seule. Tout ira bien. Il peut rentrer où bon lui semble.

Avril 1944, théâtre des Mathurins

Comme chaque matin vers 11 heures, Marcel Herrand descend dans le hall du théâtre des Mathurins récupérer le courrier. C'est son plaisir : échanger avec les personnes qui travaillent dans son théâtre. Il y a Aline à l'entrée, Jenny, qui s'occupe des costumes et Max, l'homme à tout faire. Marcel a toujours un mot gentil pour chacun. Il les taquine parfois, mais peut aussi piquer de terribles colères.

Le matin, Aline arrive avant tout le monde et aujourd'hui, elle s'est faite coquette, pour « conjurer les bombes » comme elle dit. Elle est indispensable au théâtre, elle est chargée de l'accueil. Elle entend siffloter. Herrand s'est levé du bon pied et descend l'escalier.

– M'sieu Marcel, il y a une enveloppe. C'est un monsieur qui a insisté pour que je vous la remette en mains propres. C'est pour le directeur qu'il a dit. « Vous lui direz que c'est de la part d'Albert Camus. »

– Tu vas bien, toi ?

– Oui, m'sieu Marcel.

– Alors reste comme tu es.

Elle lui tend le courrier déposé par le facteur. Il y jette vaguement un œil. La grande enveloppe kraft apportée par Camus l'intrigue. Il la soupèse, la met avec les autres, puis fait son tour du théâtre.

En tant que directeur, il vérifie par lui-même si tout est en ordre. Marcel entre dans la salle et, quelques minutes plus tard, en ressort en hurlant : « Qu'est-ce que c'est que ce boulot ni fait ni à faire ! Où est Max ? » Max veille à l'entretien de la salle et du plateau. « Il se fout de ma gueule ou quoi ? » fulmine le directeur en se dirigeant vers l'escalier, puis il se retourne et apostrophe Aline d'un ton cassant.

– Vous enverrez Max dans mon bureau dès qu'il réapparaîtra. J'ai deux mots à lui dire. Il n'a toujours pas nettoyé sous les fauteuils. Des tickets traînent entre les rangées.

– Je crois qu'en ce moment il a la tête ailleurs. Il a une cousine qui loge chez lui, répond Aline pour l'amadouer.

– Sa cousine de Pékin, oui ! On ne va pas pinailler. Dites-lui qu'il prépare la salle et monte me voir.

– Bien, m'sieu Marcel.

Dans son bureau, Marcel tâte l'enveloppe, intrigué. Cela le démange de l'ouvrir. Vu la taille et l'épaisseur, c'est sans doute un manuscrit. Il jette le paquet de lettres en vrac sur la table. Rituel obligé : il entame la journée par un doigt de son élixir de prédilection, un vieux calva. Sans ce remontant, la matinée serait bancale. Puis il épluche le courrier : un tas à droite pour les invitations, un tas à gauche pour les demandes d'auditions ; pour les factures, il hésite toujours entre la poubelle – c'est son côté anarchiste – et le tiroir où il range méthodiquement les papiers administratifs dans des chemises. Les lettres personnelles, il les conserve pour la fin, quand il en a terminé avec les corvées journalières.

Il revient à l'enveloppe. Camus ! Qu'est-ce qu'il peut bien me vouloir ? C'est la première fois qu'il m'écrit. S'il est venu, c'est que cela doit lui tenir à cœur, pense-t-il. Il s'empare de l'enveloppe. L'écriture à l'encre noire, minutieuse et penchée attire son attention. Marcel a une passion, la graphologie. Camus est un homme qui prend le temps de mûrir ce qu'il dit, analyse-t-il. Il cherche le coupe-papier en corne, glisse la lame sous le pli du rabat, en sort un manuscrit tapé à la machine, accompagné d'un mot : « Cher Monsieur, permettez-moi de vous adresser ma pièce *Le Malentendu*. Nous pourrions en parler, si vous le souhaitez. Bien cordialement. Albert Camus. »

Herrand ferme la porte après avoir pris soin d'afficher le panneau « Ne pas déranger ». Il se ressert un verre. Et s'installe dans son fauteuil. Il lit. Il est conquis. Il n'y a pas un instant à perdre. Où est passée Maria ? se demande-t-il et, en un éclair, se souvient qu'elle tourne avec Bresson. Il maugrée : « Ah, oui, ce fichu film. Ça ne va pas bientôt finir. » Il ouvre la porte et, du haut des escaliers, se penche sur la rampe et crie : « Aline, vous savez si Maria passe aujourd'hui ? »

Maria, qui discutait avec Aline, l'entend et se précipite en criant dans les escaliers : « Je suis là, Marcel. »

Elle entre dans le bureau qui sert de loge à Herrand. Il est en train de se poudrer devant un petit miroir ovale cerclé de cuivre. Il ne la regarde pas et, tout en continuant, lui dit :

– Je croyais que tu tournais avec Bresson.

– Non, je répète avec toi, comme prévu et ensuite je retrouve les autres pour le tournage. Ça fait combien de fois que je te le dis !

Marcel poursuit son maquillage, prend son temps. Maria se demande ce qu'elle fait là.

– Si tu n'as pas besoin de moi, je vais répéter sur le plateau.

Il pointe du doigt le tapuscrit, tout en continuant de se pomponner.

– Tiens, lis ça, dis-moi ce que tu en penses. C'est un texte d'Albert Camus. C'est un nouvel auteur dramatique. J'aime bien, malgré quelques maladresses. J'ai envie de monter cette pièce. Il y a un rôle pour toi.

Maria sort et dépose les feuillets dans sa loge. La répétition va commencer sur le plateau.

Au moment de quitter le théâtre, elle passe en courant devant le bureau entrouvert de Marcel. Il l'a entendue, se lève, la rattrape alors qu'elle est au milieu des escaliers.

– Tu as bien pris le texte avec toi ?

– Lequel ?

– Celui que je t'ai donné tout à l'heure. Le texte de Camus.

– Je n'ai vraiment pas le temps de lire en ce moment.

– Je ne veux pas le savoir.

– Ne t'énerve pas Marcel.

– Tu ne peux pas faire deux choses en même temps. Et moi je ne veux pas de doublure pour te remplacer. Tu es là au théâtre avec moi ou tu choisis de faire du cinéma. Puis il hoche la tête et hausse les épaules. Maria remonte quelques marches. Il faut arrêter à tout prix l'angoisse de Marcel, sinon cela va pourrir le climat des répétitions.

– Non mais, et qu'est-ce que tu fais, toi, quand tu fermes la salle pour aller tourner *Les Visiteurs du soir*...

– Ce n'est pas la même chose. On a besoin d'argent pour faire vivre le théâtre. Moi, je cachetonne pour payer Mademoiselle et payer tout le monde ici. Compris ?

Pour rien au monde, Maria ne voudrait l'irriter ou le peiner. Elle l'aime à sa manière. Marcel a fait d'elle une comédienne reconnue, lui a donné des rôles-titres alors qu'elle n'avait jamais joué. Il veut montrer au Tout-Paris qui est Maria Casarès, une Espagnole réfugiée, une comédienne de premier plan et d'essence tragique, ce dont les spectateurs ont besoin en ces temps de barbarie.

– Marcello, calme-toi. Je suis vraiment pressée. Tu comprends, la scripte m'a passé, hier pour aujourd'hui, mes répliques des *Dames du bois de Boulogne,* et je dois savoir le texte rapidement ; je te promets de lire la pièce dès que possible. On fait les premiers essais tout à l'heure aux studios.

– Prends le texte quand même avec toi, au cas où… tu sais comment ça se passe. Au cinéma, tu peux attendre des heures avant de passer une scène.

*

Aux studios d'Épinay le tournage a été suspendu à cause des coupures d'électricité. La camionnette a ramené les comédiens à Paris plus tôt que prévu. Maria file chez elle. Une soirée de libre, enfin. Elle va pouvoir lire le texte de Camus qu'elle trimbale dans son sac depuis une semaine.

Maria et sa mère partagent un appartement, rue de Vaugirard, dans le 15e arrondissement de Paris. Chacune a sa chambre. C'est plus confortable que lorsqu'elles logeaient dans les deux pièces de l'hôtel Paris New York, dans l'immeuble mitoyen. Quand elles ont ouvert la porte de leur nouvel appartement, un sixième étage avec balcon, elles ont immédiatement eu le coup de cœur. C'était une bouffée d'oxygène. D'un côté, la vue surplombe l'hôpital Necker, et de l'autre, une ruelle qui se nomme l'impasse de l'Enfant-Jésus, ce qui fait rire Maria quand elle la montre du doigt à ceux qui viennent chez elles.

Maria tourne la clef dans la serrure et, comme à son habitude, annonce son arrivée en claironnant : « Gloria, me voilà… Maman, où es-tu ? »

Depuis qu'elle est toute petite, elle a toujours appelé sa mère, maman ou Gloria.

Pas de réponse.

« *Madre*, j'ai une surprise… Ça va te faire plaisir. Je ne suis pas seule. »

Elle cherche sa mère, ouvre la porte de la chambre, regarde dans la cuisine et passe dans la salle à manger. Personne. Son manteau n'est pas sur le perroquet. Par contre un mot est posé sur la commode du vestibule. Elle lit : « Les Alcover sont venus me chercher. À ce soir. On a de bonnes nouvelles. Baisers. Maman. »

Soulagée, Maria laisse glisser de ses bras la petite boule blanche crépue qui se met à gambader, explorant son nouveau territoire. « Quat'sous, où es-tu ? Allez viens, dépêche-toi. On va lire le texte, sinon Marcel va piquer une crise. »

Quat'sous, c'est un joli Ténériffe que lui a confié le régisseur. Maria a accepté de s'en occuper, en dehors du studio. Elle ouvre grand la porte-fenêtre du balcon. Quat'sous en profite pour sauter sur le couvre-lit du canapé et se met en boule. « Quand Gloria rentrera, tu descends immédiatement ! »

Après avoir posé son texte sur le divan, Maria se déchausse, s'allonge à plat ventre, mollets relevés. Immergée dans sa lecture, un crayon à la main, elle souligne des passages. Quat'sous relève la tête et saute en aboyant. La porte d'entrée vient de s'ouvrir. Maria ne bronche pas. Gloria arrive dans le salon, s'arrête sur le pas de la porte. Maria lève les yeux sur sa mère qui porte une robe et des chaussures qu'elle voit pour la première fois.

– Qu'est-ce que cette bête fait là… Ma fille, qu'est-ce qui t'a pris de la ramener à la maison ? demande Gloria en venant s'asseoir sur une chaise.

– Mais c'est Quat'sous, répond Maria en retournant à sa lecture.

– Ce n'est pas une bonne idée d'avoir un chien. Qu'est-ce qu'on va en faire ? Et qui va le nourrir ? On a déjà assez de mal à se procurer trois œufs. Ça mange des topinambours et des blettes, ces petites bêtes ?

– Non, maman. Le régisseur m'a donné sa ration de pâtée. C'est la production qui paie, répond Maria d'une manière automatique.

– Bon, on verra plus tard pour l'histoire du chien. Tu as vu la bonne nouvelle ? Je t'ai laissé un mot sur la commode. Ton père est en Angleterre avec le Président Negrín et ils essaient de rassembler des républicains. Santiago a fait savoir qu'il allait venir à Paris. Mais il faut encore patienter. Il a dit qu'il sait qu'à Londres des choses se préparent…

Au nom de Santiago, Maria lève les yeux de son texte et s'assoit en tailleur sur la couverture.

– Il est en sécurité, maman ?

– Oui, il lit beaucoup, se repose, améliore son anglais et nous embrasse.

– Comment les Alcover l'ont-ils appris ?

– Je sais qu'ils l'ont su, c'est déjà bien. Puis Gloria se dirige vers le balcon et disparaît, pour aussitôt revenir. Tu as mangé quoi ma chérie, aujourd'hui ? Il ne reste quasiment rien dans le garde-manger.

– Un casse-croûte au Tout va bien, le bistrot près de l'église. Il y avait des pommes de terre vinaigrette. On est rentrés plus tôt que prévu dans l'après-midi. Maintenant, laisse-moi, il faut que je travaille. Je lis une pièce.

– Je te laisse, pardonne-moi, ma chérie.

Gloria s'est débarrassée de son manteau dans sa chambre et revient aussitôt.

– Je ne veux pas te déranger mais ça parle de quoi cette pièce ? demande-t-elle intriguée.

– D'un homme qui est tué par sa mère et sa sœur, répond Maria sans lever la tête.

– Et pourquoi elles le tuent ? Qu'est-ce qu'il a fait ?

– Rien, maman. Rien. Il voulait les aider, leur donner de l'argent, sans se faire reconnaître pour voir comment elles réagiraient. Elles ne l'ont pas reconnu…

– Moi je te reconnaîtrais toujours, mon trésor.

– Elles ne l'ont pas reconnu et vont lui donner à boire un thé avec un somnifère pour l'endormir avant de le tuer.

– Et toi, tu fais quoi là-dedans ?

– La sœur.

– Celle qui tue ?

– Oui.

– Méchante ! C'est pas beau de tuer comme cela son frère qui veut vous aider.

– Maman, c'est une tragédie.

– Et cela parle d'amour aussi ?

– Je crois, oui. Je ne suis pas assez avancée dans le texte. Et si tu continues à me parler, tu ne sauras pas s'il y a une histoire d'amour.

– Mais pourquoi le tuer, Vitola, puisqu'il est si gentil ?

Depuis qu'elle est toute petite, ses parents appellent Maria, Vitola ou Vitolina, les diminutifs de son deuxième prénom, Victoria.

– Pour lui voler son argent et partir loin, très loin dans un autre pays.

– En plus !

– Maman arrête ! Tu m'énerves avec tes réflexions. Laisse-moi tranquille s'il te plaît.

– Ne tarde pas trop à dormir, ma Vitolina, tu penses comme je suis heureuse que Santiago puisse nous rejoindre. Tu as vu ? Colonna-Romano m'a donné une nouvelle robe et de belles chaussures. D'ailleurs, elle m'a dit que tu pourrais peut-être lui téléphoner, on irait chez eux à la mer à Camaret. C'est une bonne idée, tu ne trouves pas ?

– Maman, je ne pense plus à rien. Je travaille car sinon qui va rapporter des sous à la maison ?

– Je croyais que tu serais contente d'aller à la mer… c'est tout… je me tais… d'ailleurs… je vais me coucher…

Sa mère partie, Maria ressent le besoin de s'aérer sur le balcon. Ce soir, les étoiles sont si brillantes qu'il lui semble que, rien qu'en tendant le bras, elle pourrait les toucher. C'est toujours la même chose, dès que Gloria évoque le nom de Camaret, son cœur se met à cogner fort dans sa poitrine. L'océan la rattache aux plages de son enfance galicienne. Une pointe de *morriña*[1] monte en elle avec cette légère nostalgie teintée d'un « je voudrais bien sans vouloir et pourtant… ». Comme elle voudrait retrouver sa Galice, ses plages, ses paysages et ses ciels. Elle s'accoude à la rambarde, et revoit la petite fille qu'elle était dans le jardin devant la maison de la rue Panaderas, un vrai garçon manqué, et son père lui enseignait le nom des constellations en fonction de leurs figures dans le ciel : Pluton, le Chariot de feu, la Grande Ourse, la Chevelure de Bérénice. Et là, regarde Vitola, la Voie lactée avec toute sa brillance. Il lui semble entendre la voix de son père. Il sera peut-être bientôt à la maison, se murmure-t-elle, il me manque tellement.

Il est minuit passé. Elle s'allonge à nouveau sur la couverture, reprend sa lecture où elle s'était arrêtée. Plus que quelques pages… Elle plonge sa main dans la fourrure de Quat'sous, qui, allongé à ses côtés, se blottit contre elle. Il cherche à jouer, lui mordille le bout de ses doigts aux faux ongles carmin.

Le lendemain, à peine arrivée au théâtre, Maria se précipite dans le bureau de Herrand. Personne. Elle descend dans la salle qui est vide. Elle hésite à descendre au sous-sol, se ravise, remonte frapper à sa loge. Il ne répond pas. Elle entrebâille la porte et le voit à son bureau, faiblement éclairé, assis face à son miroir, immobile, le corps figé. Il semble

1. *Morriña* : en espagnol, le mal du pays.

perdu dans ses pensées, la chemise dépenaillée et sa mèche de cheveux noirs tombant sur son front. Elle le regarde avec tendresse. Il ne l'a même pas entendue. Elle lui lance triomphante :

– Voilà, j'ai tout lu. J'aime. C'est qui l'auteur, ce Camus ?… Je crois que je l'ai déjà croisé. Tu le connais ?

Marcel se lève d'un bond.

– Je l'ai entrevu. Il m'a l'air d'un gars sympathique. Je finissais par ronronner. Maintenant, il faut que la pièce passe la censure. Je vais me débrouiller pour ça. En attendant, je l'appelle pour lui proposer de venir faire une lecture de son texte. Donne-moi ton emploi du temps pour qu'on l'organise…

Il la regarde les yeux pétillants.

– Je me réjouis de jouer le frère que tu vas tuer…

– C'est vrai ? Tu vas jouer avec nous ?

– Oui, je serai cet étranger qui revient, sans vouloir dire qui il est. C'est un rôle qui me parle. Et puis, je veux soutenir ce nouvel auteur dramatique. Tu n'es pas contente de m'avoir pour partenaire ?

– Au moins toi tu apprends ton texte, ce n'est pas comme Marchat, s'esclaffe-t-elle.

– Sacrée Mariquita ! Dis-moi, il va falloir que tu accélères la fin du tournage. Ces *Dames du bois de Boulogne* commencent à me porter sur les nerfs. Je vais en toucher deux mots à Cocteau, c'est bien lui qui a écrit les dialogues ?

– Marcel, si tu savais comme j'aimerais aussi que ce film soit fini. Bresson me paralyse. Je n'en peux plus. Il n'arrête pas de nous faire répéter la même phrase sur des tons différents tandis qu'il fait les cent pas. Il nous tue à petit feu : « Ça y est ! Maintenant, vous reprenez ! » n'arrête-t-il pas de dire. Et il faut que l'on répète la phrase sur le même ton. Il nous saoule à la vodka et on doit dire nos répliques de façon mécanique.

Marcel ne l'écoute plus. Son visage a repris son expression soucieuse. Elle s'inquiète. Voudrait-il lui cacher ce qui le tourmente pour la préserver ? Elle le connaît trop bien pour ne pas sentir que les choses ne sont pas comme d'habitude.

– Qu'est-ce que tu as Marcel ? Tu es triste, fâché. Il n'y a plus de sous pour le théâtre ?

– Non, de ce côté ça fonctionne. On a eu des visites cette nuit… mais tout est arrangé. Ils n'ont rien trouvé. Allez viens. Marchat nous a concocté une petite surprise. On pourrait dire que ça se fête, non, une nouvelle pièce sur le grill !

L'escalier exhale des odeurs de rata. Jean Marchat, une toque blanche sur la tête, le tablier noué sur le ventre, la reçoit un large sourire aux lèvres, très fier de s'être mis en quatre. Maria s'approche de la cuisinière, lui prend des mains la cuillère en bois qu'il brandit comme un sceptre, s'empare du torchon de maître-queux et soulève le lourd couvercle du faitout où mijote le repas. « Une platée de pommes de terre au lard… J'en rêvais ! » dit-elle avant de se jeter au cou du cuisinier et, câline, de serrer dans ses bras ses deux mentors : « Je t'aime, Marcel ; je t'aime Jean et maintenant à table ! »

Quelques jours plus tard, Camus attend dans le café qui fait face à l'entrée du théâtre. Dans sa sacoche, il a glissé la dernière mouture de son manuscrit du *Malentendu*. Il commande un café saccharine. Quand est-ce que je pourrai boire un véritable café, au lieu de cet infect ersatz d'orge moulu ? se demande-t-il. Il est fier d'avoir été contacté par un metteur en scène proche du Cartel. Il connaît la réputation de Herrand et apprécie son travail. Sa pièce va être jouée puis, dans la foulée, sera publiée. Un léger pincement de cœur l'étreint en pensant à sa mère et à ses amis d'Alger qui ne pourront la voir. Une dernière bouffée de cigarette pour se donner du courage et il traverse la rue mouillée par les giboulées de printemps. Au bout de la rue, un rayon de soleil perce la grisaille d'un ciel laiteux toujours plombé. D'un geste décidé, il pousse le battant de la porte vitrée. Dans le hall, la voix perchée d'Aline l'apostrophe.

– Je vous reconnais, vous êtes passé l'autre jour avec vot' pièce ? Vous avez vu, m'sieu le directeur l'a lue.

– C'est grâce à vous et je vous en remercie.

– Y'a pas d'quoi. Ça ne mange pas de pain, et si j'peux aider… J'vais prévenir m'sieu l'directeur qu'vous êtes arrivé.

Camus en profite pour regarder les affiches placardées sur les murs. *Deirdre des douleurs*, *Solness le Constructeur*, *Le Voyage de Thésée*, peut-être y aura-t-il bientôt ma pièce, pense-t-il avec orgueil.

Herrand s'approche et lui tapote l'épaule. Les deux hommes ont à peu près la même taille. Si ce n'est que Herrand est plus filiforme et Camus semble plus athlétique. Leur poignée de main est cordiale.

– On va là-haut, on sera plus tranquilles, dit Herrand en se dirigeant vers l'escalier. J'ai demandé aux comédiens de venir. On va se mettre dans un local au-dessus du théâtre qui a été aménagé en appartement. Ma mère y vit, mais elle reste dans sa chambre. J'espère que vous aimez les animaux. Elle a un caniche. Marie Laurencin a voulu le peindre. Et quand j'ai dû le récupérer, ce fut toute une histoire… Camus ne comprend pas où il veut en venir mais immédiatement, il lui paraît sympathique avec cette histoire de chien qui n'a rien à voir avec leur affaire.

– J'aime les animaux, réplique Camus et les personnes qui en ont. Moi-même, j'ai eu des chiens et des chats auxquels j'ai donné des noms en fonction de mes lectures ou des lieux où je réside. Il y a eu Kierk pour Kierkegaard à Alger ; Blaise Blatin lors d'un passage à Clermont-Ferrand dans la ville de Blaise Pascal et Blatin comme le nom de la rue où je logeais. Le dernier, je l'ai baptisé Cigarette.

– Cigarette ! répète Marcel étonné.

– Oui, j'étais en convalescence pour des insufflations à cause de mes poumons, alors Cigarette m'a semblé de circonstance. Histoire de combler le manque…

Marcel sourit. Camus manie l'ironie et montre une certaine distance vis-à-vis de lui-même. Herrand, tout en continuant de marcher, curieux et chaleureux, lui demande :

– J'ai vu que vous avez écrit une autre pièce.

– Oui, Gallimard va sortir en un seul recueil *Caligula* et *Le Malentendu*. Le service de presse est prévu le 20 mai, je vous enverrai un exemplaire.

– Bien volontiers.

Ils sont arrivés dans un couloir sombre qui mène à l'appartement au-dessus du théâtre.

– Ne faites pas attention au désordre, c'est comme dans une roulotte.

Des photographies épinglées en vrac tapissent les murs couverts d'un velours pourpre délavé par endroits. Il y en a également qui ornent les pourtours dorés de la glace sans tain au-dessus de la cheminée en marbre. Une horloge en bronze représentant une femme drapée dans le style Belle Époque, y trône sur son socle de marbre rose.

– Ne bougez pas, je vais chercher une bouteille. On va trinquer à la pièce et à notre rencontre.

Pendant que Herrand s'absente, Camus s'approche des photos et ce qu'il y découvre lui révèle tout un pan de la vie de Marcel Herrand, avant-guerre.

– Bienvenue au cabaret Paris by Night, lance Herrand qui revient en se dandinant légèrement. Vous allez tout savoir sur mes frasques nocturnes, ajoute-t-il, se regardant dans la glace en lissant ses cheveux d'un geste machinal… C'étaient les Années folles, on sortait dans les boîtes entre amis ; j'ai joué au music-hall et dans de petits théâtres de la Butte. Là, costumé, je joue avec Jean Cocteau *Les Mariés de la tour Eiffel*. C'est moi le Phono 1 et Jean est le Phono 2. Vous ne saviez pas que j'avais commencé par le cabaret ?

– C'est vous ici ? demande Camus étonné.

– C'est chez le comte de Beaumont à un bal costumé. Qu'est-ce qu'on était fêtard !

– Et l'homme à la perruque ?

– Raymond Radiguet, il s'était fait des tas de petits points rouges sur le visage comme s'il avait la varicelle et la femme là, c'est Marie Laurencin en Malade imaginaire, avec une cohorte de médecins brandissant des clystères. Vous connaissez Marie ?

– Non, pas encore, répond Camus qui aimerait en savoir davantage.

Après tout, ce monde des Années folles n'est pas si lointain puisque Herrand l'a vécu. Camus se demande quel âge il peut avoir. Il calcule dans sa tête et pense qu'il se trompe. Il semble si jeune d'esprit et son corps est si alerte. Camus, lui, appartient à un autre temps, celui d'une génération née juste à la déclaration de la Première Guerre mondiale.

– Ah, ma Marie, je la faisais danser. J'étais fringant dans mon costume de petit marquis qui faisait ressortir ma taille d'éphèbe. J'avais vingt et un ans. Tenez là, sur la photo de famille au Bœuf sur le toit ; à droite c'est Cocteau et à gauche c'est encore Raymond Radiguet, l'auteur du *Diable au corps*. C'était un ami. Il m'a dédicacé le poème *Une carte postale, les quais de Paris*. Vous n'étiez qu'un bambin à cette époque ? On se retrouvait au Ba Ta Clan surnommé « Le Temple du plaisir ». Gide n'aurait pas manqué de faire la bringue avec nous ; un sacré boute-en-train. On passait du Bal Bullier au Bal Nègre. Aujourd'hui, l'établissement est fermé, mais à l'époque… c'était la fête, l'insolence des Années folles ; vous comprenez, on venait de vivre une guerre terrible et on ne voulait plus de ça ; on voulait oublier, tout réinventer. Et voilà que c'est reparti avec Hitler.

Tiens, là, vous reconnaissez Mistinguett avec ses belles gambettes ! Et là, avec des bananes en guise de ceinture, on ne peut pas ne pas la reconnaître avec ce sourire qui captive…

– Joséphine Baker…

– Gagné ! « *J'ai deux amours, mon pays et Paris…* » On avait la folie dans la tête et le corps en émoi ; on était tous fous de jazz, d'art nègre. À l'époque, on assistait à des cérémonies vaudoues au Bal Nègre. Tenez, vous reconnaissez celui à la tête bandée, c'est Apollinaire.

– Il faisait partie de la bande ?

Camus l'écoute lui décrire ce monde qu'il n'a pu connaître et se dit que Herrand représente une sorte de trait d'union entre la fin de la Belle Époque et celle du temps présent.

– Et comment donc… reprend Herrand, enthousiaste de partager ces moments passés de bonheur avec un écrivain qu'il apprécie, et dont l'écoute le galvanise, et il continue de raconter Apollinaire, Desnos, Cocteau, Coco Chanel, Diaghilev, Max Jacob… On formait la fine équipe. J'ai récité pour la première fois *Les Mamelles de Tirésias* au Bœuf sur le toit. Tenez, levez donc la tête et regardez derrière vous.

– Mais c'est vous ?

– Marie « m'a fait le portrait » comme elle dit. Bouche rouge – face blanche – cils et mèches de cheveux noirs. Son secret de polichinelle, c'est qu'elle peint des petites bouches rouges à tous ceux qui viennent la voir, à l'image des lèvres de son grand amour Guillaume Apollinaire. Vous la verrez, c'est une poupée de porcelaine qui ne manquerait une première pour rien au monde et pour *Le Malentendu*, je vous parie qu'elle se précipitera la première dans la salle en poussant tout le monde pour gagner sa place, quatrième rang de l'orchestre, en plein milieu. Elle adore les acteurs et les gens de théâtre. « Tu comprends Marcel, vous, vous vivez dans l'instant », me répète-t-elle de sa petite voix cristalline.

On entend des voix dans l'escalier et Herrand se précipite pour accueillir les acteurs venus assister à la lecture. Hormis Maria, les autres n'ont pas encore joué sous sa direction.

– Je vous ai fait venir pour vous présenter l'auteur de notre nouvelle pièce, dit Marcel désignant Camus, intimidé.

Tout le monde se tait et Marie Kalff, qui joue la mère, brise le silence en lui tendant la main.

– Je suis très heureuse de jouer votre pièce, elle exprime tant de choses, dit Marie, avec un léger accent, héritage de ses origines néerlandaises.

– Marie a joué ici *Les Trois Sœurs* de Tchekhov, précise Herrand.

– Oui, c'était à l'époque où Pitoëff dirigeait le théâtre, nuance-t-elle comme pour bien signifier qu'elle a fait partie des murs.

Herrand a pris par les épaules une autre femme qu'il pousse d'un geste délicat devant Camus. Plus jeune, blonde et menue, elle fait songer à un oiseau fragile mais dont la résistance serait à toute épreuve.

– Et voici Hélène Vercors, notre « Maria » de la pièce. Elle jouera la femme de l'étranger. Camus, vous connaissez la voix du mari d'Hélène.

– Oui, Pierre anime sur les ondes de Radio Londres l'émission « Les Français parlent aux Français », précise-t-elle.

– Oh, bien sûr, répond Camus, sentant immédiatement un courant de sympathie réciproque avec la jeune femme aux beaux yeux bleus, à la fois douce et solide.

– Allô, allô, ici Londres, les Français parlent aux Français, imite Marcel en adoptant le ton de cette voix si caractéristique que la plupart des Français attendent le soir en allumant leur TSF.

– C'est exactement ça… ajoute Hélène amusée.

– J'aimerais causer avec l'original, si cela est possible, ajoute Camus en faisant un clin d'œil à la femme de Pierre Bourdan.

Quand vient son tour, Maria ne bouge pas. Camus s'avance, lui tend la main. Elle l'ignore et froidement répond : « Salut ». Marcel se tourne vers Camus : « Si vous voulez vous asseoir. » Les autres s'installent. Maria, elle, se précipite sur la chaise juste en face de Camus, de l'autre côté de la table. Silence. Herrand jette un œil vers Maria. Il la regarde fixer Camus de ses yeux verts. Ma parole, se dit-il, elle le défie.

Petit raclement de gorge. Camus commence à lire son texte. Elle ne lâchera pas la partie, pense Herrand en guettant ses réactions. Maria se tient droite, sans bouger, le buste en avant et la tête posée sur le dos de ses mains, ses fines lèvres pincées et la mâchoire serrée. Elle l'observe, le dévisage, bien décidée à le faire fléchir.

Camus, voix murmurante, basse et intériorisée, ajuste sa respiration à la longueur de son texte. Et toujours deux yeux verts le jaugent, le dévorent, le testent.

Cette voix, Maria en retrouve la brisure douce-amère qui a éveillé en elle un « je-ne-sais-quoi » de trouble. Elle revoit le profil de cet homme à présent face à elle. Oui, c'est bien lui l'homme à la voix dans le dos, se dit-elle. Et pendant qu'il lit, elle le convoque devant son tribunal imaginaire. Lui, le front moite, la nuque et le dos tendus, poursuit d'une voix qui s'efforce de maintenir le rythme. Maria a décidé qu'elle lui imposerait sa loi. Tel est son pari : gagner à ce petit jeu, alors que sa petite voix intérieure ne cesse de lui murmurer « Pourquoi ce défi ? » Mais pour rien, se répond-elle, si ce n'est pour se prouver qu'il ne résistera pas, parce qu'elle en a décidé ainsi. Pour le seul besoin de le séduire, parce qu'il lui plaît.

Herrand fulmine. À quoi s'amuse-t-elle encore ? Elle ne baissera donc pas les yeux. Camus semble un peu essoufflé. C'est la fin du premier acte. « Bien, dit Herrand, c'est très bien. On va faire une pause. »

Après… après, il y a échanges et discussions. Marie Kalff est ravie de son rôle. Hélène Vercors s'adresse à Camus de plus en plus à l'aise :

– Comment avez-vous eu l'idée de cette pièce ?

– Eh bien, j'avais lu dans *L'Écho d'Alger* un fait divers : une hôtelière et sa fille avaient tué, pour le voler, un voyageur qui n'était autre que son fils. J'en ai fait la trame de mon intrigue : un fils, qui avait disparu depuis longtemps, rentre chez lui. Il a gagné de l'argent et veut faire une surprise à sa mère et à sa sœur. Elles ne le reconnaissent pas et comme elles sont très pauvres, elles ont décidé de tuer le premier voyageur venu pour le voler.

– Il n'y a pas qu'Œdipe qui ne reconnaît pas les siens, poursuit Herrand.

Ce trait d'esprit fait sourire Camus. Il apprécie cet humour qui trouve un écho en lui. Décidément, Herrand lui plaît. Ce dernier remercie l'auteur et propose de s'en tenir à cette première lecture. Il veut commencer au plus tôt les répétitions. Camus peut y assister quand il le souhaite.

Au moment où la compagnie redescend, Herrand, qui ferme la marche, agrippe Maria par le bras :

– Attends ! s'écrie-t-il furieux, c'est quoi cette tête de brute que tu as faite tout le long de la lecture ? Ça ne va pas ou quoi ?

– Ça va très bien, Marcel, j'écoutais avec attention.

– Tu te fiches de moi, lui répond Marcel. Tu m'énerves quand tu es de mauvaise foi.

– Je ne suis pas de mauvaise foi, et je n'ai pas fait la tête.

– Tu es souvent de mauvaise foi quand ça t'arrange.

– Si tu le reconnais, Marcel, c'est déjà bien, et elle claque violemment la porte derrière elle. Marcel la rattrape alors qu'elle déboule les escaliers, la prend aux épaules.

– Qu'est-ce qui se passe, Mariquita, la pièce ne te plaît pas ? Tu veux changer de rôle ?

Maria fait volte-face, le souffle court.

– Surtout pas. C'est une très belle pièce. Mais il y a quelque chose… je ne sais pas… quelque chose qui me trouble. C'est… une voix. Je l'entends. Elle me parle, Marcel. Et je ne sais pas d'où elle vient. C'est difficile à dire, mais ça me parle d'un pays qu'on a quitté… tu comprends. Et tout se mélange. Mais je veux jouer Martha.

Au Café de Flore,
Saint-Germain-des-Prés

Comme chaque jour Camus se rend au Café de Flore où il retrouve ses amis Sartre et Beauvoir qui y ont établi leur QG. De temps à autre, ils le délaissent pour Les Deux Magots, de l'autre côté du trottoir. Aujourd'hui, Camus ne pourra pas rester longtemps car on l'attend aux Mathurins pour la répétition, mais comme il a très envie de voir son ami Sartre, il a malgré tout fait un détour par Saint-Germain-des-Prés.

Il pousse la porte vitrée du Café de Flore et remarque que le Castor est déjà à sa table en train de travailler. En revanche, Sartre n'est visible nulle part. Déçu, il s'apprête à repartir, jette encore un œil dans la salle, fait signe au patron monsieur Boubal, quand soudain il aperçoit Sartre accroupi entre le poêle à charbon et l'escalier. Il se dirige vers lui.

– Sartre, vous avez une drôle de façon de vous cacher ! Que redoutez-vous ainsi ?

– La misère, mon cher, dit-il sans relever la tête et il se met à compter. Cinq plus trois hier, c'est le pactole ! Camus, tenez, sentez-moi ça ! C'est du gris ?

Camus renifle le mégot qui sent le tabac froid et le rend aussitôt à Sartre avec une mine de dégoût.

– C'est une manie que j'ignorais chez vous, la récolte des mégots.

Sartre redresse le torse, lui fait signe d'approcher comme s'il voulait lui faire une révélation.

– Un petit bout plus un petit bout plus un autre petit bout plus... cela fait une cigarette à griller. Il n'y a pas de gâchis. Je vous en bouche un coin ? Mais surtout n'écrivez pas dans une chronique « l'existentialiste à genoux ». Ce serait une boutade de très mauvais goût... Je plaisante.

– Vous en avez un là, qui a glissé vers le poêle à sciure, lui fait remarquer Camus complice.

Sartre se relève et, comme un gamin fier de son butin, le dépose sur sa table devant Camus qui fait une grimace à laquelle Sartre répond, feignant d'être outragé :

– Vous n'en voulez pas ? Voyez-vous, Camus, je pense écrire une chanson sur les petits bouts de mégots, les petits tickets, les papillons, les petits papiers...

Puis il s'assoit, trie méticuleusement ses mégots selon l'odeur des brins, en glisse dans sa poche, et en propose à son « copain » Camus. Amusé, ce dernier le regarde faire. Sartre est joueur et boute-en-train. Il a même parfois l'air d'un clown. Il fait rire Camus, ce qui le lui rend terriblement sympathique. De plus, il a du respect et de l'amitié pour lui.

– Vous prenez un café, Camus ?

– Et vous, vous en reprenez ?

– Non, une consommation par jour me suffit, dit Sartre péremptoire.

Puis s'approchant de Camus, il lui chuchote :

– Si Boubal comptait sur moi pour faire fortune, c'est fichu pour lui. Que faites-vous aujourd'hui ?

– Je ne fais que passer, je vais au théâtre.

– Vous êtes content des répétitions ?

– Justement, je vais assister à l'une d'entre elles.

Le garçon de café vient prendre la commande.

– Bonjour Descartes, s'esclaffe avec ostentation Camus, un petit café s'il vous plaît.

– À votre service.

Camus le connaît et comme il se prénomme Pascal, il l'appelle Descartes. Cela a le don d'agacer le Castor qui reste immuable, le nez plongé dans son texte.

Le garçon revient et s'adresse à Sartre.

– Vous n'avez pas été trop dérangé par les coupures d'électricité ?

– Quand ça ? répond Camus qui n'est visiblement pas au courant de la panne.

– Hier au soir. Tout le secteur a été dans le noir durant un bon moment. On a eu peur d'une descente ici, lui explique le garçon.

– Oui, rétorque Sartre, on est restés dans le noir juste un moment, mais comme dit le Castor, heureusement qu'il y a les lampes à acétylène, elles font « diablement bien l'affaire ! ».

Camus jette un œil du côté de Simone de Beauvoir qui, plongée dans la rédaction de son roman, semble imperméable à ce qui l'entoure et continue d'écrire. Parfois elle lève les yeux, le regard fixe, inspirant une bouffée d'air pour aussitôt noircir des pages avec son stylo-plume. Sans lui prêter attention, Sartre et Camus poursuivent à bâtons rompus :

– Comment se passent les répétitions de *Huis clos* ? demande Camus.

– La première est le 27 mai. Vous serez des nôtres ?

– Je ne manquerais cet événement pour rien au monde.

– J'ai toujours un regret. J'avais écrit *Huis clos* pour trois amis : vous Camus, et les deux sœurs Kosakiewicz. Pendant ce temps Wanda et Olga me fichaient la paix. J'aurais aimé que vous fassiez également la mise en scène, d'ailleurs c'était notre deal. Mais de la distribution initiale, il ne reste plus que Chauffard et c'est Raymond Rouleau qui assume la mise en scène. Sacré Chauffard, c'est lui qui a trouvé le titre, vous vous en souvenez ?

– On a fait ce que l'on a pu ! Et on s'est bien amusés en répétant dans la chambre d'hôtel du Castor à La Louisiane. Cela me suffit.

– Wanda m'en veut à mort, vous la connaissez ! Je sais, mon cher, qu'elle vous a fait du gringue cet hiver. Cela m'a étonné. Qu'est-ce qu'elle voulait de vous ? Un rôle ? Une nuit de baise ? Une histoire sans issue… Comme si je ne lui suffisais pas. Tenez, sentez-moi celui-là. Vous croyez que c'est une Gauloise Caporal ?

– Ça sent plutôt le Gros Gris…

– À moins qu'elle ait voulu que vous fassiez partie de son tableau de chasse ? Vous ne répondez pas. Voyons mon vieux, je suis beaucoup mieux que vous. Je plaisante, n'est-ce pas. Vous n'avez pas vu ma gueule ? Certaines femmes avec qui je suis sorti me disaient que j'ai une laideur sympathique. C'est pour ça que je suis, et là je ne plaisante pas du tout, plus « intelligent » que vous.

Sartre bourre sa pipe attendant une réaction de Camus. Mais ce dernier reste stoïque quelques secondes, puis reprend :

– Je n'ai pas de regret… Nous avons fait ce que nous avons pu et il est vrai que j'avais envie de monter *Huis clos*, mais sans théâtre et sans argent…

– Vous avez eu l'élégance de vous retirer du projet et je vous en remercie. Votre mot m'a fait plaisir. Le Castor a trouvé que c'était très délicat de votre part. Il s'approche de Camus pour lui souffler, complice : Wanda continue de faire la gueule parce qu'elle ne joue pas dans ma pièce.

Sartre allume sa pipe avec son briquet et se met à réfléchir tout haut.

– Qu'est-ce que je pouvais faire ? J'ai essayé de convaincre le metteur en scène de l'engager. Mais je ne suis pas le Bon Dieu dans cette affaire. C'est la responsabilité de Raymond Rouleau. Un chic type, très doué. Il a travaillé avec Artaud et Dullin. Son ex-femme joue également dans ma pièce. C'est une très bonne comédienne. Vous la connaissez ? Tania Balachova. Et c'est comme ça. J'espère que la presse sera bonne cette fois-ci. Rien n'est facile, mon cher, *Les Mouches* ont été un échec et *L'Être et le Néant* n'a guère eu de retour. Sauf le vôtre, que j'apprécie.

Sartre remet sa blague dans sa poche et sort un nouveau mégot qu'il tend à Camus.

– Une Balkan Sobranie, on les reconnaît au filtre de couleur, apprécie Sartre. Ce doit être un Russe blanc ou un collabo qui est passé par là. Il fait une moue. Tant pis, je la garde, à moins que cela vous intéresse ?

– Sans façon, je vous la laisse, rétorque Camus en se demandant ce qui lui passe par la tête.

Il s'apprête à partir, mais Sartre le retient.

– Je vais vous confier un secret que seule le Castor connaît. Camus, j'ai été vraiment jaloux de vous. Elle pourra vous le dire, je le lui ai même écrit dans une lettre. Vous voulez savoir ce que je lui disais ?

– Cela ne me regarde pas.

– On s'écrit tous les jours. Dans une lettre je lui dis : « À quoi pensait Wanda en courant après Camus ? Que voulait-elle obtenir ? Est-ce que je n'étais pas beaucoup mieux ? Et si gentil ? Elle devrait faire attention[1]. » Tenez Camus, sentez-moi ça encore, on dirait une gitane ?

– Oui. C'est exact.

– Ah, chic, je ne me suis pas trompé. Dans le mille. Mais pour revenir à Wanda, elle ne se rend pas compte... Je lui ai dit de se méfier car je peux être méchant... mais elle n'en fait qu'à sa tête. Olga de mon cœur... libertaire et capricieuse... J'ai été fou d'elle. Et pourtant, je ne l'ai encore jamais touchée. C'est le pacte entre le Castor et moi.

– Le pacte ? dit Camus intéressé.

---

1. Lettre de Sartre à Simone de Beauvoir dans Jean Paul Sartre, *Lettres au Castor et à quelques autres, 1926-1939*, Gallimard, 1983.

– C'est simple. Il y a l'amour nécessaire et les amours contingentes. Nous l'avons défini et expérimenté avec le Castor depuis que l'on s'est rencontrés. Ça marche, on se dit tout.

– Vraiment tout ? demande Camus suspicieux.

– C'est à discuter. Enfin presque tout, et il tire une bouffée de sa pipe.

– Vous voyez.

– On ne se ment pas, sauf si nécessité absolue. Des annexes au pacte font partie de ce que je nomme la « morale provisoire ». Sinon, c'est une confiance totale et une liberté réciproques. C'est l'amour nécessaire. Ce qui n'empêche pas d'avoir des passions et de vivre librement sa sexualité avec d'autres partenaires. L'idéal quoi ! Et vous, mon cher…

– Moi !

– Oui, vous ! Vous ne pensez pas que vous allez vous en tirer à si bon compte. On est entre amis.

– À Alger, il est de coutume, dans le quartier où je vivais, de se marier de bonne heure. J'ai épousé en premières noces une très jolie jeune femme, mais au bout de quelque temps cela s'est compliqué. Elle était… disons elle s'est droguée et m'a trompé. J'en ai beaucoup souffert. Et puis après avoir divorcé, je me suis remarié.

– Et où est votre femme maintenant ?

– Elle est restée en Algérie. Francine est professeur de mathématique et vit à Oran avec sa mère.

– Et cela vous convient ?

– Je vis comme cela. Et voilà…

– Le fil à la patte ?

– Disons le mariage sans anneau.

– Vous êtes pudique et secret, mon cher ami. Nous, nous vivons des expériences. Vous connaissez Olga. Le Castor, elle et moi on était tout le temps ensemble. Simone a eu une liaison avec Jacques-Laurent Bost et maintenant « le petit Bost » va épouser Olga qui a été la maîtresse de Simone... Et moi, il m'est arrivé d'avoir sept maîtresses en même temps... J'vous dis pas quel boulot c'est !

– Vous savez sacrément vous arranger.

– Je pourrais vous donner des conseils sur le sujet.

– Je n'ai pas besoin d'une dissertation.

– Ne prenez pas la mouche. Je disais ça comme cela. Chacun s'arrange à sa façon. Tout n'est qu'une question de mots, avec le Castor on a décidé, enfin j'ai... ou plus exactement, je lui ai proposé de mettre des mots sur des concepts. Et c'est comme cela que nous avons résolu d'adopter une conception nouvelle de l'amour. Il faut donner un coup de pied au derrière à ce fichu XIXe siècle propre aux jeunes filles en fleurs qui rêvent à l'amour. Cette vision a emprisonné nos parents dans des conventions dépassées. Il faut réinventer les liens d'amour, Camus.

– Moi, je pense à l'amour double et transitoire.

– Vous m'expliquerez votre théorie. Ce qui est évident, c'est que derrière ce masque de la bonne bourgeoisie, moi, je sais ce qui se cache. Vous le savez, vous aussi, nous le savons tous. C'est une autre convention, celle de l'adultère. La liberté, Camus, la liberté en vivant sa sexualité avec qui l'on veut, en éprouvant des sensations, en vivant des expériences. Nom de Dieu, vous n'allez pas me dire qu'avec cette foutue guerre, on n'a pas le droit de vivre et de penser la liberté de demain, quand la guerre sera finie, si on n'a pas tous crevé avant.

– Et le Castor, comment le vit-elle ?

– Vous n'avez qu'à lui poser la question. Mais il est vrai que nous sommes transparents. Enfin, je suis transparent et lui décris tous mes vices et mes petites fantaisies sexuelles. On ne doit rien se cacher…

– C'est tout de même un peu sadique, vous ne trouvez pas ?

– Vous pouvez dire pervers… allez jusqu'au bout de votre pensée. Mais en fait, non, c'est tout le contraire, ni sadique ni pervers. Ce qui compte c'est « je suis donc j'existe ».

– Mais l'autre ?

– Vous me faites rire. Vous y pensez, vous, à l'autre avec votre alliance sans anneau ? Allons, vous comme moi, moi plus que vous, théorisons sur l'amour. Mais vous, vous êtes un tendre et moi je suis un méchant. Vous, vous laissez des portes ouvertes alors que moi, je suis au centre d'un principe dans lequel l'œuvre se crée. Tout est là en définitive. Tout éprouver pour pouvoir dire, comprendre de l'intérieur. On expérimente chaque lien, chaque nœud et on s'en sert, c'est une voie nouvelle, car au final, avec le Castor on est un vieux couple heureux.

– Au fait, je vais aller la saluer…

– Eh ! N'oubliez pas votre petit bout de mégot – cela tisse des liens… et là, je ne plaisante pas du tout. On reprend quand vous voulez notre discussion, votre théorie de l'amour double m'intrigue…

Camus se dirige vers Simone de Beauvoir, assise sur la banquette de moleskine rouge à quelques tables derrière eux. Sur la tablette de derrière, elle a posé son imperméable. Pourquoi cette allure toujours aussi stricte ? se demande-t-il. Depuis qu'il discute avec Sartre, elle n'a pas levé la tête, toujours concentrée. Comment fait-elle pour s'abstraire à volonté ? pense Camus, rien ne semble pouvoir la perturber. Et comme si elle venait justement de prendre conscience de sa présence, elle relève la tête et ferme son cahier.

– Je vous ai vu en grande conversation avec Sartre.

– Je voulais vous dire bonjour au passage.

– C'est gentil à vous, Camus, cela me fait plaisir.

À cet instant, Beauvoir détourne la tête en direction de la porte du café où une femme vient d'entrer. Camus a perçu son mouvement. Sans en avoir l'air, il regarde à son tour. Elle a un visage ingrat, sans être ni laide ni belle. Elle va s'asseoir machinalement à une table, se postant juste en face de celle où se trouve Beauvoir et lui jette un regard intense chargé de questions. Beauvoir, impassible, fait semblant de l'ignorer. Qu'est-ce qu'elle peut être irritante ! Va-t-elle se décider un jour à ôter ce masque et montrer ses sentiments ? pense Camus. Et pourtant la présence de la femme en face l'a perturbée, c'est évident.

L'inconnue sort un cahier et commence à écrire. Le garçon s'approche et lui demande :

– Comme d'habitude ?

– Comme d'habitude, répond-elle. Elle semble hypnotisée par Beauvoir qui feint de l'ignorer.

Et l'on entend : « Un p'ti sec pour mademoiselle Violette ».

Comme si de rien n'était, Beauvoir continue d'échanger avec Camus.

– Vous avez retravaillé le manuscrit du *Malentendu* ?

Mais pour qui se prend-elle avec ses airs d'institutrice, pense-t-il. Qu'est-ce que ça peut lui faire si j'ai ou non retravaillé mon texte ? Ce n'est pas ses affaires. Mais il ajoute :

– Je ne cesse d'y apporter des nuances. Maintenant que ma pièce va être montée, ce sera l'épreuve des planches. Un moment, j'ai cru qu'elle ne serait jamais jouée. Aucun directeur de salle n'était prêt à parier sur un nouvel auteur. Pourtant Gaston Gallimard l'a envoyée en priorité à Barrault, mais ce dernier a refusé.

Au nom de Barrault, Sartre se lève et s'assoit à leur table. Il ne peut s'empêcher de revenir sur un sujet qui l'a perturbé et dire ce qu'il a sur le cœur :

– Il m'a fait le même coup avec *Les Mouches*. Vous connaissez l'histoire ? Eh bien, il nous a tous plantés. Là encore j'avais écrit la pièce pour les deux sœurs Olga et Wanda, qui se fait appeler au théâtre Marie Olivier, passons. Barrault, qui m'avait poussé à écrire pour elles, voulait monter ma pièce, disait-il. On commence à répéter, mais il finit par me dire que ce sera sans Olga pour qui j'avais précisément écrit le rôle d'Électre.

– Barrault s'est défilé, dit sèchement Simone.

– Je lui ai écrit une lettre, reprend Sartre, où je le dédouanais. Il était en réalité trop pris par *Le Soulier de satin* de Claudel à la Comédie-Française.

Ce qui m'a le plus troublé, ce sont ses allusions répétées en me disant qu'Olga était ma maîtresse et que je voulais la mettre en avant. Ce à quoi je lui ai répondu qu'elle n'était pas et ne serait jamais ma maîtresse. Quoique… Et je lui disais que ma pièce, écrite par un « débutant », ne correspondait sans doute pas à ce nouvel art dramatique qu'il veut créer. Mais vous, vous aviez une autre pièce en cours, je crois ?

– Pour ce qui est de *Caligula*, un jeune metteur en scène, Jean Vilar, voudrait la monter mais il n'a pas d'argent. Barrault avait des vues, mais il a abandonné le projet aussi pour *Le Soulier de satin*…

– Décidément, on ne rivalise pas avec la Comédie-Française ! Votre roman *L'Étranger* compte parmi les meilleurs récits que nous ayons eus depuis le début de la guerre, poursuit Sartre.

– Peut-être, mais *Le Malentendu* a eu bien du mal à se faire entendre ; maintenant je suis très heureux puisque Marcel Herrand la met en scène. C'est un homme engagé. Il n'a pas peur de prendre des risques et je lui en sais gré.

Beauvoir les écoute en buvant quelques gorgées de thé tout en regardant de manière oblique la femme, qui, elle, ne cesse de vouloir attirer son attention par des regards suppliants. Camus a conquis Sartre, pense-t-elle. Oserait-elle aller jusqu'à dire qu'elle-même est séduite ? Oui, vraiment charmant bien qu'un peu Rastignac. Camus l'intrigue et parfois, elle ressent un pincement au cœur qui aiguise sa jalousie, mais s'en défend. Elle ne s'autoriserait pas à juger ses rapports avec

Sartre. C'est normal, pense-t-elle, Sartre apparaît à Camus comme un grand frère. Il a huit ans de plus, il est né à Paris dans une famille bourgeoise et il est sorti de Normale Sup. Camus est un étranger qui doit faire sa place dans un milieu à conquérir. Il ne s'en sort d'ailleurs pas si mal, songe-t-elle.

Camus se lève, il doit s'en aller.

Le Castor le retient par le bras et lève le visage vers lui, le regardant droit dans les yeux.

– Venez dîner ce soir à l'hôtel Madison. Il y aura Sartre, Queneau, Lemarchand et la pauvre Dora qui vient de se faire plaquer par Picasso. Les Leiris passeront probablement.

– Vous avez besoin d'un cuisinier ?

– Je vous laisse le soin des pâtes, *al dente*… Bost s'occupera du pot-au-feu. Elle sourit en versant le thé dans sa tasse.

– Je vais être en retard aux Mathurins, on commence à 15 heures les répétitions.

– Ce soir, venez directement après. Chambre 10. Ne confondez pas avec celle de Sartre au fond du couloir. Puis à mi-voix et d'un ton résolument ferme, alors qu'il s'apprête à la quitter : Je vous attends. 19 heures au Madison. Soyez à l'heure.

À peine Camus s'est-il faufilé entre les fauteuils de l'orchestre qu'un « Merde ! » tonitruant retentit sur le plateau. Les pages volent, s'éparpillent, s'échouent entre scène et salle comme des feuilles d'automne. Herrand reste de marbre. Les bras croisés sur la poitrine, il attend. La tempête est en train de s'apaiser. Maria fait les cent pas sur le plateau. La répétition a mal commencé.

– Cela fait une heure que je me bats avec cette scène. Quelque chose cloche, dit Maria.

– Allez, reprends ma belle, ne te déconcentre pas. Tu vas trouver. Ne t'énerve pas, ça ne sert à rien. On y est presque.

Maria reprend et s'arrête brutalement, en proie à un trou de mémoire.

– Qu'est-ce qu'elle dit ? Souffle-moi Marcel, j'ai l'impression d'avoir devant les yeux une fenêtre bouchée et je n'y arrive pas...

– T'as qu'à jouer la situation, c'est ce que je t'ai dit déjà tout à l'heure, s'énerve Herrand.

Maria s'arrête net dans son mouvement, se fige, le regard dans le vide.

– J'ai beau essayer, c'est le noir.

Comprenant que ce n'est pas en la bousculant qu'il l'aidera, il s'approche de la scène et lui dit calmement :

– Détends-toi. On fait le point sur la scène. D'accord ?

– Mais je sais ce que je joue, Marcello.

– Si tu le savais vraiment on n'en serait pas là, dit-il en haussant les sourcils, ironique.

Maria s'est assise au bord de la scène tout en massant sa jambe droite, elle ferme les yeux pour mieux se concentrer sur ce que le metteur en scène lui raconte. Il reprend calmement ce qu'il lui a déjà dit maintes fois.

– N'oublie pas Maria, Martha est une aubergiste ; elle apporte une tasse de thé, comme le fait normalement une hôtesse avec un client de passage, si ce n'est qu'elle a versé dans la tasse un somnifère puissant. Et surtout, elle ignore que cet homme à qui elle s'adresse est son frère.

– Ça j'ai compris, il n'y a qu'à lire le texte, répond-elle un peu agressive.

– Si tu as compris, pourquoi ne le fais-tu pas alors ?

Maria relève la tête et le regarde, navrée.

– Mais pourquoi ne se présente-t-il pas ? Ce serait si simple si l'étranger lui disait : « Je suis ton frère » et à sa mère « Je suis ton fils qui revient te chercher pour rentrer au pays. » Je ne comprends pas pourquoi il se cache. Ce n'est pas logique.

– N'essaie pas d'être logique. Joue la situation, c'est tout.

Sans l'écouter, Maria l'interrompt.

– Mais comment on peut ne pas reconnaître son frère… Ce n'est pas crédible.

– Mais on s'en fout que ce soit crédible ou pas, rétorque Herrand exaspéré.

– Je te dis qu'il y a un hic, Marcel.

– Maria, tu m'agaces. Demande à l'auteur, il est juste derrière.

Étonnée parce qu'elle ne l'a pas entendu venir, Maria parcourt la salle du regard et tente d'apercevoir Camus dans l'obscurité.

– Vous êtes où ?

Camus se lève et descend vers les premiers rangs. Au passage, il fait un signe de main aux autres comédiens qui attendent leur tour.

– Je ne voulais surtout pas vous déranger, dit-il intimidé à Herrand.

– Au contraire, puisque vous êtes là, on va en profiter pour clarifier quelques détails. Après tout, vous êtes le créateur de la pièce.

– L'auteur n'est tout de même pas Dieu le Père et j'en sais quelque chose.

– C'est vrai ! Parfois, cela peut même être franchement emmerdant quand des auteurs se mettent à avoir des exigences impossibles ou qu'ils ont des points de vue radicalement différents de ceux du metteur en scène. Barrault m'a conté que, quand il avait monté *Le Soulier de satin* au Français, il avait dû discuter chaque phrase avec Claudel. Moi cela me rendrait dingue, un truc comme ça. Enfin, pour le moment, l'auteur reste encore l'unique créateur. Mais je vous parie que, sous peu, il sera supplanté par le metteur en scène. C'est déjà le cas dans certains pays. Allez, ouste, on va arrêter pour aujourd'hui. Puis s'adressant aux acteurs à la cantonade : Ça vous dit, un petit apéro ?

– On a déjà fini Marcel ? demande Maria.

– Toi, tu ramasses tes feuilles et tu nous rejoins. Je vais chercher une bouteille, on se retrouve tous en haut.

Alors que les comédiens empruntent l'escalier, Maria commence à ramasser les feuilles. Camus la détaille du regard sans qu'elle le voie et décide de rester avec elle.

– Je peux vous aider ? demande-t-il.

– Non, merci, répond-elle sans lever la tête, un peu rétive.

Décontenancé, il ne sait plus comment agir. Il aimerait lui parler de son texte, de son personnage mais il n'ose pas. Il l'a vue à l'œuvre en train de travailler son rôle. Elle l'a impressionné. L'intimiderait-elle ? Il préfère se lancer dans une discussion plus personnelle.

– Si je ne suis pas trop indiscret, d'où êtes-vous en Espagne ? lui demande-t-il, en se penchant pour l'aider à ramasser son texte.

– C'est à cause de l'accent ?

– Non. C'est parce que j'aimerais savoir.

Maria s'est relevée et remet en place la jupe de son costume qui est trop longue. Elle lui décoche un sourire charmant qui le surprend.

– De Galice, mais j'ai aussi vécu à Madrid.

– Cela n'a pas été trop difficile de venir en France ?

– Est-ce qu'on avait le choix ?

– Et c'est comment Madrid ?

– Je n'ai pas aimé. Quand je suis arrivée à onze ans, je n'avais jamais quitté la Galice et ne parlais pas le castillan. J'avais l'impression d'être exilée. C'est comme si on m'avait envoyée sur la lune. J'avais perdu ma Galice. Non, je n'ai pas aimé. Alors, quand on est arrivés en France en 1936, j'avais déjà connu mon exil.

Elle le regarde intensément puis soudain éclate d'un rire incroyable.

– C'est bête tout ça. Vous m'excusez mais il faut que je monte me changer et chercher mes affaires.

Entre-temps Herrand, qui se demande où est Camus, est redescendu. Il ouvre la porte de la salle et aperçoit Maria qui se précipite vers les loges. Il la happe.

– Mais où vas-tu ?

– Je reviens, Marcello, mais pas plus de dix minutes, je suis attendue après.

– Tu ne voulais pas lui poser une question ? insiste Herrand en désignant Camus qui est resté dans la salle.

– Je te dis que je vous rejoins, on en parle après.

– Non, on en parle maintenant. Tu peux t'asseoir cinq minutes, quand même ! lance-t-il exaspéré. Camus, venez nous rejoindre.

Maria s'assoit sur le bord de la scène, les jambes pendantes, faisant face aux deux hommes qui s'installent au premier rang de l'orchestre. Sa position surélevée lui donne de la force. Puisque Marcel veut qu'elle pose des questions, eh bien, elle va en poser.

– Tu vois Marcello, c'est peut-être une question bête pour toi, mais pour moi, tant que ma vision reste bouchée, je n'y arrive pas…

Son regard saisit Camus qui est assis à côté de Herrand. Elle s'adresse à lui et soudain le prend à témoin.

– Vous comprenez, pour jouer la pièce, j'ai besoin de savoir ce que fait cette femme. Et qu'est-ce que moi je peux apporter au rôle avec ce que je suis. Vous saisissez ?

– Oui, bien sûr ! Pour vous éclairer, j'ai écrit ce que l'on pourrait appeler une tragédie de conscience. C'est l'absurde condition humaine. Et parfois, il n'y a pas de logique. Vous savez, Maria, quoi qu'on fasse, on est pris dans un engrenage, c'est en partie aussi ce que j'ai voulu dire.

– On ne peut pas s'en sortir alors ? C'est comme dans une souricière.

– Oui, à l'image de la machine de guerre qui broie tout le monde, coupables et innocents.

– Si je comprends bien, reprend Herrand, ce que vous appelez la tragédie de conscience, c'est aussi la question de la culpabilité.

– Parfois, il n'y a pas besoin de cohérence réelle. Cela va avec l'absurde.

– C'est quoi l'absurde ? demande Maria.

– Oh, je ne saurais pas répondre en une phrase. Mais je peux vous dire que ce n'est certainement pas la vérité. Sans doute est-ce une façon de parvenir à se saisir de vérités transitoires. Je pourrais vous citer cette phrase de Nietzsche que j'ai adressée dans une lettre à mon ami Francis Ponge : « Le sentiment de l'absurde, c'est le monde qui est en train de mourir. La volonté de l'absurde c'est le monde nouveau. »

– Si je vous comprends bien, c'est de l'insensé dans un temps insensé, rebondit Maria qui commence à se passionner pour cette discussion.

– On pourrait dire ça, aussi. Des millions d'hommes meurent, s'entretuent. Certains de nos proches, nous savons que nous ne les reverrons peut-être jamais et pourtant nous pouvons aussi être heureux. On continue à exister, à faire du théâtre, à s'amuser dans des fêtes. À être dans la vie, comme vous, Maria.

– Pas vous ? Et toi Marcel, qu'en dis-tu ?

– Ne te pose pas tant de questions. Fais déjà ce que tu as à faire.

– J'ai aussi besoin de réfléchir au sens des choses… Je te l'ai déjà dit Marcel, sinon mon imaginaire se bouche.

Herrand se retourne vers Camus.

– Vous avez vu l'énergie qu'elle déploie en scène.

– Ne change pas de conversation, Marcello. Pour travailler un texte, j'ai besoin de creuser pour aller voir ce qu'il y a en dessous des mots.

– Fais comme tu veux, ma Mariquita, réfléchis toute la nuit si tu veux, mais demain il faut qu'on la sorte, cette scène. On ne va pas tergiverser pendant des jours, répond Herrand un peu las.

Au même moment, une voix forte, venant du haut, retentit :

– Bon alors, on le prend cet apéro ?

Maria en profite, saute de la scène, fait la bise à Marcel et part en courant.

– Maintenant, je dois vraiment aller me changer.

Alors qu'elle pousse la porte, Camus ne peut s'empêcher d'essayer de la retenir et, joueur, lui lance :

– En attendant d'aller retrouver votre chéri, ne nous faites pas trop languir… Au moment même où ces mots sortent de sa bouche, il se demande : qu'est-ce qui m'arrive ? Ma parole, est-ce que je serais un brin jaloux ?

Herrand lui jette un coup d'œil dubitatif et le prend sèchement par le bras.

– Allez venez, montons. Maria va nous rejoindre, ensuite elle ira faire ses escapades.

En montant l'escalier, et comme s'il se parlait à lui-même, Camus continue de penser à Maria et fait part à Herrand de ses impressions.

– Elle est incroyable, et de surcroît, ardente…

– Oui, je sais, c'est une passionnée, le coupe Marcel. Mais ne vous faites pas d'illusions, elle possède aussi son petit caractère, à sa manière elle est une sorte de don Juan qui fait tourner la tête à bien des hommes ; même le célèbre Gordon Craig est tombé fou d'amour quand il l'a vue jouer… Et puis, Mariquita, c'est un petit démon de féminité naturelle, glisse-t-il à l'oreille de Camus, avant d'ajouter pour lui-même : un petit démon plein de vie, de joie et de colère, mais que j'adore.

Maria les a rejoints. La troupe est rassemblée. Herrand ouvre grand le placard à deux battants donnant sur une cuisine guère plus grande qu'une maison de poupée.

– Qu'est-ce que tu cherches Marcel ? demande Maria.

– Une surprise… Vous m'en direz des nouvelles.

D'un placard encastré dans le mur, il sort une bouteille puis dispose cinq petits verres à pied ciselés sur un plateau vénitien.

– C'est ma mère qui prépare cette décoction, confie-t-il en parlant à mi-voix. Je ne sais pas où elle déniche la cannelle, mais avec un zeste de céleri et des clous de girofle, c'est le petit Jésus en culotte de velours.

Chacun lève son verre en l'honneur de la pièce. Tandis que le metteur en scène fait ses critiques, Camus prend place dans un fauteuil et observe. Les comédiens acquiescent, se justifient, s'insurgent mais finalement tiennent compte de ses remarques. Pour la première fois, dans le contre-jour de la fenêtre, le visage de Herrand lui apparaît dans sa simplicité naturelle. Serait-on semblables ? Excessifs, amants de la beauté. Seuls, terriblement seuls. Dissimulant notre douleur sous un masque de joie. Lui s'en sort par le cynisme ; moi par l'ironie. Il a Maria à ses côtés. Elle est une force de vie que j'aimerais avoir. Je pourrais la faire jouer, monter une troupe quand la guerre sera terminée...

Tout en sirotant son verre de cannelle, Camus observe à la dérobée Maria qui participe intensément à la discussion avec le metteur en scène. Il se dit qu'il a de la chance que sa pièce soit mise en scène par des professionnels et jouée à Paris. De surcroît, Maria est une vedette. Cela le flatte. Et ils partagent des affinités : le tragique, l'Espagne et la beauté. Que rêver de mieux !

Plus tard, il faudra que je lui dise que moi aussi je suis à moitié espagnol.

Marcel s'est tourné vers lui.

– Voilà, nous avons terminé notre séance de mise au point.

– Mais, dites-nous Camus, intervient Marie Kalff, comment en êtes-vous venu à écrire du théâtre ?

– Pourquoi j'écris du théâtre ? reprend celui-ci comme s'il était en train de se remémorer une pensée déjà formulée et mûrement réfléchie. Eh bien, il me faudrait plus de temps pour l'évoquer.

Il se dit qu'il lui faudrait leur expliquer ce qui l'a amené à écrire *Caligula* et *Le Malentendu*. Il faudrait employer le mot « absurde » et il n'est pas certain que s'il disait que la pièce qu'ils sont en train de jouer fait partie du cycle de l'absurde, cela ne les déconcerterait pas. Ce seraient des discussions à n'en plus finir. Et au juste, qu'est-ce que l'absurde exactement ? Pour être franc, je pourrais leur dire que, d'une certaine façon, c'est la connerie de la vie, pense-t-il.

Alors, il répond simplement :

– Si j'écris du théâtre, c'est peut-être parce qu'il n'y a pas de meilleur moyen de faire passer quelques idées qui me tiennent à cœur.

– Vous n'avez jamais songé à devenir acteur ? poursuit Herrand en le dévisageant. Je suis sûr que vous feriez un merveilleux Don Juan.

Camus sourit sans répondre. Herrand a vu juste.

– Mon rêve serait de monter à la suite toutes les pièces sur Don Juan qui existent au théâtre.

– Ça ne vous a jamais tenté de monter sur les planches ?

– Si, bien sûr, et j'ai même joué Don Juan, reprend Camus dont l'œil s'éclaire d'une lueur que Herrand ne lui a jamais vue.

– Celui de Molière ?

– Non, le *Don Juan* de Pouchkine.

Au nom de Don Juan, Maria tend l'oreille et dresse l'échine comme un chat.

Je le savais. J'en étais sûre, songe-t-elle. D'ailleurs, il y a quelque chose en lui… Elle le regarde en biais avec une attention soutenue. Oui, vraiment, il y a dans son regard, son sourire, sa voix même et sa démarche une séduction naturelle… Je me disais, l'autre jour, qu'il pourrait être comédien et même jouer Don Juan. Cette façon d'être, cette sensibilité exacerbée qu'il dissimule derrière son sourire… serait-il vulnérable dans son orgueil… Et quand il m'a dit en plaisantant que j'allais rejoindre mon petit ami, ce n'était pas un rire feint, son ton le trahissait.

Elle n'a de cesse de le scruter, tout en semblant ne pas lui prêter attention. Le voici qui rit. Il est direct, simple. Jusqu'à présent, il s'est borné à m'adresser des paroles banales. Il a l'air très gentil, attentionné. Serait-il timide ? Frondeur ? Oui, c'est un séducteur. Il n'y a qu'à voir la façon dont il caressait du regard Hélène Vercors l'autre soir. C'est vraiment un bel homme : bouche sensuelle, yeux gris-vert brillants de malice, et des épaules frondeuses faites pour vous envelopper. Comme on doit être bien dans ses bras.

Camus l'intéresse de plus en plus. Après le défi, viendrait-il d'éveiller son goût de la conquête ? Comme pour la première lecture, elle ne cesse de le fixer, mais cette fois-ci y ajoute une légère ironie. Voudrait-elle l'apprivoiser ? Se l'approprier ? En un mot, il l'intrigue et déjà la fascine. Mais il est temps de partir. Elle se lève et Camus en profite pour dire qu'il doit partir aussi. En sortant du théâtre il lui demande :

– Je vous offre une cigarette, avant que vous ne rejoigniez votre ami ?

Quand il sourit, un petit pli près des lèvres lui fait une adorable fossette. Elle a remarqué sa spontanéité méditerranéenne faite de provocation et de pudeur. Et cela lui plaît.

– Oui, merci, mais mon ami a dû partir, en ne me voyant pas arriver, répond-elle simplement.

Et tandis qu'il s'approche pour lui allumer sa cigarette, il sent son parfum, la regarde dans les yeux, se disant qu'elle a perdu cette attitude froide et distante qui l'avait mis si mal à l'aise, lors de leur première rencontre. Elle tire une bouffée, les lèvres souriantes, le visage détendu, le col de son pull ouvert en V dégageant un long cou. Son regard malicieux le déstabilise : se fout-elle de moi ou ne lui suis-je pas si indifférent ? se demande-t-il. Quant à elle, une question la tenaille depuis qu'elle s'est souvenue de la soirée du quai des Grands-Augustins.

– J'ai assisté à votre mise en scène de la pièce de Picasso. Vous savez ce que les gens en ont pensé ?

– À vrai dire, je n'en ai pas la moindre idée, mais je me suis bien amusé, lui répond-il comme si tout cela appartenait à un passé sans importance, avant d'ajouter, comme à regret : Je prendrais bien un café avec vous mais j'ai aussi un rendez-vous. La prochaine fois, si vous voulez, je pourrai vous emmener dîner chez Hoggard, rue Monsieur-le-Prince. On y mange du couscous et des brochettes.

– Je dois vous prévenir, je n'ai pas un, mais trois petits amis…, répond-elle sérieusement, puis voyant sa mine déconfite : enfin, ce sont des camarades de jeu, ce que l'on appelle des copains, suis-je claire, puisqu'il faut préciser les choses, dit-elle cette fois-ci moqueuse.

– Alors on se voit sous peu ?

– On verra, répond-elle avec légèreté.

– Vous me le promettez ?

– Bien entendu, réplique-t-elle cette fois-ci de son sourire le plus charmeur qui ne dissimule aucune équivoque.

Il la laisse, enfourche sa bicyclette après avoir mis ses élastiques. Le vélo s'élance sur la chaussée. Elle le suit du regard. Décidément, son dos a un je-ne-sais-quoi qui me fait quelque chose…

une sensation érotique ? Elle sourit, rien qu'à cette idée. Il se retourne rapidement, lui fait un signe de la main. Le vélo file en direction de la rive gauche. Camus rejoint l'hôtel Madison. Beauvoir s'impatiente. Aurait-il oublié son dîner ?

3 mai 1944, les jeux de la nuit, cour de Rohan

Ce soir, c'est fiesta cour de Rohan. À son tour, Georges Bataille réunit ses amis.

Camus prend la rue Saint-Sulpice et oblique vers le boulevard Saint-Germain par la rue Bonaparte. Chaque fois qu'il passe devant l'hôtel Madison, il revoit avec angoisse le jour où, juste avant son départ pour Clermont-Ferrand avec *Paris-Soir*, au moment de l'Exode, il y avait oublié le manuscrit de *L'Étranger*. Pia n'avait pas hésité. Il était allé le récupérer *in extremis* avec ses papiers. Une fois au carrefour de la rue Dauphine et de la rue Saint-André-des-Arts, il s'engage dans le passage pavé du Commerce-Saint-André et s'engouffre rue Jardinet, pousse une grille couverte de rouille, et aperçoit Sartre et Bataille. Ils n'auront donc jamais fini de se quereller ces deux-là, pense-t-il, faisant allusion à l'attaque virulente de Sartre contre Bataille, l'année précédente, dans les *Cahiers du Sud*. Depuis ils se sont réconciliés, mais Bataille entretient secrètement une rancune envers Sartre.

Au sixième étage, l'escalier donne sur les combles. Des pinceaux séchés trempent en éventail dans des bocaux de verre sur des étagères ; des toiles s'entassent, posées contre les murs défraîchis, d'autres sont accrochées aux murs.

– Nous voici dans l'atelier du peintre Balthus, déclare Bataille. Il n'est pas à Paris en ce moment et il nous dépanne, Tzara et moi.

Un lit à baldaquin est repoussé dans un coin ; à côté, un mannequin de bois à la tête de cheval. Camus avance dans la pièce et regarde les toiles aux murs. Bataille, amical, s'approche de lui.

– Balthus aime peindre des petites filles pubères sur des canapés. Vous voyez cette autre toile, il l'a nommée *La Toilette de Cathy*. Il est fasciné par *Les Hauts de Hurlevent*. Je me suis souvent interrogé sur cette jeune femme de dix-huit ans, Emily Brontë, qui n'a jamais quitté ou presque son village du Yorkshire, et qui n'ayant pas connu l'amour physique, parle cependant avec une vérité si grande des abîmes de la passion. C'est fascinant. Elle qui semble être restée vierge a écrit un des plus grands romans d'amour fou.

Camus sourit.

– Peut-être cette connaissance est celle d'un amour incestueux pour son frère, poursuit Bataille.

Quand il avait lu le roman d'Emily Brontë, Camus avait été fasciné par l'absolu de la passion, sa révolte aussi. Il regarde intensément le portrait d'Heathcliff peint par Balthus. Est-ce ce climat surréaliste qui, soudain, le renvoie à cette question de l'amour imprévu, impossible, à cette ardeur d'aimer un seul être ou cette faim donjuanesque d'avoir plusieurs femmes à la fois ? Que sait-il de l'intime de ces gens réunis ce soir ? Certains ont plongé dans les abîmes de l'amour fou, l'amour incendiaire. Aura-t-il un jour, comme Éluard, une femme, tout à la fois maîtresse, amie, muse qu'il appellerait non pas « la parfaite », comme le poète nomme Nusch, mais d'un nom pour elle seule inventé ? Un jour, pourrait-il dire à une femme unique « soyez follement aimée » comme Breton ? Vivra-t-il l'amour libéré, l'amour révolte, celui qui remet tout en cause ?

Une femme d'allure extravagante intrigue Camus par son rire. Il l'entend parler et s'interroge sur l'origine de son accent. Filiforme, vêtue de voiles violine et vert, elle semble sortir d'un conte fantastique. Sa peau d'opaline, ses grands yeux qui vous suivent comme un félin, sa chevelure rousse ondulante coupée court, tout son être respire l'étrangeté. Un masque de chat lui couvre à moitié le visage. Qui plus est, ce soir, le groupe surréaliste est à l'honneur avec deux de ses dissidents, Bataille et Queneau. Camus s'interroge sur ce mélange entre surréalistes et existentialistes. D'un côté, ceux qui croient au hasard subjectif et de l'autre, les adeptes du « j'existe donc je suis ». Quant à Camus, il développe sa morale personnelle de l'absurde.

Sartre le sort de cette méditation, avec une tape légère sur le haut des épaules, comme pour l'inviter à se joindre à lui et se précipite au milieu de la pièce.

– La musique, on danse, on danse !... crie-t-il en esquissant déjà un pas déhanché.

– Où est passé le pick-up ? demande Pierre Klossowski à Bataille.

– Je ne sais pas où ton frère l'a foutu.

– C'est pas cette grosse boîte ? s'écrie Sartre penché derrière un fauteuil Louis XIII.

– Pierre, lance Bataille à Klossowski, tu trouveras derrière l'autre fauteuil mes disques du Hot Club de France.

La musique remplit la pièce. Klossowski est le disc-jockey. Pour chauffer l'atmosphère, il passe un fox-trot endiablé, puis un jitterbug et continue avec un be-bop à couper le souffle. Sartre danse, jubile, exulte et dégouline de sueur. Seul ou avec des partenaires, il ne cesse de danser. Camus se fait remarquer au paso doble.

– Ouf, fait Sartre, je vais boire un coup.

À peine a-t-il le temps de reprendre son souffle que l'air du toréador de *Carmen* retentit dans la pièce.

– Pas question que je laisse passer ça. C'est pour moi... Qui veut toréer ? lance-t-il à la cantonade.

Sur les premières mesures de l'air de Bizet, Sartre mime le *paseo* des matadors en train de défiler dans l'arène. Il passe devant les invités en demi-cercle, le torse bombé et les toise avec fierté. Puis d'un geste emphatique, il tire un carré de soie blanche de la pochette de sa veste et le jette à la femme à la chevelure rousse. Elle le rattrape au vol, l'agite dans l'air comme un mouchoir avant de le glisser entre ses seins. C'est pour elle qu'il va toréer. Beauvoir, arrivée entre-temps, se demande quel numéro il va leur servir ce soir.

D'un geste pompeux, il fait virevolter sa veste qu'il tient comme une muleta. Puis il appelle : « *toro, toro* ». Bataille se plante devant lui et mime le taureau s'apprêtant au combat. Et soudain la corrida commence. Bataille charge, tête baissée, s'engouffrant dans la capea. Le matador-Sartre s'écarte de la masse animale, levant en l'air les bras avec la capea qui essuie au passage le mufle de l'animal-Bataille, puis pivote sur la pointe des pieds, tandis que sur le disque, Carmen vocifère : « *L'amour est enfant de bohème qui n'a jamais connu de loi…* » Leiris s'exclame : « Olé ! Belle véronique ! » Le taureau-Bataille se retourne. Ses index pointés comme les cornes du taureau, et d'un bond encore plus puissant, il s'élance en souffrance, exhalant de sa poitrine un souffle déchirant. Maintenant il est possédé par ce combat de satyres dont il est l'un des protagonistes principaux, ménade furieuse, Orphée à l'œil castré. « Vous ne trouvez pas qu'il ressemble à un faune des bois ? » chuchote pince-sans-rire Leiris à Camus fasciné de voir ces deux ogres saturniens s'affronter dans une joute singulière.

Sur le pick-up, le chœur hurle « *Toréador, prends garde à toi !* » Tête baissée, le taureau piétine et fonce sur le matador qui a juste le temps d'esquiver. « Olé ! » crient les aficionados. André Pieyre de Mandiargues se rapproche de Leiris : « Parions qu'ils vont aller à l'estocade ! »

Bataille, robuste comme un paysan, relève le buste, gonfle le cou, creuse les épaules en avant, et de la seule charge de son énergie venue de la terre, d'un seul coup, se retourne et déploie tout son corps comme s'il s'élançait vers le ciel en éclatant d'un rire sardonique ; il hurle, vocifère, une main devant l'œil, s'écroule à terre, mimant la scène au ralenti comme s'il venait d'être transpercé par l'épée du torero qui l'achève. Son cri déchire l'espace. La masse noire est au sol. Carmen s'envole dans les aigus. Le disque rayé répète à l'infini : « *Et si je t'aime prends garde à toi.* » Sartre tend la main à son partenaire pour le relever, mais ce dernier refuse de la prendre.

– C'est épatant, jubile Leiris à qui n'échappe aucun de leurs gestes. Vous avez vu Camus, Bataille vient de rejouer devant nous l'histoire de l'œil.

– Quelle histoire ?

– Lorsque Bataille était enfant il a assisté à sa première corrida où le torero Jacinto a pris la corne du taureau dans l'œil. Depuis Bataille a gardé ce traumatisme. Il en a fait sa matière littéraire. Mais de vous à moi, je le soupçonne aussi d'avoir voulu donner une leçon à Sartre qui l'a défié.

– Mais je ne vois pas où est la leçon.

– Ce serait plutôt un règlement de compte auquel nous avons assisté, mon cher. N'oubliez pas leur brouille, lors de la sortie de l'article que Sartre avait fait paraître sur Bataille, sous le titre « Un fou mystique ». Eh bien, je dirais que « le fou mystique » lui en a fichu plein la figure en le faisant entrer dans sa sphère. Et il l'a impressionné… vous avez vu comme il s'est dressé telle une flamme, c'était un peu comme s'il lui disait : « Je vais t'en foutre du fou mystique ! » Tu l'as devant toi et ce n'est pas que du paraître, mais de l'être aspiré par le néant. Regarde ! Enfin, Camus, vous le savez comme moi, tout n'est qu'une question de vocabulaire et d'images en fin de compte.

Des couples se remettent à danser. Toute cette chaleur des corps mêlée à la fumée de cigarette oppresse soudain Camus qui se met à transpirer violemment. Il aimerait ouvrir la fenêtre, mais ne peut l'atteindre avec tous ces gens tassés sur la piste de danse improvisée.

Bataille entraîne Sartre vers une table qui sert de bar.

– Un gin bien frais, qu'en dis-tu Sartre ? Je ne savais pas que tu avais reçu l'alternative.

– J'ai toujours avec moi de nombreuses alternatives selon que…

– Sacré Sartre. Je te pardonne. Mais ne redis jamais que je suis un fou.

– J'ai dit ce que je pensais à un moment… Puis se tournant vers Beauvoir : Vous avez vu notre lutte ?

– Impressionnant ! J'ai cru avoir affaire à deux frères qui se sautent dessus pour se prouver qui sera le plus fort.

– Croyez-vous Castor, rétorque Sartre froissé de ne pas se sentir compris ou du moins de l'être trop bien. Si vous permettez, je vous abandonne un moment.

À ce moment-là, profitant d'un espace libre, Camus se précipite vers la fenêtre et sur son passage bouscule légèrement Beauvoir.

– Excusez-moi, ce lieu m'asphyxie.

– Mon petit Camus, vous avez une tête de cachet d'aspirine. Je vais vous chercher un remontant.

– Je n'en ai pas besoin.

– Si, je vous assure, vous faites pitié.

Elle part et revient avec un verre de cognac.

– Allez, vous n'avez qu'à boire ça cul sec ; ça ira mieux après.

Alors que Sartre se dirige vers la femme rousse, il aperçoit Camus que Janine Queneau vient d'intercepter. Elle peut être drôle voire cocasse, mais quand elle a bu, elle ne peut s'empêcher de poser des questions du style « et vous, question sexe, où en êtes-vous ? ». Leiris arrive, enlace Janine, la serre contre lui, fait semblant de lui mordiller l'oreille ; elle pousse de petits cris tandis que Sartre, excité par le précédent combat, rejoint ce nouveau couple réjouissant et se presse contre elle. Camus, intrigué et curieux, observe le manège de ce trio. Coincée entre les deux hommes, Janine se pâme et Leiris jubile :

– Moi, dit-il, je prône la dissidence et la liberté sexuelle. Si vous voulez en savoir davantage, ma chère, vous trouverez, dans *L'Âge d'homme*, le rythme et le rite de mes masturbations d'adolescent et de jeune homme. Vous voyez, je ne triche pas avec la vérité.

Janine Queneau est hilare.

– Qu'est-ce qui vous fait rire à ce point ? demande Bataille qui vient de se joindre au petit groupe un verre à la main.

– Depuis que Janine a lu Freud et Marie Bonaparte, elle mène son enquête sur la sexualité. À la maison elle est beaucoup plus sage, rétorque Queneau qui s'amuse de la curiosité de sa femme.

– Puisque je suis en société, je fais mon enquête, mon chéri.

– Ça lui passera ! Il faut bien que jeunesse se passe comme disait ma grand-mère.

– Mon chéri, ta grand-mère, on oublie.

– Puisque parmi nous, certains, sous l'égide de Breton, ont ouvert le Bureau des rêves, Janine, elle, pourrait ouvrir ici un cabinet de sexologie.

– Je m'instruis, arrête tes bêtises, Raymond.

– Pourquoi une femme ne pourrait-elle pas librement parler de sexe ? reprend Beauvoir. Vous, les hommes, vous le faites à longueur de temps. La sexualité de la femme serait-elle l'apanage du sexe opposé ? Que savez-vous messieurs de la sexualité de la femme ?

Il y a un silence. Bataille commence à parler :

– Avec Sylvia, quand on était ensemble, on a fréquenté les bordels. Et on aimait ça. Et si vous voulez savoir, eh bien, oui, ma mère, je l'ai adorée, étais-je amoureux d'elle ? En tout cas, ce que je sais, c'est que je l'ai aimée dans une sorte de cruauté qui rejoint le divin. La transgression du sacré, ultime plaisir dans une jouissance qui conduit à la mort. C'est cet inceste qui m'a poussé à écrire *Ma mère*…

Bataille s'empare alors du mannequin près du baldaquin. Il l'enlace et tournoie en une valse dionysiaque. Puis il s'arrête, étourdi et lance à la cantonade :

– Un cheval pour mon royaume ! Je parie que personne n'a jamais tenu entre ses bras un homme à tête de cheval, à moins que ce ne soit une femme qui hennisse de bonheur.

– Vous êtes bourré mon ami, lui dit Leiris.

– Et si on faisait un jeu ? renchérit quelqu'un d'autre.

– Par exemple ? demande Bataille.

– Le jeu des petits papiers.

– Y en a marre. Trouve autre chose, maugrée Janine.

– Je ne sais pas, moi…

Léonor Fini se lève en faisant virevolter ses voiles multicolores. Elle traverse la pièce, laissant s'évaporer des fragrances de patchouli, s'arrête dans sa rêverie, fait un demi-tour sur elle-même.

– J'ai une idée. Chacun pourrait imaginer un rêve. Avec nos corps dessinons d'abord les rayons d'un soleil, puis laissons-nous divaguer. Ce serait mieux avec de l'opium.

– Y a-t-il parmi nous quelqu'un qui aurait une boulette d'opium ? demande André Pieyre de Mandiargues.

Personne ne répond.

– Léonor, tu es la prêtresse de cérémonie, articule Bataille.

– Très bien. Chacun s'allonge au sol. Les paupières fermées on se donne la main. Qui commence ? demande Léonor.

Une voix se lève.

– Moi, j'ai rêvé d'une femme belle, entièrement nue qui se balançait sur un trapèze… J'allais la voir dans une boîte de nuit, et un jour je l'ai vue, le sexe serti de diamants… Elle s'appelait Aurora… Je lui ai dit ouvre-moi ta porte. Elle disait comment t'appelles-tu ? Je lui ai répondu : Michel Leiris.

– À une autre personne, articule lentement Léonor comme dans une séance de spiritisme. Une autre voix se fait entendre.

– J'étais dans le métro, devant moi il y avait une blonde pulpeuse qui se laissait coller par un homme qui lui touchait la poitrine… Elle fermait les yeux. L'homme est descendu à la station puis on a continué et la femme s'est mise à me regarder et deux stations plus tard, elle m'a fait signe de la suivre… Sur le quai elle m'a glissé dans la main un morceau de papier avec son adresse dessus que je pouvais lire : 3, rue Raymond Queneau.

– Qui veut parler maintenant ?

– Je plonge dans la mer, avec ses courants chauds qui m'entraînent et tout mon corps jouit intensément de cette caresse, j'entends une voix venue des profondeurs qui m'attire et m'appelle par mon prénom : Albert, alors que je m'efforce de remonter à la surface et me retrouve parmi des ruines. Maintenant je prends des lentisques dans mes mains. Il y a des parfums insensés. Ici, le ciel est bleu et les pierres orangées.

– Un autre rêve.

– Je m'envole dans une montgolfière et sur les nuages, des couples s'embrassent et me désignent en tendant leurs bras et me pointent de leurs index ; je m'entends leur demander si là-haut, ils éprouvent des coïts ininterrompus… Va te faire foutre, Janine… Alors le ballon se dégonfle et je me trouve dans une ville que je ne connais pas.

– Encore, soupire la maîtresse de cérémonie. Vous sentez comme vous êtes légers maintenant. Restez les yeux ouverts pour entrer dans le monde des visions.

– Je donne un cours à Janson-de-Sailly et une élève lève le doigt : je la regarde, c'est moi l'élève, elle a mon visage. Je la regarde me regarder et elle me dit « j'ai laissé des… je ne me souviens plus quoi devant la porte de ma chambre ». J'entends frapper, j'ouvre… il n'y a personne mais une lettre d'une femme, au bas de la page je lis Simone de Beauvoir.

– Moi, je cours derrière des tas d'images de toutes les couleurs qui se mettent à sortir de tableaux et entrent dans le garde-manger de la cuisine. Ensuite, je sens des odeurs de crêpes « sucettes ». Et j'entends la voix de mon père qui m'appelle : Zette, suzette, suzette cache-toi vite.

– Quel est votre rêve ou plutôt votre cauchemar ? reprend Léonor.

– La femme, l'impossible. J'ai rêvé d'une femme avec qui je montais dans un taxi. Je plongeais ma tête dans ses cuisses ouvertes et humais ses lèvres humides, et c'était comme l'ivresse de Dieu. Le néant. La fêlure du ciel. L'obscénité, le désir même de la volupté, l'au-delà de l'être limite. C'est bon de jouir quand on sait qu'on va crever. Giacometti, lui, rêve toutes les nuits d'une petite araignée… et moi j'attends Madame Edwarda. Mon cœur et mes viscères sont un champ de… Bataille.

Soudain, on entend un ronflement. C'est Sartre qui s'est endormi. Il y a un silence. Léonor proclame :

– La cérémonie doit prendre fin pour trouble nocturne.

Chacun se relève et Bataille propose du café. Seul Sartre au sol continue de ronfler. Les autres le portent jusqu'au lit à baldaquin où il s'affale : Bataille jette sur lui une robe de chambre jaune à rayures violines qui traîne sur un fauteuil, puis il prend son fétiche à tête de cheval qu'il glisse entre les bras de Sartre profondément endormi.

– Si j'étais vous, je ne lui ferais pas confiance, rétorque Beauvoir amusée par ce couple improbable. Méfiez-vous Bataille, dès que Sartre sera sur pied, il pourrait vous le chiper…

– Chère Simone, vous savez que le dada de Bataille a toujours été l'humour noir, réplique Pieyre de Mandiargues qui, lui, est resté en dehors du cercle.

– Vous n'avez pas voulu vous joindre à nous, André ?

– Mon plaisir est de regarder, très chère.

Léonor se faufile entre les gens qui boivent, parlent, sont avachis sur des chaises en attendant le lever du couvre-feu. Elle passe près de Camus. Ce n'est pas la première fois qu'il sent ce parfum de patchouli. Tout à l'heure quand ils étaient assis, sa fragrance capiteuse l'avait pris à la gorge. Elle bat par petits coups rapides ses mains, tout en faisant un demi-tour sur elle-même.

– Bravo ! Bravissimo tout le monde ! Puis elle se fige, et dit en déplaçant lentement son masque sur son visage, comme si elle levait un voile devant ses yeux : moi, j'ai « réve », dit-elle de son accent argentin, de noir et… de blanc, d'espaces purs sur un damier, où des femmes nues à la tête de panthères seraient vêtues de voiles transparents aux couleurs de l'arc-en-ciel, jouant à la marelle entre des arbres squelettiques…

Pendant quelques heures, chacun a vécu un tourbillon de rêves, de visions, substituant à ces jours de guerre des jeux surréalistes. Alors qu'il s'apprête à partir, Camus est retenu par Bataille.

– J'espère qu'on se retrouvera vite. Je pars dès que possible à Avallon. C'est cette saleté de pneumothorax. J'y vais deux fois par semaine en autocar pour les insufflations.

Camus le regarde avec sympathie.

– Alors nous sommes dans la même galère.

– Vous avez aussi la tuberculose ?

– Depuis des années, je fais ce que je peux pour m'en accommoder. J'ai passé des mois près de Saint-Étienne pour des cures. Vous savez, on est diminué, on s'essouffle parfois vite, mon vieux, mais du moins on vit, grandi par la maladie.

Comme s'il se parlait à lui-même, Bataille ajoute :

– J'écris avec la mort…

– Moi, j'ai dit oui à la vie, répond Camus le regard dans le vague.

La femme à la chevelure rousse les a écoutés. Bataille la présente à Camus :

– Léonor Fini est peintre. Sa passion, ce sont les chats.

Camus lui sourit et elle le regarde de ses yeux à l'iris doré. Il ne peut se détacher de ce visage comme privé de sang, hypnotique et presque félin.

– Moi, vous savez, j'en ai des chats, plus de soixante-dix… précise-t-elle.

– Les deux derniers que j'ai eus c'était comme des jumeaux, ils s'appelaient Cali et Gula, renchérit Camus.

– Bravo, Camus ! s'exclame-t-elle en riant, je suis intriguée de savoir ce qu'est devenu cet empereur à deux faces de Janus.

– Eh bien, les deux faces une fois rassemblées, on pourrait dire que j'en ai fait une pièce de théâtre, conclut-il, songeant dans son for intérieur que, s'essayant à cette petite joute verbale, il ne s'en sort pas si mal.

Le jour s'est levé et, fatigué par cette longue nuit surréaliste, étouffant de ce parfum qui le poursuit, Camus descend les escaliers à toute vitesse, son imperméable à la main. Une fois dans la rue pavée qui longe la façade arrière du Procope, il se précipite à La Rhumerie sur le boulevard, commande un petit-déjeuner, se réveille avec un café serré dans l'espoir qu'il retrouvera des forces pour entamer une nouvelle journée.

*

Camus abandonne tout sur-le-champ, même ses rendez-vous au Café de Flore, pour se précipiter aux Mathurins. Pour rien au monde, il ne manquerait ce moment où les acteurs quittent leur texte pour se présenter dénudés, maladroits, vulnérables, et la mémoire encore hésitante. C'est tout le travail des répétitions. Herrand possède la magie de transformer la scène en un creuset avec, au centre, les acteurs traversés par la pièce, le rôle, ce qu'ils ont vécu dans la journée, l'instant même. Herrand installe ce climat électrique : la scène chauffée à blanc ; les tensions mises à vif jusqu'à ce que le jeu des métamorphoses opère.

Sur le plateau Marcel est survolté. Maria, dans un état de tension extrême, s'irrite pour un rien, épuisée. Bien qu'en retard sur le planning, Herrand arrête la répétition. Les acteurs dans la salle s'apprêtent à partir.

Avec aplomb, Camus fait signe à Maria et lui dit discrètement qu'il l'attend.

– Je monte me changer. Attendez-moi dehors.

Elle prend une bouteille d'eau, boit au goulot, s'essuie les lèvres d'un revers de la main, interpelle Marcel pressé qui quitte la salle.

– Marcello, quand est-ce qu'on se retrouve ?

– Demain même heure, lance-t-il.

Dans la rue, Camus allume une cigarette, se poste sur le trottoir d'en face. Le pied calé contre le mur, un genou replié pour prendre appui, tout en tirant une bouffée, il pense à Maria en scène. Elle sort en courant et le cherche du regard. Elle l'aperçoit et il traverse précipitamment la rue, en jetant son mégot et se plante devant elle avec un immense sourire :

– Je vous accompagne au coin de la rue, dit-il d'un ton qui ne supporterait aucun refus. Vous viendrez à la générale de *Huis clos* ?

– C'est quand ? demande-t-elle, intéressée.

– Le 27 mai au Vieux-Colombier.

– Zut, je suis déjà prise.

Camus s'arrête net bouche bée, la regarde comme un enfant qui ne comprend pas.

– Je suis déçu.

Ils restent face à face, muets. Et, au même moment, éclatent de rire tous les deux. Il sort de sa poche une cigarette qu'il lui propose. Il est heureux et la contemple, se tenant à quelques centimètres d'elle, silencieux, s'imprégnant de la forme de ses yeux, le pourtour de ses lèvres, le décolleté de son cou, la couleur de sa peau où il détecte quelques petits boutons, et voit la légère cicatrice à peine visible au-dessus de l'arcade sourcilière. Elle se demande s'il va la dévorer toute crue. Elle rompt ce silence.

– Non ! Ne le soyez pas. Le tournage du film de Bresson reprend. Mais si je pouvais me défiler, croyez-moi, je préférerais volontiers aller avec vous. Vous connaissez la pièce ?

Il se gratte la nuque et un sourire lui échappe, légèrement sarcastique.

– Si je la connais ! Même que j'en ai appris par cœur des passages.

– Je savais bien que vous aviez la fibre d'un acteur…

– Sartre voulait que je mette en scène *Huis clos*, et que je joue en même temps le rôle de Garcin. On a commencé les répétitions. On n'avait pas de lieu. Il en a parlé à des amis qui connaissaient le nouveau directeur du Vieux-Colombier et celui-ci a embauché un metteur en scène professionnel.

– Vous êtes amer ?

– Non, pourquoi est-ce que je regretterais ? Vraiment, c'est bien mieux ainsi.

– Qui joue ? demande-t-elle intriguée.

– Tania Balachova, Michel Vitold, Suzie Gaby. Puis revenant à la charge, il dit : Vous ne pouvez vraiment pas venir ?

Camus retire le cadenas de son vélo, se penche pour ajuster ses élastiques, lève la tête vers Maria et lui demande, intimidé :

– Je peux peut-être vous téléphoner ?

Elle sourit. Il se redresse :

– Vous habitez seule ?

– Je vis avec ma mère.

– Vous vivez toutes les deux ? s'intéresse Camus.

– Il y a aussi un demi-frère qui n'est pas mon frère, bla-bla-bla… Bref, bref, c'est une histoire compliquée.

Il prend son vélo à la main, hésite à lui proposer de la raccompagner puis reste sur place.

– Vous avez perdu votre père ? demande-t-il, histoire de lier connaissance.

– Il n'est pas avec nous, répond-elle sans s'appesantir.

– Ça vous dirait que je vous emmène un de ces soirs à La Mère Catherine ? C'est un restaurant de Montmartre où l'on danse.

– Je connais, on y va avec maman et Enriques, le faux demi-frère…

– Ce sera peut-être encore plus palpitant que *Huis clos*. Alors vous êtes d'accord ?

– Avec plaisir, et elle sourit.

Il relève délicatement une mèche de cheveux qui est venue cacher ses yeux. Et elle sent ses doigts frôler son visage. Il enfourche son vélo. Elle attend, se demandant s'il va l'embrasser. Il en a très envie. Il se penche vers elle, se penche… jusqu'à… mais elle détourne son visage. Pourquoi soudain retarder le baiser ? Si ce n'est pour maintenir encore un peu plus le désir…

– Je vais vous laisser avec regret, mais cette fois-ci c'est moi qui suis attendu, dit-il en consultant sa montre.

Il est déjà loin, mais se retourne plusieurs fois, lui faisant le même geste d'au revoir. Son dos s'éloigne, les épaules courbées sur le guidon, tête franche en avant. Singulièrement, depuis qu'elle vit à Paris, il lui semble, depuis cette minute où elle l'a senti au bord de ses lèvres, avoir oublié la fatigue, la course haletante d'un marathon sans fin.

5 juin 1944, fiesta chez Dullin

En cette fin d'après-midi, Sartre et Beauvoir reçoivent chez Charles Dullin. Camus est de la fiesta. Immédiatement, il propose à Maria de l'accompagner. Elle le retrouvera plus tard, puisqu'elle répète.

Quand il arrive, c'est la bérézina. Dullin, affalé dans son fauteuil, ne cesse de s'excuser, navré de recevoir sans « sa » Camille.

– Je ne comprends pas, Camille a passé la journée à préparer la soirée, puis a disparu dans sa chambre. Regardez comme c'est joli ! C'est elle, ces guirlandes sur les portes, les embrasures des fenêtres. Et ces couronnes de fleurs qui vont avec le printemps… exquise Camille.

– Quel est le problème ? demande Janine Queneau toujours à l'affût, se tournant vers un nouveau venu, Morvan Lebesque, qui lui répond en catimini : « Je crois qu'ils ont eu une petite querelle d'amoureux. »

– Camille n'est pas là ? s'empresse-t-elle de demander tout haut.

– Chère Janine, je vous sers un gin ? propose Beauvoir, histoire de passer à un autre sujet.

– Avec plaisir, oui, mais où est passée Camille ? On ne va pas la voir ? insiste Janine, perfide.

– Elle est allée se reposer un moment. C'est juste une fatigue passagère. Tout va bien, rétorque le Castor d'un ton sans réplique.

Les invités arrivent. Le Castor va ouvrir la porte et Sartre les reçoit. Dullin est un peu de la famille depuis qu'il a pour compagne Simone-Camille Sans, dite « Camille », parente par alliance de Sartre. Elle-même écrit et joue des pièces de théâtre.

Sartre fait signe à Camus de le rejoindre.

– Mais qui est cette Camille qui joue l'arlésienne ? demande Camus intrigué.

– Ma cousine par alliance. Nous avons été très proches, avant le Castor. Venez, je vais vous présenter à Dullin. Nous avons eu, lui et moi, le privilège de connaître, au sens biblique du terme, Camille.

– Vous voulez dire qu'elle a été votre maîtresse ?

– Nous avons voyagé ensemble, le Castor, Olga, Camille et moi. Donc, j'ai un coup d'avance sur Dullin. Camille et moi donnons des cours dans son école où je parle de tragédie à ses élèves.

Sartre entraîne Camus pour le présenter à Dullin qui est en train de raconter son fiasco des *Mouches*.

– Vous rendez-vous compte, on a donné une cinquantaine de représentations devant une salle le plus souvent à moitié vide. J'y suis allé de ma poche pour maintenir la pièce.

– Bien sûr ! dit Sartre, agacé d'entendre pour la énième fois ces jérémiades. À partir d'une tragédie antique, j'ai voulu parler de la culpabilité.

– Pour remplir les caisses, j'ai dû même jouer en alternance *L'Avare*, poursuit Dullin. Au moins, avec Molière, on a fait de la recette. Il fallait bien combler le déficit de la création de Sartre. Puis, s'adressant à ce dernier : Dussane m'a fait un compte rendu sur toi : « Il est magistralement rusé, habile, dialecticien et philosophe, votre Sartre, quand il nous entraîne dans ce chaudron venimeux, avec ceux qu'il choisit comme étant "les autres" : un déserteur, une lesbienne et un infanticide... » Elle a même ajouté : « J'admets qu'en sortant j'étais toute prête à approuver sa fameuse citation : "l'Enfer, c'est les autres". » Alors Sartre, que dis-tu de cela ? Venant de Dussane, c'est un éloge, non ?

– Eh bien, êtes-vous sûr que Dussane ait compris le sens de « l'Enfer, c'est les autres » ? Beaucoup l'entendent comme si c'était les autres qui sont notre propre enfer, alors que j'ai voulu dire...

– Oui, oui, je sais, je sais... baragouine Dullin en les abandonnant. Mais pourquoi Camille reste clouée dans sa chambre ?

Camus regarde sa montre en se demandant si Maria n'a pas eu un problème avec les contrôles d'identité qui se multiplient en ce moment. Il s'inquiète. Enfin, elle arrive. À Havre-Caumartin, le métro était fermé. Elle a dû faire le trajet à pied. Simone de Beauvoir reconnaît la « biche rebelle » et, d'instinct, se demande si elle ne pourrait pas en faire sa nouvelle proie. Cet espoir reste sans lendemain quand elle voit Camus se précipiter à sa rencontre. Tous deux se mettent à parler et à rire comme s'ils se connaissaient depuis des siècles. Beauvoir les observe sans sourciller, tout en parlant avec Salacrou. Elle est vraiment très belle, ne cesse-t-elle de se dire, puis comme si de rien n'était, elle poursuit sa discussion. Prétextant chercher un verre de vin, elle s'approche de Maria que Queneau a entreprise au sujet du théâtre. Beauvoir la regarde droit dans les yeux, lui sourit, l'interrompt en lui disant, comme si elles étaient amies depuis toujours :

– Vous portez une magnifique robe de Rochas. J'aime ces rayures violettes et mauves. Cela vous va très bien.

– Merci, dit Maria, ne sachant pas trop quoi répondre.

C'est alors que surgit une marionnette aux paupières rehaussées de carmin, le visage fardé d'un bleu sombre outrancier.

– Qui est-ce ? interroge Camus, interloqué comme les autres par ce pantin grotesque titubant et qui, tout aussi bien, pourrait sortir d'un tableau de Grosz ou d'Otto Dix, ou figurer dans un cabaret berlinois des années vingt.

– Mais voyons, c'est Camille qui se relève de sa cuite de l'après-midi, lui chuchote le Castor sur un ton détaché comme s'il ne fallait pas y faire plus attention que cela.

En titubant Camille dévisage sans les voir les invités formant un cercle autour d'elle, au cas où elle s'écroulerait. Elle passe devant chacun la tête haute, beuglant à la cantonade :

– Y en a marre de réciter du Villon, ici. Qui veut danser avec moi ?

Et comme personne ne répond, elle ordonne d'un ton brusque :

– Musique, on danse !

Puis elle se retourne sur elle-même en titubant et pointe Camus du doigt.

– Toi, l'beau gosse, tu danses avec moi.

Elle s'approche et le fixe de ses grands yeux imbibés d'alcool, vitreux, mais langoureux. Et d'un geste désordonné et sans grâce, elle jette ses foulards qui s'échouent n'importe où et vient se cogner dans les bras de Camus, interdit. Il se dégage et pourtant s'exécute, mal à l'aise.

Il la tient à distance du mieux qu'il le peut. Elle se voudrait provocante et se renverse dans ses bras. Il la soutient. Puis elle se cabre et cambre ses reins, se redresse, tape du talon par petits coups secs et redoublés, et d'un mouvement sec de la tête, défait sa tignasse rousse. Et à nouveau, se balance dans les bras de Camus. Lui la maintient de peur qu'elle ne tombe et se fasse mal. « C'est bon la main de l'homme », lance-t-elle, provocatrice. Camus est blême. Il déteste ce genre d'exhibition. La musique terminée, il s'esquive à toute vitesse pour échapper à ses assauts.

Cherchant à alpaguer un autre danseur, elle jette alors son dévolu sur le jeune Morvan Lebesque et requiert son attention.

– Vous êtes l'élève de Sartre. Vous savez qu'il est très ambitieux ? Un jour, « mon petit crapaud charmant » – c'est comme cela que je l'appelais dans nos heures exquises – m'a écrit qu'il se « représentait la gloire comme une salle de danse remplie de messieurs en habits et de dames décolletées qui lèvent leurs coupes en mon honneur » ou plutôt en « son » honneur, et il a continué…

– Vous savez sa lettre par cœur, ma parole.

– Tais-toi. J'ai bu toutes ses paroles jusqu'à la lie. Quand je médite, c'est comme une hallucination, des pensées me reviennent par bouffées, et lui, ce chien, il a fait mon portrait dans un de ses romans. Alors, qu'est-ce que je te disais, ah, oui, il a écrit : « C'est tout à fait l'image d'Épinal, mais j'ai cette image-là depuis mon enfance. Elle ne me tente pas et pourtant la gloire me tente car je voudrais être très au-dessus des autres que je méprise. Mais surtout j'ai l'ambition de créer : il me faut construire, construire n'importe quoi, mais construire, j'ai fait de tout, depuis des systèmes philosophiques (idiots bien entendu, j'avais seize ans) jusqu'à des symphonies[1]. »

Tandis que Camille est partie chercher un autre verre, Morvan Lebesque espère qu'une âme charitable viendra le tirer d'affaire. Maria suggère à Camus d'aller à sa rescousse.

– Que se passe-t-il mon cher Lebesque ? Camille serait-elle en proie à un délire ?

Puis, s'approchant, il lui murmure à l'oreille :

– C'est triste et je suis malheureux pour cette fille.

Maintenant, c'est Janine Queneau qui repart sur son leitmotiv, demandant à chacun : « Quelle est votre vie sexuelle ? »

Camille revient à la charge avec Lebesque et, voyant Camus, calcule qu'après la fête, au moins l'un de ces deux cavaliers sera ferré :

– Vous savez, mes amis, je vais vous faire une confidence au sujet de cette « petite vieille fille » de

---

1. Lettre de Sartre à Simone Jollivet (dite « Camille ») dans Jean Paul Sartre, *Lettres au Castor et à quelques autres, 1926-1939*, Gallimard, 1983.

Sartre. Malgré ses grands airs et sa pipe, c'est un sentimental qui est aussi « couard et douillet ». Et c'est lui qui le dit. Peut-être qu'il me l'a dit pour que je lui crache à la figure. En fait, il n'est pas « né avec un caractère heureux, sauf l'intelligence », m'a-t-il écrit. Alors quoi, je vous en bouche un coin, pas vrai ?

Sartre, connaissant la guêpe, se mêle à leur conversation d'un air mi-dubitatif, mi-enjoué :

– Alors quelle sentence vais-je avoir du « petit juge » ? A-t-elle bien fait ma publicité ? dit-il en s'adressant à ses deux amis.

Camus le regarde perplexe et en profite pour rejoindre Maria sur le canapé.

– Toutes ces histoires, c'est à vous donner la nausée. Vous dansez ? lui demande-t-il. Et avant de se lever : Je vais vous faire un aveu, je n'apprécie guère les femmes qui veulent me sauter dessus. C'est peut-être typiquement méditerranéen, mais je n'ai besoin de personne pour choisir mes amies, et moi seul sais avec qui je me sens bien ou non.

– Et vous avez raison, répond Maria, en riant. Au moins, c'est votre libre arbitre et si ça ne marche pas, vous ne pourrez vous en prendre qu'à vous-même !

Il l'entraîne sur la piste. Eh bien, elle a de la répartie, ma jolie comédienne, pense-t-il.

Pendant ce temps, Beauvoir discute avec Wanda. Simone regarde Maria heureuse qui rit. Elle la voit danser dans les bras de Camus. Une pointe d'envie, de jalousie l'aiguillonne. Pourquoi le nier, elle aimerait avoir cet homme comme amant. Si on le lui demandait, serait-elle franche ? Ou dirait-elle

« non » en pensant « oui ». Dommage ! Il n'y a rien entre nous… se dit-elle. Elle le lui a proposé un soir parce qu'elle en avait envie. Il a éludé l'invitation. Elle observe Maria. Elle a la danse dans le sang pense-t-elle et constate qu'elle a de très belles dents blanches. Il lui faut oublier Camus car il lui semble déjà très épris.

La fiesta se prolonge. On boit. On danse. On tape sur des casseroles. Puis au petit matin, Maria et Camus descendent du 49, rue de la Tour-d'Auvergne. Il lui propose de la raccompagner. Il récupère son vélo dans la cour. Dans la rue, elle se hisse sur le guidon.

Sur les quais de la Seine, l'air est très doux. Le petit jour s'annonce avec ce mouvement ténu de la ville qui s'éveille. Ça fait du bien d'être heureux !

Ils montent l'escalier. Dans le studio de Gide, elle se hisse sur le trapèze et il la prend dans ses bras. Tout tourne autour d'eux comme un manège. Ils chavirent dans les bras l'un de l'autre, en cette première nuit d'amour.

Au petit matin, Maria ouvre un œil. Elle plisse les yeux, sent la chaleur de Camus allongé dans le lit. Tout est allé si vite, un feu d'artifice dans sa tête et lui, fou de désir, la prenant dans ses bras, et elle sentant monter des vagues de plaisir tandis qu'il s'enfouissait en elle. Sa main glisse sur les draps à l'odeur de nuit, retardant ce moment où il faudra se lever, reprendre pied. Elle voudrait recommencer : la même nuit, de la même façon, avec en plus des variantes. Elle se dit qu'elle est folle mais aussi qu'elle assume ses folies. Après tout, celles-ci ne regardent qu'elle ! Elle se tourne contre lui, et les yeux mi-clos, se laisse dériver sans vouloir autre chose que de garder en elle ce moment de plaisir intense. Elle sourit à nouveau, ferme les yeux. Quand elle se réveille mollement, il est assis, tourné en direction du lit, en train d'écrire. Elle balaye du regard la pièce. Quelques vêtements rangés dans un coin, des chaussures, un pardessus accroché derrière la porte et son imperméable ; une table, deux chaises ; une valise dans un coin sur laquelle des livres sont posés. Un poste de radio aussi près du réchaud. L'inventaire est rapide. Elle s'étire doucement, écarte les doigts de pied comme un chat, se penche pour regarder sa montre, son mouvement a attiré l'attention de Camus qui lui sourit et la rejoint.

*

Maria et Albert décident d'aller prendre leur petit-déjeuner à Montparnasse. Si quelqu'un les arrêtait pour leur dire que la tour Eiffel a des ailes, ils répondraient du tac au tac : « C'est merveilleux, on s'embarque immédiatement pour aller sur la lune. » Quand on est amoureux, on dit ce qui vous passe par la tête. Ils marchent plein d'étoiles dans les yeux. Des passants se retournent. Maria et Albert ont quelque chose que les autres sentent sans l'expliquer. Ils sont beaux. Simplement. Pas d'une beauté factice, mais de celle qui irradie sans que l'on sache vraiment pourquoi. Une façon de se mouvoir, un port de tête droit et franc ; le corps libéré, le visage offert, ils sont heureux. Et sans même les connaître, des inconnus leur disent « bonjour » comme s'ils saluaient en eux l'évidence du bonheur.

Ce matin, ils se sentent tout à la fois apaisés et bouillonnants, neufs, sans histoire autre que la fulgurance de leur désir. Le sang afflue en eux avec ses petits battements du cœur qui précipite l'envie renouvelée d'être dans les bras l'un de l'autre. C'est comme s'ils flottaient dans un nuage, ne voulant rien perdre de la trace qu'ils ont gardée sur la peau du désir de la nuit.

Camus a renvoyé les tracas du quotidien aux calendes grecques ; oubliées les petites phrases assassines qui blessent l'âme, effacés les sournoises mesquineries et l'absurde même. À cet instant, il pourrait crier à la terre entière qu'il est amoureux. On le prendrait pour un fou. Mais il n'est pas si loin, aujourd'hui, d'être fou d'amour. À ses côtés, Maria exulte. Camus la fait rire, pour un rien, si ce n'est pour le désir de la voir rire, de voir son visage éclater de vie, ses yeux se plisser et se remplir de larmes, celles du plaisir de rire à l'infini, rire à n'en plus pouvoir, rire tout simplement parce que l'on est un peu bête, mais si bien d'être ensemble ; il la regarde et son rire à elle se déploie en cascade. Cet instant pourrait ne jamais prendre fin. Maria et Albert se fichent de ce que les autres pensent. Ils tracent leur chemin. Emporté par son désir, Camus presse le pas, prend Maria par la taille, la fait pivoter, la prend par la main, l'embrasse fougueusement bousculant son béret, qui tombe. En plongeant ses mains dans ses cheveux, il hume leur odeur de musc. Elle sent les pulsations de son cœur, et il l'embrasse encore, la tient plus fort ; elle se laisse faire, parce qu'elle aime ça, puis levant la tête, elle plonge ses yeux verts dans les siens et d'une voix amusée lui dit : « Mais tu me tires les cheveux ! »

Il la regarde stupéfait. Elle plaisante ? se demande-t-il, car à ce moment-là, son humour le déserte. Elle colle sa joue sur la chaleur de sa poitrine et il se penche sur ses lèvres pour lui dérober un autre baiser et l'embrasse encore et encore. Combien de temps dure le baiser ? Seul le chat de gouttière de la concierge d'un immeuble voisin pourrait le dire ! Il les observe, sur son arrière-train, tel un témoin attentif.

– Chut, ce chat nous observe. Tu crois que c'est un espion à la solde du désir ? demande-t-elle, les yeux brillants, à Camus qui se penche encore sur elle en cherchant sa bouche.

– À moins qu'il ne s'agisse d'un détective privé chargé d'une affaire de cœur, renchérit-il.

Elle refait son chignon qui a un peu souffert. En deux enjambées, il récupère le béret envolé. Cela ferait mauvais genre de se promener dans la rue ébouriffée. Camus l'attend. Et se dit qu'elle est vraiment très belle.

Attablés à la terrasse du Café de Montparnasse, ils se font face, ne sachant quel tsunami les a embarqués soudain dans sa vague. Ils vivent ce bonheur où tout n'est qu'émerveillement, même si c'est la guerre, même si demain… Et surtout si demain, tout devait s'arrêter.

Camus n'a d'yeux que pour Maria. Affamé, il passe la commande : des tartines, de la confiture et du vrai café pour fêter leur première nuit d'amour. Quel luxe ! Camus n'a guère d'argent et Maria non plus. Mais aujourd'hui la tirelire vole en éclats.

Des passants vont et viennent. Maria note que leur pas est plus vif, plus assuré que d'habitude. Intriguée, son attention est attirée par une effervescence inhabituelle. Davantage de femmes se tiennent en amazone sur la barre des vélos, la chaussée se remplit de vélos-taxis. La ville retrouverait-elle ses rythmes d'avant-guerre ? Entre le boulevard du Montparnasse et la rue de Rennes, la circulation se densifie.

Sans perdre du regard Maria, Camus se demande s'il doit tourner la tête. Qu'a-t-elle vu ou qui a-t-elle vu ? Il ne bouge pas et dit à mi-voix :

– Il y a quelqu'un que tu connais ?

– Quelque chose n'est pas comme d'habitude. Je ne sais pas si c'est une sensation ! C'est dans l'air.

– Tu es si belle dans l'amour. Je ne me lasse pas de te regarder.

– Retourne-toi, je t'assure. Il se passe quelque chose.

Camus obtempère sans comprendre ce qui l'a intriguée. D'ailleurs le sait-elle elle-même ? Lui ne voit que des gens qui passent.

– Oui, et alors ? dit-il déconcerté, se demandant ce qui arrive.

– Les gens ne marchent pas pareil. Je ne sais pas… mais je les trouve… comment dire, différents, plus décontractés. C'est curieux.

Elle s'interroge. Se fait-elle des idées ou simplement est-elle encore dans l'ivresse de cette nuit ?

– Laisse-moi te regarder. Jamais je n'ai été aussi heureux ! dit Camus en la buvant des yeux.

Dans un demi-sourire, elle pose sa main sur la sienne.

– Ils nous prennent pour un couple, dit-elle.

– Parce que nous en sommes un, petite Mariquita.

– Je préfère que tu m'appelles Maria. Mariquita, c'est réservé à Marcel. Et je ne suis pas si petite. Je fais 1,57 mètre.

– Pourquoi, tu as été sa maîtresse ?

– On ne va pas se chamailler le premier jour !

– Cela n'a pas d'importance d'ailleurs. C'est du passé. À présent tu es mienne.

– J'ai une faim de loup, pas toi ? dit Maria, préférant ne pas répondre.

– Si. J'allais te dire exactement la même chose.

– Je voudrais manger des crêpes, reprend Maria pour voir comment il va répondre.

– Moi aussi.

– Mais tu fais tout comme moi ? s'étonne-t-elle de façon faussement ingénue.

– C'est normal, je te désire comme un fou ! s'exclame-t-il.

Maria se fait la réflexion que si leur histoire dure, elle devra veiller à son indépendance.

– Mais tout de même, tu ne trouves pas qu'il y a quelque chose d'étrange ce matin ? C'est comme si, tout à coup, cette ville noire et grise avait pris… non (elle cherche ses mots), plutôt retrouvé, ou plus exactement était à nouveau habitée de couleurs.

– Le plaisir te ferait-il voir Paris en rose, ma chérie ? Ne me dis pas que tu vas remplacer Piaf dans son tour de chant.

– Tu es bête !

– Moi ? Non. Je suis intelligent.

– Arrête ! Sois sérieux. Je te dis que je sens… C'est différent ce matin, dit-elle en s'agaçant légèrement.

– Peut-être sommes-nous encore allongés en train de rêver aux îles enchantées. Un jour, je t'emmènerai en Grèce ou à Acapulco…

– Pourquoi ces gens se pressent-ils, alors ? Ils émergent d'un peu partout et semblent plus légers comme si un poids s'était retiré de leurs épaules. Mais regarde. Je t'assure, quelque chose se passe.

Le garçon apporte le plateau avec deux portions de pain, un dé de gelée de potiron et deux cafés saccharine. Il les dépose sur la table, devant eux. Camus change de chaise et vient se placer à côté de Maria en chuchotant :

– Ce qui a changé dans ma vie, c'est que je viens de vivre un moment de bonheur extrême avec une femme merveilleuse. Ne suis-je pas comblé ?

– Ne détourne pas la conversation. Maria scrute attentivement autour d'elle. Tu vois cette femme qui mendie, elle sourit elle aussi.

Camus suit des yeux la femme en haillons, d'une maigreur effrayante, qui marche avec difficulté. Elle semble n'avoir guère plus de quarante ans. Elle passe avec sa carriole chargée à ras bord. Un gamin en pantalon court et casquette la suit. Le visage de Camus redevient sérieux. Il prend la tasse de café, sans rien dire. Maria l'entend prononcer comme pour lui-même :

– On peut être misérable et sourire.

Elle lui effleure tendrement la joue d'un geste d'amour.

– C'est vrai, dit-elle.

Une autre femme arrive à leur hauteur et leur lance un « bonjour » radieux. D'un bond Camus se lève.

– Tu as raison, il y a quelque chose de pas normal. Pardonne-moi, ma chérie. Je dois passer un coup de fil. Il se précipite à l'intérieur du bistrot, se fait indiquer la cabine téléphonique.

Camus tarde. Elle s'agace. Voyons, tu ne vas pas faire ta jalouse, ce serait ridicule, se dit-elle.

Elle est plongée encore dans ses pensées quand deux bras la soulèvent et la font tourbillonner. Tout étourdie, elle se demande ce qui arrive. Sans se préoccuper des autres, Camus l'embrasse, la serre contre lui.

– Ça y est, ils seront là bientôt, lui dit-il à la fois ému, étonné mais aussi désemparé car il ne sait s'il doit croire ou non cette nouvelle.

– Tu m'inquiètes ! dit Maria toute chamboulée, en relevant la mèche de cheveux qui lui tombe dans les yeux.

Camus la prend à part pour ne pas risquer d'être entendu. Sait-on qui épie aux terrasses ? Les murs ont des oreilles, comme on dit en ces périodes de délation.

– Ils viennent de débarquer – les Alliés – cette nuit – sur les côtes normandes.

Les yeux fiévreux d'impatience, de tumulte et d'emballement confondus, il se penche sur les lèvres de Maria. Tout excité, il ne tient plus en place. Il faut qu'il parte immédiatement. Il balance d'un pied sur l'autre, voudrait rester seul avec elle, mais il doit aller s'informer sur la situation.

– On m'attend. Retrouve-moi au studio demain. Tu devrais aussi te couper un peu les cheveux, lui dit-il en lui relevant sa mèche effrontément rebelle.

Vient-il de la quitter qu'il se retourne. Elle lui tend son imperméable ; dans la précipitation il l'avait oublié, puis il court vers la bouche de métro.

Tout est allé si vite depuis la veille. Elle se remémore le film de cette nuit, le passe et repasse en boucle dans sa tête, juste pour le plaisir de revenir sur ces heures qui l'ont tant émerveillée. Elle hésite, voudrait retourner à la maison. Mais préfère rester seule. D'ailleurs, elle n'a plus le temps. Si elle rentre, Gloria lui demandera ce qu'elle a fait cette nuit, où elle était, avec qui… et elle n'a nullement envie de déflorer son secret. Pour une fois, sa mère se débrouillera seule, ira acheter de quoi manger chez l'épicière et descendra Quat'sous dans la rue pour lui faire faire pipi.

Un rayon de soleil l'incite à musarder. Le poids qui l'oppresse depuis tant d'années a disparu. Un sourire lui échappe. Un klaxon la fait revenir au présent. Le flux de la vie coule devant elle, chargé de tous ces inconnus qui déambulent. Le boulevard est pareil au cours d'un fleuve ; elle est sur ses berges et regarde. Une fillette avec des nattes et des socquettes blanches joue à sauter d'une jambe sur l'autre puis reste en équilibre sur une seule jambe comme un héron. Elle sait à présent pourquoi la ville marche d'un pas si alerte, pourquoi les épaules se sont redressées. Et si on lui demandait à cet instant quel est son jardin secret, elle répondrait : observer les autres sans être vue. Un autre privilège qu'elle s'accorde en ce moment.

Elle commande un autre café, le boit à petites gorgées. Droite sur sa chaise, le Sphinx Maria prend du recul : elle fait le point, convoque ses « deux petits potes » comme elle dit, pour se mettre au clair avec elle-même. Ce sont ses *daïmons*, génies tutélaires que des fées ou sorcières ont déposés sur ses épaules à sa naissance. Communément, on les appelle aussi les petites voix intérieures. Ils lui chuchotent tour à tour à l'oreille : « J'aime l'amour. J'aime le sexe. J'aime la vie. Et je l'aime lui… un peu, beaucoup, passionnément… arrêtons-nous là. Comme il me regardait. Cela l'exaltait de voir mon propre désir me donner tout entière. Que c'est bon, de sentir la douce chaleur au ventre. Odeur de nuit, de lit et de volupté. Et sur la peau ce parfum de l'amour, persistant jusqu'à l'enivrement. »

Comment était-ce avant ? Une façon bien à moi de satisfaire mon pouvoir de séduction. Ma crânerie. Mon goût et mon désir du sexe. Voir si ça marche. Mais là, avec lui, je sens palpiter quelque chose. Une lutte. Dans le bas-ventre un léger frisson, des vagues de plaisirs qui affluent, et la tête s'affole… non, je ne m'affole pas. Il m'envahit. Je le sens en moi. Bien sûr, je suis follement prête à vivre cette aventure. Un doux tressaillement me parcourt la colonne vertébrale. Sera-t-il prêt à se montrer sincère avec moi ?

Maria se pince le lobe de l'oreille. Elle s'étire. Redresse la colonne vertébrale, tourne la tête de droite à gauche et vice versa, puis en avant en arrière, se masse la nuque. Commande un autre café. Elle roule une cigarette avec quelques feuilles de tabac oriental, l'allume, en aspire les bonnes senteurs de tabac. La fumée s'échappe en volutes. Cela lui rappelle : il lui a murmuré qu'elle était baudelairienne. Elle n'a rien répondu. La comparaison l'a touchée et ravie. Engourdie sur sa chaise en fer, presque figée, encore lovée dans sa propre moiteur, voulant préserver les sensations de la nuit, elle aspire à encore plus d'amour, encore plus de désir, plus de jouissance encore. Il est fier, gentiment macho, cela participe de son érotisme à elle, mélange insoupçonné de ce qu'elle nomme « tout à la fois sa crudité et son mysticisme cosmique ». L'un n'allant pas sans l'autre, en ce qui la concerne. Elle reprend une bouffée sucrée, et dépose la cigarette sur le rebord de la soucoupe.

Cependant l'amour ne la rend pas obstinément aveugle. Elle veut aussi savoir ce qui se passe réellement : quand les Alliés ont-ils débarqué ? La nuit ou au petit jour ? Sans doute, la délivrance est proche ! En tout cas, il est trop tôt pour préjuger de l'avenir. À cet instant, elle goûte ce bonheur nouveau, si inattendu. Une sensation de liberté la traverse sans laquelle la libération intérieure est si difficile à atteindre. Elle flotte encore entre deux nuits qui n'en font qu'une singulière, prometteuse et ouverte sur l'inconnu.

Je ne lui demande rien d'autre que vivre des moments pleins, sans duperie, sans tricherie. Mais pour lui, jusqu'où pourrai-je aller ?

Combien de temps est-elle restée assise sur sa chaise ? Sa montre n'est plus à son poignet. Elle se souvient l'avoir posée près du lit dans le studio. Il faut qu'elle parte. Sinon elle sera en retard. En se levant, elle voit dans la soucoupe la cigarette se consumer jusqu'à faire disparaître la trace de rouge à lèvres visible à son extrémité. Aujourd'hui tout est à construire, à inventer… même des ailleurs. Elle prend la tasse vide, la lève et, seule, trinque à la vie, à l'amour, au 6 juin 1944.

Sa robe vaporeuse l'accompagne et flotte en se soulevant quand elle descend à son tour les escaliers du métro. Devant le guichet, un homme la dévisage et lui emboîte le pas. Mais avant qu'il ne l'ait rattrapée, elle a sauté dans la rame dont les portes se ferment d'un coup sec. Elle s'assoit, le nez collé contre la vitre. Les rails grincent. Maria regarde le couple qui lui fait face sur la banquette. Ils ne se parlent pas. Qu'importe la vie des autres. Les soubresauts de la rame l'agacent et la distraient. « C'est ton destin qui se joue », lui murmure à nouveau la voix de son génie, au-dessus de son épaule gauche. « Non, c'est l'état de veille », susurre celui de l'épaule droite. Mais enfin, mettez-vous d'accord, leur dit Maria agacée : vous savez bien que chez moi, c'est l'état d'urgence constant.

*

En sortant du métro Havre-Caumartin, Maria se précipite aux Mathurins. Dans le hall, Jenny, l'habilleuse, lui saute au cou et lui fait signe que Herrand est en haut. Maria grimpe les escaliers, arrive dans l'appartement. Sur la table une bouteille de fine aux trois quarts vide. L'oreille collée au poste, Herrand cherche une station sur les ondes. Sur la pointe des pieds, Maria s'approche, met ses mains devant ses yeux et joyeuse demande :

– Devine qui c'est ?

– C'est ma beauté ! répond impassible Herrand.

Elle est dépitée. Il ne s'est pas retourné comme il le fait d'habitude. Il continue à manipuler le gros bouton de la TSF. La veille, comme chaque nuit, après avoir fermé le théâtre, calfeutré la fenêtre donnant sur la rue, et éteint la lumière, lui et Marchat sont restés à écouter la BBC. L'oreille collée au poste, ils attendent les trois petits coups annonçant la sempiternelle voix nasillarde qui répète : « Ici la France. Ici la France. » Puis « Ici Londres. Vous allez écouter quelques messages personnels. » C'est la Résistance qui envoie des messages sous couvert de phrases sibyllines.

Obstiné, ce matin, Herrand, en chemise blanche et les manches relevées, continue de tourner le bouton, assis devant le poste, concentré.

– Comme d'habitude les Boches n'ont pas arrêté de brouiller les ondes. Et à un moment, on a entendu : « Les dés sont sur le tapis » ; « Il y a du mieux camarade » ; « Les carottes sont cuites ». Et puis, dit-il en se retournant, l'œil vif, on allait se coucher et on entend : « Attention, attention : "Les sanglots longs des violons de l'automne/ Blessent mon cœur d'une langueur monotone". » Avec Marchat, on n'en croyait pas nos oreilles. Sans se parler, on a compris : « C'est le signal. »

– Je suis au courant, Marcello, s'empresse de dire Maria avec aplomb.

Marcel la regarde interloqué. Il s'apprête à lui demander comment elle a su, mais se retient. Même si parfois cela lui brûle la langue de lui poser des questions, il s'interdit d'intervenir dans sa vie privée. Et du moment qu'elle reste au théâtre près de lui, il est heureux.

Il se lève, prend une bouteille dans le placard, et répète joyeusement : les Anglais ont passé la Manche.

– Avec Marchat, on s'est mis à chialer de bonheur comme des gosses quand on a réalisé que…

Il ne peut finir sa phrase, Maria l'a déjà coupé.

– Oui, je vois, vous avez vidé la bouteille de vieille fine.

– On en a sifflé deux excellents flacons ! À jour exceptionnel, carafe ravageuse. Ça fait quatre ans qu'on attend ce moment. Si tu étais restée avec nous hier soir… Puis ne pouvant pas s'empêcher de questionner : Tu étais passée où, dis-moi ?

Maria a pris un programme sur la table, elle le feuillette, mine de rien. Elle a envie de parler mais sans se confier.

– Chez Dullin. Quel homme charmant. Sa femme est une teigne.

Il lève son verre :

– Trinquons à l'avenir et que ces salauds de nazis déguerpissent le plus vite possible. Alors tu la trouves comment ?

– Qui ça ? La bouteille ?

– Non, la belle Camille.

Par jeu ou diversion, Maria s'empare du melon de Herrand qu'elle met sur sa tête. Il a une superbe collection de chapeaux et ne supporte pas qu'on y touche.

– Tu vas reposer ça tout de suite, dit-il en devenant rouge de colère comme si on lui avait volé son âme.

– J'imite Charlot. Il ne me manque plus qu'une moustache. Tu as une canne quelque part ? Et elle se met à fouiller dans les recoins en continuant de parler, revenant à sa soirée chez Dullin et sa belle Camille. Pour tout te dire, elle m'indiffère. Elle nous a joué une tragicomédie grotesque. Quand elle est arrivée après tout le monde, il y a eu un silence de mort. On aurait dit un perroquet ou plutôt une chouette qui se pavanait, titubant sur des échasses. Sa principale préoccupation, c'était d'accaparer les mâles de la soirée.

– Tu t'es amusée au moins ?

– Bof, dit-elle en s'affalant dans le canapé, on a dansé comme d'habitude. Ça devient lassant ces fêtes. Toujours les mêmes figures. J'ai croisé Morvan Lebesque, un nouveau ramené par Sartre. Beauvoir est venue me parler, et... Sers-moi un verre de vin, Marcello, si tu veux bien.

Herrand, curieux comme une pie, demande :

– Camus était de la partie ?

Sans répondre, Maria pose son verre par terre à ses pieds, se lève et fouille avec obstination dans son sac à main d'où elle tire enfin un mouchoir. Herrand n'a pas besoin de la regarder pour deviner qu'elle est troublée.

– Tu ne bois pas ton vin ?

– Oui, Camus est passé.

Elle se penche pour ramener son verre et tout en le faisant tourner comme s'il y avait à l'intérieur une mouche, elle continue, d'un ton indifférent :

– Il avait l'air fatigué et à la fin il était très gai. Il a fait un numéro zazou avec des casseroles. C'était dérisoire. Avec Beauvoir, on a ri parce qu'il faisait le pitre ; et ensuite il s'est amusé à singer le matador. Sartre, saoul comme un Polonais, le fixait en criant : Olé ! Il semblerait que Camus lui ait volé la vedette pour une fois. Et toi, Marcello, tu as d'autres nouvelles depuis ce matin ?

– Tu n'as pas entendu ? De Gaulle s'est adressé aux Français.

– Qu'est-ce qu'il a dit ?

– Mais où étais-tu ?

– Je suis rentrée avant le couvre-feu. J'étais épuisée. Dis-moi ce qu'il a dit.

Elle ment, pense Marcel. Il a décelé son mensonge dans cette petite pirouette. C'est son truc à elle, sa manie. Quand elle ment, elle pose aussitôt une autre question, façon d'éviter de se dévoiler trop.

– En vrac, ce que j'ai retenu : la Bataille de France a commencé, et il a appelé tous les Français à combattre l'occupant par tous les moyens.

– Marcel, tu crois qu'on a des chances de remporter la victoire ? lui demande-t-elle en le prenant par les épaules.

– J'espère de tout cœur, ma belle. Mais pour l'instant on n'a pas le temps de se reposer sur nos lauriers. Voyons, on est mardi 6 juin…

Maria répète 6 juin, et Marcel continue avec le planning des répétitions… Mais elle ne retient que le 6 juin…

– Et la générale du *Malentendu* a été reportée au samedi 24. À partir d'aujourd'hui, la compagnie Le Rideau de Paris va devoir livrer une bataille car la partie sera rude.

Maria pose le chapeau qu'elle avait gardé sur la tête, et comme un diablotin sort de sa boîte, elle affirme, volontaire et déterminée : « Me voilà, je suis prête, s'il faut se battre, j'irai affronter la baleine comme le capitaine Achab ! »

Herrand n'en attendait pas moins d'elle. Il met ses deux mains devant la bouche en porte-voix et crie pour se faire entendre de tout le théâtre :

– Oyez, oyez moussaillons, tous sur le pont, Mademoiselle Moby Dick vient de prendre le gouvernail du navire le *Péquod* ! Au fait, qui t'a parlé de *Moby Dick* ? Je t'ai vue, dans les coulisses, dès que tu as un moment de libre, tu le lis.

– C'est Camus. Il me l'a conseillé. Et c'est un très bon choix.

– Ah, bon ! Eh bien, maintenant redescends un peu de ta planète…

– C'est Pluton.

– Pluton, Mars, Vénus, la lune même si tu veux. On va avoir du fil à retordre avec la presse collaborationniste qui magouille en eaux troubles. Ils ne connaissent pas encore véritablement Camus. Je ne suis même pas certain que pour la plupart ils aient lu *L'Étranger* ; et ne parlons pas de son *Mythe de Sisyphe*. À mon avis, en ce qui le concerne, ces saloperies de collabos doivent penser qu'il a des liens avec la Résistance.

À cette phrase, Maria se retourne blême, le visage tendu et les yeux interrogatifs.

– Qu'est-ce qui te fait dire ça Marcel ? Comment sais-tu qu'il appartient à la Résistance ?

– Tout le monde soupçonne tout le monde en ce moment, reprend Marchat, qui vient d'entrer, d'un ton las et perplexe, s'asseyant à son tour dans le fauteuil. Vous allez voir leur tête à tous ceux-là, quand ils vont entendre certaines phrases et des passages du texte qui sont loin d'être des allusions. Ça va péter dans la salle. Un gars comme Laubreaux n'est pas un con. Je vous parie qu'il sera le premier à vouloir déclencher une cabale contre nous et Camus ; ceux de son acabit feront le reste en descendant le spectacle. Mariquita, tu dois t'y préparer…

D'un coup, elle vient de réaliser que Camus pourrait être en danger. Elle veut le protéger, le sauver ; une colère la prend à la gorge, à nouveau ce nœud dans l'estomac, elle se sent comme une souris prise au piège, tout se bouscule dans sa tête, elle cherche une solution, panique quelques secondes. Elle n'a pas son père avec elle ; elle ne veut pas perdre Camus. Et puisque l'heure de la délivrance a sonné, elle ira vaillamment au combat pour sauver son amour. Elle se tourne vers ses deux mentors et leur balance sa vérité :

– Vous imaginez peut-être qu'en Espagne, il n'y avait que des anges et pas des corbeaux. J'ai vu mon père blêmir face à ses amis qui, du jour au lendemain, l'ont laissé tomber, en lui jetant à la face qu'il avait été un lâche, qu'il avait trahi son pays. Et pour certains, c'étaient des libéraux républicains, comme lui, ses frères… Voyons, je ne suis ni puérile ni naïve. Comment vous dites en français, « née de la dernière pluie ». Moi aussi je vais résister à ma façon. Et qu'on arrête de me préserver. Et s'il faut se battre, j'irai, je le promets et on gagnera. Je ne suis plus une gamine, mais une femme qui défend une cause. Dans l'arène je veux bien être le taureau et vous verrez, au final, ce sera moi qui donnerai l'estocade à ceux qui voudront nous tuer dans la salle. Maintenant, on n'a pas de temps à perdre. Tout le monde sur le pont ! Hissez les voiles…

Elle se retourne d'un geste vif, prenant Marcel en flagrant délit tandis qu'il se sert en douce un autre verre de fine, et la regarde comme un gamin pris en défaut lui tendant le verre pour la narguer :

– Le dernier ! À ta santé !

– Je t'attends sur le plateau ! lui crie Maria en haussant les épaules.

Puis elle descend à toute vitesse l'escalier, en lui lançant :

– Dépêche-toi, tu as assez picolé. Tout le monde t'attend pour répéter.

*

Si Maria ne voit pas Camus pendant deux jours, elle glisse sous sa porte des petits mots, des lettres, et parfois même une seule phrase. Et même s'il ne répond pas immédiatement, il attend fiévreusement ses messages en lui envoyant à son tour des lettres enflammées.

Maria ne répète pas forcément tous les jours à cause des coupures d'électricité. Et maintenant, chaque minute avec lui est mille fois plus précieuse.

Aujourd'hui, elle arrive au studio avec une brassée de mimosas. Elle n'a pas reculé devant cette folie d'acheter à prix d'or ces fleurs aux petites graines jaunes qui sentent si bon. Elle voulait les lui offrir simplement pour qu'elles lui rappellent les parfums de son pays. Elle a cherché des fleurs de jasmin mais la vendeuse n'en avait pas. À la porte du studio, Maria frappe les trois petits coups du signal. Au milieu d'une bouffée de senteurs, elle se dirige tout droit vers un pot en verre. Les effluves du mimosa dissipent l'odeur aigre du tabac froid. Camus lui sourit. Il la regarde les yeux brûlants de désir. Elle sourit baissant les yeux, se faisant soudain soumise.

– Tu ne m'abandonneras pas ? demande-t-elle, pudique, comme pour se rassurer elle-même.

– Comment le pourrais-je ? Cela te dit une chicorée ?

– Volontiers, je n'ai rien mangé depuis hier.

Tandis qu'il va faire chauffer l'eau, Maria passe devant la table, se penche sur des notes griffonnées.

– Tu écris quoi en ce moment ?

– Je réfléchis à des idées. Mon temps se passe surtout à rédiger des articles pour un journal.

Il revient avec la tasse fumante qu'il lui tend. Elle s'est enroulée dans le drap de tissu rêche et s'assoit en tailleur sur le lit. Il s'approche et lui tend un livre.

– C'est pour toi. C'est mon premier livre.

– *L'Envers et l'Endroit*, le titre me plaît. C'est comme les deux faces de la même médaille : la vie et la mort. La guerre et la paix.

– Je te ferai une dédicace.

Il s'est allongé à côté d'elle, pose sa tête sur ses jambes.

– Tu es si belle, si attirante avec tes cheveux défaits sur les épaules, lui dit-il en levant le bras. Et l'attirant à lui : Depuis que tu es là, ta force me donne le courage d'avancer.

– Tu n'avais pas besoin de moi pour entreprendre tout ce que tu fais.

– Détrompe-toi, Maria. Je me sens souvent si seul.

Il reste pensif quelques secondes. Elle lui prend des lèvres sa cigarette à moitié consumée, caresse son front, et en tirant une bouffée lui demande :

– C'est le mal du pays ?

– Oui. Parfois. Pas toi ?

Elle chasse de la main le nuage de fumée autour d'elle, comme si elle envoyait ailleurs des pensées douloureuses.

– Je préfère ne pas trop revenir sur le passé. C'est le moment présent qui compte, tu ne crois pas ?

– Juste l'instant où je te serre dans mes bras.

Elle écrase la cigarette dans le cendrier en se détournant. Il l'entraîne avec lui sur le lit.

– Ferme les yeux, attention, on chavire…

Après l'amour, elle se lève pour aller se balancer au trapèze. Camus la suit des yeux.

– J'ai besoin d'exercice physique depuis que je ne vais plus à la mer. Ça me manque.

– Après la guerre, je t'y emmènerai.

– Oh, mon chéri, ce serait merveilleux. Je pourrais nager des heures sans m'arrêter. L'eau est mon élément.

– À Alger, on faisait des parties de foot sur la plage avec les camarades et ensuite on prenait un bain. Viens près de moi. Tu ne sais pas comment la mer est belle là-bas. Tiède, transparente par endroits. J'aime cette sensation de ne faire plus qu'un avec la mer.

– Moi, c'est l'océan qui me met dans tous mes états. Sur la plage, je me plante devant lui, et j'entends son grondement ; et quand il me lèche les pieds sur la grève, les entourant de sa bave mousseuse, une sève chaude monte dans mes jambes et m'envahit. Et pour le remercier, je lui hurle à la face.

– Et il te répond ? lui dit-il moqueur, se relevant sur son coude. Il la regarde se balancer.

– Comment ça ! Il ne me répondrait pas ? Il n'arrête jamais de gronder. Son roulis, ses tempêtes, ses accalmies. C'est comme cela qu'il me parle. Est-ce que tu peux combattre avec ta mer qui n'a que des vaguelettes ? lui assène-t-elle. C'est bien plus courageux d'affronter l'océan et de le défier. Tu ne vas tout de même pas me dire qu'on peut faire ça avec la Méditerranée.

Elle saute du trapèze, se réceptionne avec souplesse et saute sur le lit. Il l'enlace. Il feint l'indifférence et rétorque :

– Ma mer à moi est une force calme, plus subtile ; je te le concède. Mais chez moi, on a ce que toi tu n'as pas dans ton pays de bruine et de brume.

– Je te défends de critiquer mon pays… On a des pêches d'équinoxe chez nous. Tu ne peux pas en dire autant, avec ta mer plate comme une carpe !

Il la regarde avec tendresse. Elle aussi a perdu sa terre. Seulement lui peut retourner à Alger tandis que Maria pressent qu'elle ne pourra plus retrouver ses racines en Espagne tant que le pays sera aux mains de Franco. Le regard de Maria s'est assombri. Serait-il allé trop loin ? Il ne voudrait surtout pas qu'elle souffre. Serait-elle plus fragile qu'il n'y paraît ?

– Peut-être, mais à Alger le soir, tu verrais le disque rouge du soleil qui plonge dans la mer. À cet instant, on comprend pourquoi les dieux sont nés en Méditerranée.

– Attends, et d'un bond elle s'est mise à genoux, moi aussi, j'ai mes dieux ! Qu'est-ce que tu fais des divinités celtes sorties de l'océan ? Tu sais pourquoi j'ai tant aimé jouer *Deirdre des douleurs*, c'est parce qu'en Galice, au mois d'août, une légende celte dit qu'on emmène les femmes enceintes se baigner dans sept vagues. Ainsi l'enfant qu'elles attendent sera heureux.

Camus l'a prise par la taille et l'attire à nouveau à lui.

– C'est le bonheur d'être avec moi, qui te fait me contrarier ? Tu pourrais dire que tu te rallies à ma cause.

– Ce ne serait pas du jeu, dit-elle d'une voix suave et, se faisant câline, vient s'enrouler dans ses bras.

– Peut-être, mais tu ne me feras pas changer d'idée. En ce qui concerne la Méditerranée…

Maria s'échappe, le regard félin, et demande :

– Tu restes sur tes positions ?

– Parfaitement.

Camus la saisit, l'allonge. Elle se laisse faire. Puis il pose sa tête sur son ventre tandis qu'elle lui caresse les cheveux. Après un silence, elle approche ses lèvres des siennes. Il pense qu'elle va capituler, mais elle lui murmure comme une confidence :

– Si tu crois que les Méditerranéens ont le monopole des dieux, tu te fais des illusions.

– Tu ne capituleras donc jamais ?

– Jamais ! dit-elle comme si c'était une évidence.

*

Les répétitions au théâtre s'éternisent et le tournage chaotique des *Dames du bois de Boulogne*, au planning en trous de gruyère, ne lui laisse aucun répit et l'empêche de s'accorder au rythme de Camus. Cette course effrénée lui donne souvent l'impression qu'elle ne s'appartient plus. Elle est dans l'expectative, et soudain, il lui apparaît qu'elle ne sait rien ou si peu de cet homme surgi dans sa vie et qui, en quelques semaines, a pris une place si importante… Elle s'est donnée dans le plaisir de la conquête, et à présent elle reconnaît qu'il la trouble au-delà de la simple attirance physique. Sa grande gentillesse, son humour, sa façon d'être si attentionné aux autres, son ironie qu'elle partage, mais aussi sa sensibilité à fleur de peau qui l'émeuvent et la bouleversent.

L'autre jour, au cœur de l'après-midi, il est resté presque muet. Ce silence brusque l'a surprise. Il était plongé dans ses pensées. Elle sent que quelque chose lui échappe. Elle s'interroge. Que cache-t-il derrière ce sourire d'enfant qui l'émeut tant ? Quel contraste, ce mutisme soudain, avec sa castillanerie habituelle qui agace tant le Castor. Mais justement ce côté hâbleur et provocateur, n'est-ce pas une façon de se protéger, de détourner les regards des autres en se dissimulant sous des masques ? Protection ou réflexe de survie en ce qui le concerne ? Peut-être se trompe-t-elle. Cette vulnérabilité non avouée, cette tension qu'elle ressent chez lui la touchent encore plus.

Jouerait-il, comme elle, au Todo o Nada ? Ayant tout à gagner et rien à perdre, si ce n'est de bâtir son œuvre et de donner un sens à sa vie. Aurait-il lui aussi le sens du défi ? Voulant le tout, tout de suite, sans rien concéder ? S'ils se sont croisés est-ce un hasard ? Une belle coïncidence, certainement. À part des nuits d'amour en pleine guerre, qu'ont-ils à partager ? se demande-t-elle. Un moment de plaisir… ou plus que cela ? Qu'importe ! Ce qui compte, c'est jouir de l'instant, quand cette rencontre prend la forme d'un cadeau de la vie.

*

Maria enfile sa veste, met son béret, jette un coup d'œil dans la glace au-dessus de son lit et va dans la salle à manger, dépose un baiser sur la joue de sa mère en train de somnoler dans son fauteuil, puis elle descend les escaliers. Dehors, une bouffée tiède de juin la surprend et elle se dit qu'elle s'est trop couverte. Camus l'attend dans un restaurant, près du jardin du Luxembourg. Elle déambule, si légère à mesure qu'elle traverse les rues, comme si elle était à la conquête de son destin et chantonne…

Quand elle monte la rue Monsieur-le-Prince, elle distingue une silhouette qui fait les cent pas. Il l'a vue, et descend à toute vitesse à sa rencontre. Il l'entraîne Chez Hoggard, un restaurant qu'il aime, doté de lumières tamisées. Une atmosphère chaleureuse d'intimité s'en dégage.

En terrain familier, Camus se dirige d'emblée vers le fond, sous une arche en pierre qui les isole de la salle. Il s'assoit en face de Maria. Sa pupille brille à la lumière des bougies.

– Quand on a décerné le prix de la Pléiade à Mouloudji, on est venu dîner ici. Beauvoir a pris des côtelettes. Il y avait plus de gras que de viande ! Tu aurais vu sa tête…

– S'il y a des côtelettes, crois-moi, je ne vais pas m'en priver. J'ai faim et même s'il n'y a que du gras, ça m'ira très bien.

– J'aime bien cet endroit un peu à l'écart de la vie germanopratine. Je me languissais de te voir.

– On s'est vus hier ! lui dit-elle en souriant.

– J'ai regretté que tu ne sois pas venue à *Huis clos*.

– Tu veux que je sois franche ?

– Est-ce que j'ai le choix ? ironise-t-il.

– J'ai l'affreux soupçon ! Tes amis Sartre et Beauvoir, je me demande s'ils sont vraiment sincères.

– Sartre est un ami, s'offusque Camus surpris d'une telle franchise. Il défend ses convictions. Je te concède que Beauvoir est parfois agaçante.

– Elle est très intelligente. Je ne sais pas quoi dire ni me situer quand elle me regarde. À chaque fois, j'ai l'impression qu'elle et Sartre ne m'acceptent pas réellement dans leur sérail. Peut-être ne suis-je pas assez intellectuelle. Devant eux, c'est comme si je passais un examen que je rate. Cela te fait rire ? Il n'y a pas de quoi. Sauf quand Sartre veut m'apprendre ses chansons. Là, je le trouve moins arrogant, plutôt drôle même, presque comique.

– C'est quoi cette histoire ?

– Il était saoul et m'a dit qu'il pourrait m'apprendre sa dernière chanson.

– Il n'est pas gonflé. Laquelle ?

– Celle de *Huis clos*. « Dans la rue des Blancs-Manteaux on a monté l'échafaud… » Ne fais pas cette tête. Au fait, comment était *la* représentation ?

– Les acteurs étaient bons et le public a apprécié. Tu ne vas pas apprendre les chansons de Sartre ?

– Pourquoi pas ? Il peut être sympathique et a de l'esprit. Je pourrais apprendre son répertoire pour faire la doublure éclair d'Édith Piaf… ! Cela dit, je préfère le théâtre. Et Marcel, parce qu'il est direct. Quand il souffre, il dit j'ai mal. Quand il est heureux, il m'embrasse sur la bouche… Quand il est triste, on ne le voit plus. Il est pudique, généreux et n'a pas de préjugés. Et toi, il t'apprécie énormément.

– Donc, tu n'apprécies pas Sartre et Beauvoir ?

– Ce n'est pas cela… mais j'ai du mal avec les personnes qui ont des systèmes…

Camus la coupe. Cette conversation l'ennuie. Il ne souffre pas qu'on ironise sur ses amis.

– C'est peut-être leur défense. Une façon de concevoir l'existence, le rapport de soi au monde.

– C'est généreux à toi de les défendre. Mais mon père m'a appris à fuir ce qui enferme, sous des étiquettes, les êtres aussi bien que les choses. Lui refuse les jugements *a priori*. Et moi, j'essaie de ne surtout pas être prisonnière d'un rôle ou d'une image.

– Ton père, qu'est-ce qu'il fait dans la vie ?

– Actuellement, il est en exil. Ce que je sais de la vie, c'est lui qui me l'a appris. Mais ça a mal tourné pour lui, et il a dû démissionner. Il était ministre dans le gouvernement de la Seconde République espagnole.

– Ton père ! C'est Casares Quiroga ? Je ne savais pas.

– Il vaut mieux qu'on ne le sache pas trop. Cela nous mettrait en danger, ma mère et moi, dit-elle à mi-voix.

Le garçon s'est approché pour prendre la commande. Camus plaisante avec lui. Maria se dit qu'il a besoin de communiquer avec les gens pour le simple plaisir chaleureux de l'échange. Il connaît le serveur et lui demande des nouvelles de sa femme et de ses deux fils. Puis il prend la carte et dit :

– Pour madame ce sera un plat de côtelettes avec des légumes et des pommes de terre, et pour moi, eh bien la même chose.

Ils restent quelques secondes silencieux. Camus déboutonne le premier bouton de sa chemise, desserre un peu le nœud de sa cravate et se tait à nouveau puis, gêné, il lâche ce qu'il a sur le cœur :

– Maria, il faut que tu saches quelque chose…

Elle se raidit sur sa chaise et, faisant un effort pour ne pas trahir son appréhension, s'entend dire d'une voix posée :

– Je t'écoute.

D'une traite, il débite :

– Je monte vite les escaliers, j'ai fait du foot, je nage, j'aime faire l'amour, mais j'ai aussi des problèmes de santé. Même si je ne veux pas l'admettre cela m'angoisse. J'ai peur. Je redoute la rechute.

– Qu'est-ce que tu as ?

– La tuberculose. À dix-sept ans, sur la plage je me suis mis à cracher du sang. On m'a transporté à l'hôpital Mustapha et le médecin a diagnostiqué une tuberculose ulcéro-caséeuse du poumon droit. C'est rude de se dire qu'on va mourir alors qu'on a tout à faire, et des projets multiples auxquels on croit.

Elle s'avance légèrement.

– Tu comprends, Maria ? lui dit-il soulagé et presque étonné.

– Ce que j'en sais, c'est l'exemple de mon père. Son enfance, il l'a passée dans des sanatoriums en Suisse et en France.

– Je ne savais pas que ton père aussi…

Maria le regarde si plein de vie. Il présente une facette en société, masque ses difficultés et se bat avec la maladie, pense-t-elle avec tendresse. Elle aurait envie de le prendre dans ses bras. Elle poursuit comme si elle voulait lui signifier qu'il n'est pas seul au monde et qu'elle peut vraiment le comprendre.

– Oui, papa a vécu toute sa vie avec cette empreinte en lui. Il continue de se battre avec la maladie et non contre elle. Il fait en sorte de la repousser, sans se plaindre. Mais toujours conscient qu'elle est là, en lui. Comme toi, me semble-t-il, il n'a jamais renoncé. Il vit le plus intensément. Quitte à s'épuiser.

– Je n'ai jamais cessé de me battre, moi aussi. J'ai toujours essayé de tout faire pour dépasser mes limites. Ici, j'ai parfois du mal à travailler. Trop de dissipations, d'éclatements et pourtant, j'ai besoin de vivre pleinement pour écrire tout ce que j'ai à dire.

– Ne te culpabilise pas.

– Je n'en peux plus des insufflations.

– Ne baisse pas les bras.

– Je ne suis pas de nature pessimiste. J'aime la vie. Pour travailler, je suis venu à Paris loin de mes amis, du soleil, des plages, des miens. Cela n'a pas de prix d'être près des êtres qui vous sont chers. Mais tu es là, maintenant Maria, tu es une force solaire. Je ne peux pas perdre une seconde de la vie et parfois, je le sens, je me disperse trop.

– Cette vie-là, même chaotique, elle t'est aussi nécessaire. Justement pour te donner la sensation de vivre pleinement. Ce qui importe, c'est ton travail, écrire, réaliser tes projets. Ne fais pas de la maladie une ennemie.

– Pourquoi dis-tu ça ? interroge Camus sur la défensive.

– Mon père en a fait une complice. Et quand il ne pouvait plus avancer, eh bien, il savait prendre la mesure de ses forces et de ses limites. Il s'arrêtait, s'isolait. On ne le voyait pas pendant quelques jours, puis il repartait comme avant, et surtout sans culpabilité. Papa a toujours privilégié le fait d'être conscient de la manière dont il lui fallait s'adapter avec ce handicap. Et même s'il est loin de nous aujourd'hui, je sais que chaque jour, il s'efforce de faire de sa maladie une alliée et non un poids d'angoisse supplémentaire.

Le garçon apporte les plats. Maria fait un « hum » de satisfaction. Camus lève son verre à leur soirée, puis il se sert en semoule et pois chiches pour accompagner deux petites côtelettes.

– Ici, j'ai l'impression de revenir au pays. Tu sens ce fumet ? Tu vas te régaler.

– Surtout qu'il y a plein de gras. Je ne suis pas fine bouche comme Beauvoir. J'adore le gras et je commençais à tomber d'inanition.

Il se sert mais n'en mange pas, perdu dans ses pensées.

– Le futur est incertain, pire même, il est inquiétant.

Aussitôt a-t-il dit ces paroles qu'il les regrette. Maria n'est pas venue pour l'entendre se plaindre. Il s'en veut. Elle l'écoute avec une attention soutenue et cherche comment lui venir en aide.

– Bon, pour le moment, tu t'adaptes, te bats, et nous, on a une pièce à défendre, toi tu fais tes « tambouilles » et moi « ma cuisine » au théâtre. C'est pour te dépasser que tu as fait du foot ?

– J'aime l'esprit d'équipe, le plaisir d'être ensemble avec les camarades. Je revis quand je suis sur le terrain, répond-il en commençant à se détendre.

– Tu étais quoi sur le stade ?

– Goal. Tu aimes le foot ?

– Je comprends l'esprit d'équipe. C'est comme au théâtre…

– C'est bon d'être unis pour se dépasser ensemble.

Elle le voit s'animer en parlant, redevenir l'homme valeureux qu'elle connaît, avec son humour et ses galéjades. Il poursuit : On se prépare pendant des semaines, on s'entraîne, on apprend à se connaître les uns les autres. Tu dois faire confiance à tes partenaires. On est tous soudés et on se découvre des amitiés très fortes.

– Des amitiés viriles ?

– Oui. Pour sûr. Ce n'est pas de gagner pour soi qui compte, mais pour l'équipe, tous ensemble.

À nouveau, il se retranche dans son silence. Elle lui prend la main et sent qu'il se contracte légèrement.

– Avec toi, je peux surtout être moi-même, ajoute-t-il, j'ai l'impression de pouvoir exister simplement. Maria, tu es l'une des rares personnes avec qui je n'arbore pas de masque. Toi tu es si ardente.

– Dans la passion, il y a la brûlure, dit-elle.

– C'est juste. Puis il sourit en la voyant avaler son plat. On dirait que tu n'as pas mangé depuis des semaines. Vorace ! Tu croques la vie à pleines dents…

– Quand je dis des poèmes de Claudel.

– Je le déteste.

– Ah ! bon… Eh bien, quand je dis ses poèmes, c'est comme si j'avais du raisin dans la bouche. C'est du nanan.

– Insatiable !

– Pour ce que j'aime, oui. Pour le reste, je n'ai aucune illusion, je feignasse, j'ai des contretemps. Ma pusillanimité naturelle reprend le dessus. Mais pour la vie et quand j'aime, j'ai une énergie décuplée.

– À mon tour de te poser une question, Herrand, quelle place tient-il dans ta vie ?

– Je crois qu'il n'a qu'une peur, c'est que je ne l'aime plus parce que je t'aime.

– Mais moi, je ne partage pas…

– Ça, c'est à voir… On ne va pas tout confondre comme certains de tes amis qui mélangent tout. Marcel c'est Marcel ; toi tu es toi. Rien d'autre à ajouter. Tu es satisfait ?

*

Le filage du *Malentendu* vient de s'achever. Herrand en a profité pour ajuster les derniers réglages techniques. Après la répétition, Maria se précipite dans sa loge, enfile sa gabardine, met son sac en bandoulière comme une écolière. Sa journée a commencé par une migraine et elle n'a qu'une envie, rentrer à la maison, ôter ses chaussures compensées qui lui serrent les pieds, se mettre en chemise de nuit, grignoter ce que Gloria aura laissé dans le garde-manger et filer au lit. Les moments passés avec Camus, ce bonheur inattendu, ont décuplé sa vitalité. Si ce n'est que le manque de sommeil lui est rude à supporter, plusieurs jours de suite.

Sans prendre le temps de dire au revoir à la troupe, elle se hâte de descendre dans le hall, s'arrête net. Zut ! se dit-elle, j'ai oublié que j'avais promis de passer la soirée avec Serge, Jean et « bébé joufflu ». C'est trop tard pour se défiler. Dans une grande inspiration, elle pousse énergiquement la porte vitrée du théâtre et tombe sur Jean et Serge, tout heureux de la retrouver. Maria est leur vedette.

Tous les quatre se sont connus au Conservatoire. C'était en 1940. Serge Reggiani a pour père un coiffeur italien immigré qui ne cesse de faire des enfants à sa femme et ils sont pauvres. Jean Gillibert a passé son enfance à Pont-aux-Dames, dans une maison de retraite pour vieux comédiens. Là-bas, il a rencontré et a connu Marguerite Moreno et Mistinguett qui venaient certains week-ends divertir les pensionnaires. Maria le considère un peu comme un grand frère. Quant au dernier des mousquetaires, il est son chouchou et son flirt du moment, si ce n'est qu'elle va devoir lui annoncer qu'elle ne pourra plus le voir comme avant. À vingt ans, Vladimir Vujovic vient de prendre le pseudonyme de Michel Auclair. Sa bouille de chérubin a plu à Maria qui aime le taquiner et l'a surnommé « bébé joufflu ». Il supporte docilement ses caprices, se fait « gourmander » puis aguicher par cette belle brune du même âge, à la fois sauvage et téméraire ! Quand ils la voient, ils se précipitent vers elle.

– Où étais-tu passée ? Sergio et moi, on n'arrête pas de te chercher, dit Gillibert. Maria esquisse un sourire pincé en haussant les sourcils.

– On était inquiets, renchérit Reggiani. Alors, on est passés chez ta mère qui nous a dit qu'en ce moment tu travaillais beaucoup chez une amie et que tu restais chez elle la nuit, pour répéter ton rôle.

Cette fois-ci, elle leur lance un œil noir : une colère plus grande que la foudre est en train de se préparer. Mais elle se ravise.

– Vous m'espionnez maintenant ? dit-elle froidement, figée sur le trottoir.

– Pas le moins du monde, on voulait te proposer d'aller au cinéma. Ça te dit d'aller voir *L'Éternel Retour*, à moins que tu ne préfères *Les Visiteurs du soir* ? rétorque Reggiani.

– Un autre jour. Je suis claquée.

Comme s'il n'avait pas entendu ce qu'elle disait, Gillibert poursuit leur plan :

– Si ça te dit mieux, on avait aussi pensé te proposer d'aller dans une boîte.

– Je connais un guitariste du tonnerre. C'est un dieu quand il joue, poursuit Reggiani, essayant de piquer sa curiosité. Tu devrais sortir plus souvent. Je parie que tu n'as pas encore mis les pieds au Hot Club de France ? Il s'y produit avec son orchestre.

– Tu n'es pas non plus allée Chez Django Reinhardt ? renchérit Gillibert pince-sans-rire afin de la motiver. Django a repris La Roulotte, une ex-boîte tenue par Lulu de Montmartre, une lesbienne qui menait à la baguette les putes de la Butte. Ça pourrait être sympa.

– Quand t'entends Django jouer *Nuages*, tu t'imagines au paradis, pas vrai Gillibert ? poursuit Sergio admiratif. Tu ne vas pas me dire que ça ne te tente pas, Maria ? Ce serait chouette d'y aller tous ensemble.

– Pas aujourd'hui, soupire-t-elle agacée et pourtant curieuse de ces lieux où elle n'a pas souvent l'occasion d'aller. On pourrait remettre à un autre jour ? Et elle fait quelques pas, s'apprêtant à les laisser.

Ni Reggiani ni Gillibert ne veulent lâcher la partie. Ils la talonnent en s'échinant à trouver des arguments qui pourraient la décider.

– Tu n'as pas envie d'être zazou ce soir, danser le swing et t'habiller en sombre avec un grand parapluie noir. D'ailleurs on ferait bien de ne pas traîner, si on ne veut pas ramasser une saucée.

Gillibert se met à fredonner : « *Ils sont garçons… et puis surtout ils ont l'air dégoûtés* ». Cela la fait sourire. Il la dépasse et se retourne en esquissant pour elle, dans la rue, un numéro de music-hall. Avec une telle voix, profonde et au registre varié, il pourrait faire du cabaret, pense-t-elle. Mais vraiment elle se sent trop fourbue, et quand Sergio lui prend le bras pour l'entraîner, elle s'arrête, se cabre.

– Je ne ferai pas un pas de plus. Je rentre à la maison.

– Qu'est-ce que tu as aujourd'hui ? T'es mal lunée ? lui dit-il en la lâchant.

– J'aimerais qu'on me fiche la paix.

– Tu étais où ce matin ? Tu n'es pas rentrée cette nuit, insiste Reggiani.

Comme il peut être maladroit celui-là, pense Maria sur les nerfs. S'il continue il va recevoir une baffe en pleine figure.

– J'ai envie d'être seule, c'est tout.

Elle pourrait leur dire la vérité. Leur crier, « eh bien, oui, je veux être seule pour rêver d'Albert, son visage, son sourire, ses mains sur mon corps, sa chaleur, sa maturité alors que vous autres, vous… ». Elle est tellement fatiguée que les mots ne lui viennent plus. Sa voix parle malgré elle, ne parvenant pas à prononcer la phrase qui pourrait mettre un terme à leur curiosité.

– Vous n'allez pas m'interroger comme si j'étais une gamine qui découche. Je fais ce que je veux de mon corps et avec qui je veux. Compris ?

Ses joues tremblent et elle claque des dents. Gillibert est désolé qu'elle se mette dans cet état, pour si peu.

– T'as un nouvel amant ? Bébé joufflu ne va pas être content… À moins que ce soit Marcel qui t'épuise, reprend teigneux Reggiani.

– Ça suffit. Je t'interdis de parler comme cela ! hurle Maria à cran.

– Laisse tomber, Sergio. Allez, viens danser Maria. Tu veux qu'on aille voir Mistinguett au Moulin-Rouge ?

– Mais qu'est-ce que vous avez les garçons à vouloir me sortir ?

– On aimerait t'inviter à un spectacle pour fêter le Débarquement, rétorque Reggiani en la prenant par l'épaule. On aimerait bien aller chez Suzy Solidor mais c'est plein de Boches. On n'a pas un rond pour payer le champagne.

Bébé joufflu les rejoint. Il prend Maria dans ses bras qui se rétracte. Les autres le regardent, se demandant quelle va être sa réaction. Bébé joufflu est si aveuglé par son attirance pour Maria qu'il n'a rien vu.

– Je suis contente de te voir, mais ce soir, je rentre dormir. On a des journées exténuantes. J'ai besoin d'un peu de tranquillité pour me recharger avant la générale du *Malentendu*. Si vous le voulez, je vous présenterai Camus à la fin du spectacle.

– Tu es bien sûre de ne pas vouloir aller chez Django ? insiste Reggiani, pugnace.

– Pas ce soir, mais un jour prochain, volontiers. Et pour le cinéma ce sera *L'Éternel Retour*. J'ai déjà vu *Les Visiteurs du soir* avec un ami.

*

Aujourd'hui dans le studio, Maria a décidé de pousser Camus dans ses retranchements. Après tout, il ne cesse de l'interroger mais lui, à part à quelques moments comme l'autre jour au restaurant, il ne se dévoile jamais ou si peu. Cela la perturbe. Elle se sent déstabilisée et elle n'aime pas ça. L'angoisse monte dans ces moments-là et vraiment elle n'a pas le temps de s'agacer. C'est comme s'il voulait lui cacher une part de lui-même, malgré l'intimité qui maintenant les unit. Comme il se défile à chaque fois qu'elle pose une question, elle tente une nouvelle stratégie. Elle s'assoit en tailleur sur le lit.

– Approche, je vais te montrer quelque chose, dit-elle à Camus tout en ouvrant son sac. Elle y plonge sa main et en sort des photographies. Parmi elles se trouve le portrait d'un homme en complet veston, de fière allure, légèrement arrogant, posant pour la prise de vue. Elle le tend à Camus.

Il le regarde à peine et elle le reprend pour mieux l'observer à son tour :

– C'est mon père. Il a trente-trois ans sur cette photo.

Camus découvre pour la première fois le visage de Santiago Casares Quiroga. Puis se parlant à elle-même sur un ton de contentement :

– Mais c'est que je lui ressemble vraiment ! dit-elle comme si c'était une surprise. On a le même menton un peu pointu... Et elle se met à détailler le visage de Santiago avec un étonnement mêlé à de la fierté. Cela ne se voit pas, mais il a les yeux anthracite.

– Ça existe, cette couleur des yeux ? rétorque malicieusement Albert, en s'emparant à nouveau de la photo.

– Je t'assure, les yeux gris comme des perles, et j'ai bien dit, « anthracite ». Qui plus est, papa fume des cigarettes de papier maïs comme toi et moi, porte une bague à l'annulaire de la main droite, s'achète toutes sortes de chapeaux, conduit une Buick rouge. Elle s'arrête pensive. Enfin conduisait une Buick... Quand j'étais enfant, il commandait ses chaussures cousues main dans une boutique de Londres. Il venait me chercher : « Vitola, dépêche-toi, on va sur la Brasse du port, la cargaison est arrivée. » C'étaient ses chaussures qui débarquaient par voie de mer.

L'attention de Camus se porte sur la signature.

– Ton père a une façon singulière d'écrire le QU de Quiroga.

– Fais voir ?

Il lui redonne le portrait couleur sépia. L'écriture fine, délicate, élégante, représente un homme réfléchi, méticuleux, raffiné ; un tempérament à la sensibilité exacerbée. Maria regarde la photo, pose un baiser sur le portrait, pas peu fière de son père.

Pour le pousser à se dévoiler, elle se met à parler d'elle :

– Maintenant, je te signale que j'ai aussi mes pusillanimités bien que je sois également téméraire. Et toi ? Quels sont tes défauts ?

Il la regarde interloqué, ne s'attendant pas à cet interrogatoire.

– Je crois que je n'en ai pas, dit-il provocateur.

– Menteur, reprend-elle. Réfléchis, tu dois bien en avoir de multiples.

– Et toi ?

– J'ai de multiples vertus : la lâcheté, la couardise, j'ai peur dans les petites choses… Mais ne t'inquiète pas, je travaille à m'améliorer et à me dépasser. Il m'arrive même d'être de mauvaise foi. Et là, il n'y a rien à faire. Au moins, je ne suis pas dupe de mes défauts.

– C'est pour me repousser que tu m'énonces vertueusement ces qualités ? lui répond-il, étonné et amusé par la tournure que prend la discussion.

– Non, c'est pour te faciliter la tâche. Au moins, tu sais qui tu as devant toi. Moi ce n'est pas le cas. Je te cherche et ne te trouve pas encore totalement, et cela m'embête. Je voudrais que tu me parles de toi un peu plus. Sinon, comment établir une vraie relation ?

Il va s'asseoir derrière son bureau et se balance sur sa chaise, tout à la fois pensif et distant.

– Mais toi, tu ne m'as pas beaucoup parlé de toi, à part au théâtre, je ne sais presque rien si ce n'est que tu es toi. Et cela me suffit.

– Moi non ! rétorque-t-elle d'un ton affirmé, je te fais un portrait de mes traits de caractère pour que tu saches qui je suis. Moi, j'ai encore à apprendre sur toi, car je ne connais qu'une facette et j'en devine bien d'autres. Mais tu les dissimules et restes secret, dit-elle tout en guettant comme un chat le moindre cillement de paupières, la réaction la plus minime, tandis qu'il continue à se balancer sur les deux pieds arrière de sa chaise en se tenant au rebord de la table.

– Débrouille-toi avec ce que tu sais de moi, lui dit-il agacé de se sentir passé au laser.

– Tu bottes en touche. Tu me provoques ? Comment pourrais-je connaître ta vérité si je ne sais pas qui tu es réellement.

Camus ouvre la page de son livre et y laisse traîner son regard tout en répondant.

– On a tout le temps pour cela. C'est à toi de le découvrir. Mais il n'y a pas une seule vérité. La vérité est différente pour chacun.

Maria, elle, se dirige vers le trapèze. Décidément, se dit-elle, c'est mon refuge ici. Elle s'y hisse comme l'oiseau sur la branche, les pieds dans le vide et se tenant à la barre.

– Moi, je t'ai parlé de mon père et toi tu pourrais me parler du tien.

Silencieux, Camus continue de feuilleter les pages comme s'il était absent à lui-même et sans la regarder :

– Je n'ai pas connu mon père. Il est mort, j'avais neuf mois. Il était parti s'engager comme zouave à la bataille de la Marne et dès les premiers jours, il a été tué. L'armée a envoyé à ma mère l'éclat d'obus qu'il avait reçu dans la tête.

Maria arrête de se balancer sur le trapèze, comme si elle le narguait, et saute à terre.

– Je suis désolée. Cela a dû être un choc terrible ?

Cette fois-ci, Camus a levé le regard vers Maria et d'une voix très douce, intériorisée, il raconte :

– Avec maman et mon frère Lucien, on est allés vivre à Alger chez ma grand-mère Sintes. Une maîtresse femme. Elle nous donnait des coups de fouet à mon frère et à moi et pourtant je l'aimais bien.

Il se lève, prend une cigarette dans un pot, cherche une allumette dans sa poche d'imperméable tout en continuant.

– Mais elle avait un faible pour moi, peut-être parce que j'étais le dernier. Elle me demandait de l'emmener au cinéma, et comme elle ne savait pas lire les sous-titres, elle disait tout haut dans la salle qu'elle avait oublié ses lunettes à la maison. Comme cela, les gens ne pouvaient pas imaginer qu'elle ne savait pas lire. J'ai écrit tout cela dans le livre où je devais te faire une dédicace.

Maria est debout, les mains dans le dos et l'écoute, sans bouger, apparemment impassible, mais son cœur bat très fort.

– Ta mère était à la maison ? demande-t-elle.

Il allume sa cigarette, tire une bouffée.

– Ma mère est une femme très courageuse qui parle peu. Mais je l'aime. Quand j'étais enfant et même maintenant d'ailleurs, on communique par gestes. Dès que je peux, j'irai la voir à Alger.

Il regarde enfin Maria. Et sur le même ton, presque atone, comme un constat, il poursuit. Elle voudrait l'embrasser pour apaiser la douleur qu'elle sent en lui. Mais elle ne bouge pas. Attend. Puisque les mots viennent…

– Chez nous, Maria, ce n'était pas comme chez toi. Il n'y avait pas de livres. On était très pauvres. Dans l'appartement de ma grand-mère, il n'y avait pas d'électricité. Mais cela ne m'a pas empêché de faire des études et de devenir écrivain, poursuit-il en relevant la tête.

Maria s'est approchée à pas de loup derrière lui, elle lui caresse la nuque et les cheveux et lui murmure :

– C'est que tu es extrêmement intelligent, mon chéri.

– Tu as de la chance, toi, d'avoir eu ton père.

Elle colle sa tête contre son dos. Il parle simplement, d'une voix neutre dans laquelle perce une légère ironie tendre et douce.

– Moi, j'ai eu un oncle qui m'a aidé, des professeurs, des amis. Ils m'ont permis de devenir ce que je suis. Mais je n'ai pas connu ce que c'est qu'un père, malgré des professeurs comme Jean Grenier qui m'a servi en quelque sorte de tuteur intellectuel. Je lui écris souvent. Il a écrit un très beau livre, tu devrais le lire, son titre est *Les Îles*.

– Tu as dû te battre, mon chéri.

Il continue de sa voix atone.

– Je me souviens quand mon professeur est venu chez nous. Je venais d'apprendre que j'avais la tuberculose. Je ne voulais plus aller au lycée. Il s'est pointé, sans prévenir. Je ne lui ai pas parlé. Et ensuite je l'ai raccompagné. Il était venu pour moi, pour savoir comment j'allais. Tu peux comprendre. Il est arrivé et a vu où je vivais, dans la misère, et j'avais honte.

– Mais il t'a toujours soutenu.

– Oui, et je lui en suis reconnaissant. Sans lui et sans mon instituteur monsieur Germain, je ne sais pas où j'en serais aujourd'hui. Certainement pas en train d'écrire, ni vivant à Paris.

Il se retourne, lui prend les mains dans les siennes, les sent chaudes et fortes.

– Et je ne t'aurais pas rencontrée. Je me suis battu contre la maladie et la pauvreté. Cela forge le tempérament. Toi aussi, tu t'es battue. Moi je n'avais rien du tout et toi, tu as tout perdu des richesses de ta famille.

– Ma plus belle richesse, c'est ce que je vis en ce moment avec toi. Pour le reste, je m'en accommode.

*

Ce samedi 24 juin 1944, aux Mathurins, la tension est à son maximum. Camus est dans l'effervescence de sa pièce. C'est la générale de presse du *Malentendu*. La journée avance, le stress monte dans les loges. À 18 heures, la scène deviendra tout à la fois ring, arène, miroir face à ceux qui savent que, sous peu, la donne va changer. Les Alliés seront bientôt aux portes de Paris. Le risque est certain. C'est tout ou rien, mais ce soir, il ne peut pas y avoir de moyen terme. Tous sont motivés à défendre cette pièce, mais Maria plus que les autres serre les poings et se concentre comme un sportif avant l'épreuve. Le défi est de taille. Elle veut combattre pour la pièce, pour Camus, et contrer, par sa seule présence, l'hostilité haineuse qu'ils vont devoir affronter. Depuis le Débarquement, les collaborationnistes, la Milice et les nazis sont sur le pied de guerre.

– Mademoiselle Maria est dans sa loge ! crie Aline à Camus qui entre précipitamment, monte les escaliers du théâtre en courant et frappe à la porte de Maria. Il entre sans attendre sa réponse.

– C'est toi, dit Maria livide.

– Ça va ?

– Non. Je tremble de partout. Je ne sais même plus si je sais mon texte. C'est l'horreur, mon chéri.

– Arrête de te triturer les mains.

La moindre remarque l'insupporte. Le moment n'est pas propice pour des remontrances, il devrait le savoir, lui qui a déjà joué.

– Alors, là tu me laisses tranquille, répond-elle sur un ton cassant. Plus tard, on verra mais pour l'instant, je veux qu'on me fiche la paix. Si j'ai envie de me triturer les mains, ça me regarde. Tu comprends ? Je suis désolée. Mais… Tu ne m'en veux pas, au moins ?

– Mais pourquoi est-ce que je t'en voudrais ?

– C'est le trac, mon chéri. Bon maintenant, tu t'assois et tu te tais ou tu vas faire un tour. J'ai besoin de me concentrer.

Camus hésitant s'assoit :

– Tu as dormi cette nuit ?

On frappe, c'est Jenny, l'habilleuse, qui vient lui apporter son costume. Elle le dépose sur le cintre tout en lui disant qu'elle reviendra dans une heure pour l'habiller. Maria écarte le col de son peignoir pour se maquiller, choisit un crayon gras gris qu'elle applique sur ses paupières tout en parlant avec Camus qui se dandine sur sa chaise, sa jambe tremblant nerveusement.

– Arrête de bouger. Ça me donne le tournis. J'ai fait un cauchemar. C'était la première d'une pièce de Lorca. La salle se bagarrait. Ça sifflait. Des voix criaient : « Lorca pédé ». Et puis, je le cherchais et on m'apprenait qu'il venait d'être fusillé. Je me suis réveillée en sueur.

– Je ne suis pas Lorca.

Elle ne répond rien. Il regarde sa montre. Ne tenant plus en place, il préfère aller voir Herrand avec qui il pourra parler, histoire de se rassurer.

Camus frappe un coup discret à sa porte et entend :

– Entrez !

Marcel jette un œil dans sa direction.

– Vous vous êtes mis sur votre trente et un, dit-il sans se retourner, tout en continuant à se maquiller.

– Vous aussi, vous avez un beau complet veston pour une tragédie moderne.

Herrand s'essuie les mains, et demande à Camus s'il veut l'accompagner vérifier que tout est en place.

– Savez-vous ce qu'a répondu Jouvet à une comédienne quand elle lui a dit qu'elle n'avait pas le trac ? dit-il en descendant l'escalier à toute vitesse. Ne vous inquiétez pas, le talent ça viendra avec.

– Je ne sais pas si le talent va venir avec, mais…

– Le bistrot d'en face est ouvert, si vous aviez envie d'un café, vous avez le temps.

– Je suis désolé de vous importuner, ajoute Camus se sentant un peu intrus.

– Pas le moins du monde, mais on est tous sur les nerfs. On fait salle comble figurez-vous, il y aura le pire et le moins pire et les meilleurs.

Herrand poursuit son inspection.

– Vos amis Gallimard ont téléphoné pour réserver quatre places.

Il change de rangée, se baisse.

J'en étais sûr. J'ai confiance en Max, mais deux regards valent mieux qu'un.

– Sartre et Beauvoir, trois. Et moi, j'ai l'arrière-garde avec les amis de la première heure. Marie Laurencin sera là elle aussi. Il y aura également Jean, s'il est libre.

– Qui est Jean ?

– C'est Cocteau. Il viendra sans doute avec Maurice, suivez-moi, si vous avez besoin de parler.

Et tout en poursuivant sa ronde :

– Maurice Rostand, on ne peut pas le manquer. Il a une petite mouche sur la joue. Avec sa perruque blonde frisée et son maquillage. Il vient toujours accompagné de sa mère, Rosemonde Gérard. Elle est poétesse. Maurice est aussi critique. C'est le fils aîné d'Edmond Rostand qui a convolé avec la comédienne Mary Marquet. Ainsi va la vie ! Les Rostand seront de notre côté. Les hyènes haineuses, c'est la presse collaborationniste. Il va falloir s'accrocher.

– Que pensez-vous faire ?

Herrand retire un mouchoir de sa poche et essuie ses verres de lunettes.

– Rien. Jouer jusqu'au bout même si la salle est hostile. Ils viennent pour voir et quand ils ne trouvent pas ce qu'ils espèrent, ils vous assassinent. Si on n'est pas de leur camp, c'est un jeu de massacre.

Herrand plonge sous un fauteuil, retire un ticket du spectacle précédent.

– Ah, je le savais bien… Je suis maniaque, que voulez-vous ! Puis il continue… Où en étions-nous ? Ah, oui, la presse collabo. Cette vipère d'Alain Laubreaux, le critique dramatique du *Petit Parisien*, s'est annoncé. Il écrit dans *Je suis Partout*. Desnos l'avait appelé « Je chie partout » et Jean Marais lui a cassé la gueule et il a eu raison.

– Marais n'a pas été inquiété ?

– Non, Cocteau s'est arrangé. Depuis, Laubreaux en veut à mort à Marais. Il a même écrit : « Jean Marais est le plus mauvais comédien du moment. » Alors, vous comprenez qu'avec Laubreaux dans la salle, on peut s'attendre au pire. Il y aura sans doute aussi le rédacteur du *Pariser Zeitung*, mais lui, ce n'est peut-être pas le plus dégueulasse en fin de compte.

– Qu'est-ce qu'ils peuvent faire ? Ils ne sont plus en très bonne position depuis le Débarquement. Maria est prévenue qu'il risque d'y avoir du chahut ?

– Bien sûr. Mais je vais le lui redire.

– Je peux le faire si vous voulez.

Herrand se tait, et lui tourne le dos en disant :

– Ici, c'est moi qui sais ce que je dois faire et dire à mes comédiens.

– Je ne voulais pas intervenir, mais… Camus sent qu'il est préférable à présent d'aller prendre un café.

Herrand entrebâille la porte de la loge de Maria. Jenny finit de l'habiller. Un chignon tiré en arrière lui durcit les traits.

– J'ai à te parler, lui dit Herrand en entrant.

– Il y a un problème ? demande Maria, elle aussi nerveuse.

– Non, tout va bien.

Il tourne autour d'elle pour vérifier si son costume tombe bien tout en lui donnant ses dernières consignes.

– Surtout ne perds pas ta concentration.

– Mais je ne la perds jamais.

– Écoute-moi bien, il se peut qu'il y en ait qui perturbent le spectacle.

– Et s'ils envoient des boules puantes ?

– Ne te laisse pas déstabiliser. Tu poursuis. Surtout tu ne t'arrêtes pas. Et porte la voix. C'est toi ou c'est eux. Todo o Nada, compris l'Espagnole ?

– Si c'est trop dur, je sors de scène.

– Je t'interdis de quitter le plateau ! Tu m'entends, sous aucun prétexte tu ne quittes la scène. C'est sacré. Quoi que tu entendes, quoi qu'ils fassent, tu fais semblant de n'avoir rien entendu, rien vu… tu ne désarmes pas. Ne leur laisse pas le terrain, Mariquita, c'est ce qu'ils attendent. Bon, je monte vite terminer de me maquiller.

Camus rejoint Maria, tout aussi nerveux.

– Tu es très chic, lui dit-elle.

– Oui, tu as vu ça, c'est mon plus beau costume. C'est bientôt l'heure.

Hélène Vercors est descendue ainsi que Marie Kalff et Paul Œttly. Marcel les rejoint.

– Je peux rester en coulisse ? lui demande Camus.

– Du moment que vous ne parlez pas. Et s'il y a un trou, vous soufflez.

Maria s'est isolée. Assise sur une chaise, le regard centré en elle-même.

– Qu'est-ce que tu fais ? lui demande Camus.

Elle répond :

– Le vide.

Le brouhaha monte. La salle se remplit vite.

– Je déteste ces générales, chuchote Marcel qui a rejoint Camus. Vos amis sont là ?

Camus, la cigarette à la main, écarte légèrement les deux pans du rideau de scène et observe les gens en train de s'installer.

– Ils se sont mis au fond.

Il distingue Sartre et Beauvoir au deuxième rang. Bost vient de les rejoindre.

– Mettez-vous dans les coulisses sur le côté. On va y aller… Merde à vous tous, dit Marcel concentré.

– Merde… merde… merde… merde…

– Hélène, tu es prête ma chérie ? demande Marcel.

– Ça va.

– Maria, prête ?

– Je suis prête.

– Tout le monde est prêt. Camus, à vous l'honneur ! Frappez les trois coups.

Le rideau s'ouvre. Des coulisses, Marcel surveille la salle et la scène. Il a demandé à Maria de ne pas aller trop vite au début. La scène s'achève. Hélène Vercors hésite une fraction de seconde avant d'entrer. Herrand lui souffle en la poussant : « Vas-y, c'est à nous. » Elle commence alors sa réplique. Une voix s'élève dans la salle : « On n'entend rien. Parlez plus fort. » Hélène blêmit. Marcel la regarde sans broncher. Brouhaha. Des spectateurs s'agitent.

Martha / Maria entre portant la tasse de thé. Des ricanements fusent. Camus observe les réactions de la salle. Sartre et Beauvoir rient. Ses amis Janine et Michel Gallimard également. Eux aussi, pense Camus, agacé.

La scène suivante est avec Herrand. Des spectateurs remuent sur leurs fauteuils, d'autres bâillent ostensiblement. Le hourvari monte, des voix se font plus fortes. La cabale a commencé.

Le rideau tombe. C'est l'entracte.

Dans le hall du théâtre, on se salue, on s'embrasse, on se toise. On se reconnaît, sans pour autant se parler. On ricane. On se moque. On parodie une réplique. Des groupes se forment. Le climat de tension se fait plus dense. La jalousie rend méchant, haineux, venimeux. De petites phrases sentencieuses circulent à dessein. Perfides. Un homme fort et dégoulinant de sueur fait les cent pas dans les couloirs. Il ricane entouré de sa cour. C'est Laubreaux.

Dans l'autre camp, on est sur le qui-vive. On attend la suite. Maurice Rostand aime. Madame Dussane s'abstient de tout commentaire.

Fin de l'entracte.

Casarès impose le silence par sa présence et sa voix. Des bribes de mots, des phrases retentissent : le rêve d'un soleil par-delà les montagnes. L'espoir. La mer. Le paradis là-bas. Inaccessible. Le retour au pays. La délivrance. Chacun, dans la salle, n'espère-t-il pas qu'une autre vie puisse reprendre ; que derrière les barbelés, un brin d'herbe redonne espoir. Maria pousse la voix. À l'acmé de sa puissance elle n'est plus qu'un cri. Celui de Martha, meurtrière de son frère sans le savoir et qui n'a plus d'espoir. Jamais plus d'horizon pour elle. Plus de bleu dans le ciel. Tout est gris – gris – et noir comme les manteaux de cuir des hommes de la Milice, pense Herrand. Noir et brun comme les bottes qui frappent le sol des armées de Franco et de Mussolini, pense Camus. Noir.

Depuis les coulisses, on entend vibrer la voix de Casarès, tendue à l'extrême : cassante, puis tendue, qui soudain se brise et repart.

À présent, alors qu'Hélène Vercors s'adresse à Marie Kalff, on entend Amaury, alias André Castelot invectiver : « C'est du Grand Guignol ! »

Laubreaux hurle à l'intention de Camus : « Populiste ! » Simone de Beauvoir sent monter de l'admiration pour la comédienne. Au fond, Casarès ne s'en sort pas mal. Jusqu'où ira la biche rebelle ?

Au balcon, Reggiani, Gillibert et « bébé joufflu » sont cramponnés à leurs fauteuils. Sur scène, la Casarès repart de plus belle. S'affirme. L'âme celte de Maria reprend ses droits. Quelque chose en elle se ranime, venu d'un fond archaïque. Elle n'est plus qu'une force combattante. Dans la salle, qu'ils le veuillent ou non, elle sidère et impose la voix de l'auteur. Alors, ceux qui jouissaient de leur haine se taisent. Et dans l'arène, elle est bien le taureau et c'est lui qui mène le combat. Elle se domine. Rien ne semble pouvoir l'arrêter. Elle ira jusqu'au bout.

Dans les coulisses, Camus tremble. Maria joue avec le feu et la mort. À présent, elle prend tout entière sur elle l'amertume, la désolation, la rage de Martha la perdante, jusqu'au cri – jusqu'à la révolte – hurlant sa déchirure. Elle brûle puis renaît à chaque réplique – et le silence habite à nouveau le vide. Elle n'a pas peur. Elle combat, œil ouvert – vigilante à chaque instant. Ne rien leur céder. Elle mène la bataille par défi, par amour, par jeu – obstinée – royale – imperturbable – épuisée, vidée mais si vraie, portant sur ses épaules frêles la souffrance de Martha, l'exilée. La salle n'est plus que des yeux – elle attaque – sans relâche, elle n'arrêtera pas – elle avance comme un funambule marchant sur un fil, et risquant à chaque seconde de tomber. Cette force qui l'habite renvoie aux spectateurs le miroir de la scène : celui de l'exilée condamnée pour avoir voulu aller voir le soleil de l'autre côté des montagnes.

Le spectacle se termine. Les comédiens avancent pour saluer. Maria annonce : « La pièce que nous avons eu le plaisir de représenter devant vous est d'Albert Camus. » Ça applaudit. Ça siffle. Ça chahute.

– Le rideau. Vite on ferme le rideau, lance Marcel à bout de souffle.

Maria, livide, titube.

– Tu ne les as pas lâchés, ma chérie, lui dit Marcel en lui prenant la main.

Jean Marchat s'est précipité vers ses camarades.

– Vous avez été des Seigneurs, les amis. Cela a failli déraper… Dussane est sortie avant le troisième acte ; elle m'a dit qu'elle te téléphonera. Elle m'a simplement lancé à l'entracte : « Casarès guerrière ! Ça ne m'étonne pas. »

Camus vient les retrouver.

– Maria, tu es livide.

Marie Kalff lui tient la main. Maria s'évanouit. Camus la rattrape. Herrand crie à Jenny :

– Apporte-nous un peu d'eau. Vite !

Maria reprend ses esprits doucement.

– C'est les nerfs. Non, j'ai eu… Enfin, surtout, ce n'était pas le même trac qu'avant… ce soir, c'est que… comment dire, enfin, je ne voulais pas trop décevoir, ni vous ni les spectateurs.

– Tu vas mieux ? demande Marcel.

– Je suis fourbue. Tu n'aurais pas un verre de fine par hasard ?

– Je vais t'en chercher. Merci mes amis. Vous avez pris des risques et vous êtes battus avec ferveur. On y retourne demain. Reposez-vous bien, c'est du beau boulot. Et se tournant vers Maria : « Pas de folie de ton corps cette nuit ! »

*

Le compte à rebours a commencé depuis l'annonce du débarquement. Tout le monde est en état d'urgence. Le tic-tac des montres fonctionne à plein rendement comme un cœur qui s'affole. Céder à la peur serait une reculade. Les Allemands continuent d'exercer des représailles. Les collabos sont sur le qui-vive ; les résistants sur le pied de guerre. Maria rejoint Camus, monte en courant ces escaliers qui n'ont plus de secret pour elle. Il se précipite. Elle se jette dans ses bras. Le temps est compté. Chaque seconde doit être pleinement vécue.

Elle lance son sac sur le lit. Debout campée sur ses deux jambes, elle affirme :

– Je veux faire de la résistance.

Camus n'a pas entendu ou fait semblant de ne pas entendre. Elle ne bouge pas et redit sur le même ton :

– J'ai décidé de faire de la résistance. Dis-moi ce que je dois faire pour entrer dans ton réseau.

Oui, il a bien entendu ce qu'il ne voulait pas entendre. Il la dévisage sans parler, tandis qu'il ouvre son courrier.

– Tu ne dis rien ? lui demande-t-elle offusquée.

– Tu n'y penses pas. C'est trop dangereux, répond-il, le nez plongé dans une lettre.

Elle reste stoïque comme un petit soldat.

– J'attendais que tu me dises autre chose ! Tu le sais, à Madrid, j'ai accompagné des hommes jeunes en train de mourir sur leur lit d'hôpital. Ça ne me fait pas peur.

– Qui t'a dit que j'étais dans la Résistance ?

– Personne. Je l'ai deviné.

– Tu n'as pas les yeux dans ta poche.

– Non. J'observe.

Il fait chauffer de l'eau, lui tournant le dos, se tait puis finit par dire :

– Tu te trompes, je ne fais pas partie de la Résistance.

– Arrête de me prendre pour une idiote. Je ne suis pas aveugle. Je te connais un peu maintenant. C'est le mensonge qui est terrible. Se mentir à soi-même et mentir aux autres... c'est effrayant, tu ne trouves pas ?

– Cela dépend ! Parfois on peut mentir par omission, pour ne pas faire mal.

– Bon, trêve de palabres. On n'a pas le temps de tergiverser. Comment je peux entrer en résistance ? Je peux assurer des tâches simples, convoyer des courriers.

Il l'interrompt légèrement perturbé.

– Ne joue pas les Mata Hari, s'il te plaît. Ce n'est pas un jeu.

– Arrête de me parler comme ça. Tu m'énerves. Fais-moi confiance, au moins.

– Mais je n'arrête pas de te faire confiance. Tu es forte, tu pourrais agir, mais réalise que la situation se durcit. La Milice est partout. Je ne veux pas que tu prennes des risques.

– Ne me dicte pas ma conduite, s'il te plaît. Ça ne regarde que moi.

– Maria, tu ne mesures même pas à quel point les hommes de la Gestapo peuvent être terribles.

– Qu'en sais-tu ? J'ai une amie juive. On l'a cachée des mois à la maison, et personne ne l'a su.

– Elle est toujours chez toi ?

Maria se tait, ses mains tremblent. Elle baisse la tête et dit d'une voix brisée :

– Non. C'était son anniversaire... la Gestapo... Elle avait voulu fêter... Ils ont tout saccagé, elle était chez ses parents... Ils les ont brutalisés. Je ne sais pas. Mina n'est pas revenue... Tu comprends...

elle n'est pas rentrée, ni ses parents… Ce qu'ils sont devenus, je ne sais pas…

Camus lui prend les mains en la regardant droit dans les yeux et d'une voix calme lui dit :

– Es-tu sûre que ta mère est en sécurité à Paris ?

Elle lui lance un regard d'angoisse qu'il ne lui a jamais vu :

– Pourquoi ne le serait-elle pas ? Tu me fais peur.

– Vous n'avez jamais été inquiétées ?

– Si, une fois. On a entendu des bruits de bottes dans la cage d'escalier. On a immédiatement caché dans la cuisine des amis venus se réfugier chez nous. Les Boches sonnaient chez les Lévy. Il n'y avait personne. Ils ont frappé chez nous. On a ouvert. Ils ont demandé où étaient les voisins. Et maman de baragouiner en espagnol avec des mots de français… J'ai traduit : ils sont partis à la campagne, on ne les a pas vus depuis des semaines.

– Tu as été courageuse, bravo !

– Quand ils sont partis, on est allées dans la cuisine. Les amis étaient cachés derrière le frigidaire. Et toi, mon chéri, tu as eu affaire à la Milice ou à la Gestapo ?

– Non, pas moi, mais un ami. Je ne peux pas en parler. Ils lui ont tiré dans les jambes alors qu'il courait pour s'enfuir. Dis-moi, après cette descente chez vos voisins vous n'avez jamais plus été inquiétées ?

– Non, pourquoi ? On est « réfugiés espagnols », c'est marqué sur notre carte de séjour.

– N'oublie pas que tu es la fille d'un ancien ministre de la Seconde République. Ton père est un ennemi de Franco. En tant que tel, tu es l'ennemie des nationalistes et des fascistes, donc des nazis. La Milice fait du zèle à la Gestapo. Ton père a fui… Je pense qu'ils n'ont pas encore fait le lien avec toi, car c'est en France que tu as commencé ta carrière. J'ai l'impression qu'ici on ne saisit pas trop d'où tu viens et c'est tant mieux.

– Si, on sait !

– Qui ?

– Avec Gloria, on a été invitées à La Tour d'Argent par l'ambassadeur d'Espagne José de Lequerica. Il nous a offert un vrai gueuleton. À la fin du repas, il nous a proposé un pont d'or pour que nous rentrions à Madrid. Il voulait que je joue sur la plus grande scène espagnole. On ne savait pas quoi répondre, maman et moi. Il fallait faire en sorte de ne pas nous le mettre à dos, sinon on aurait pu avoir d'autres problèmes. Je lui ai répondu que nous étions à présent en France et que nous ne pouvions pas déroger aux lois de l'hospitalité.

– Et qu'a-t-il dit ?

– Il nous a dit qu'il comprenait, mais que si nous changions d'avis, il serait très heureux de nous accueillir à Madrid. Nous nous en sommes sorties comme cela.

– Tu regrettes l'Espagne ?

– Elle fait partie de moi. Je rêve en espagnol. La nuit, je me réveille et vois les citronniers du jardin avec mon arbre. Gamine, j'adorais y grimper avec mes bouquins, et j'attendais perchée là-haut.

– Qu'est-ce que tu espérais ?

– Toi ! Non, dit-elle en riant, les gauchos des pampas avec leurs chemises à carreaux ouvertes sur la poitrine. Ils venaient m'enlever sur leurs chevaux.

Elle se hisse sur le trapèze, taquine, et continue provocatrice :

– C'étaient de beaux garçons aux cheveux noirs.

– Je vais être jaloux si tu continues, dit-il en s'approchant du trapèze qu'il pousse pour la faire se balancer.

– Mais toi tu m'emportes sur ta bicyclette. Ce n'est pas aussi bien, mais ce n'est pas mal non plus ! Non ? Pourquoi ne pourrais-tu me confier une petite mission dans la Résistance ? Moi aussi, je voudrais m'engager ! Et être avec toi...

– Mais tu t'engages en défendant ma pièce. En cela tu t'exposes suffisamment. Il ne faut pas tenter le diable... Puis il ajoute : Maintenant qu'on s'est rencontrés, je ne veux pas te perdre.

– Moi non plus. Mais j'aime les défis, le combat. Et c'est un pari, non, que de s'engager dans une vraie aventure ?

– Parce que pour toi, le théâtre ne suffit pas ?

– Si, mais j'ai envie d'être utile. Je ne peux pas voir tous ces gens partir comme cela ; je ne peux pas rester sans rien faire alors qu'ils sont venus chercher Mina et sa famille, le soir de son anniversaire, le soir où elle voulait être avec les siens. Je ne veux pas être sur une scène pour jouer un rôle. J'aime jouer, mais ce que j'aime par-dessus tout c'est la liberté. Et ce soir-là, je n'ai pas pu dire au revoir à Mina, je l'aimais, je lui avais passé ma chambre, et ce soir-là, j'étais avec ma copine Alice Sapritch. On faisait la fête, et ce soir-là... Ils les ont emmenés.

Un voile de tristesse passe dans son regard. Elle se laisse lentement descendre du trapèze. Il la prend dans ses bras.

– Ne t'en veux pas, lui dit-il tendrement.

– Heureusement que tu es là. Avec toi, j'ai l'impression d'être moins seule. Parfois je me sens si désemparée. Avant je pouvais m'appuyer sur Santiago. On discutait. Il m'aidait à y voir clair. Dis-moi au moins comment ça se passe, le relance-t-elle, obstinée.

– Je ne peux rien te dire. Mais on va faire un test.

– Je veux être à tes côtés. Au cas où on t'arrêterait, je te défendrais.

Il la regarde tendrement et se met à rire en l'entraînant sur le lit. Il prend une cigarette qu'elle allume avec son briquet.

– Oh, que non. Tu ne feras rien. Si on t'arrêtait, ils pourraient te torturer.

Il se tait et la regarde.

– Qu'est-ce qu'il y a Maria, tu trembles ?

– C'est du passé.

– Dis-moi ce qui te tourmente.

Maria reste figée, le regard lointain.

– Ce n'est rien. C'est le passé.

Elle se ferme sur elle-même.

– Tu ne veux pas en parler ?

Il la prend dans ses bras où elle se blottit.

– Lorsque j'étais enfant mon père a été torturé.

Quand elle l'emploie, le mot « torture » sort difficilement de ses lèvres. Mais pour la première fois, Maria s'autorise à en parler.

– J'avais huit ans, et je suis allée le voir avec Gloria à la prison.

– À Madrid ?

– À la Carcel Modelo. Papa m'a prise dans ses bras. J'étais effrayée. Ce n'était plus mon père, mais un squelette vivant, la peau décharnée, les yeux exorbités, vides, effrayés. Je n'ai pas pu l'embrasser. J'étais terrorisée. Il n'avait plus qu'un filet de voix rauque. Il était méconnaissable. J'étais pétrifiée et ne pouvais ni bouger ni parler. J'ai honte, tellement honte d'avoir eu peur de lui parce que je l'aime. Je suis désolée, c'est stupide de sangloter comme cela.

– Ma Maria, laisse tes larmes couler… Ce temps est fini.

– Peut-être pas, pour beaucoup d'entre nous.

Camus l'écoute avec attention. Il la serre encore plus contre lui.

– Tu es brûlante. Laisse-moi embrasser tes larmes.

– Je suis désolée. Il faut que je sois forte.

– Maintenant tu peux sans crainte te laisser aller.

– Je veux garder le contrôle et depuis, je ne pleure plus qu'au théâtre. Cela fait des années que je n'ai pas pleuré dans la vie. J'ai toujours dû être forte pour les miens. Je sais qu'il a été humilié, puis ils l'ont gracié. Ensuite il est rentré à la maison. Après on n'a jamais plus parlé de cela. Je ne sais pas s'ils l'ont torturé physiquement, mais moralement, oui. Dans son mitard, il attendait sa condamnation à mort. Et puis il a été libéré sous condition. Il est rentré à la maison, assigné à résidence, et comme il avait du temps libre, il a pris en charge mon éducation.

Camus reprend une autre cigarette qu'il allume et la tend à Maria qui s'est calmée.

– Et pour la Résistance, quelle sera ma mission ? demande-t-elle à nouveau.

– Obstinée ! Si tu es prête, je dis bien, « si », il vaut mieux que tu sois « courrier ». Autrement dit, tu livres des documents. C'est moins dangereux. Maintenant, il faut dormir. On doit se lever de bonne heure. Comme tes cheveux sentent bon, laisse-moi m'y perdre. Qu'est-ce que tu voudrais, maintenant, à cet instant ?

– Que tu m'étreignes très fort.

– N'est-ce pas ce que je fais ?

– Épaule-moi. Donne-moi du courage. Fais-moi devenir femme.

Dans la nuit Camus se réveille. Les yeux ouverts au plafond, il se demande s'il a eu raison de lui proposer de l'accompagner. Si cela tournait mal, il ne se le pardonnerait pas. Elle est forte, certes. Elle a du répondant. Mais comment agirait-elle en cas de danger ? Dans le studio, la lune éclaire Maria qui dort profondément, les jambes recroquevillées en chien de fusil. Il se lève, va s'asseoir à la table, écrit sa chronique pour *Combat*. Au petit matin, torse nu devant la glace suspendue à un clou au-dessus de l'évier, Camus prend le blaireau, applique sur ses joues le savon à barbe et se rase. Puis il se rince d'un gant d'eau froide qu'il se passe sur le visage. Il va voir Maria, elle dort, elle n'a pas bougé. Camus, toujours angoissé, se demande une nouvelle fois s'il a raison de l'entraîner avec lui. Puis il se décide à la réveiller. Il se penche, la secoue. Elle se retourne, remue les pieds. D'un bond elle se redresse sur l'oreiller, les cheveux emmêlés.

– On est en retard ?

– Non, mais on va partir plus tôt au cas où ça tournerait mal.

Elle ne dit rien mais devine son anxiété. Il est déjà prêt. Elle s'habille en toute hâte.

Dans la rue, Camus marche à grandes enjambées. Elle a presque du mal à le suivre. Ils prennent en direction du métro. Il est 8 heures. L'heure de pointe où les gens vont travailler.

– Où s'arrête-t-on ? demande Maria.

– À Barbès-Rochechouart, répond Camus.

La rame arrive. La porte s'ouvre et ils s'engouffrent. Ils restent debout serrés contre les gens à la mine endormie. Puis ils prennent la correspondance. Sans se parler. Ils marchent. À la sortie, Camus se dirige vers la terrasse d'un café.

– Installons-nous. Petit-déjeuner pour le couple le plus amoureux de la planète.

– Mais qu'est-ce que tu fais ? dit-elle perplexe, ne comprenant pas ce changement soudain de ton.

Il la prend par la manche de sa veste, l'attire contre lui et l'installe à ses côtés. Quand il lui prend la main, sa paume à elle est moite. Ses doigts tremblent en tenant la tasse de café.

– Reste naturelle, lui dit-il, tout en épiant par-dessus son épaule l'entrée d'un immeuble.

– S'il t'arrivait quelque chose, qu'on te prenne et te torture, tu sais, je parlerais.

– Chut, ne parle pas.

Elle se mord les lèvres.

– Tu ne sais pas… on ne sait pas…

Il la prend dans ses bras et lui chuchote à l'oreille.

– Il est rentré, continue à jouer les amoureuses. Aujourd'hui, les ordres sont de vérifier qu'aucun guet-apens n'a été tendu. Le gars à surveiller s'appelle Dionys Mascolo. Il doit récupérer une machine à ronéotyper. Il ne cesse de dire qu'il veut prendre des risques, que le danger lui permet de se sentir vivre. C'est l'écrivain Robert Antelme, marié à Marguerite Donnadieu dite Duras, qui lui a proposé d'entrer dans le Mouvement national dirigé par François Mitterrand.

Camus embrasse à nouveau Maria, tout en guettant le retour de Mascolo.

– Il est sorti ? demande Maria.

– Non, pas encore, mais rien de bizarre. Continuons à folâtrer.

– Il n'est pas encore dehors ?

– Un petit baiser dans la nuque. Que ta peau sent bon, chuchote-t-il. Il devrait sortir maintenant. S'il ne sort pas d'ici cinq minutes, j'irai faire un tour.

– J'irai avec toi, dit Maria en se retournant brusquement vers l'immeuble qu'ils surveillent.

– Reste tranquille. Regarde-moi. Parle-moi normalement. Mais dis ce qui te passe par la tête.

– Je t'aime, je t'aime, je t'aime, répond-elle.

– C'est un bon début, dit Camus l'air dégagé comme si de rien n'était.

– Mais c'est vrai !

– Continue de parler tranquillement et souris. Dis-moi encore quelque chose…

Sur le boulevard, les gens marchent rapidement, inconscients de ce qui se passe. Ils se rendent à leurs rendez-vous, se dirigent comme des pantins vers le métro.

– Il vient de sortir, mais ne tourne pas la tête, dit Camus.

– Qu'est-ce qu'il fait ?

– Il regarde s'il n'y a personne. Il a la machine sous le bras.

– Où est-il ? demande-t-elle en se tournant vers le boulevard.

– Tu le vois, c'est lui, là-bas avec la casquette.

– Mais il marche d'un pas tranquille ?

– Oui. Heureusement qu'il ne court pas. Il affolerait le quartier.

Camus lui prend la main, son pouls bat très fort.

– Alors, j'ai accompli comment ma mission ?

– Très bien, un peu tremblotante. Tu te sens comment ?

– Bien, dit-elle en crânant alors qu'elle sent ses jambes vaciller.

– Tu veux continuer ?

– Oui.

– Alors, je vais prévenir mon contact pour organiser une rencontre.

*

Les Alliés avancent en Normandie et gagnent du terrain, jour après jour. En fin de représentation, Camus et Maria ont filé à l'anglaise, car il doit la présenter à son contact Jacqueline Bernard. Le rendez-vous a lieu dans un café tout proche du théâtre. Ils s'assoient côte à côte, face à la porte. Maria guette les femmes qui entrent ; à chaque fois, c'est le même léger pincement de cœur mais elle ne laisse rien paraître. Camus regarde sa montre. La demi-heure est passée.

Brusquement, il se lève.

– Viens, on sort, dit-il en prenant Maria par la main et il l'entraîne rapidement.

– Mais on n'attend pas ? demande-t-elle étonnée de ce changement subit.

Au-dehors, il se hâte vers le théâtre où sont accrochés leurs vélos. Tout en ôtant le cadenas, il jette un coup d'œil discret dans la rue. Maria le sent troublé, inquiet, aux aguets.

– Rentre directement chez ta mère. Je te fais signe dès que possible.

– Qu'est-ce qui se passe ?

– Je ne sais pas. Ne t'en fais pas. Et ne parle à personne de ce qui vient de se passer.

– Oui, mon chéri. Je te le promets. Tu m'appelles ?

– Pars. Ne t'inquiète pas. Rentre vite et n'ouvre surtout à personne.

Ce n'est pas la première fois qu'un contact n'est pas au rendez-vous, mais Camus a deviné qu'il se passe quelque chose.

Il parvient à l'angle de la rue Vaneau, il voudrait y chercher des papiers mais rebrousse chemin, se disant qu'il sera davantage en sécurité chez ses amis Gallimard. Il hésite, prend la direction inverse, traverse à nouveau Paris. Le quartier Saint-Lazare est encombré. Le guidon à la main, il marche sur le trottoir comme un somnambule, se heurte sans la voir à Janine Gallimard qui le cherche et lui dit, affolée :

– Jacqueline Bernard a été arrêtée par la Gestapo. Monte vite avec moi à la maison.

– C'est pour ça qu'elle n'est pas venue au rendez-vous. Je dois aller chercher mes affaires.

– Tu ne peux pas retourner rue Vaneau, lui dit Janine en l'attrapant par le bras.

Il la suit anxieux dans son immeuble.

– Donne-moi un verre d'eau, s'il te plaît. Il faut que je passe au studio pour mes papiers…

Il s'apprête à partir. Janine le retient par le col de sa veste.

– Pierre et Michel vont aller chercher tes vêtements et tes papiers. Toi, tu restes ici. J'ai peur.

– On a prévenu les autres ? On suit les consignes.

– Demain, on part tous à Verdelot. Brice Parain peut nous héberger.

– Sartre et Beauvoir doivent être avertis. Il faut qu'ils fichent le camp de l'hôtel de la Louisiane. Leur contact est le mien. Quel est le salaud qui l'a dénoncée ? Je vais téléphoner si tu permets. On y va comment ?

– En vélo.

Camus téléphone dans le salon et revient.

– Le Castor déménage avec Sartre chez les Leiris, ensuite ils iront à la campagne. Je dois absolument parler à Maria avant de partir.

– Tu crois que c'est le moment ?

– Ce sont mes affaires et personne n'intervient dans ma vie privée. Janine, personne ne touche à Maria, c'est compris ?

– Qui est-ce qui touche à Maria ici ? Personne.

– J'espère bien.

– Bien entendu, joli cœur…

– Il faut que j'aille faire un tour au-dehors.

– Tu es fou. Albert, j'ai peur.

– Moi aussi mais on n'a pas le choix.

– Qu'est-ce que tu fais ?

– J'écris un pneumatique à Maria. Il faut que je la voie. J'attends Michel et Pierre et ensuite je file. Tu permets que je téléphone ?

– Oui, naturellement.

– Je peux aller dans ta chambre ?

– Mais fais comme chez toi, je t'en prie.

Camus se rend dans la chambre et s'empare du combiné.

– Allô Maria ?

– Oui. Où es-tu ?

– Tu vas recevoir un pneumatique. Il faut que tu me rejoignes. D'accord ? Dis-moi que tu viens. J'ai besoin de toi.

– Oui, mais dis-moi où, mon chéri.

– On part dès que possible. Tu liras mon mot, je te dis où je suis. Surtout promets-moi de venir. Je t'attends, tu sais. Je t'aime. Viens vite.

– Oui, je ferais l'impossible pour te rejoindre.

– Je dois raccrocher. Sans toi, je souffre tellement. Je te veux tout entière. Je dois raccrocher.

*

À Verdelot, chaque matin Camus guette le facteur. Le courrier qu'il attend n'arrive pas. Chaque jour il espère, mais toujours rien. Ce silence devient une torture, et pourtant elle lui a promis de le rejoindre. Il ne pense qu'à elle, ne rêve que d'elle.

Le philosophe Brice Parain, qui le loge ainsi que ses amis Gallimard, l'entraînent dans des discussions passionnées de linguistique. Il s'anime… et puis après, retombe dans sa mélancolie. Camus est amoureux… Il parle peu ; mange son porridge devant la fenêtre de la cuisine ; Janine essaie de le dérider, mais il ne rit plus. Coupé de Maria, il tourne en rond. S'interroge. Se renferme. Chaque réveil sans elle à ses côtés est une torture. Ne plus sentir sa peau, la caresser. C'est insupportable. Pourquoi ne vient-elle pas ? Pourquoi ne fait-elle pas signe ? Pourtant, elle avait promis de le rejoindre. Il s'inquiète. Continue d'espérer. Serait-il arrivé quelque chose ? Il pourrait appeler d'un café. Mais c'est trop dangereux. Il doit être prudent, même et surtout dans un village de campagne où il serait vite repéré. Tapi dans le silence, il attend.

*

À Paris, seule avec elle-même, Maria ne sait quelle décision prendre. Le rejoindre ou pas. Juste avant son départ, il lui a parlé de sa femme. Elle est actuellement en Algérie et viendra dès la guerre finie. C'est comme si tous ses membres avaient été broyés d'un seul coup quand il le lui a avoué. Ils avaient promis de tout se dire, de ne rien se cacher… Elle n'a pas bronché… Son orgueil a été plus fort. Devant lui elle n'a pas pleuré. Quand elle est rentrée chez elle, heureusement que Gloria dormait. Elle s'est effondrée sur son lit ; brûlante de fièvre et de nausée. Et son visage s'est alors empli de larmes. Dans son imagination, elle a voulu le tuer ; se tuer ; tuer tout le monde. Et puis… ne plus jamais le voir. Et puis… ça a été plus fort que ce que sa tête disait ; plus fort que ces pensées ressassées de vengeance et d'oubli ; plus fort que sa jalousie… Elle a retrouvé ses bras, sa chaleur sans pouvoir le quitter. Maintenant il est à Verdelot. Et il voudrait qu'elle le rejoigne sur-le-champ. Elle ne sait pas. Que faire ? Aller le retrouver ? Mais cela veut dire aussi arrêter de jouer sa pièce. Elle ne peut pas faire ça à Marcel. Ce serait le trahir, lui qui lui a tant donné. Qu'irait-elle faire à Verdelot avec les amis de Camus qu'elle connaît à peine ? Elle n'est pas une amante style *La Religieuse portugaise* même si elle adore le roman éponyme. La fille de Casares Quiroga n'implore pas. Elle réfléchit. Et qui va s'occuper de Gloria ? Elle n'arrête pas de tourner ses idées dans sa tête. Pèse le pour ou le contre. Le pour, ce serait de tout quitter pour le rejoindre immédiatement. Ce dont elle a une envie irrépressible : être tout pour lui et tout à lui, en ce moment. Le contre, c'est de ne pas tout quitter pour un caprice amoureux et peut-être rien de plus, avec sa femme qui va revenir. Et toujours ce dilemme impossible. D'un côté, sa mère, Marcel et le théâtre. Et de l'autre, la demande trop pressante, trop forte de Camus face à un avenir incertain… Elle réfléchit. Quel terme approprié choisir : « incertain », « sans issue » ?

La question est jetée sur le tapis et maintenant c'est à elle de nager à contre-courant dans cette vague qui la ballotte d'un côté et, de l'autre, lui fouette le cœur et la tête. Comme toute excellente nageuse, elle sait qu'il ne faut pas lutter contre le roulis qui l'emporte au large, ou elle se noierait. Mais il faut se laisser emporter par la vague pour réémerger plus loin, en eaux calmes.

Maria glisse la main sous son matelas et en extirpe son carnet. C'est elle qui l'a recouvert d'une feuille de papier journal pour le protéger, comme son père le lui a appris. Elle se met à plat ventre sur son lit défait, ouvre le carnet et note : « Dois-je m'y rendre ? L'envie est si forte. Le désir aussi. Tout laisser, partir sur-le-champ pour le rejoindre ? S'élancer… vers… quoi ? Se perdre pour mieux se lier ?

Ai-je le droit d'abandonner les miens ? N'ont-ils pas été suffisamment abandonnés par leur patrie, n'ont-ils pas dû abandonner leur terre ? Ils ont besoin de moi comme moi j'ai besoin de leur amour. Ce qui me reste de mes racines, pourrais-je en détruire le lien ? Le puis-je sans m'illusionner ? Ne serait-ce pas d'ailleurs se détruire soi-même. Comment vivre plusieurs amours en même temps ?

À qui se confier ? Lui a ses amis. Janine et Michel connaissent tout de sa vie. Moi, je n'ai même pas mon père à qui parler. C'est trop pour moi seule. Bancale comme une petite boiteuse j'avance en claudiquant. Le terrible de l'existence veut que l'on soit le plus souvent sur des rails différents. Je le sens en moi. L'amour reste un défi à la mort.

Je n'irai pas à Verdelot. On peut tout perdre ou tout gagner. »

En faisant le pari de la conquête avec le Tout ou le Rien, Maria opte pour le silence.

En août 1944, au bout d'un mois, les informations que reçoit Camus du réseau Combat sont rassurantes. Le danger semble écarté. Les Alliés poursuivent leur progression en direction de la capitale. Camus et les Gallimard rentrent à Paris. Il retrouve Maria, se réconcilie et ils vivent à nouveau leur passion dans l'urgence de chaque instant. L'espoir est ténu et l'après-demain reste incertain. Vivre l'instant comme un moment unique. Tout comme Maria est unique pour Camus.

Camus a demandé à Maria de l'accompagner à *Combat*. Le journal de la Résistance s'est installé 100, rue Réaumur dans l'immeuble de *L'Intransigeant*. Là où se trouvait le siège des journaux de la propagande allemande. Camus et Maria ont pris le métro. Ils descendent à la station Réaumur-Sébastopol. Les passagers se bousculent sur le quai. Les escaliers sont bondés. Les gens agglutinés avancent lentement.

– Que se passe-t-il ? demande Maria à Camus livide.

Il se hisse sur la pointe des pieds pour voir ce qui se passe en haut des escaliers.

– Ils contrôlent les papiers. Il y a un homme en civil.

– C'est la Gestapo ? demande Maria qui cherche à garder son calme, mais ses doigts se mettent à trembler. Qu'est-ce qu'ils font ?

– Ils contrôlent les femmes, mais ne les fouillent pas, contrairement aux hommes, dit Camus sans se départir de son sang-froid.

Et ils continuent d'avancer en piétinant au sein de la masse qui progresse lentement. Au fur et à mesure qu'ils s'approchent des policiers, ils entendent une voix allemande dire :

– *Papier* ! *Bitte* ! *Papier* ! *Bitte* !

Camus se tait et s'adresse à Maria à voix basse sans la regarder.

– Ne dis rien… Ne me regarde pas. Il lui prend le bras, et lui glisse dans la main un morceau de papier. Elle le met dans la poche de sa veste. Ils continuent de monter les marches. Elle aperçoit la lumière à la sortie, ils vont bientôt arriver.

Maria se colle à Camus qui en profite pour lui dire tout bas :

– Fais comme si on ne se connaissait pas. Tu t'en débarrasses comme tu peux, si ça tourne mal.

– Je le détruis ? demande-t-elle.

– Oui. On se rejoint au carrefour.

Les hommes de la Gestapo font signe aux femmes de passer d'un côté. De l'autre les hommes sont dirigés vers le barrage de contrôle. Maria le suit du regard. Camus sort ses papiers d'identité. Elle sait qu'ils sont faux. Il leur montre sa carte d'identité au nom d'Albert Mathé.

– Vous, mettez-vous contre le mur ! crie un homme de la Gestapo.

Camus s'exécute. Maria le voit les mains levées. Deux hommes en manteau de cuir l'encadrent et le plaquent brutalement face contre le mur, puis le fouillent violemment.

Maria ne le voit plus. Elle a passé le contrôle sans être fouillée. Elle le perd de vue. Dans un geste réflexe, elle froisse le papier, en fait une boulette, la met dans sa bouche et l'avale. Puis elle se met à courir. Son cœur bat à se rompre. Au coin de la rue, où ils doivent se retrouver, elle attend. Ses jambes ne la portent plus. C'est comme si elle avait reçu des coups de bâton sur la nuque. Ses tempes battent fort. S'il est emmené pour être torturé, je dis tout. Je ne pourrai pas me taire. Je dirai ce que je sais, mais ne le torturez pas. Je dirai ce que vous voulez et plus encore, mais surtout ne lui faites pas de mal…

Un quart d'heure se passe qui lui paraît une éternité. Tremblante, elle aperçoit enfin Camus au coin de la rue, qui marche vite. Quand il est près d'elle, elle remarque des gouttes de sueur sur son front. Il a le souffle coupé. Ils sont en retard et il ne faut pas s'attarder. En marchant vers le café où on les attend, il lui demande :

– Où l'as-tu caché ?

– Quoi ?

– Le bandeau.

– Quel bandeau ?

– Le papier que je t'ai filé.

– Je l'ai mangé.

– Quoi, tu as avalé le bandeau à en-tête de *Combat* ?

– Oui. Où voulais-tu que je le cache ? C'était trop dangereux. Tu m'avais dit de le détruire…

– Mais pourquoi l'as-tu mangé ? dit-il amusé.

– Si tu avais été pris, je ne sais pas ce que j'aurais fait. Je ne pourrais pas vivre sans toi ni supporter qu'on puisse te faire du mal.

24 août 1944

Les Alliés sont aux portes de Paris. La capitale va bientôt être libérée. Herrand a suspendu les représentations du *Malentendu*. Maria est rue de Vaugirard avec Gloria. Au-dehors, on entend des coups de feu. Gloria s'est mise sur son trente et un. Enfin il y a de l'action, a-t-elle dit. Toutes deux se penchent sur le balcon, mais la vue n'est pas assez dégagée. « Viens Vitola, on verra mieux depuis la chambre du haut. »

Les deux femmes se précipitent dans la cuisine et passent par l'escalier de service. Elles montent à toute allure ; Gloria ouvre grand la fenêtre sous les toits, et se penche avec Maria pour regarder en bas. La vue offre un meilleur panorama. Dans la rue, des gens courent comme des fourmis en tous sens. « Regarde Maman, les drapeaux français aux fenêtres », dit Maria en se penchant légèrement sur la pointe des pieds.

Gloria avance le buste et pointe du doigt un char allemand qui arrive à toute vitesse. Les deux femmes ne savent pas comment, mais en une fraction de seconde la rue est désertée tandis que le char tire sur les fenêtres où flottent les drapeaux. « Oh, mon Dieu, c'est horrible. Il est fou, Maria, il va tous les tuer. Rentrons vite ! »

Plus tard, Maria regarde sa montre et enfile sa veste à la hâte.

– Qu'est-ce que tu fais ? demande Gloria anxieuse, voyant sa fille sur le point de partir. Tu ne vas pas me laisser toute seule ?

– Ne bouge pas de la maison. Albert m'attend en bas. Je reviens vite. Elle va pour fermer la porte et voit Gloria les yeux effarés.

– Mais où allez-vous ? lui demande sa mère désemparée. Les chars allemands tirent n'importe où et sur tout le monde.

– Ne t'inquiète pas. Je te dis, je reviens vite.

Et elle se précipite en bas où Camus l'attend dans le couloir.

Entre la rue de Rennes et le boulevard Saint-Germain, il y a des fusillades sporadiques sur les toits. Des hommes et des femmes courent en tous sens. Ça tire en rafale. Des Allemands se rendent, mains derrière la tête. Albert et Maria courent pour échapper aux tirs depuis les fenêtres des bâtiments officiels.

– Dépêche-toi, Maria.

Les sirènes hurlent. Les voitures des FFI sillonnent les rues à toute vitesse, les pneus crissent.

Le tac tac tac des mitraillettes remplit l'espace. Une voiture passe à toute allure et tire sur la foule.

– Attention ! Couche-toi !

Maria et Camus se relèvent. Ils repartent vers Notre-Dame.

– La police est passée du côté de la Résistance, dit Camus en se dépêchant.

En chemin, ils croisent des gens qui construisent des barricades.

– On devrait les aider, dit Maria. Viens, on va arracher les pavés !

Camus la retient par la manche.

– On n'a pas le temps.

Des chars aux couleurs de la France passent devant eux

– Regarde, dit Maria, ce sont les nôtres !

– Les chars de la 2e division du général Leclerc sont entrés dans Paris cette nuit, par la porte d'Orléans. Et ce sont des combattants espagnols qui les conduisent.

Maria voit enfin les valeureux chars des républicains espagnols, les premiers à être entrés dans Paris. Ce sont les hommes de la Nueve qui aident les Parisiens à se battre. Une immense fierté l'envahit quand elle les regarde passer.

Autour d'eux, la foule est déchaînée, ivre de joie. Ils continuent en direction de la rue Réaumur.

– Où va-t-on ? dit-elle.

– À *Combat*.

Il y a toujours des tirs. Camus la pousse dans l'immeuble où se trouve le journal.

– Ici, on est à l'abri. Suis-moi. Je monte voir les camarades. Il sort de sa veste deux feuillets manuscrits.

– Ton papier est déjà fait ? dit-elle en montant les escaliers derrière lui.

– C'est un brouillon. Je le termine. Je l'ai dans la tête.

– Tu vas le signer cette fois-ci.

– Je t'ai dit, on est anonyme.

Tout le monde ici est sur le pied de guerre. C'est l'ébullition. Maria s'assoit dans un coin. L'important c'est d'être près de lui. Les cloches de Notre-Dame carillonnent. Camus en manches de chemise surveille le marbre comme quand il travaillait à *Paris-Soir*. Si ce n'est qu'aujourd'hui, il vient de prendre en main le journal *Combat*.

Quand elle a lu les noms *Ebro, Guadalajara, Guernica, Teruel* inscrits sur les chars de la Nueve, elle s'est demandé immédiatement où était Santiago au même moment. Sait-il seulement que les républicains participent à la libération de Paris ? Oui, les républicains espagnols étaient les premiers, quoi qu'on en dise, avant les Américains.

Le bruit des machines à ronéotyper, les va-et-vient dans le local, les voix qui montent, les informations qui arrivent à tout moment, les cris au-dehors, les éclats de vitres brisées, les coups de feu à répétition... Pour Maria, tous ces bruits font écho à d'autres images qui lui reviennent en mémoire. Elle se revoit à Madrid, dans la nuit du 18 au 19 juillet 1936. Santiago l'a envoyée chez Amalia de la Fuente, sa secrétaire. Elle ne peut pas dormir. Au-dehors, des tirs, des éclats. Des pas pressés et des cris qui s'estompent dans le lointain. Des explosions de grenades. Des gens courent. Les cris reprennent. Maria, figée dans son lit, ne pense pas. Des flashs aveuglants filtrent à travers les persiennes puis c'est le noir et à nouveau d'autres lumières vives, rouges, jaunes. Et le noir. Et le silence.

Des vitres éclatent. Une déflagration et des hurlements. Maria, les yeux grands ouverts, ne bouge pas, retient sa respiration. Amalia entre dans la chambre et lui dit « c'est passé, mais ça peut revenir ».

Au petit matin, un véhicule officiel l'attend. La voiture regagne Madrid. Maria a pris place sur la banquette arrière. En chemin, elle voit des gens courir ; des femmes, pioches à la main, arrachent les pavés des trottoirs ; des enfants les portent aux hommes en train de monter des barricades. Dans les avenues désertes, des corps gisent sur le sol. La voiture vient d'entrer dans Madrid. À un carrefour, une femme hagarde cherche de l'aide, elle porte un enfant enveloppé dans son châle qu'elle serre contre sa poitrine. Des hommes, portant des brassards, se précipitent et empêchent les voitures de passer. Le front contre la vitre, Maria regarde des sentinelles, fusils en joue, postées à chaque coin de rue. Quand le chauffeur ouvre la portière, il plane un silence de mort.

La guerre civile espagnole a débuté la veille. À 5 heures du soir.

– Maria, Maria à quoi tu penses ? lui dit une voix.

Camus s'est approché d'elle.

– Viens avec nous. On va faire des photographies. Prends le journal avec son support.

Le photographe, un gars de la rédaction, lui demande :

– Maria, mets-le devant toi, un peu plus bas pour ne pas cacher le haut du corps, voilà, tiens-le comme si tu étais un porte-drapeau avec ton étendard. Oui, c'est bien, comme cela les cheveux défaits et le chemisier blanc entrouvert sur le cou. Souris pour la prise. Au moins, tu pourras dire « j'y étais » quand la photo sortira dans le journal.

– Pas avant octobre… On fera un encart sur la première page avec Maria à *Combat*, dit Camus en lui faisant un clin d'œil.

Camus la rejoint pour une pause cigarette.

– À quoi penses-tu ? lui demande-t-elle.

– À Jacqueline Bernard, à mon ami Leynaud, à ces inconnus, ces victimes déportées, torturées, à tous ceux qui n'ont jamais parlé. Ce qui m'a toujours paru absurde, c'est de voir des enfants pleins de vie regarder le ciel et l'instant d'après s'écrouler dans le sang. C'est si injuste, tellement absurde et cela me révolte. Je pense aussi à mes amis d'Alger, à ma mère.

– Tu n'es pas heureux ?

– Si. Et toi ?

– Je veux vivre, une vie pleine, démultipliée. Je n'ai rien à cacher, à prouver. Je veux vivre pour être avec toi. Il n'y a pas de honte à être amoureuse. Je t'aime.

Trois jours plus tard, avec l'effervescence de la Libération, c'est aussi l'heure des règlements de compte. Maria, à vélo, est en route pour rejoindre Camus à *Combat*. La rue où elle se trouve est bouchée. Une foule agglutinée empêche de passer. Des SS capturés qu'on transfère sortent d'une caserne, les bras en l'air. La foule crie. C'est la haine qui s'expurge. Maria descend de son vélo. Un SS est maintenu par deux civils lorsqu'un homme s'approche. Il tient une cigarette allumée qu'il enfonce dans la joue du SS qui hurle.

– Espèce de lâche, c'est ignoble ce que vous faites ! crie Maria horrifiée. Les hommes se retournent et la voient.

– Tu vas te taire, salope. C'est bien fait pour sa gueule.

Maria hurle, crie, ne fait plus que crier, crier à s'en déchirer les poumons. D'autres hommes viennent parler aux FFI, la font monter dans une camionnette et l'assoient à côté de prisonniers. Elle continue de hurler. On lui demande où elle veut être déposée.

– Qu'est-ce qu'elle raconte ? dit un des gars.

– Je ne comprends rien, tellement elle crie. Elle est bourrée ou quoi ?

Hors d'elle, les cheveux ébouriffés, les yeux exorbités, suant, pleurant, tapant des pieds, elle hurle toujours dans une crise de nerfs qu'elle ne peut maîtriser.

– Quand est-ce qu'elle va se calmer, la gonzesse ? dit un des gars dans la camionnette.

– Où tu veux qu'on te dépose, ma poulette ? demande un FFI.

– Au journal *Combat*. Rue Réaumur ! crie Maria.

– On la jette là-bas et après on continue, dit le chauffeur.

La camionnette s'arrête devant la porte. Les hommes l'en font sortir. Elle se précipite dans le local de *Combat*. On va chercher Camus. Quand il la voit en larmes, courbée en deux, il la prend dans ses bras, embrasse ses cheveux mouillés par la sueur, essaie de l'apaiser, lui dit que c'est fini, qu'elle ne doit plus avoir peur. Elle relève sa tête baignée de larmes, la mâchoire crispée par la frayeur et demeure blottie dans ses bras.

Dehors, les soldats américains lancent à la foule des paquets de cigarettes et des boîtes de conserve. Ils parlent en anglais, distribuent des chewing-gums et du chocolat. On entend « OK, OK, OK… Le peuple de Paris est beau et joli ».

Camus tient Maria toujours serrée contre lui, et lui chuchote en caressant son visage :

– On va danser… rien que toi et moi. Paris est libéré. On est libres. Il y a un bal…

Elle reprend ses esprits, le regarde lui sourire de ses yeux gris-vert et elle voit sa petite fossette à côté de ses lèvres qui se plisse. Et cela la fait rire…

– On va danser où ? Sur une place ? demande Maria.

– J'ai mieux que ça… je te prends dans mes bras à La Mère Catherine, sur la Butte. Viens…

Ils se mettent à courir, Maria saute sur la bicyclette de Camus. Il pédale, se met en danseuse, raconte des bêtises, et elle rit. Le vélo monte, monte, escalade la Butte sans que Camus semble fatigué. Elle se dresse en figure de proue devant lui et lui demande :

– Tu vois quelque chose ?

– Rien ! dit-il.

– Ce n'est pas nouveau, s'esclaffe Maria.

– Attention, tout le monde descend !

Elle saute du guidon, il la prend dans ses bras. Sur la place du Tertre, un feu de joie, tout le monde danse en rond et ils courent et entrent dans le cercle. On chante, on rit, on boit, on s'aime, Paris est vivant, Paris est libéré, Paris n'a pas brûlé !

– On va passer la nuit à danser, à s'aimer, je vais te prendre dans mes bras… chanter, dériver… et ils entrent victorieux chez La Mère Catherine.

Tout aussitôt, quand Pedro l'accordéoniste les aperçoit, il se met à jouer, tout en chantant, la chanson de Piaf, devenue leur air fétiche : « *Quand il me prend dans ses bras/Il me parle tout bas...* »

Maria enchaîne :

– « *Et ça m'fait quelque chose...* » en esquissant un pas de valse.

Alors Camus la prend à la taille, la fait tourbillonner en criant : « *Je vois la vie en rose !* » On danse dans tous les coins, on s'embrasse à Montmartre... on est amoureux, de Montmartre à Montparnasse. Paris n'est plus qu'un immense feu d'artifice qui succède à d'autres flammes... et demain... mais aujourd'hui, c'est la vie en rose et Camus a oublié le gris immuable des immeubles et du ciel.

– Demain on part à la mer !... s'écrie Maria, et elle lui prend la main, l'entraîne en courant dans une farandole endiablée.

Et il crie à tue-tête :

– Demain, on ira où tu veux jusqu'à Acapulco et aux îles enchantées !...

La farandole spontanée serpente dans les ruelles, descend les escaliers, les remonte, tournoie sur les places et eux suivent ce mouvement de joie qui se communique, et Maria hurle encore : « Je vois la vie en rose quand mon amant de Saint-Jean me prend dans ses bras ! » Ils s'échappent de la danse, qui continue et s'exalte dans Paris libéré. Et tous deux rient comme des gosses pleins de fraîcheur, et quand il la prend par la taille, elle lui dit câline :

– Encore et encore et encore... Je t'aime. Chante notre air, chante !

Et lui, tel Don Juan, reprend d'un air faussement sérieux et séducteur :

– « *Quand elle me prend dans ses bras… Je vois la vie…* »

Et tous deux exultent dans un vrai moment de pure innocence.

DEUXIÈME PARTIE

Sur le fil

Automne 1944

Jour de relâche au théâtre. Maria en profite pour se ressourcer. Dans ces cas-là, rien ne l'apaise davantage que d'écouter ses disques, de préférence les Sonates de Beethoven en boucle. À force, le microsillon a quelques rayures. Allongée sur le canapé du salon, elle savoure ce moment de tranquillité, plongée dans la lecture de *Macbeth*. Le nirvana !

Ce livre, les œuvres complètes de Shakespeare, ne l'a pas quittée depuis sa fuite hors de l'Espagne. Elle l'avait emporté dans sa valise, ce beau livre relié en cuir rouge qui était apparu comme par enchantement sur une console de la maison, traînant là, soi-disant par hasard. En fait, c'était un cadeau de son père.

À présent, plongée dans les félonies de Lady Macbeth, Maria entend des pas vifs et énervés résonner dans le couloir et sa mère surgit brusquement dans l'encadrement de la porte, le regard chargé de reproches.

– Tu es folle ou quoi de mettre aussi fort. Tu veux qu'on ait des ennuis avec les Lévy ?

Engagée dans sa lecture Maria ne répond pas. Gloria dans son élan s'apprête à relever d'un geste nerveux l'aiguille du phono. Cette fois-ci, c'en est trop. Maria bondit comme un léopard, et lui saisit le poignet.

– Beethoven me calme les nerfs ! dit-elle en la fixant du regard.

– Et moi, il me casse les pieds. C'est toujours le même morceau. Qu'est-ce que tu as dans la tête, ma fille ? répond Gloria excédée.

– Je baisse le son et tu me fiches la paix, rétorque Maria impassible, comme pour s'en débarrasser.

Et sans sourciller, elle retourne à sa lecture.

Gloria, impérieuse, toujours plantée là, hausse les épaules :

– Il faut que je me dépêche, j'ai demandé à Enriques de m'emmener faire des courses au Bon Marché.

Grand bien lui fasse ! se dit Maria sans y prêter trop d'attention. Puis sa mère s'assoit au pied du canapé sur lequel sa fille se délasse :

– Il faut qu'on parle, ma fille. Tu rentres de plus en plus tard, tu découches depuis des semaines. Dis-moi, tu as quelqu'un en ce moment ?

Il fallait s'y attendre. Maria lève les yeux au ciel.

– De quoi te mêles-tu ? soupire-t-elle, frémissante.

– Si je sens ma fille heureuse, je suis heureuse.

C'est nouveau ! se dit Maria sarcastique, elle ignorait que sa mère était fusionnelle à ce point.

– Raconte-moi, Maria. Je m'épuise à rester dans cet appartement, sans avoir rien à faire.

Gloria ne se fait pas à ce pays, à cette ville qui la renvoie à une plus grande solitude, à l'étrangeté de vivre dans un pays inconnu. Elle ne parle pas bien le français, a peu de relations. Enriques, qu'elle appelle le demi-frère de Maria, « lui sert de gigolo ». Mais au moins il l'accompagne dans ses rares sorties. Depuis que la caserne de munitions de la rue de Vaugirard a été bombardée, et une partie de la rue détruite, Gloria redoute de se promener toute seule.

Maria n'aura pas de répit. Aussi, ferme-t-elle brusquement le livre, puis le pose délicatement à côté du cendrier, sur la table basse.

Ce conflit était prévisible. À chaque fois qu'elle s'absente plus de trois jours, Gloria veut reprendre le contrôle sur sa fille. Et tout est bon pour déclencher la bagarre. Anticipant la crise, Maria, avertie, choisit l'affrontement. Plus vite ça éclatera, plus vite Gloria sera calmée et elle pourra retrouver sa tranquillité et se replonger dans les terribles visions nocturnes de Lady Macbeth.

– Je n'ai rien à raconter, répond Maria. Je ne suis pas comme toi, je suis pudique, je n'affiche pas mes amants.

– Comment oses-tu me dire ça ? Tu as du culot de me parler comme ça.

– Je t'en prie. On sait très bien toutes les deux ce qui s'est passé avec Alfonso.

– Quand je pense que tu as eu l'audace de me donner une gifle.

– Et toi tu m'as retourné une claque, lui rétorque Maria, alors que tu te comportais comme une traînée pendant que papa était absent.

– Tu es vraiment impossible, je ne sais pas comment je t'ai élevée.

Gloria dépitée sort en claquant la porte, préférant s'enfuir plutôt que d'affronter. N'assumerait-elle pas totalement son passé de femme volage, sous des apparences d'épouse exemplaire, à la fois adulée et pourtant si solitaire ? se demande Maria. Pourtant, à l'époque, Gloria n'avait eu aucun scrupule à séduire Alfonso. Des images lui reviennent en mémoire. Ils habitaient Madrid, rue Alphonse-XII. Santiago Casares Quiroga venait d'être nommé ministre de la Marine. Gloria s'ennuyait. Sa maison de La Corogne lui manquait. Dans cet appartement madrilène, sinistre avec ses tableaux de chasse accrochés aux murs couleur lie-de-vin, elle se languissait. Les journées lui paraissaient interminables. Pour la distraire, Santiago avait demandé à un peintre de venir faire le portrait en pied de sa femme.

Maria avait onze ans. Elle avait surpris sa mère en train de guetter l'arrivée du peintre, depuis le balcon, impatiente et fébrile. À croire qu'elle n'avait que ce bonheur dans la vie, avait immédiatement pensé sa fille, observatrice.

Gloria était en train de poser. Des éclats de rires provenaient de la pièce où se trouvaient sa mère et le peintre. Puis un long silence, entrecoupé de petits rires. Comme mue par un curieux pressentiment, la fillette s'était précipitée au salon pour découvrir sa mère, les cheveux en désordre et tout essoufflée, les joues écarlates, se détacher des bras du peintre. Maria était restée stupéfaite. Gloria regardait sa fille d'un air de défi.

– Ma chérie, sers un jus d'orange au Maître.

Maria fit semblant de ne pas entendre et préféra se blottir dans un coin du canapé. Au moins, là, elle pourrait la surveiller. Gloria insista. Maria dut s'exécuter.

Après s'être essuyé les lèvres, le peintre reposa le verre à pied en cristal de Bohême, en faisant à Maria un sourire niais de satisfaction. Elle l'aurait volontiers giflé si elle avait pu. D'ailleurs, il lui avait déplu immédiatement, avec sa moustache d'hidalgo. Puis il décocha à Gloria un regard entendu que la fillette perçut, bien sûr, tandis qu'il disposait sur le chevalet une toile rectangulaire de grand format.

– Maître, pouvez-vous me conseiller, comment faut-il que je m'habille ? demanda Gloria minaudant comme une chatte.

Sans attendre de réponse, elle s'engouffra dans la pièce voisine et revint lui présenter diverses tenues.

– Cette robe longue moirée de soie avec son décolleté allonge la silhouette, qu'en pensez-vous, Maîtrrrrre ?

Ce cher Alfonso esquissa un sourire affable, lança un compliment flatteur, puis un autre, renchérissant à chaque pose qu'elle lui proposait pour le tableau, accroissant chez Gloria le plaisir de l'aguicher. La robe ne convenait pas. Gloria se faufila derrière le paravent en laque de Chine. Puis réapparut ; cette fois-ci, la robe ajustée lui moulait subtilement la poitrine et les hanches. Elle leva ses bras nus semés de grains de beauté, ornements d'une peau laiteuse, dans une pose lascive. Au poignet droit, ses bracelets d'or torsadés cliquetaient quand elles les agitait en parlant avec ses mains. Et Gloria parlait toujours avec ses mains. Alfonso ne put s'empêcher de pousser un « oh » admiratif qui fit se redresser l'échine de Maria, saisie également par la beauté de sa mère. La fillette resserra sa vigilance, prête s'il le fallait à étrangler l'importun. Mais ce qu'elle ne pouvait comprendre, à l'époque, c'est que si sa mère faisait miroiter sa beauté c'était pour mieux dissimuler un abîme de solitude.

Et voilà ! Elle ne peut jamais s'empêcher de faire son petit effet, pensa Maria, de plus en plus exaspérée. Sa mère oubliait qu'elle était femme de ministre, et provoquait par pudeur et défi. Toujours blottie au fond du canapé, en train de tirer les fils du châle en soie de sa mère, Maria épiait sa génitrice avec un brin de mépris mêlé à de la fierté. Était-ce pour ce port de tête que son père l'avait épousée, ces immenses yeux bleus, son irrésistible sourire peut-être ? Le peintre commença son esquisse au crayon. Au bout de trois quarts d'heure, Gloria s'impatienta.

– Je vais rester longtemps comme cela ? soupira-t-elle.

Quand Alfonso fut parti, Gloria se mit à chanter. Maria la regarda aller et venir avec cette légèreté qui lui donnait ce charme enfantin. Sa mère jeta un coup d'œil dans le miroir en se souriant, puis, se rappelant que sa fille était dans la pièce, elle vint s'asseoir près d'elle :

– Que penses-tu de cet Alfonso ? Il est délicieux n'est-ce pas ?

C'en était trop. Maria blessée bondit du canapé en velours marbré, style années trente, et partit dans sa chambre en claquant violemment la porte. Gloria soupira, se leva et alla frapper à la porte de sa fille :

– Maria, ouvre, sinon je vais dire à ton père…

Maria tremblante ouvrit la porte, humiliée en pensant à son père et à l'image que sa mère donnait à des étrangers, et les yeux brillants de rancune, elle lui lança à la figure :

– Tu t'es vue en train d'aguicher ce crétin ?

Sa main partit de toutes ses forces et gifla, comme un fer brûlant, la joue de Gloria qui était en train de hurler :

– Je t'interdis de me parler sur ce ton !

Gloria vacilla, n'en revenant pas et retourna prestement à sa fille une gifle magistrale.

– Quelle gamine insupportable ! On aurait mieux fait de rester à La Corogne.

Depuis cet épisode à Madrid, Gloria voue une rancune tenace à sa fille et revient régulièrement sur cet incident. Finalement, se demande Maria, ne serait-ce pas une façon, pour sa mère, d'exprimer une culpabilité dont elle n'est jamais parvenue à se défaire. Et peut-être aussi, la sournoise et implicite douleur d'un manque.

Maria entend du bruit dans la cuisine. Visiblement, sa mère a renoncé à sortir. Maria se lève, la rejoint et la trouve assise, le nez plongé dans des magazines, tirant une bouffée de son long fume-cigarette.

Comme un rappel fugace de la femme supérieure qu'elle a été autrefois. Elle lève des yeux bleus intenses vers sa fille et lui lance un regard belliqueux.

– Qu'est-ce que ça pouvait te faire que j'aie des amants ?

– Ça me faisait ! dit Maria. Tu ne te cachais pas pour tromper papa.

– Tu ne vas tout de même pas me juger. Ce n'était jamais sérieux. Et puis, c'est ton père qui m'a délaissée. Je m'ennuyais. J'étais seule toute la journée, alors... il fallait bien que je m'occupe.

– Justement, tu n'avais pas besoin de t'occuper comme tu dis.

– Maria, ne sois pas cassante, ton père était libre de son côté. Comprends-moi. À La Corogne, il était tout le temps absent, et moi j'avais besoin de vivre, d'avoir de la chaleur, des caresses, des baisers et m'amuser.

– De t'envoyer en l'air, oui !

– Tu es intolérante ! Qu'est-ce que tu savais de ce que ton père et moi vivions ? Quand j'ai rencontré Santiago, c'était le prince charmant.

Comme si Gloria éprouvait le besoin de se laisser envahir par cette merveilleuse histoire qui avait fait de sa vie un rêve, avant que le typhon de la guerre d'Espagne ne le fasse éclater en lambeaux de mémoire, la laissant inachevée...

– Maman, arrête de parler comme cela, on dirait une midinette. Tu m'énerves.

Elle n'a pas entendu sa fille, et poursuit sa légende rêvée, un sourire sur les lèvres.

– Il est venu au magasin de modiste où je confectionnais des chapeaux. On s'est souri. Il a eu le coup de foudre. Il n'a cessé de venir pour me faire la cour. Un jour, il m'a kidnappée sur son voilier *Le Moustique*. Ton grand-père se doutait bien de quelque chose, mais il n'était pas sûr que Casaritos veuille se marier. Moi, j'étais pauvre, lui était riche. Don Paz aurait certainement préféré qu'il épouse une fille de sa condition. Mais c'est moi qu'il voulait.

– Mais alors, pourquoi tu le trompais ? demande Maria, lasse d'entendre toujours les mêmes paroles.

Soudain, les yeux de Gloria s'éclairent, et elle se confie à sa fille comme elle ne l'a jamais fait.

– Je voudrais, Maria, que tu saches ce que je porte dans le cœur ; je n'ai jamais voulu t'ennuyer avec ça, et, vois-tu, je ne sais pas si tu vas pouvoir me comprendre. Je ne suis pas mauvaise. Comme de nombreuses femmes, j'ai eu des attentes, des frustrations, ton père me laissait dans notre grande maison ; je me languissais, je rêvais à l'amour, voulais qu'on me prenne dans les bras, qu'on me fasse la cour. Avant la guerre, ton père m'a fait une vie de reine, mais comme j'étais seule ! Je me sentais abandonnée. Santiago partait tout le temps, le soir les réunions avec les francs-maçons, le jour les meetings, et il y a eu l'épisode de Jaca où il était prisonnier, et moi, j'attendais son retour entourée de piles de magazines, et tout était vide autour de moi et en moi. Et puis, j'ai pris des amants pour me donner l'illusion d'exister et la passion avec ton père a fini par s'émousser, ce qui ne veut pas dire qu'on ne s'aime pas. On a appris à composer.

J'ai supporté une vie de femme du monde avec la sensation d'être une potiche qui s'envoie en l'air avec des hommes plus jeunes, simplement pour vivre et ne pas vieillir.

– Tu ne devrais pas parler comme cela.

– De toute façon, tu adores ton père. Pour toi, il n'a jamais tort.

Maria allait presque la plaindre mais à nouveau, elle la retrouve arrogante par orgueil, presque stupide, pour reconquérir le territoire.

– Et pourquoi ne veux-tu pas me dire qui est ton petit ami ? J'adore les histoires de cœur. Parle-moi Maria, j'ai besoin de t'entendre.

– Qu'est-ce que tu peux être romantique, répond Maria ironique.

– C'est un défaut ?

– Je trouve ça cucul.

Gloria se lève, retourne dans le salon. Du couloir, Maria la voit se regarder dans le miroir, ôter un à un ses bigoudis, se coiffer les cheveux, visiblement satisfaite, et, ne cessant de se contempler sans la moindre gêne, arborer un sourire d'autosatisfaction. C'est sa façon de reprendre le dessus. Et d'un revers de main, se faisant tout à la fois coquette, joueuse, charmeuse, Gloria impose naturellement son désir et s'adresse à sa fille :

– Tu vas l'inviter. Je veux faire sa connaissance. Il viendra présenter ses hommages à la Señora Doña Casares Perez, dit-elle tout en continuant à se regarder dans la glace, avançant le visage pour mieux observer sa peau, se massant le dessous du menton pour le raffermir, et toujours ce même filet rouge, sourire indicible qui se rétracte et se dilate selon les pensées qui la traversent. Une expression « douce-amère » qui dit bien la dualité du combat chez cet être. Un sourire qui n'est qu'une partie de Gloria. Celui que sa fille déteste.

Maria ne répond pas. Et Gloria poursuit :

– Il est espagnol ? Dis-moi pour que je le connaisse un peu mieux. Où l'as-tu rencontré ? Il est plus jeune ou plus vieux que toi ? Puis, effrontée : Comment me trouves-tu ?

Maria sent ses mains se crisper, elle respire à fond et pour toute réponse se lève, remet les Sonates de Beethoven à plein volume et se replonge dans la lecture de *Macbeth*. Gloria déteste spécifiquement les Sonates de Beethoven et si on lui demande pourquoi, elle répond qu'elle ne sait pas ; c'est comme ça. Maria soupçonne que c'est parce que Santiago les aime. Jusqu'où peut aller une femme malheureuse, pense Maria, tout en s'attachant à la cruauté de Lady Macbeth plutôt qu'à la frustration de sa mère.

Gloria lui lance brusquement :

– Dis-lui de venir prendre un verre à la maison. On a de la Manzanilla. Je te dirai vraiment ce que je pense de lui.

Maria arrimée à son livre fait semblant de ne pas entendre et se dit à elle-même : « Garde tes réflexions pour toi. »

*

Échappant à Gloria, à Enriques, Maria s'enfuit de la maison et passe ses heures de liberté dans le studio lorsque Camus l'y attend. Et toujours il la prend dans ses bras et elle se laisse embrasser avec abandon. Mais aujourd'hui, elle se dégage, d'humeur chagrine et se hisse sur le trapèze, les deux jambes allant et venant. Il la regarde en souriant. Et comme elle ne parle pas, il lui demande :

– Tu boudes ?

– Non, je réfléchis, répond-elle d'un ton irrité.

Il la laisse à ses réflexions et reprend l'écriture de l'article qu'il était en train de rédiger avant son arrivée. Il la connaît, et dans ces moments-là, il ne sert à rien d'insister. Quelques minutes seule avec elle-même suffisent :

– Parfois il m'arrive de désespérer, dit-elle, décidée cette fois-ci à entamer une discussion. Peut-être aurions-nous dû rester en Espagne, combattre avec les autres.

– Que dis-tu petite fille ? demande-t-il en levant la tête, le regard étonné.

– J'ai passé l'âge des socquettes blanches. Mais plus sérieusement, tu as vu comme moi les chars de la Nueve. Les Espagnols ont été les premiers à entrer dans Paris pour nous libérer. Cela fait deux mois, et j'ai la sensation que les républicains espagnols, qui se sont battus pour la France avec passion, ne seront pas soutenus. Comme ils étaient fiers de délivrer Paris ! Ils croyaient, on croyait tous que le gouvernement français soutiendrait les républicains pour combattre Franco. Et rien n'est fait.

Camus va chercher une cigarette sur la table. Il prend la chaise en bois qu'il retourne et s'assied à cheval face à elle, tout en lui parlant.

– Les Français ont une dette envers les républicains espagnols. Quelles que soient leurs opinions, il ne faut pas qu'ils l'oublient. Il faut que les Alliés et les Français libèrent l'Espagne qui a tant donné pour la liberté, qui a souffert et qu'on a si peu aidée. Il ne faut pas te décourager, Maria, ni renoncer.

– Qui dit que l'on renoncera ? répond-elle piquée au vif. Tu ne connais pas les Espagnols, pugnaces, durs, fiers, mais aussi valeureux et déterminés. Parfois l'orgueil d'un peuple est une chose saine. J'aimerais bien une cigarette, tu veux bien m'en allumer une ?

Les cigarettes sont dans un broc en terre cuite, il en prend deux et en allume une qu'il lui tend, restant planté devant elle, attiré par elle.

– Même si les Français nous aidaient à rentrer chez nous, poursuit Maria, il faudrait d'abord qu'ils fassent en sorte que Franco parte.

– On doit se battre… Par la littérature, le théâtre, la poésie, l'engagement. Ne jamais renoncer, avancer des idées. Moi, je défendrai toujours l'Espagne. C'est mon autre patrie.

– Je le sais mon chéri.

Elle lui tend la main pour qu'il l'aide à descendre. Dans le mouvement, les cendres de sa cigarette tombent sur le parquet. Il la prend dans ses bras, elle se dégage. Toujours dans ses questionnements, elle n'a pas envie de cette tendresse. Elle veut comprendre, savoir, se demande ce qu'il en est de leur devenir à elle et aux réfugiés de son pays. Quel sera leur sort. Après quelques instants pendant lesquels elle reste plongée dans ses pensées, elle s'allonge sur le lit et lui demande :

– Tu pouvais rester à Alger et continuer à travailler. Il y avait ta famille, ta mère, ton frère, tes amis. Pourquoi as-tu quitté ce paradis ?

– Les senteurs, la mer, les amis, le théâtre, les parties de foot avec les copains, le soleil. Oui, c'était le paradis. Mais il était impossible que je reste à Alger, impossible d'écrire ce que je voulais ; impossible de dénoncer la misère, de témoigner de l'injustice et de la lâcheté des représentants légaux. Là-bas, j'étais ligoté.

Tout en parlant, il revoit ce flic miteux dans le commissariat du quartier de Belcourt qui l'avait frappé. Pourquoi ? Tout simplement parce qu'il avait fait son métier de journaliste, son travail d'homme lors d'un reportage en Kabylie. Ce qu'il y avait vu l'avait tant affligé : les enfants rachitiques grattant la terre avec leurs doigts pour y trouver de quoi manger – une racine, une pelure de banane. Était-ce un délit d'écrire ce qu'il venait de voir ?

– Cela valait-il que tu t'expatries ? Que tu quittes ceux que tu aimais ?

– Peut-être que oui, cela valait la peine maintenant que par les liens secrets du destin, j'ai rencontré celle que j'aime et qui représente aussi la vraie Espagne que j'aime tant et qui me passionne.

– Sérieusement, tu ne vas pas me dire qu'en sortant avec moi, tu épouses l'Espagne ? lui lance-t-elle en riant.

– Et pourquoi pas ? Cette Espagne-là me rend à moi-même, c'est celle de Quevedo, d'Unamuno, de Cervantès, du Siècle d'or et des *autos sacramentales*. L'Espagne picaresque et mystique et politique. Mais aussi la fraternité avec un peuple courageux qui s'est battu pour des idéaux libéraux et républicains, comme l'ont fait ton père et ton grand-père. Moi, cette Espagne-là, je la défendrai toujours de tout mon cœur, je prendrai toujours fait et cause pour elle contre Franco.

– J'espère qu'il y a un espoir. Mais je me demande si cela aura lieu. C'est pour cela que je suis découragée. Aujourd'hui l'Espagne est asséchée, laissée en jachère et des bottes la piétinent ; des hommes tirent dans le cœur des poètes ; des milliers d'hommes sont emprisonnés et fusillés parce qu'ils ne sont pas dans le bon camp. Je suis triste, si triste et j'ai mal et je me tais parce qu'on est des réfugiés en France. Nous les Espagnols d'ici, les privilégiés qui ont été accueillis, on n'a pas le droit de dénigrer la vie qui nous a été donnée, et en même temps, on ne peut pas baisser les bras. Les émigrés seront toujours des personnes déplacées. Tu es une personne déplacée. Je suis une personne déplacée. Nous sommes des déracinés… Où se trouve notre port d'attache ? Souvent j'ai l'impression qu'il ne peut être que dans notre cœur, et dans le combat… Réfugiés sur une terre d'exil, marchant sur un seul pied. Et pourtant, avons-nous vraiment le choix ? Je ne le crois pas. Il faut avancer, sans s'encombrer du passé. C'est pour cela que j'accepte tous les meetings et les galas auxquels on me demande de participer. Mais je suis fatiguée, mon chéri. Je crois que je vais dormir un peu.

Camus la regarde avec tendresse, l'embrasse puis se dirige vers sa table, afin de terminer son article pour *Combat*. Elle s'allonge sur le lit. Au bout d'un moment, ne trouvant pas le sommeil, elle se lève, va faire chauffer de l'eau. Sur la pointe des pieds, elle s'approche de lui, se penche légèrement par-dessus son épaule, retenant contre sa poitrine sa longue tresse de cheveux noirs, et commence à lire les premières lignes de l'article qu'il est en train d'écrire avec son stylo-plume à encre noire : « La guerre commencée en Espagne, il y a huit ans, ne peut pas se terminer sans l'Espagne. »

*

Aux Mathurins, *Le Malentendu*, interrompu depuis la Libération, est de nouveau à l'affiche. Dans sa loge, Maria termine de lire l'article du *Figaro* dans lequel Camus témoigne de sa reconnaissance à Herrand pour avoir porté sa pièce à la scène et pris des risques au moment critique où il était dans le collimateur de la Gestapo. À la fin, Camus écrit : « Personnellement, j'ai reçu à l'occasion de cette pièce, la plus grande joie qu'un auteur puisse recevoir, celle d'entendre parler son propre langage, par la voix et l'âme d'une merveilleuse actrice, à la résonance exacte qu'on lui avait rêvée. Cette joie, que je dois à Maria Casarès, me suffisait tout à fait. » Maria repose le journal, lui entoure de ses bras le cou, et lui dit amusée :

– Les mauvaises langues vont dire que c'est parce que je suis ta maîtresse.

– Eh bien, il faudra ajouter maîtresse certes... mais de l'Amour. Et il lui décoche un sourire de connivence presque coquin et enfantin.

Irrésistible ! se dit-elle. Je comprends qu'il ait du succès auprès des femmes, et elle se dépêche de se préparer.

– Tu restes ce soir voir la pièce ? lui demande-t-elle.

– Non, mais rejoins-moi au studio après la représentation. Je dois filer maintenant.

Ce soir-là, Maria a gagné dix minutes sur la séance de critiques de Marcello après la représentation. Dix minutes de plus pour être avec Camus, profiter de ces moments précieux, découvrir à chaque fois un peu plus de l'autre, passer aussi des heures à parler. À son contact, Maria, curieuse et volontaire, a l'impression de progresser. Ses cadeaux sont le plus souvent des livres. Elle a commencé à les ranger sur les étagères du salon. Reconstitution minimaliste de l'immense bibliothèque paternelle. Et quand Camus lui a demandé combien d'ouvrages celle-ci contenait, elle a répondu environ vingt mille. Ce qui est vrai ! Sa fierté, c'est aussi d'avoir envoyé balader Marchat et son hypocondrie qui, une fois de plus, le faisait se retrouver à l'article de la mort. Un caprice pour l'obliger, elle, à rester plus longtemps avec lui. Toute fière de s'être débarrassée de l'importun, elle gravit, légère, l'escalier de la rue Vaneau.

Comme d'habitude, elle toque de deux doigts à la porte. Il ouvre ; elle va pour l'embrasser. Il est maussade, l'esprit ailleurs. Il ouvre machinalement la boîte de chicorée, et la prépare, restant cloué devant le réchaud, silencieux, lointain, lui tournant le dos, penché sur la casserole.

– Qu'est-ce qui te préoccupe ? questionne Maria.

– Non, c'est rien, l'entend-elle murmurer.

Ce qu'il a à dire a du mal à sortir. Sa femme Francine lui a annoncé qu'elle allait sous peu le rejoindre. Elle vivra avec lui dans le studio.

Il tourne la tête et voit le trapèze qui, soudain, l'exaspère et l'irrite furieusement.

Comment aborder le sujet ? À la fois, il est content, soulagé même de retrouver sa femme, parce qu'il l'aime et en même temps, se séparer de Maria lui semble impensable.

La chicorée déborde sur le réchaud. Il éteint le feu, verse précautionneusement le liquide dans un bol pour Maria. Elle porte à ses lèvres le breuvage légèrement amer, délicieux parce que ravigotant.

– Tu n'en veux pas ? dit Maria. Tu n'as pas l'air dans ton assiette.

– Si, si, ça va.

Il se dirige vers son bureau, s'assoit, croise les mains devant, à hauteur de sa bouche, penche la tête, prend son stylo-plume, commence à écrire, tandis qu'elle vide le bol d'une traite.

Camus a posé son stylo. Il la regarde sans rien dire, puis :

– J'ai besoin de toi, Maria. Mais il faut que tu saches. Francine sera bientôt là.

Maria repose la tasse, le bras lourd ; les paupières lourdes ; la tête lourde. Et ne le regarde pas.

– Parle-moi s'il te plaît, dit Camus, comme figé.

Que dire, quelles paroles prononcer ? Les mots s'affolent dans la tête de Maria, ne sortent pas. Elle n'a qu'une envie, se lever et partir en courant mais ses jambes sont de plomb. Ses yeux se brouillent un instant et elle fixe le vide devant elle. Il s'attendait à des pleurs. Elle n'a pas bougé. Elle ne dit rien, apparemment indifférente.

– Tu ne parles pas ? insiste-t-il.

Elle ne dit toujours rien. Son premier geste réflexe est de reprendre la cigarette qu'elle avait sortie de son sac pour l'allumer, mais qu'elle avait posée pour boire sa chicorée. Et quand elle avance le bras, elle a l'impression de ne plus le sentir, comme un membre fantôme. Elle prend la cigarette, maladroitement, qui lui échappe mais elle la récupère en crispant les doigts... Camus vient à son secours, l'allume. Maria tire une bouffée sans la sentir... Seule la fumée parle quand elle la rejette par le nez.

– Normal, c'est ta femme, dit-elle d'une voix embrumée.

– Cela ne veut pas dire qu'on ne va pas continuer comme avant à se voir.

Maria se focalise sur une vieille lame de parquet fendu devant elle. Ses yeux rivés sur la lame, elle se demande pourquoi le propriétaire du studio ne l'a pas encore changée – elle s'affaisse et si cela continue, il y aura un trou ; et un léger sourire involontaire s'esquisse sur ses lèvres comme pour dire que pour elle c'est le trou noir... le vide...

– Tu ne vas pas me quitter, réitère Camus anxieux.

– Il faudrait que tu dises à Gide de remplacer cette lame par terre.

Camus fixe la lame, à son tour. Et ne trouve pas qu'il faut la remplacer. Mais il ne dit rien. Maria éprouve une étrange sensation de calme. Ne serait-elle pas concernée, en réalité ? Simplement, elle n'arrive pas à parler d'autre chose que de la lame qui accapare toute son attention.

Enfin, il s'approche d'elle, la prend entre ses bras, elle se laisse faire – ne manifeste pas de rejet. Il l'entraîne sur le lit et lui fait l'amour, et elle participe en se donnant seulement de tout son corps. Au petit matin, ses joues sont baignées de larmes. Elle le regarde dans son sommeil, voit ses joues un peu rondes, son front, s'appesantit sur la plantation des cheveux et voudrait baiser ses paupières, mais son corps se l'interdit. Elle le dévisage endormi pour retenir ce moment. Préserver ce silence… Elle se lève, prend son chemisier froissé, l'enfile, ne trouve pas sa jupe, puis la repère sur le fauteuil avec ses bas. À présent elle le sent, il s'est réveillé et la suit du regard. Elle a enfilé sa veste, ramassé son sac et se dirige vers la porte.

– Tu ne m'embrasses pas ? lui dit-il ne sachant plus trop où il en est.

Maria jette subrepticement un dernier regard dans la pièce et reconnaît, posée sur le bureau, la photo prise lors des répétitions du *Malentendu*, elle, habillée en aubergiste se penchant vers lui assis à une table, complices et heureux. Le cadre est légèrement ébréché et le verre fendu.

– Il est tombé, dit Camus, j'ai eu un geste maladroit. On s'était dit qu'on se dirait tout.

– Et on s'est dit tout, répond Maria.

Dans la rue le vent d'automne la griffe. Elle marche, marche le souffle coupé, les yeux embrumés ; sans penser à rien d'autre qu'à ce cadre, cette lame trouée par terre sur laquelle son émotion a pu se concentrer ; et dans le brouhaha de la ville qu'elle perçoit comme un bruissement ouaté, résonnent les derniers mots de Camus : « On va continuer. Tu m'es essentielle. » Elle sourit.

Et en effet, se dit-elle, qu'est-ce qui pourrait m'empêcher de continuer comme avant ? De sauver ce lien essentiel ? Après tout, on l'a partagé dans les jours de combat, on l'a affronté ensemble... il ne peut pas s'effacer. Et au-delà de leur histoire d'amour, il y a aussi la défense de l'Espagne qui les unit dans un combat quotidien.

Pour lui, peut-être qu'abandonner Maria ce serait aussi trahir son amour pour l'Espagne.

*

Sans frapper, Camus déboule dans la loge de Maria aux Mathurins, alors qu'elle est en train de se démaquiller, vêtue de son peignoir en forme de kimono. Il semble surexcité comme un enfant qui aurait trouvé un trésor et tout joyeux lui lance : « On pourrait partir tous les deux au Mexique, qu'en penses-tu ? »

Maria, toujours assise devant la glace de sa loge, a le sentiment d'une totale confusion.

Et pour échapper à une sorte de chaos, un trop-plein d'émotions qui l'envahit, elle se plonge dans la contemplation de ses objets familiers : le coton, le réveil doré de sa mère, la boîte rouge en forme de coquillage, les crayons à yeux, la poudre, les photos épinglées sur le mur et le petit cœur en papier de « bébé joufflu », la carte de Herrand avec un poème et des lèvres dessinées en forme de baiser ; le poème de Pierre Emmanuel écrit pour elle : « Moi, frêle je suis l'aube immense des visages/ vers mes lèvres tendues pour y boire leur cri... » Et les pétales séchés de roses. Ils sont sa carapace – son monde – ses remparts – sa caverne – et dans le miroir éclairé par de petites ampoules de couleurs rouge, jaune, bleue sur le pourtour, elle se voit avec Camus debout, derrière elle.

– C'est brutal comme demande, murmure-t-elle. Je ne sais pas quoi dire.

– Tu ne penses pas que ce serait merveilleux de partir loin tous les deux ?

Elle esquisse un sourire. Non pas moqueur, mais chargé d'une pointe d'ironie triste et cocasse à la fois.

– Dis-moi, c'est oui ? Qu'est-ce que tu en penses ? dit-il en s'approchant d'elle, hésitant.

Maria, soudain, a une sensation effrayante, à le voir aussi démuni, vulnérable. Elle se retourne, il s'avance pour la prendre dans ses bras mais elle l'arrête d'un geste de la manche de son kimono, ornementé d'oiseaux et de fleurs comme sur les vases en vieux Longwy de l'appartement de la mère de Marcel.

– Pas maintenant. Marcel m'attend à La Rhumerie. C'est sérieux cette histoire de Mexique ? lui demande-t-elle intriguée, avec une lueur d'ironie même pas acerbe.

Elle achève de se démaquiller. Il suit le mouvement de ses mains aux ongles carmin qui lui font penser aux cerises qu'on accroche aux oreilles comme des boucles. Il voudrait baiser ses lèvres. Mais il ne bouge pas et lui dit :

– Là-bas, on serait libres !

– On en discutera à tête reposée. C'est inattendu, vois-tu.

Elle s'habille. Il s'approche d'elle qui se détourne d'un geste rapide, passe devant lui, et sans l'éviter pour autant lui échappe, occupée à regrouper ses affaires.

– Tu vois, ma loge est une caverne d'Ali Baba et toi, je t'imagine bien en voleur…

Dehors, Camus ne désarme pas et continue de parler du Mexique. Elle grimpe sur le vélo en amazone devant lui. Il lui murmure à l'oreille :

– On serait tout le temps ensemble, je ne peux pas me passer de toi. Il y a quelque chose de brûlant dans mon cœur et…

– Si tu crois qu'on peut remettre tout en cause, comme cela !

Il sent sa main posée sur la sienne, tenant avec lui le guidon, pour rester en équilibre. Le Pont-Neuf traversé, ils s'arrêtent boulevard Saint-Germain devant La Rhumerie.

Quand ils poussent la porte vitrée du bistrot style colonial, Herrand, la tête dans les mains, est assoupi sur la table devant un verre de punch vide. Camus va saluer un homme élégant attablé en compagnie d'une femme un peu plus loin. Et Maria rejoint Marcel qu'elle contemple navrée. Elle lui touche le coude. Il ne bouge pas. Elle recommence un peu plus fort. Il lève la tête, hagard.

– Tu en es à combien ? lui demande-t-elle froidement, en s'asseyant à ses côtés sur la chaise en rotin.

– Quatre ou cinq. Trinque avec moi.

Il replonge la tête sur la table, puis tourne ses yeux injectés de sang en direction de Maria.

– Tu es seule ? Il est où ton joli cœur ?

– Marcel, ça suffit. Tu es ivre. Je te défends de parler comme cela d'Albert. Il est allé saluer un ami.

Il voit Camus parler avec l'homme et la femme. Et se redresse.

– Ouais. C'est Lemarchand. Il a une belle plume. C'est un copain de Camus qui l'a fait entrer à *Combat*. Il a fait une chouette critique du *Malentendu*. Tu devrais aller le saluer, il apprécie beaucoup les jolies jeunes femmes et l'alcool est son péché mignon. C'est un séducteur. Chaque fois que je viens ici, je le trouve en galante compagnie. Tu veux un punch ?

– Je préférerais une boisson chaude. Je me sens barbouillée.

Elle relève délicatement sa mèche imbibée de sueur.

– Quand tu es comme cela on ne peut pas te parler. Qu'est-ce qui te chagrine ?

– Rien.

– Comment ça, rien ? On a fait ce qu'on a pu pour se dépêcher. Tu ne vas pas gâcher la soirée, Marcello.

Maria connaît ce silence et ces yeux sombres. Il ne dira rien. Malheureux, Marcel fuit le monde. Même au théâtre, il lui est arrivé de partir sans prévenir. Personne ne savait où il était durant deux ou trois jours. Puis il revenait, sans rien dire. Et tout reprenait comme avant. Doucement, elle lui saisit la main qu'il retire aussitôt.

– Marcel, je ne suis pas venue pour que tu fasses cette tête d'enterrement.

– Tu en as mis du temps, bougonne-t-il, mêlant à sa rancœur une pointe de sarcasme.

Camus les rejoint. Il s'assoit face à Herrand qui le salue froidement. Maria refrène sa colère. Elle et Albert se regardent en silence.

Comme si Herrand n'était pas là, Camus reprend la discussion là où ils en étaient restés.

– Le Mexique aujourd'hui est un pays où existe une vraie rupture. Benjamin Péret y a séjourné, Laura Carrington, Ortega y Gasset et tant d'autres. Tu as entendu parler de la femme de Diego Rivera, la peintre Frida Kahlo ? demande-t-il à Maria comme si c'était une évidence.

Elle est prise entre Herrand, qui la regarde en se demandant ce qui se passe, et Camus désespéré, cherchant à la convaincre, alignant comme un leitmotiv les arguments d'un départ possible.

– Il y a des possibilités véritables au Mexique pour les intellectuels. Est-ce que tu imagines ce melting-pot mexicain ? Un peuple où se côtoient Amérindiens, Africains, Espagnols, Italiens. C'est une possibilité inespérée de vivre autrement, un espoir certain de découvertes et de renouvellement.

Se tenant la joue dans la main, le coude posé sur la table, Maria s'efforce de l'écouter attentivement.

Partir, tout quitter, mais pas une seule fois, il ne lui a demandé ce qu'elle en pense.

– J'ai besoin de temps et de réflexion. C'est vrai que le Mexique est plus proche de mes racines que la France. Mais que ferais-je dans un pays où il me faudrait une nouvelle fois tout recommencer ?

Marcel, trop ou pas assez saoul, pousse un cri étouffé comme un animal blessé :

– Tu repartiras à zéro, et tout ce que tu as fait ici sera fichu.

Marcel a compris, il a deviné ! On veut lui enlever sa Mariquita. C'est un scénario qu'il n'avait jamais voulu envisager. Elle le taquine tendrement pour le calmer :

– Si tu veux Marcello, tu peux nous accompagner, là-bas. Il y a du théâtre, du punch et des jolis garçons. Tu feras ce que tu voudras et on repartira tous les trois à zéro, mais ensemble. Ça te va ?

Ébahi, Camus la regarde.

– Tu te fous de moi ou quoi ? réplique Marcel toujours profondément triste.

– Non ! Mais moi, je dis ça pour que tu arrêtes de faire la gueule. C'est sérieux ce que l'on dit, lance Maria, malheureuse de la tournure que prennent les choses.

– Et pourquoi est-ce que je ferais la gueule, est-ce que j'ai une tête à faire la gueule ? Garçon, un punch ! crie Marcel suffocant, le visage dégoulinant de sueur.

– Marcel tu as trop bu, arrête, dit Maria.

– Je n'ai pas trop bu et dans ce monde, il y a de quoi boire à la santé des absents, non ! reprend-il, arborant un rictus de douleur et de cynisme.

– Ne t'énerve pas Marcel. Ça va passer. Avec Albert, on doit parler.

– Eh bien parlez, et si je vous gêne, je peux foutre le camp, répond-il d'un air las.

Camus n'a pas envie de poursuivre devant Herrand. À voix basse, il souffle à Maria :

– Peut-être que l'on pourrait parler une autre fois du Mexique ?

Elle le regarde.

– Laisse-moi y réfléchir, tandis que Herrand ferme les yeux et se laisse sombrer dans ses propres abîmes.

Mais Camus revient à la charge obstinément.

– Toi tu es espagnole et ils accueillent les réfugiés espagnols à bras ouverts. Il me semble que tout serait peut-être plus facile pour nous.

– Mais je ne sais pas si j'ai envie de partir, comme cela…

– À Mexico, il y a des Espagnols et on parle l'espagnol.

– Je sais. Juste avant qu'il ne quitte la France, mon père avait fait une demande pour que nous nous rendions à Cuba. J'ai de la famille en Argentine. De vieilles tantes. Mais dis-moi, toi, tu parles espagnol depuis quand ?

– Pas encore, mais bientôt. J'ai trouvé un professeur avec qui je vais prendre des cours quand j'aurai du temps.

– C'est qui ?

– Une femme, Louise Parrot, son mari est écrivain.

Herrand les regarde par en dessous, perçoit en bruit de fond leurs paroles qui se mêlent à celles d'autres clients. Elles l'assourdissent mais il n'est pas assez saoul pour ne pas se dire qu'ils sont plutôt comiques d'échafauder des plans sur la comète alors qu'on ne peut pas même prévoir ce qui va arriver l'instant d'après. Il relève la tête et fait signe au garçon.

– Trois punchs pour fêter une tournée en Amérique latine. On va voyager ! On va partir ! La Casarès en nouvelle Sarah Bernhardt exhibant malles, animaux exotiques, perroquets, léopards. On va dire bonjour au dieu Quetzalcoatl ! Nous enivrer de peyotl ! Artaud nous servira de guide… il connaît la route, il a gravi la montagne, lui… Il a vu les Indiens, et là-bas, ma beauté, tu ne risques pas de ne pas avoir de chocolat chaud. C'est la spécialité, un brin de cannelle, poivre et piment… aphrodisiaque, bon pour le moral, qui redonne de la vigueur aux guerriers à plumes…

Soudain il se tait, coupé dans son élan par le regard excédé de Maria.

– Herrand, arrête ce cinéma, dit-elle d'une voix cassante. Ou tu quittes le café ou on part. Ça suffit cette comédie.

– Oh là ! Mademoiselle Casarès va se mettre en colère. Ouvrez les parapluies. Camus, vous ne l'avez jamais vue en colère. Eh bien moi, je peux vous dire que c'est une tornade. Mieux vaut se mettre sous la table si vous ne voulez pas subir les foudres d'Artémis.

– Marcel, tais-toi, sinon je te quitte.

– Je m'exécute !

Il se lève mais ses jambes chancellent. Ses yeux noirs brillants de fièvre, il est pâle et hurle en s'écroulant sur la table :

– Garçon ! Trois fines, ça soulage, n'est-ce pas, de boire un coup pour oublier qu'on est un pauvre con.

Des gens se sont retournés. Lemarchand les rejoint.

– Ce n'est rien, il va faire comme moi, je bois, je dégueule après et ça va mieux.

Herrand lève la tête et regarde Maria.

– C'est quoi cette idée de partir… ah, oui, mais tu sais, là-bas, il y a des tas de beaux garçons aux yeux noirs comme l'obsidienne. Pars, Mariquita, c'est plus facile là-bas qu'ici. Il a raison.

– Il y a des possibilités de repartir à zéro, reprend Camus qui s'entête.

– Ce n'est pas que je sois heureux que tu partes, poursuit Herrand, puis il s'interrompt et fait un geste au garçon pour lui commander une fine en plus.

– Pour moi aussi, renchérit Camus. Oui, je suis sûr que ce serait plus raisonnable d'aller vivre ensemble ailleurs.

Maria éclate de rire et de colère. Et malgré le café bondé, tempête !

– Alors comme cela, tous les deux, vous décidez de ma vie. Mais c'est quoi cette façon ? Je n'ai besoin de personne pour faire ce que j'ai à faire, avec qui je veux et comme je le veux.

Ses yeux lancent des flammes. Sa voix retrouve les sonorités gutturales et vibrantes de la Galicienne, âpres et rocailleuses. Comme elle voudrait les planter là, tous les deux ! Elle les hait. Et personne ne pourra plus l'empêcher de parler. Avec une ardeur explosive, elle sort d'une traite ce qu'elle a sur le cœur :

– Ma vérité à moi, c'est que je veux vivre. Là ou ailleurs. J'ai assez trimé. Vous ne pouvez pas me forcer… personne ne peut me contraindre… Oui, j'ai enfoui le passé, j'ai enterré ma vie d'avant. J'ai pris des risques parce que j'aime le risque, l'aventure, mais je ne suis pas folle. J'ai tout fait pour me faire accepter dans un pays qui accepte difficilement l'étranger et tu es bien placé, Albert, pour ne pas me dire le contraire. Oui, j'ai dû sourire à des gens qui me détestaient ; j'ai dû fermer les poings, serrer les dents, oublier ma langue natale que j'ai enfouie pour devenir comme les gens d'ici, en parlant comme eux, et en me faisant le pari que je parlerai aussi bien qu'eux, sans accent puisqu'on ne tolère pas, ici, les accents au théâtre. Et je devrais à présent tout quitter pour… partir une nouvelle fois, m'enfuir avec mon amant. Je ne suis pas une Madame Bovary alanguie qui rêve sur son sofa à l'amour, en attendant le prince charmant. Vaste foutaise ! Il y a longtemps que mes poupées de porcelaine ont été détruites par des mains fascistes. Je ne suis plus une enfant ! Non, ce qui vibre dans le cœur des femmes espagnoles, et je suis fière d'être une Perez Casares de la Galice et de l'Estremadura, c'est que l'on brûle dans la passion. On résiste, on se bat, on vit sur l'instant, on conquiert l'amour. Un amour libre, libéré comme celui de ma grand-mère qui attendait l'étranger, le Foresto, vivant avec lui en union libre dans une société, non pas pire qu'ici, mais disons moins mauvaise ; mais je parle et je ne sais plus où j'en suis ni si vous pouvez comprendre après tout. Laissez-moi, je dois réfléchir…

– Mais personne ne te demande de faire ce que tu ne veux pas, renchérit Herrand que cette force a tiré de son propre mal-être. N'est-ce pas Camus ?

Maria voudrait poursuivre, mais seules des bribes sortent d'une voix cassée.

– Je ne sais plus ! J'en suis où… Quoi dire… Ce que je sais… Je veux choisir… Ma vie ne veut pas de chimères… Construire, donner du sens. Tributaire de… Personne ne décidera pour moi, ici.

Le regard rivé sur son punch, Camus continue :

– Maria ne t'énerve pas. C'est oublié. On verra plus tard.

Marcel se lève de la chaise en bambou qui grince, retombe, se relève en baragouinant, hoquetant en pleurs :

– Et moi, je vais vous dire, ce n'est pas juste de partir. Ce n'est pas possible… Finalement… Oui, Maria, pars… C'est ton problème, pas le mien. Et puis vous m'emmerdez tous à la fin.

Maria, attristée de le voir se mettre dans cet état, fait signe au garçon de venir les aider.

– Maintenant, Marcello, tu vas rentrer, puis elle lui prend le bras pour l'aider à se lever.

Il la regarde méchamment, la repousse et la fait retomber sur la banquette dans un geste de la main qui veut dire « Fous-moi la paix ». Ses jambes flageolent. Il se laisse choir à son tour. Maria demande au garçon de s'occuper de lui. Elle et Camus s'en vont. Entre eux, rien n'est réglé. Tout reste en suspens.

*

Dehors, il fait nuit, le boulevard est désert. Camus propose à Maria de la raccompagner rue de Vaugirard mais elle préfère marcher seule. Elle en veut à Marcel de s'être conduit comme un idiot ; elle en veut à Albert de l'avoir mise face à une situation impossible. Elle s'en veut aussi d'avoir quitté Marcel comme cela. Elle se sent piégée.

Jusqu'à présent, tout allait bien, elle a fait de son mieux. Elle et sa mère ont traversé victorieusement la guerre, la peur, les difficultés. Elle n'a pas dérogé à son pari : conquérir un territoire, celui du théâtre. C'est sa patrie désormais.

Et maintenant, cet homme qu'elle aime l'a placée dans un dilemme épouvantablement douloureux, lui proposant quelque chose à quoi elle aspire profondément mais, qu'instinctivement, elle sent impossible à vivre là où elle en est de sa propre vie.

Partir loin des siens, et lui appartenir, ne plus être indépendante, ne pas se suffire à elle-même. Ce serait un enfermement. Elle veut décider de sa propre vie. Sa liberté est un bien si précieux.

Et lui, sait-il seulement que ses nuits sont peuplées de visions de cauchemars ? Peut-être la croit-il invulnérable ? Mais elle n'est pas si forte. Indépendante. Oui. Orgueilleuse. Mais fragile, oh oui, si fragile aussi. Quelle place lui ferait-il dans sa vie ? Que tairait-il pour partager des moments avec elle ? Et pourtant, quelle connivence.

Est-il vraiment heureux ? Que cherche-t-il en elle ? Sa force de vie ? Son énergie ? Elle les lui donne sans compter. Mais en retour, elle voudrait plus, tout en sachant qu'il ne lui donnera que ce qu'il peut. Il lui confie ses combats quotidiens. Elle l'écoute. Depuis qu'ils se sont rencontrés, ils ont vécu chaque instant dans l'intensité d'une passion toujours renouvelée qui les fait se dépasser.

Elle sait qu'il lui faut être lucide, la plus consciente possible comme son père le lui a appris, comme Albert lui-même le lui apprend à son tour. Et sans cesse cette question : est-ce que je dois y aller ? Jusqu'où aller ? Elle hésite. Partir au Mexique... De quel amour l'aime-t-il ? Son orgueil de femme profondément libre la fait vaciller. Y a-t-il une issue à ce pari insensé ?

Que cherche-t-elle ? Elle ne peut pas, ne veut pas être absorbée. Le gouffre d'amour est si puissant. Il lui fait peur. Il y a en lui un puits sans fond et sans fin. Au fond, elle aperçoit pourtant une lumière qui l'attire au cœur sombre d'une part d'inconnu. Elle pourrait alors tout risquer, puisque...

Au Mexique, il y a de petites criques où l'on se baigne nu et où l'on s'aime sans contraintes. Mais qu'est-ce que ce bonheur, privé des siens ?

Pour elle qui, adolescente, a perdu sa patrie, sa maison, son pays, et seule a tout recommencé, cette demande provoque l'effroi. Et pourtant elle rêverait de partir avec lui. Est-ce dire non à l'amour que de ne pas sacrifier ce qui a été, non pas donné, mais acquis de toutes ses forces ? Et en ce moment, Maria a besoin d'être forte.

Elle ouvre la porte d'entrée, monte l'escalier quand Quat'sous déboule devant elle avec Gloria qui le suit.

– Mais qu'est-ce que vous faites tous les deux à cette heure-ci dans les escaliers ? demande Maria à sa mère.

– Quat'sous va faire pipi. Si on t'avait attendue, il y aurait eu un malheur dans l'appartement.

Épuisée, Maria préfère monter immédiatement, prétextant avoir besoin de sommeil puisqu'elle se lève à 6 heures le lendemain. Gloria lui demande si elle tourne encore au cinéma. Et Maria lui dit :

– Oui, je suis claquée, il faut que je dorme.

Elle fait couler de l'eau sur sa nuque avec une éponge au-dessus du lavabo de la cuisine et va se mettre au lit. Une fois remontée avec Quat'sous, Gloria frappe à la porte de la chambre de sa fille. Pas de réponse. Elle entrebâille délicatement la porte. Maria semble dormir à poings fermés. Mais en réalité, elle ne parvient pas à trouver le sommeil et tente de faire le point dans son insomnie. Plus tard, elle se lève. Un pincement lancinant la tenaille entre les côtes quand elle respire. Elle note ce qu'il lui vient à l'esprit pour y voir un peu plus clair dans l'opacité présente de sa vie.

Bien sûr que je l'aime, c'est évident. Mais est-ce que je peux partir ? Pour aller où ? Je souffle à peine. Qu'est-ce que j'irais faire au Mexique ? Est-ce que je pourrais continuer de jouer au théâtre ? Maintenant que je commence à être connue à Paris, est-ce que je devrais renoncer à toutes ces années de défi et de combat avec moi-même. Ce serait une folie. Renoncer à ce pour quoi je me suis battue, c'est trop dur. Pense aux femmes de ta famille.

Et ma liberté à moi là-dedans ? Ma liberté de femme, où est-elle ? Celle de ne pas être inféodée à un homme. Ça ne veut pas dire que je ne l'aime pas, mais je me dois de respecter mon indépendance. Santiago me l'a suffisamment répété, inculqué. Tu dois d'abord être toi-même. Mais qu'est-ce que je suis ? Suis-je si insignifiante que je ne pourrais pas dire ma pensée la plus profonde ? Devrais-je renoncer à tout ce que j'ai construit, pierre après pierre, marche après marche, comme une ouvrière qui construit un édifice qui sera son logis, son armure face à la vie ? Quand on sait que celle-ci est un combat au quotidien. Je sais que comme tout le monde, je peux mourir aujourd'hui ou demain. Mais je le sais et ne m'en cache pas, et je veux vivre de tout mon corps et de tout mon cœur. Mais pour rien au monde je n'accepterai d'être enfermée dans un cachot, surtout s'il est doré.

Jamais je ne te demanderai de quitter ta femme pour moi.

Je t'aime, je veux être grandie par toi – épaule-moi.

Je suis amoureuse mais veux être libre, indépendante. Je ne veux pas qu'on pense pour moi. Je ne veux pas qu'on décide à ma place. Et pourtant, j'ai la crainte de ne pas trouver, dans ce Paris mondain, un îlot où je pourrais déposer le fardeau de mes doutes. J'ai peur de ne pas être assez solide, de flancher et dans ces heures où j'ai si peur de vaciller, je te vois, mon cœur, et me tourne vers toi. Ne m'abandonne pas, mon chéri.

Une phrase de José Ortega y Gasset, qu'il lui a dite, lui revient en boucle dans la tête : « L'amour est un fait peu fréquent et un sentiment que certaines âmes seulement peuvent arriver à sentir… »

Pourquoi me sentirais-je prise dans un étau ? Ne puis-je pas me suffire à moi-même ? Me suis-je piégée dans une histoire qui me porte au meilleur de moi-même et que tout cela pourrait ne pas avoir de sens ?

Mais ma liberté – suis-je déjà emprisonnée dans notre passion ? Qu'ai-je connu de l'amour ? Je veux être libre et aimer. C'est trop d'amour et pourtant je veux le vivre. Suis-je prête ?

Tout est brouillé. Je sais bien qu'il ne veut pas me piéger. Mais si je devais quitter la France maintenant ce serait perdre les miens, ne plus revoir Gloria et Santiago. Ils m'aiment eux aussi. J'ai l'impression d'être une enfant. J'ai besoin d'une épaule et je veux être indépendante. Ces doutes, ces interrogations sont stupides. Je ne peux rien faire sans lui, et je veux avancer, progresser. Il me dit de travailler et de penser à lui. Aide-moi, je t'en supplie, ne me presse pas. Je ne pourrai pas te suivre et pourtant je ne peux rien dire de ce qui est à la fois irrépressible en moi et impossible à vivre sans en être étouffée.

Un instant – encore un instant pour savoir… mais quoi ?

De quoi es-tu faite ? Tu n'es pas une Casarès pour rien. Tu ne peux pas trahir les tiens. Ceux de ta lignée, celle du grand-père qui partait en forêt pour chasser les loups et, armé d'un seul gourdin, les faisait fuir. N'oublie pas que tu es la fille, d'un homme noble, de Santiago Casares Quiroga, dont le destin a été de vivre un combat à la vie et à la mort sur la scène politique de l'histoire d'Espagne. Tu ne vas pas renoncer, tu ne vas pas trahir le sang de tes ancêtres, déroger à cette dignité, à cette vaillance qui fait que seule, tu t'es battue en arrivant en France et tu n'avais que quatorze ans. Cet appel à la vie, que tu as choisi, fut ta première conquête.

Rappelle-toi l'Instituto Escuela où on enseignait que les femmes ne devaient leur indépendance qu'à elles-mêmes, et n'avaient rien à devoir à personne. Et cela dans une Espagne catholique et fervente, mais aussi libérale et républicaine. Mais qu'est-ce qu'il attend de moi ? Est-ce qu'il pense que je serais une maîtresse qui pourrait renoncer à tout ce que mes parents ont fait pour moi, en me donnant à vivre des privilèges qui ont fait ce que je suis aujourd'hui ? Ma seule richesse est dans ces combats que j'ai menés, en dépassant mes doutes, mes interrogations, et cependant tant de peurs persistent au fond de mon cœur qui bat très fort ce soir, car j'ai l'impression de ne pas être comprise dans ce que je suis pleinement et pourtant je sais bien que je me trompe, que ce n'est pas cela. Je n'ai pas la patience des femmes de marins. Je ne serai jamais la servante d'un maître, renonçant à l'intégrité de ce que je suis réellement. Je ne veux pas me sacrifier. C'est trop demander, tout sacrifier de cette vie et partir. Pourquoi ? Pourtant j'ai besoin de toi, oh, oui, comme j'ai besoin de toi.

Mais qui es-tu véritablement ? Quel est cet homme que j'ai face à moi, que j'aime et qui me demande d'accepter un bonheur qui serait à ses yeux « le bonheur ». Un bonheur pour qui ? Pour lui, pour moi, pour nous ? C'est trop tôt. Les cartes ne sont pas à égalité des deux côtés. À vingt-deux ans, je pourrais aussi espérer avoir des enfants, pourquoi pas. Jamais, jamais je ne pourrais être prisonnière de qui que ce soit. J'ai vu ce qu'était la prison. Je sais ce que c'est que la geôle, non pas celle de l'être physique qui est reclus, mais cette geôle de l'être intérieur qui emprisonne l'âme. Moi j'ai défié l'océan et il m'a répondu de son ton rageur. Je veux vivre pleinement, totalement dans le Tout ou le Rien.

Dans cette acceptation totale de l'autre, de ce qu'il est. Moi je le veux bien, alors pourquoi lui ne le voudrait-il pas ? C'est compliqué, vraiment compliqué…

5 novembre 1944,
dîner chez Gaston Gallimard,
66, avenue Victor-Hugo

Maria avance à grandes enjambées, les claquements de ses talons scandent tel un métronome sa marche rapide, et le tic-tac sur l'asphalte la rapproche de cet instant délicat et redouté. Le long des trottoirs, toutes ces portes fermées lui semblent pareilles à des bouches d'ombre dissimulées sous la brume de novembre. Elle accélère le pas, les talons claquent dans sa tête, elle s'échappe mais les portes l'attirent et elle s'arrête soudain devant le 66 avenue Victor-Hugo.

La pièce est vaste. Des lampadaires, des fauteuils spacieux, un immense canapé de cuir marron, la table à nappe blanche, les verres, l'argenterie, le cristal. Les fenêtres donnent sur l'avenue, mais la vue n'est pas dégagée.

Camus se lève pour l'accueillir. Comme il est grand, plus grand qu'il n'est d'ordinaire, comme s'il était un géant. Son costume le serre. Les cheveux sont plaqués en arrière, mais plus fins et lustrés que d'habitude. Janine Gallimard s'insinue entre eux deux.

– Vous êtes très belle ce soir, lui dit Janine. J'aime les motifs cachemire de votre robe et j'ai un faible pour le marron, avec ces dégradés bleus et verts.

– Vous êtes gentille. Je suis la dernière ?

– Non, on attend encore du monde.

La veste de Camus est rayée, sa chemise blanche impeccablement repassée et il porte une cravate à pois qu'elle ne lui connaît pas. Il la prend par les épaules, la guide jusqu'à une femme assise dans un fauteuil en cuir marron, les jambes serrées en diagonale telle une queue de sirène. Ses cheveux ondulés sont foncés ou clairs, suivant l'axe de la lumière des lampadaires. Elle ne saurait vraiment dire.

– Francine, je te présente Maria. C'est elle qui joue Martha dans ma pièce.

Francine s'est levée, et lui tend la main. Maria sent la poignée de main, franche, décidée mais la paume est moite.

Elle reste silencieuse un instant, l'air embarrassé. Elle a l'impression de connaître Francine. Elle ne l'imaginait pas… Elle a un joli sourire, paraît tellement heureuse. Maria détourne le visage, regarde Lemarchand croisé à La Rhumerie. Francine lui parle, aimable, et ne lui apparaît plus que comme un corps évanescent dont elle perd les contours.

– Je suis heureuse de vous connaître. Albert m'a parlé de vous. Il m'a dit que vous étiez formidable dans sa pièce.

– Albert m'a dit que vous aviez pris un congé ? s'entend-elle répondre d'une voix lointaine et parfaitement naturelle, tout en se demandant si elle est réellement dans cet appartement ou si elle essaie de se réveiller d'un rêve étrange.

– Oui, je vais rester avec lui maintenant. À Oran, je donnais des cours de mathématiques, mais je préfère être avec lui, capte Maria dont l'oreille enregistre ce « avec lui » qui revient en leitmotiv dans ses oreilles, comme une bulle qui s'approche en grossissant jusqu'à ne devenir que son amplifié et bouche muette.

Camus offre une coupe de champagne aux deux femmes. Maria lui sourit d'un regard appuyé, puis il se tourne vers sa femme disant, avec un sourire qui reste figé sans pouvoir se détendre :

– Et à Paris, Francine va reprendre la musique. C'est une excellente pianiste.

Comme pour faire écho à sa phrase, Michel Gallimard met un disque.

– On danse, entend Maria.

– Sartre et Beauvoir ne sont pas là ? demande Queneau qui vient d'apparaître comme par enchantement devant la fenêtre.

– Non, ils ne sont pas à Paris en ce moment, rétorque un homme aux lunettes teintées depuis son lourd fauteuil. Maria sait que c'est le maître de maison, Gaston Gallimard, même si personne ne le lui a présenté.

C'est un tango. Maria regarde Camus. Va-t-il l'inviter à danser ? Il dénoue son nœud de cravate, distant et pourtant si proche. Il suffirait de si peu pour qu'elle l'embrasse. Il passe devant elle et elle l'entend dire, las :

– Je vais faire danser Francine, cela lui fera plaisir.

– Mais bien sûr, répond-elle dépitée, allant s'asseoir dans un fauteuil.

Maria les regarde danser. C'est dur. La réalité est là, devant elle. C'est amusant, je n'ai jamais remarqué qu'il dansait en s'écartant démesurément de sa partenaire, en la tenant à bout de bras, se dit-elle. Francine est heureuse, elle aime danser, cela se voit. Pourtant, malgré tous ses efforts, elle paraît mal à l'aise. À moins que ce ne soit qu'un rêve. Jacques Lemarchand s'assoit à côté de Maria.

– Francine est aimable, lui dit-il fin observateur.

Cela fait deux fois qu'elle entend ce mot « aimable » au sujet de Francine. Puis il lui demande :

– Vous voulez boire ?

– Je ne dis pas non, répond-elle.

Lemarchand revient avec deux coupes. Il est drôle, fait des plaisanteries grivoises. Elle rit comme une femme qui s'ennuie. Il est 3 heures du matin. À présent, Camus fait danser Janine. Maria reste impassible. Lemarchand ne cesse de lui parler… Il est ivre, pense-t-elle en souriant. Il lui parle de tout et de rien, des acteurs qu'il a vus au théâtre, de la femme avec laquelle il couche en ce moment ; de celle avec laquelle il a couché le mois dernier. Maria l'écoute sans l'entendre. Elle répond poliment. Elle regarde Camus qui vient l'inviter… elle se lève et va sur la piste. Il est ailleurs, la regarde sans la voir. Maria se sent observée. Hormis Francine, tout le monde ici connaît leur liaison. À la fin de la danse, Camus la prend à part.

– C'est qui ton amant ?

– Cela ne te regarde pas.

– Tu ne peux pas me faire ça.

– Te faire quoi ? Tu as ta femme et moi, j'ai un amant. Pas de commentaires.

– Mais je tiens à toi.

– J'ai besoin de connaître d'autres hommes. C'est de bonne guerre.

– Mais avec Francine on est comme frère et sœur. Je t'assure.

– Je voudrais te croire. Mais je ne sais pas s'il le faut. En tous les cas, elle t'aime beaucoup. Il n'y a qu'à la voir te regarder. Ne lui fais pas trop de mal.

– On se voit quand ?

Elle ne répond pas.

– J'attendrai chaque minute ton appel.

– Retourne auprès de Francine. Elle nous regarde et se demande ce que l'on dit. Ce n'est pas la peine de la tourmenter.

Elle revient s'asseoir à nouveau dans le fauteuil. Regarde sa montre. Lemarchand revient. Son expression fureteuse et libérée l'aide à ravaler son amertume. Il la frôle du regard, note que ses mains tremblent. Il lui dit qu'il l'a admirée aux Mathurins. Il la sent désemparée, même si elle ne le montre pas.

– Je suis crevé. Vous habitez loin ? lui dit-il pour meubler le silence.

– De l'autre côté de la Seine. Il n'y a plus de couvre-feu et il est tard. Je vais rentrer, dit-elle d'une voix étale.

– Seule ?

– J'aime marcher la nuit dans Paris.

– Je vous raccompagne ? reprend-il, souriant.

En l'entendant, son visage s'éclaircit.

– Vous auriez tout de même pu m'inviter à danser ! Vous n'êtes pas très galant, ce manque de tact…

– Dansons, alors ?

– Trop tard.

– Si, dansons. Allez venez.

Il lui prend la main, elle refuse.

– Non, je vous ai dit non ; cela ne vous est pas venu naturellement. Alors, je ne vais pas danser avec vous pour que vous me fassiez plaisir.

– Mais j'ai très envie de vous faire danser.

– Une autre fois.

– Vous m'intimidez. Je n'ai pas osé.

– Vous auriez dû ! Je ne suis pas si impressionnante. Je ne croque pas les hommes qui m'invitent à danser, au contraire… D'ailleurs, je vais rentrer avec Hélène Vercors.

– C'est elle qui jouait dans *Le Malentendu*.

– Oui, Camus l'apprécie beaucoup.

– Vous êtes jalouse ?

– D'Hélène ? Oh, non, voyons, ils sont amis. Et puis après tout, il fait ce qu'il veut de son côté et moi du mien. Vous direz au revoir à Albert pour moi. Je ne sais pas où il est. Il a disparu.

Elle regarde en direction d'une fenêtre donnant sur l'avenue, il y a du brouillard dehors. Elle hésite encore, ne se décide pas à partir.

*

Camus a donné rendez-vous à Maria. Depuis qu'elle a pris ses distances et un amant, il la cherche, veut la voir. Elle est venue le rejoindre et ils sont assis sur un banc dans les allées du jardin du Luxembourg. Maria le rassure et il a besoin de parler avec elle. Ils peuvent être simplement ensemble dans un dialogue ouvert où l'un et l'autre ne se jugent pas. La demande d'amour est pressante chez Camus et Maria temporise en prenant un peu de recul pour ne pas trop se brûler les ailes.

– Je te désire, lui dit-il.

– Nous avons désiré la passion, mais peut-on la vivre maintenant ? répond-elle.

– Tu séduis d'autres hommes.

– Il suffit que je les regarde d'une certaine façon… Parlons d'autre chose. Qu'est-ce qui ne va pas ? Tu as l'air épuisé.

– Non, ce n'est rien. C'est une polémique entre moi et un autre romancier. Tu as lu des livres de François Mauriac ?

– Non. C'est une faute ?

– Ce n'est pas un défaut de ne pas connaître Mauriac.

– Et alors qu'est-ce qui te tourmente ?

– Un problème d'éthique. Mauriac prône la charité chrétienne en ce qui concerne l'épuration quand il écrit : « Nous aspirons à mieux qu'un chassé-croisé de bourreaux et de victimes. Il ne faut qu'à aucun prix la IVe République chausse les bottes de la Gestapo. »

– Comme toi il ne veut pas d'une simplification de la question, avec d'un côté les bons et de l'autre les méchants.

– Ce n'est pas si simple. Je soutiens l'épuration parce que la justice a une vertu de catharsis, et

Mauriac en bon catholique promeut la charité à l'égard de ceux qui sont jugés. Pour lui la justice doit être divine.

– C'est une question de point de vue, mais sur le fond vous êtes d'accord, il me semble.

– Mon point de vue n'est pas le même. Moi en tant qu'athée, vois-tu, je pense qu'il faut passer par la justice des hommes. Il faut que la personne, qui a commis un crime, affronte la justice humaine d'abord parce qu'elle a, comme je te l'ai dit, une valeur de catharsis et par ailleurs, cela permet à l'accusé, s'il considère sa faute et l'analyse, de la reconnaître et de comprendre qu'il a eu tort. Je pense qu'il y a une sorte de rédemption de reconnaître sa faute face à la société. Ce n'est donc pas la charité qui importe le plus mais, selon moi, c'est la justice parce qu'à mes yeux, elle est au-delà de la charité.

– Et par rapport à l'épuration ?

– Il ne faudrait pas que l'épuration se transforme en terreur comme à la Révolution française. À cette période de l'histoire, c'était la guillotine qui, au nom de la République, fonctionnait à plein rendement. Et cela, je ne le veux pas. Quand j'étais gosse, ma grand-mère nous racontait, à mon frère et à moi, que mon père avait assisté à une exécution publique. Il en était revenu malade, vomissant, sans pouvoir chasser ces images de terreur. Je suis contre la peine de mort et j'abomine la guillotine.

– Si je comprends bien, entre Mauriac et toi, ce sont deux justices qui s'opposent, mais finalement vous vous entendez au moins sur un point, c'est que tout cela ne doit pas finir en un bain de sang et devenir une vengeance sanglante. Finalement, il faudrait que la société passe assez vite à autre chose.

– Le pardon n'est pas la question à mes yeux. Mais ce n'est pas à des individus confortablement installés dans leur bureau de s'ériger en juges devant le pardon.

– Et à qui alors ?

– Les familles des victimes. C'est à eux de pardonner. Tu te souviens de Leynaud. C'est à la femme de Leynaud de pardonner, non aux autres. Le jour où elle m'écrira qu'elle a pardonné, alors là, selon moi, il y aura un acte de rédemption véritable.

– Mais pourquoi Mauriac te cherche-t-il ?

– C'est la responsabilité du journaliste qu'il titille. Il me provoque.

– Tu le provoques bien toi aussi.

– Exact. Je me défends et j'attaque. Il récidive et je riposte.

– En fait, c'est une joute entre deux journalistes qui ont joué un rôle, deux sortes de résistants, de surcroît écrivains. Tous les deux, vous avez un organe de presse important à votre disposition, et vous vous opposez en vous estimant. Si je comprends bien, il y a une considération et un plaisir à ferrailler entre vous deux ?

– C'est possible. Il m'agace.

– Il a trouvé son partenaire.

– C'est exactement ce qu'il a dit.

– C'est normal, vous avez vingt ans de différence. Toi, tu es le fils rebelle face à une figure un peu paternaliste et condescendante.

– Je refuse d'être le fils rebelle…

– Mais c'est un peu ce que tu es… ou il te met dans cette position.

– Tu sais ce qu'il a écrit à mon sujet ? « Il parle du haut de son œuvre à venir. »

– Ce n'est pas à toi que je vais dire qu'en politique, c'est à qui aura le dernier mot ou la formule la plus tueuse. Mais c'est un jeu. Sartre, Mauriac aiment la bagarre intellectuelle.

– Moi aussi.

– Oui, mais toi tu fonces parfois un peu tête baissée. Et ton plus grand défaut, c'est d'avoir du cœur. Eux veulent aussi gagner et tous les coups sont permis, même et surtout la mauvaise foi. C'est une tactique. N'oublie pas, mon chéri, que j'ai grandi avec un père trois fois ministre dans son pays. Ça aiguise le sens critique.

– Je sais. Au fond, Mauriac me touche.

– Tu es contradictoire.

– Non. Si au départ il s'est allié à Franco, aussitôt après les massacres de Guernica, il a immédiatement pris position contre le franquisme.

Maria et Camus se sont rapprochés. Elle regarde son visage et il respire son parfum.

– J'ai besoin de toi, Maria.

– La passion est peut-être ailleurs.

– Ne me quitte pas.

Elle aurait envie de le prendre dans ses bras, de caresser ses cheveux, son front, d'embrasser ses lèvres. Mais c'est impossible… le rêve s'est brisé. Elle se lève et ils marchent dans les allées côte à côte en silence.

– Tu vois, le guignol est rouvert…

– On fera encore du théâtre ensemble. Dis-moi que ce n'est pas fini.

– J'ai besoin de temps. Mais on peut continuer à se voir et parler pour le moment.

– Tu ne m'aimes plus ?

– Si, je t'aime… même si je souffre. Mais on ne va pas se mentir, ni se faire du mal. Je n'aurais qu'une envie, c'est que tu me prennes dans tes bras et m'embrasses, mais…

– Mais ?

– Il y a trop de monde ici…

– Alors, on continue à se voir ?

– Je vais être en retard. Je te téléphone demain.

*

Progressivement Saint-Germain-des-Prés revêt un nouveau visage, avec cette fureur de vivre qui explose depuis la Libération, ce pouvoir tout faire, tout inventer ou presque parce qu'on sait qu'on est des rescapés. Et pour oublier la guerre, il faut un surplus de vie, et les caves se remplissent d'une jeunesse qui ne veut plus entendre parler d'atrocités. Maria le sait mieux que quiconque. Elle et Camus continuent de s'épauler l'un l'autre malgré la présence de Francine.

Justement, Maria est en route pour rejoindre Camus. Ils ont rendez-vous au Café de la Mairie, place Saint-Sulpice, au fond de la salle du bas. La fontaine aux lions, face à l'église Saint-Sulpice, évoque l'Italie, surtout la nuit. Un soir en traversant la place, elle a surpris Jean Gillibert déclamant à tue-tête des poèmes d'Antonin Artaud en compagnie d'un jeune homme qu'elle ne connaissait pas, Jacques Lacarrière ; ils l'ont conviée à participer à leur rite poétique. Elle s'est déchaussée et nu-pieds, toute habillée, est entrée dans le bassin empli d'eau en clamant avec Gillibert des vers de Lautréamont. Et Lacarrière a surenchéri avec un poème lettriste, parlant à l'envers et Maria était ébahie de sa vélocité et tous trois ont pataugé dans l'eau en faisant une incantation à la déesse de la mer. Elle aurait aimé rester, ne pas être sage, mais elle avait d'autres folies en tête. Priorité au studio.

Quand elle ouvre la porte du café, elle aperçoit Camus devant son journal. Il n'a même pas terminé son café saccharine ni mangé sa tartine. Il a l'air grave. Maria sent une inquiétude poindre en elle. Elle voudrait lui parler, mais il est renfermé, les mâchoires contractées. La fatigue se lit sur son front plissé de rides. Elle sent qu'il ne faut pas trop le forcer, mais se lance. Elle veut savoir ce qui le tourmente.

– Tu as des ennuis ?

– Non, pas moi, mais maintenant que la guerre va prendre fin, un comité d'intellectuels et d'écrivains s'est réuni pour établir une liste de ceux qui devront comparaître et être jugés voire condamnés. Parmi eux il y a le cas de Brasillach.

– Et quel est le problème ?

– Le comité national des lettres françaises s'est réuni. Aragon, Éluard, Morgan, Sartre et Beauvoir voudraient devenir les vengeurs de l'épuration. On ne peut pas condamner un homme à mourir, sans examiner en toute lucidité les faits et sans tenir compte de paramètres qui l'ont peut-être forcé à agir de cette manière. Parfois, ils ne pouvaient pas faire autrement. L'épuration réveille les bas instincts, tu le sais. Jean Oberlé parle pour certains de « petits Fouquier-Tinville de l'épuration ».

– Sartre et Beauvoir n'ont pas brillé, que je sache, par leur implication dans la Résistance. Que vas-tu faire ?

– Démissionner du Comité des écrivains. Je vais écrire une lettre à Paulhan, parce que je me sens mal à l'aise dans ces conditions-là.

– Fais comme Sartre. Sois sympathique et gagne l'adhésion des autres.

– C'est ça, tu es contre moi maintenant. Je ne suis pas sympathique.

– Mais si ! Seulement tu es un pur, un juste. Tu raisonnes peut-être un peu trop et prends la mouche, là où lui s'en sort par des pirouettes habiles et extrêmement intelligentes.

– C'est un bourgeois et moi je suis un fils d'ouvrier qui a grandi dans la misère.

– Tu n'en es que plus estimable. Mais dis-moi, mon chéri, tu ne vas tout de même pas me dire que tu as le complexe de Normale Sup ? le taquine Maria.

– Non, bien sûr que non.

– Alors ?

– Alors quoi… répond-il agacé.

– Ne te crispe pas.

– Je ne me crispe pas. Je suis énervé. Tiens, lis juste cette phrase que je viens d'écrire à Paulhan : « Je suis trop mal à l'aise pour m'exprimer dans un climat où l'esprit d'objectivité est reçu comme une critique forcément malveillante et où la simple indépendance morale est si mal supportée. »

– Tu as raison, mais la polémique n'est pas un simple exercice de rhétorique avec eux. C'est un combat dans lequel il n'y a pas d'amitié qui compte.

– Si tu savais comme je suis las de certains combats inutiles.

– Ne sois pas en guerre contre toi.

– C'est toi qui me dis ça, alors que je te vois sans cesse en guerre contre toi-même.

– Tu exagères. Il m'arrive parfois d'entrer en guerre contre moi, mais le combat est une force où je puise une volonté que je n'ai pas toujours... c'est ce qui me permet de ne pas sombrer dans la mélancolie.

Camus saisit les mains de Maria et les serre tendrement.

– Guerre et paix. Voilà comment je te vois, lui dit-il.

– Me voilà transformée en héroïne de Tolstoï maintenant, répond-elle en s'esclaffant.

– La guerre serait ta volonté de te battre et ta force de détermination, poursuit-il convaincu. La paix, ce serait l'amour...

– Mon chéri, je n'ai rien d'une colombe si ce n'est de rouler les *r* avec ce fichu accent galicien dont j'ai tant de mal à me débarrasser. D'ailleurs, vois-tu, si j'étais un oiseau, je serais une mouette.

– Tu es cynique.

– Alors, là, c'est le bouquet. Elle rit, faussement vexée. Que vas-tu faire au sujet de Brasillach ? demande Maria.

– Je suis contre la peine de mort et j'ai des convictions auxquelles je ne peux pas déroger. Je vais signer la pétition même si cela me coûte. Allez viens, maintenant, la pluie a cessé.

– Ça te dirait d'aller au cinéma ?

– Je préfère danser. Dans tes bras… je revis.

*

Une fois de plus Camus cherche Maria et dès qu'elle ne répond pas, il tourne en rond, s'empresse de vouloir la retrouver. Il lui parle de sa théorie de l'amour double et transitoire. Elle se met à rire… trouvant cela naïf mais accommodant.

Il est si loin le temps où elle se rebellait parce que sa mère trompait son père… Elle n'est plus une enfant et a vécu…

Après tout sa grand-mère maternelle n'était-elle pas une femme affranchie, militante, vivant en union libre dans l'Espagne catholique avec un homme marié ?…

Mais là, l'amour double… la laisse perplexe…

Finalement ce qu'elle comprend, c'est qu'il voudrait l'une et l'autre. Ne serait-ce pas l'alibi d'un cœur aimant et amoureux de l'amour, un cœur inquiet de perdre l'une et l'autre ?…

Maintenant, ils vivent leur amour dans une sorte d'urgence. Ils passent leurs soirées à danser, danser comme avant, comme si de rien n'était… suspendus à leur désir, sortant de cette gangue qui les étreint, se donnent à fond dans un mouvement, un surplus qui ravive cette jouissance dont ils ont besoin, et encore et encore, s'enivrent l'un de l'autre. Comme chaque soir, ils fréquentent La Rose rouge, rue de la Harpe, où la scène minuscule sert de cabaret.

Ils s'assoient à une table dehors et immédiatement Nikos Papatakis, un Grec qui monte des spectacles, s'approche de Maria. Elle se laisse embrasser par ce très bel homme à la démarche nonchalante et souple, qui salue Camus d'un chaleureux sourire.

– Si ça te dit, Maria, on dansera le sirto tout à l'heure dans la salle. Vous viendrez vous aussi, on le fera ensemble tous les trois…

Il s'éloigne en lançant un baiser de la main à Maria.

Camus la boit des yeux ; elle est resplendissante.

– Mon amour, c'est si merveilleux de se retrouver ne serait-ce qu'un instant.

– Tu t'en sors avec l'histoire Brasillach ?

– Sartre me fait la gueule. Ni lui ni le Castor n'ont voulu signer la pétition contre la peine de mort. Moi je l'ai signée avec Mauriac et d'autres intellectuels. Il faut que je te dise, Francine est enceinte.

– Depuis quand ? dit Maria sans se troubler.

– Janvier, je crois.

– Et c'est ce que tu appelais « vivre comme frère et sœur » ?

– Laisse-moi t'expliquer.

– Arrête de t'expliquer. Je t'aime trop pour accepter le mensonge qui ne te va pas du tout.

– Je suis malheureux. Depuis l'arrivée de Francine, je lui en veux. Elle n'y peut rien. Mais sa seule présence m'empêche de me sentir libre. Elle voudrait qu'on soit tout le temps ensemble.

Je suis désolé. Je suis conscient du massacre que je fais autour de moi. Elle a peur de me perdre. Je sais qu'elle a deviné pour nous. Je ne pourrai pas lui cacher la vérité trop longtemps. Si tu pars, je ne sais pas ce que je deviendrais… tu es ma force, ma vie. Je ne veux pas te perdre. Avec Francine, on n'arrête pas de se disputer. J'ai besoin d'air, je vais aller embrasser maman. J'en profiterai pour aller dans le sud de l'Algérie. Dis-moi que tu restes près de moi.

– Je vais réfléchir. On en reparlera quand tu reviendras.

Papatakis vient les chercher, interrompant la discussion. La piste est libre. Le joueur de bouzouki entame un sirto. Camus s'embrouille les pieds en dansant avec Papatakis qui lui apprend les pas. Maria frappe dans ses mains, marquant le rythme pour l'encourager. Il la regarde et lui sourit puis se met à rire, faisant le clown. Elle rejoint ses deux acolytes et tous les trois en ligne se mettent à danser, profitant encore de ce moment d'insouciance dans leur amour en sursis.

*

Juin 1945

La gare du Nord est bondée. Une nuée bourdonnante résonne sous les voûtes de verre et de fer des quais. Le train en provenance de Calais n'est pas encore affiché. En avance, Maria se dirige vers le café de la gare. Elle a pris une marge voulant se retrouver seule avec elle-même avant l'arrivée de Santiago. Elle se sent fébrile, ouvre son calepin, mais ne peut fixer son attention. Elle regarde le va-et-vient des gens qui courent, chargés de bagages, en cherchant leur quai. Et le crachotement du percolateur du café se mêle aux sifflets et au bruit des locomotives... Un brouhaha cacophonique, et le souvenir de ce jour où, avec sa mère, elle a fui Madrid revient avec une netteté presque insupportable.

Santiago les a accompagnées en voiture pour qu'elles ne manquent surtout pas le dernier train pour la France. Gloria avait oublié quelque chose d'indispensable à la maison. La course pour atteindre à temps la gare des Charmilles, et dans le hall la pagaille, les changements incessants de quais, les haut-parleurs inaudibles, le train à l'opposé d'où ils sont, encore la course affolée. Les deux femmes sautant dans un train bondé. Santiago qui lance par la fenêtre une valise à Maria... et le train s'élance... et lui reste à Madrid, seul sur le quai, tandis qu'elles cherchent deux places. Le train s'enfonce dans la nuit. Blottie contre la fenêtre, un châle de laine rouge l'enveloppant, Maria voit se transformer le ciel révélant la beauté neigeuse de la chaîne des Pyrénées. Le contrôleur avertit les voyageurs, passant la tête dans le compartiment : « Mesdames messieurs, nous avons traversé le col du Perthus, nous sommes en France. » À la gare du Perthus, Maria et Gloria attendent la voiture pour Paris. Dans un café, Gloria sort de son sac ce pour quoi elles ont failli rater le train et tend à Maria un paquet enrubanné.

– Ouvre, c'est pour toi.

C'est une boîte rouge en forme de coquillage, et quand elle en soulève le couvercle, elle s'écrie :

– Mais c'est un réveil. Comme il est joli !

– C'est pour ton anniversaire, ma chérie… au cas où tu oublierais qu'aujourd'hui à 16 heures 34, tu auras quatorze ans.

Maria et sa mère sont sur le territoire français, le 21 novembre 1936. Ce jour-là, Madrid tombe aux mains des franquistes.

L'annonce, au haut-parleur de la gare du Nord, de l'arrivée du train de Calais ramène Maria dans le temps présent. Elle se précipite sur le quai, longe d'un pas rapide les wagons, cherche à apercevoir son père derrière les vitres. Elle fait deux fois la longueur du train, allant à contre-courant des voyageurs, ne trouve toujours pas Santiago, revient sur ses pas. S'affole. Le quai se vide et soudain, elle aperçoit la silhouette d'un homme, au milieu de ses bagages. Elle reconnaît la cape en cachemire et court en appelant « papa, papa ». C'est bien lui, avec son fume-cigare, qui attend. Il lui fait un signe de la main. Elle saute dans ses bras et l'embrasse. Elle est si émue qu'elle ne peut parler. Un bagagiste arrive au même moment pour prendre en charge les malles.

Maria prend le sac de Santiago et d'un pas alerte, bras dessus bras dessous, père et fille se dirigent vers le buffet de la gare.

Santiago examine sa fille de ses yeux anthracite.

– Tu as grossi, lui dit-il. Mais tu es toujours aussi leste, Vitola.

Elle est un peu vexée, mais ne dit rien. Puis il ajoute :

– Comment va Gloria ?

– Bien, papa. Elle a du mal à sortir de la maison, mais maintenant que tu es revenu, elle va pouvoir retrouver son élan d'avant.

– Ça te dirait une choucroute ?

– Maman a préparé un pot-au-feu.

– Eh bien, le pot-au-feu estival sera pour demain. J'ai très envie d'une choucroute avec des saucisses et du lard. Pas toi ? Viens, sortons, je t'emmène au café Le Terminus.

– Mais maman…

– On l'appellera du café pour lui dire que le train avait du retard et qu'on en a profité pour manger tous les deux.

Au Terminus, Santiago demande une table isolée. Le garçon leur fait signe de le suivre.

Maria scrute son père. Le même œil vif, acéré pouvant être dur ; et ses lèvres fines semblables aux siennes. Rien à voir avec le jour où elle l'a quitté. C'était en 1940, pendant l'Exode, et il allait s'enfuir en Angleterre, pour rejoindre le président Negrín, et former le gouvernement de la République espagnole, en vue de reprendre le pouvoir usurpé par Franco.

Santiago sort son fume-cigare et le garçon apporte la carte.

– Tu te souviens, la dernière fois qu'on a mangé ensemble, c'était à Bordeaux au Coq d'Or.

– Ensuite tu nous as laissées sans nouvelles et maman m'a dit que tu étais parti en Angleterre.

– Je n'avais pas le choix, ma Vitola. Vraiment pas.

Le garçon revient prendre la commande.

– Nous allons prendre deux choucroutes simplement. Et deux bocks de bière.

Puis s'adressant à Maria :

– Avec Negrín, on essaie de fédérer les républicains, mais je ne crois plus qu'il soit possible de rentrer en Espagne. En ce qui me concerne, ce serait un suicide. Je n'ai pas voulu inquiéter ta mère, mais voilà ce qui s'est passé en votre absence à La Corogne en 1937.

Il sort un papier qu'il tend à sa fille. Maria regarde les mains de son père, des mains d'esthète, fines avec des ongles impeccablement limés.

– Tiens, lis :

> Étant donné qu'est indigne de figurer au registre des naissances tenu au Bureau Municipal d'État Civil [...] le nom de Santiago Casares Quiroga, je soumets à votre considération le bien-fondé de ma requête [...] pour que l'on fasse disparaître le folio déshonorant du Registre Municipal de cette ville dans lequel se trouve inscrite sa naissance [...] Dans le Registre de l'Ordre des Avocats, et dans tout livre où figure le nom répugnant de Casares Quiroga, on devra procéder de manière identique en l'effaçant. [...] Le 26 novembre 1937.

Maria reste sans voix. Sidérée, elle regarde son père.

– Mais c'est horrible, articule-t-elle avec difficulté.

– C'est une réalité qu'il faut prendre en compte. Je ne suis pas même un homme mort, je n'existe tout simplement et bonnement pas, dit-il sur le ton d'un constat âcre mais lucide.

– C'est de la folie ! répond Maria totalement bouleversée et en même temps prise d'un fou rire nerveux qui lui permet d'encaisser l'effroi de cette nouvelle, quasi irréelle, dans sa monstruosité. Mais qu'est-ce que cela veut dire ? Ça n'a pas de sens. Cela ne veut rien dire. Je te touche, je te vois, tu existes… Être effacé des registres de La Corogne ? Que tu n'es pas… C'est absurde. C'est innommable, répète-t-elle abasourdie et sans pouvoir y croire.

– Je ne suis pas seulement un hors-la-loi, un traître et tout ce que tu veux de ce que j'ai pu entendre… tu l'as dit : je ne suis pas. Ils veulent faire disparaître toute trace de moi pour les générations à venir.

Le garçon apporte les deux assiettes d'une choucroute bien garnie. Et Maria, en état de choc, n'a plus faim.

– Mais c'est nier la vérité. Tu as été le symbole de la République, toute ton existence a été vouée à cette cause et tu es condamné à ne pas être… C'est ignoble.

– Je ne le prends pas mal. On va continuer à se battre pour nos frères. Allez, mange donc, sinon c'est moi qui vais prendre tout le lard. Moi, je me régale, c'est donc que je suis bien vivant. Ta sœur a été emprisonnée puis elle a été en résidence surveillée.

– Et la maison ?

– Ils ont pris tous nos biens. La rue Panaderas a été détruite en partie par un avion qui s'est écrasé, mais avant il y a eu en 1939 un autodafé sur le port de La Corogne. Je ne l'ai pas dit à ta mère. À quoi bon ? La maison a été pillée et saccagée.

– Et tes boîtes de coléoptères ?

– Ravagées.

– Et tes livres ?

– Brûlés. Ils ont fait du ménage au nom de l'ordre. Peut-être qu'une partie a pu échapper aux flammes. Ta tante a eu tellement peur qu'elle a sauté du balcon et s'est cassé le bassin. Je n'ai pas de nouvelle de ta sœur. Esther n'en fait toujours qu'à sa tête.

– Comme tous les Casares.

– Oui, mais elle a épousé le fils de mon ennemi.

– Mais lui n'est pas franquiste. Alors, on a tout perdu. Comment peut-on effacer le nom d'un homme, nier sa naissance, faire disparaître ses traces ? Le déposséder même de sa vie devant le tribunal de l'Histoire. Sans même que tu puisses dire ta vérité, te défendre…

– L'Histoire jugera mais à ce moment-là, j'aurai bel et bien disparu pour de vrai.

Et tandis que Santiago semble avoir pris son parti, elle se dit que tout lui paraît dérisoire depuis qu'elle sait ce que les franquistes ont fait à son père. Rien n'est aussi douloureux et brutal pour elle que cette violence.

– Tu veux un dessert ? lui demande son père, avec le même calme qu'auparavant.

– Non, je n'ai plus faim. Je me demande si la volonté d'effacer de la mémoire l'existence d'un être n'est pas pire qu'un meurtre. Au moins, quand on tue, on ne peut pas dire que l'autre n'a pas été.

Et si tu n'as pas existé, moi, je n'existe pas non plus. C'est logique.

Santiago a une lueur d'ironie dans les yeux et lève son verre ; Maria en fait autant. Le tintement signifie qu'ils sont bien vivants.

– Relis Shakespeare ou Webster quand celui-ci dit que « L'homme est un loup pour l'homme ». Ma Vitola, l'ironie c'est que le nom de Casares perdure, puisqu'il existe en France sur une autre scène, avec toi au théâtre.

– Jamais papa, jamais je te le promets, je ne remettrai les pieds en Espagne tant que Franco sera vivant.

– Tu n'as pas eu de problème en mon absence ?

– Des représentants de la culture m'ont demandé de jouer à Madrid mais j'ai refusé. Le nom de Casares sera bientôt sur les affiches de cinéma. Je tourne un film.

– Tu es la vedette ?

– Je partage l'affiche avec Élina Labourdette.

– Tu joues quel rôle ?

– Celle par qui arrive le drame.

– C'est une tragédie ?

– Non, une tragicomédie où j'ai le rôle de la maîtresse diabolique ; je suis la venimeuse, la femme fatale. Mon amant veut épouser une jeune femme dont il est amoureux et moi, je lui révèle que c'est en fait une grue et elle en meurt.

– Les femmes fatales… voyons ça !

– Je prends ce que l'on me donne selon les emplois.

– Et au théâtre, tu t'en sors, m'a-t-on dit ?

– On vient de terminer de jouer une pièce. Mais le directeur m'a dit qu'il allait organiser une représentation pour toi.

– Je me souviens quand tu venais dans le fumoir réciter des poèmes. Tu étais si timide et pourtant quand tu allais sur la plage tu criais à tue-tête. Cela me plairait de te voir jouer.

– Tu te souviens quand tu déclamais en audience tes plaidoyers en octosyllabes ?

– Dans la famille on a toujours eu le sens du geste théâtral !

– Papa, il faut rentrer, maman doit être impatiente.

Santiago demande l'addition, mais n'a pas envie de partir. Il retarde le moment. Maria aussi voudrait rester avec lui, dans ce tête-à-tête, mais Gloria les attend.

Arrivés rue de Vaugirard, avant de monter, Santiago retient Maria par le bras :

– Écoute, on ne va pas dire à ta mère qu'un avion est tombé sur la maison. Elle ne s'en remettrait pas. Il y a toujours le petit qui lui sert de chaperon ?

– Papa, arrête. Il n'est pas si mauvais. On lui a dit d'aller dormir dans une chambre sous les combles.

– On verra bien. On est si bien de retour près des siens. Dis-moi, as-tu un fiancé ?

– On en parlera plus tard. Maintenant on monte à la maison.

*

À présent que Santiago est à la maison, la famille est réunie. Et pourtant, même si tout n'est plus comme avant, la connivence entre le père et la fille est toujours la même. Comme Maria regrette que son père ne puisse la voir jouer, Herrand a proposé une représentation de *Federigo* de René Laporte. Il a demandé aux acteurs de jouer la pièce uniquement pour lui. Tous ont accepté. Maria a donné le meilleur d'elle-même. Son rôle est celui d'une jeune aubergiste éprise d'un mécréant qui la dupe et la quitte. Puis elle le retrouve dans un autre pays et dans un autre temps et se présente comme étant « sa mort ».

Dans le théâtre vide, le père de Maria est le seul spectateur. La représentation achevée, il se lève, prend son pardessus sur le bras et attend sa fille au-dehors. Herrand avait préparé une collation, mais fatigué, Casarès Quiroga souhaite rentrer et demande à Maria de l'accompagner. Ils descendent à pied l'avenue de l'Opéra. Santiago parle de l'Opéra et de sa façade… Maria a compris. Il a des résistances. Elle se risque à poser la question dont elle suppute la réponse :

– Alors comment as-tu trouvé ? J'avais peur parce que tu étais dans la salle, dit-elle, entrant dans le vif du sujet.

Son père marche d'un pas altier, rapide, nerveux et concentré, puis sans la regarder :

– Je n'ai pas aimé la mise en scène. Je crois que tu pourrais donner plus de toi ; montrer ta vraie nature, ton tempérament tragique, picaresque et cocasse même. Quelle idée de te faire jouer la mort. À ton âge. Avec tous ces gens qui sont morts autour de nous… Tu es trop vivante. Cette coiffure dont ils t'ont affublée, une boule de gui qui s'agite. Tu n'as pas à accepter d'être défigurée à ce point. Elle est ridicule. Et ne restitue pas ton visage. Celui qui joue Le Prince blanc est très bien. Il s'appelle comment déjà ?

– Gérard Philipe.

– Il a un naturel en scène qui m'a plu. Mais celui qui joue ton mari…

– C'est Marchat…

– Il joue trop extérieur. Je m'attendais à un drame ou une comédie, mais pas un entre-deux. La pièce est écrite comme une parabole. C'est trop littéraire.

Ils continuent leur chemin. Santiago se tait. Sa critique acerbe est sans appel. Maria embraye sur un autre sujet.

– Camus aurait aimé venir te saluer, mais il est en Italie.

– Ta mère m'a dit qu'il était marié. Qu'est-ce que tu as besoin de fréquenter un homme marié, Vitola ?

C'est comme si elle recevait un coup de poing dans la poitrine. Elle prend une profonde respiration, et se cale sur le pas cadencé de l'ex-ministre de la Guerre. Décidément, se dit-elle, papa a toujours le même tonus que lorsqu'il passait en revue l'armée républicaine ou avançait en tête de cortège dans les défilés officiels.

Il s'arrête net et regarde Maria :

– Qu'est-ce qu'il t'apporte ?

– Pendant que tu n'étais pas là, il a poursuivi ce que tu avais commencé. Il m'aide à me construire et m'éduque…

Santiago la regarde, dubitatif. Ils reprennent leur marche, silencieux. Et soudain, il dit d'un ton sec et péremptoire, le regard droit devant lui :

– Je t'ai donné de bonnes bases. Tu peux te construire seule.

– Il m'apporte ce dont j'ai besoin, contrebalancer mon côté passionné qui vit sur l'instant en y ajoutant la raison, répond-elle sachant que ces arguments peuvent rassurer son père.

– Il a des enfants ? poursuit Casares Quiroga.

– Non.

– Fais ce que bon te semble. Puis il s'arrête : Ça te dirait un thé ?

Elle a compris. Son père retarde le retour à la maison. Il veut rester seul avec elle, en profiter. Et tous deux se dirigent vers une brasserie. Santiago fait asseoir Maria face à lui, devant la vitre qui donne sur le boulevard. De là, il la voit et peut aussi jeter un œil aux voitures sur l'avenue, où la circulation reprend progressivement. On vient les servir.

Santiago se tient droit. Les deux poings sur la table. Si Maria était le chef de famille en son absence, à présent il reprend ses droits.

– Ça te regarde, mais comment pourrais-je être ravi que tu fréquentes un homme marié ? Tu devrais songer à ton avenir Vitola, dit-il préoccupé.

– Ce n'est pas toi qui vas me dire que je dois me marier pour jouer le rôle de la femme à la maison, répond Maria en souriant. Ça n'a pas réussi à maman.

– Quand Gloria et moi seront morts, tu seras seule. Et je ne veux pas que tu sois sans personne à tes côtés.

– Mais papa, je suis forte.

– Tu joues au théâtre. Aujourd'hui tu es une vedette ; que sais-tu de ce qui se passera demain ?

Elle se tait, pince les lèvres et redoute le ton tranché de son père. Ils restent silencieux et quand la serveuse apporte le thé, Maria se gratte le bout du nez. Santiago la regarde étonné, et ils se mettent à rire de concert. Maria avance le buste et lui dit en confidence d'un ton amusé et complice, à voix basse comme deux malfaiteurs qui préparent un bon coup :

– Il voudrait te rencontrer. Je lui ai tant parlé de toi. Il aime Bernanos lui aussi.

– Il a lu *Les Grands Cimetières sous la lune* ? dit son père, accroché.

Ça y est, Maria a su trouver le bon hameçon.

– Il a même écrit, je cite de mémoire : « Bernanos est un écrivain deux fois trahi. Par les hommes de droite pour avoir écrit contre Franco et par les partis de gauche qui l'acclament alors qu'il ne veut pas l'être par eux. »

– C'est dans quel journal ? demande Santiago curieux.

– L'*Alger républicain*.

– Et la pièce, qu'est-ce qu'il en a pensé ?

– Il a dit que je n'étais pas trop mal. Tu sais que Claudel est venu ?

– Voir *Federigo* ?

– Oui, je lui ai dit qu'il ne pouvait pas me donner un rôle sans m'avoir vue jouer et savoir qui je suis.

– Et qu'est-ce qu'il t'a répondu ?

– Rien. Mais il est venu. L'ironie, c'est que Camus vient d'écrire un article contre lui et l'a signé du nom de Suétone.

Santiago pouffe. Ce nom, cette audace, l'amuse et rend soudain bien plus sympathique, à ses yeux, l'amant marié de sa fille.

– Suétone c'est celui qui a écrit la vie des douze Césars et de Caligula. Il a de l'esprit, ton ami. On pourrait se retrouver dans un café. Dis-lui que j'aimerais le rencontrer.

– Il œuvre pour l'Espagne républicaine.

– Comment ?

– En écrivant des articles politiques où il dénonce la dictature et prend parti en demandant aux autres démocraties de se rallier pour sauver l'Espagne républicaine.

– Tu vas me le présenter et on va discuter tous les deux. Amuse-toi, Vitola, mais fais attention, sois lucide car en amour, on perd souvent ses esprits. Tu peux aimer, mais aie conscience de qui tu as face à toi. Le sais-tu seulement ?

– Il me parle de lui. Il est gentil, parfois secret, a de l'humour… il est un grand écrivain et j'adore danser avec lui.

– Ne sois pas trop éprise… du moins pour le moment.

– Mais c'est impossible papa.

– Alors, du moment que tu sais ce que tu fais, prends tes décisions, mais jamais sous l'emprise du désir immédiat. Sinon vis-les, en les assumant totalement. Vitola, je ne souhaite pas que ma fille chérie se blesse les ailes pour un homme qui, un jour ou l'autre, pourrait l'abandonner pour une autre.

– S'il me quitte, ce sera sa volonté.

– Et toi ?

– Moi ? Je n'ai pas envie de le laisser. Je l'aime. Mais je ne pourrais pas vivre près de lui dans la trahison ou le mensonge. Pas aujourd'hui ni demain. Ne t'inquiète pas, je suis forte.

– Crois-tu ? Je te sais aussi fragile, ma Vitola. C'est pour cela que j'ai peur pour toi.

*

Juillet 1945

Maria tourne en rond. Elle ne sait pas quoi faire. Son père est sorti. Elle s'est assise dans un fauteuil de la salle à manger, songeuse, irritée et se calme en caressant Quat'sous lové contre sa poitrine. Il cherche à lui lécher les oreilles. Elle tambourine l'accoudoir de l'autre main. Gloria fredonne et Maria se décide, ouvre la porte ; sa mère est assise à la table de la cuisine devant un magazine.

– Maman, il faut que je te parle, dit Maria en se plantant devant elle, les deux poings fermés pour se donner du courage.

– Qu'est-ce que tu as ? Tu es pâle. Tu travailles trop et te dépenses comme une folle. Il faut que tu te reposes, Vitola, dit Gloria absorbée par les images.

– Ce n'est pas ça. J'ai un problème.

– Grave ?

– Oui, je ne sais pas, mais…

Sa mère continue de feuilleter, se tenant le visage dans une main et dit sans la regarder :

– Tu es malade ?

– Non, mais j'ai peur d'être enceinte.

Gloria repousse le magazine, et cette fois-ci lève la tête.

– Et pourquoi tu dis ça ?

– Je n'ai plus mes règles. Il paraît que cela arrive de ne plus avoir ses règles durant quelque temps ; mais je ne sais pas. J'en ai parlé à Zanie et elle ne sait pas non plus.

– Il faut que tu ailles chez le médecin. Puis se reprenant : Ce serait bien un bébé. Je pourrais m'en occuper. Et qui est le père ?

– Je ne sais pas.

– Comment tu ne sais pas ? Tu ne vas pas me dire que…

– Arrête ! Ce n'est pas toi qui vas me faire la morale. Comme si tu avais toujours été chaste.

– Je te défends de me parler comme cela.

– Et comment voudrais-tu que je te parle autrement ? dit Maria sur les nerfs. Ne me dis pas que tu es un ange de pureté et un exemple de fidélité.

Gloria arrête net la dispute, ne voulant pas que les choses s'enveniment. Cette fois-ci, c'est sérieux.

– Depuis quand tu n'as plus tes règles ?

– Deux mois. N'en parle pas à papa, surtout. Tu m'entends ? Je t'interdis de lui dire quoi que ce soit à ce sujet.

– Qu'est-ce que tu crois, que je suis une pie ? Je suis muette comme une tombe.

– J'espère bien, sinon…

– Sinon quoi ? Tu es sûre que ce n'est pas une grossesse nerveuse ? Moi aussi, j'ai été plusieurs fois enceinte. Je n'en ai jamais parlé à ton père.

Je suis allée voir une femme à la campagne pour qu'elle fasse ce qu'il fallait faire.

– Et moi ?

– Toi ? Tu connais l'histoire familiale, l'épilepsie des deux côtés. Mais on voulait quand même un enfant. Je crois que Santiago aurait préféré un fils. Mais il était fou de joie en te voyant. Alors ma fille, tu ne sais vraiment pas qui est le père ?

Maria ne répond pas, mais elle reste là, à attendre une solution de sa mère.

– C'est ton histoire. Tu t'arranges avec qui tu veux. C'est bébé joufflu ? poursuit Gloria obstinée.

– Je ne te dirai rien.

Gloria la foudroie du regard, les yeux vraiment inquiets.

– Tu ne vas pas me dire que c'est Camus. Il est marié.

– Je ne peux rien te dire. Je ne sais pas. Si je suis enceinte, on fait quoi ?

– Il y a des moyens de ne pas garder l'enfant. On pourrait… Je vais appeler Colonna-Romano pour lui demander d'aller à Camaret. Elle va être ravie de nous prêter la maison. Là-bas, il doit bien y avoir des femmes qui savent comment faire si tu ne veux pas garder le bébé.

– Et si je le garde ?

– On s'en occupera toutes les deux. Moi, j'ai bien vécu sans père et cela ne m'a pas traumatisée. Peut-être que tu n'es pas enceinte d'ailleurs. Cela arrive quelquefois que les règles s'arrêtent.

– Maman, je ne sais pas ; je ne peux pas le garder.

Et tout en s'approchant de sa mère, elle s'accroupit, sa tête sur les genoux de Gloria qui lui caresse les cheveux tandis que Maria se parle à elle-même tout haut.

– Il y a le théâtre, et ce serait une complication de plus. Oui, j'aimerais le garder mais on n'est pas chez nous. Puis elle se dégage, lève la tête vers sa mère : Surtout promets-moi de ne rien dire à papa. Mais c'est vrai que j'aimerais avoir un bébé, mais c'est trop tôt pour moi, tu comprends ?

– Oui, bien sûr. Mais tu me permets tout de même d'en parler à Colonna. Elle a vécu et entre femmes, on se soutient. Je vais dire à ton père qu'on part à Camaret pour que tu puisses te reposer, car avec le théâtre, tu es épuisée et quelques jours à la mer te feront du bien, à lui aussi, et à moi également. Ne t'inquiète pas mon adorée. Je prends en main la situation.

*

Dès que Maria délaisse le théâtre des Mathurins plus de deux jours, elle ressent un vide. Marcel lui manque. Il la bouscule parfois, il lui arrive de bouder, mais il l'adore. Et Maria a besoin d'être aimée. Sinon, elle se sent bête et incapable de quoi que ce soit. Marchat l'horripile avec ses improvisations en représentation. Elle le battrait quand il lui fait ces coups-là. Mais il la fait rire, la charme et elle l'aime bien aussi. Après il est penaud et pour se faire pardonner, il lui souffle à l'oreille en sortant de scène, « tu sais j'ai trouvé un bon restaurant, je t'y emmène après la représentation ». Ce soir, il propose un goûter dans sa loge. Il veut tout savoir sur ce qu'elle fait, qui sont ses amoureux, où elle en est avec Camus. Il lui assure sa discrétion, ce qui est faux. Maria se confie et Marchat, trop heureux, saisit l'occasion et leur petit jeu reprend :

– Je voudrais bien être ton amant moi aussi, lui murmure-t-il en s'approchant d'elle.

– Mais voyons, tu es incapable d'aimer une femme, rétorque-t-elle se demandant où il veut vraiment en venir. Je croyais que tu n'aimais que les hommes.

– Qu'est-ce que tu en sais ? Tu n'as qu'à essayer, répond-il en la défiant.

Maria a compris. Il la provoque et elle attrape la balle au bond.

– À voir… lance-t-elle, le défiant à son tour.

– Tu ne seras pas déçue du voyage… Allez, un petit bisou, juste un petit bisou, là, sur la bouche… insiste-t-il tel un chérubin.

– Tu es bête…

– Je suis ta bête, ma colombine, pardonne-moi, je voulais dire ma tigresse.

Marchat s'est approché, la serre dans ses bras et fait semblant de vouloir la jeter sur le canapé. Maria fait mine de lui mordre le bras.

– Non mais lâche-moi… lance-t-elle faussement fâchée en le repoussant.

– Motus et bouche cousue. On nous espionne. Le grand manitou est dans les parages.

Marcel apparaît et ses yeux noirs jettent des étincelles.

– Ça va barder, chuchote Marchat à Maria qui fait l'innocente.

– Vous avez fini votre manège tous les deux ? demande Marcel d'un ton sec.

– C'est une scène qu'on répète. On essayait pour voir. Dis-moi Marcel, qu'est-ce que tu en penses, j'ai envie de monter *Le Jeu de l'amour et du hasard* avec Maria.

– Eh bien, moi, je vais répéter ! s'écrie Maria qui préfère les laisser. Elle s'élance vers la porte et Marcel lui barre le passage.

– Regarde-moi !

– Quoi ? répond-elle yeux dans les yeux en le bravant.

– Rien. Et que je ne vous y reprenne pas tous les deux, sinon je quitte le théâtre pour toujours et vous ne me reverrez plus jamais.

– Fais pas attention Maria, on frise le mélodrame, lui lance Marchat avec un clin d'œil, dépêche-toi de partir ! Et il se met à fredonner la chanson de la Belle Époque qui commence par : « Reviens, veux-tu, ton absence a brisé ma vie... ».

Maria hésite entre un fou rire, qu'elle réprime, et le sérieux qu'elle doit conserver pour préserver la paix des ménages. Résolue, elle casse l'effet de Marchat qui ne s'y attend pas et lui retourne la pareille :

– Marchat, tu deviens grandiloquent.

Puis elle descend l'escalier quatre à quatre et a juste le temps d'entendre Herrand dire à son amant : « Laisse Maria tranquille » avant que la porte se ferme en claquant.

De retour dans sa loge, Maria s'interroge assise face au miroir. Elle se regarde sans se regarder vraiment, fixant cette image qu'elle voit d'elle dans la glace.

Qu'est-ce que je fais maintenant ? Cela fait cinq ans que je suis dans ce théâtre. Tout déborde. Je pensais être consciente ? Mais non, je ne maîtrise rien. Ce soir, sur le plateau je ne savais même pas pourquoi j'avançais la main en l'air. Quand je l'ai vue, je me suis demandé pourquoi ce geste ? Je n'avance plus. Marcel est trop gentil. Marchat m'agace avec son exclusivité. Marcel aussi voudrait que je sois sa chose. Je n'appartiens à personne. Je n'appartiens qu'à moi. Et encore ! Est-ce que je devrais vivre ainsi toute ma vie ? Reproduire toute ma vie les mêmes gestes. Ne pas me renouveler serait terrifiant. Je ne veux pas sombrer dans la répétition de moi-même. Regarde-toi dans la glace. Vois cette face, un jour elle sera pleine de rides. Un jour, apparaîtra le premier sillon qui dira qu'une courbe vient de naître. Un jour, je ne pourrai plus me regarder dans une glace. Je ne veux pas devenir comme ces poupées fardées. Goya avait raison de peindre ces vieilles. Je ne veux pas être enfermée dans une image. Je veux être moi-même. Qu'on m'aime pour moi. Mais pas n'importe comment ! La volonté ne fait rien à l'affaire. Je veux tout contrôler et à force je ne contrôle rien. Ici, où sont les risques ? Le théâtre est un cocon, un nid douillet. Je suis la reine. Et bientôt, je deviendrai une caricature de moi-même. Marcel m'enferme dans une prison dorée. Je veux vivre… et si je me trompe tant pis.

Puis elle se lève brusquement, sort de la loge en claquant la porte. Marcel, dans la loge à côté, ouvre sa porte, pensant qu'il est arrivé quelque chose et la voit descendre à toute vitesse les escaliers. Il la suit, l'appelle du haut de la rampe.

– Qu'est-ce qu'il y a ? Tu t'es fait mal ?

– Non ! hurle-t-elle.

Elle pousse la porte vitrée, sort sur le trottoir. Marcel la rejoint.

– Qu'est-ce qui se passe ?

– Il se passe que j'en ai assez. Je ne respire plus ici. Ça ne peut plus durer.

– Rentre, on va parler.

– Je n'ai pas envie de parler. Je pars.

– Qu'est-ce que tu dis ?

– Je pars, Marcel. J'étouffe ici.

– Mais tu n'es pas bien dans ce théâtre ?

– Je suis trop bien, tu veux dire. Tu me donnes la place de choix ; je suis chez moi. Tu me donnes des rôles passionnants. Et moi, je n'en peux plus.

– Qu'est-ce que tu veux ?

– Je ne sais pas. Mais ce que je sais, c'est que je veux partir. Je ne veux plus être choyée, protégée. Tu comprends ? Tu ne réponds pas. Je pars, Marcel ; je termine les représentations et je pars. Tu m'entends ? Réponds. Et puisque tu ne veux rien dire, c'est la même chose.

– Personne ne te retient ici.

– Marcel, comprends-moi, il est temps que j'apprenne à marcher seule ; je n'aurai pas toute ma vie des béquilles. Il faut que j'aille voir ailleurs. Même si je m'en mords les doigts. Je dois apprendre à me débrouiller seule. Je suis bien ici, je ronronne. Tu me laisses faire tout ce que je veux, mais ce n'est pas ça la vie. Je dois voler de mes propres ailes et me battre. Je ne veux pas être enfermée dans la routine. J'en ai parlé à mon père… je crois que si je reste je pourrais sombrer dans la sclérose, me répéter… devenir ma propre caricature… tu comprends… Mais dis-moi quelque chose au lieu de rester muet. Je veux faire le saut dans l'inconnu.

– Tu es libre, Maria…

5 septembre 1945

Le téléphone sonne alors que Maria, qui vient de retourner son sac de théâtre, le secoue, s'assurant qu'il ne reste plus rien… La sonnerie continue… Elle dépose le sac sur son lit puis prend le combiné sur la table et entend la voix de Camus. Elle lui demande :

– Comment s'est passé l'accouchement ?

– Le mieux possible. Tu ne sais pas ce qui m'est arrivé ? Quand on est sortis de la clinique, on a pris un taxi pour rentrer. Et soudain, Francine me demande où sont les jumeaux. Je les avais oubliés. On a dû revenir et je suis remonté les chercher. Et toi, tu vas bien ?

– Oui, très bien.

– Qu'est-ce que tu fais en ce moment ?

– Je travaille à m'occuper de moi.

– On peut se voir au Bonaparte. Je n'aurai pas beaucoup de temps. Mais j'ai très envie de te voir…

Elle prend une veste et sans se hâter se rend à son rendez-vous. Durant le trajet, elle pense à ce qu'elle va lui dire. Elle ne voit qu'une issue : trancher dans le vif. Sa décision prise, elle n'y dérogera pas. Quand elle arrive au Bonaparte, un peu tremblante, elle respire à fond et le voit de profil derrière la vitre, assis à une table, lisant un journal. Elle passe la porte et s'assoit devant lui sans rien dire.

Elle reste silencieuse et le regarde sans bouger, tout en restant sur le qui-vive. Enfin, il se décide à parler :

– Qu'est-ce qu'il y a Maria ? demande-t-il, ne s'attendant pas à ce calme et surtout à ce silence qui dure et le met mal à l'aise.

– C'est fini, dit-elle d'une voix calme et nette en le regardant droit dans les yeux.

– Qu'est-ce qui est fini ? demande-t-il interloqué.

– Toi et moi. C'est terminé.

– Comment cela ?

– Je te dis, c'est terminé. Notre histoire s'arrête là. Maintenant il faut que je regarde la réalité en face. Tu es père de deux enfants. Et tu dois t'occuper d'eux et de ta femme. Il n'y a pas vraiment de place pour nous.

– Mais je t'ai dit que…

– Ne me dis plus rien. C'est une histoire qui finit là.

– Tu as un autre homme dans ta vie ?

– La question n'est pas là. Et quand bien même…

– Et où est-elle ?

– Ne te fais pas stupide. Nous avons vécu une très belle histoire. Intense, mais c'était la guerre. Et maintenant, elle est terminée et la réalité nous rattrape. Moi, j'ai ma vie à faire… On s'est rapprochés par ce que l'on partage et par une attirance réelle. On a en partage l'exil, le théâtre et l'Espagne. Et je garde la passion de ce moment merveilleux dans mon cœur. Elle baisse les yeux, murmurant comme pour elle-même : Je t'ai vraiment aimé.

Mais laisse-moi libre d'aller. Puis, le regardant à nouveau : Je dois construire ma vie, aller de l'avant.

– Mais je t'aime.

– À ta façon. Je le crois.

– Tu es unique, on pourrait… À mes yeux…

Elle l'empêche de parler en mettant un doigt sur sa bouche.

– Arrête. Ne pense pas pour moi. C'est désagréable, dit-elle avec un rictus amer.

– Je ne pense pas pour toi. Rien ne nous empêche…

– Si, tout nous empêche et toi le premier. Ce fut un beau voyage, mais revenons à la réalité.

– Qu'est-ce qui nous interdit de le poursuivre ?

– Mais tout et rien. Ta vie présente me l'interdit. Ta famille, maintenant que tu as des enfants.

– Tu ne les connais pas.

– Je connais la bourgeoisie, n'oublie pas que si je ne suis pas française, si je suis pauvre, nous étions en Espagne des bourgeois et du côté de mon père les Casarès ont sur leur blason leurs propres armes. C'est mon orgueil. En France, une femme est traitée de putain quand elle a une liaison avec un homme marié. L'adultère est un péché. Vois-tu, Beauvoir a raison. Je ne l'aime pas. Mais je la respecte pour ce qu'elle cherche à faire exister, à savoir l'égalité des sexes. Cela viendra peut-être, mais il faudra du temps et l'intelligence de toutes les femmes et des hommes aussi pour se rallier à cette cause. Et pourtant, je me fous de ce que peuvent dire les gens. On s'est aimés dans le feu de la passion. Mais il semblerait que la passion retombe vite quand il y a des obstacles.

Peut-être un jour, nous retrouverons-nous et nous les dépasserons. Mais aujourd'hui, je te réclame ma liberté. Plutôt, je prends ma liberté. Tu sais ce que veut dire ce mot, « liberté ». Ma liberté, c'est de vivre comme je l'entends avec qui je veux. Libre de mon corps et de mes actes. Car ce qui m'est interdit, c'est de pouvoir t'aimer en toute liberté. Nous ne sommes pas un vrai couple. Et ce qui t'est interdit par la morale bourgeoise à laquelle tu réponds, c'est de quitter ta femme. Tu ne la laisseras jamais. Tu la feras souffrir… peut-être, mais tu la retiens prisonnière en te donnant bonne figure. Tu l'aimes. Et c'est normal. Bientôt je serai celle par qui arrive le drame, la mante religieuse, la vénéneuse, la Sorcière… mais qu'est-ce que j'ai fait, si ce n'est répondre à notre amour. Toi, tu as ta part là-dedans. Mais tu es un homme, tu as le soutien de tes amis qui te défendront contre moi. Crois-tu qu'ils m'acceptent ? Je ne suis pas aveugle… Mais moi, je ne veux pas faire partie de cette aventure. J'ai peut-être trop de fierté. Moi, j'arrête là. Et l'accepte parce que cela n'a plus de sens.

– C'est sans appel ?

– Sans aucun. Ma décision est prise. Même si je dois souffrir, c'est mieux pour tout le monde.

– Tu te sacrifies ?

– Non, je me respecte. Je n'ai rien pris à qui que ce soit. On n'a que ce que l'autre veut bien vous donner. C'est tout. Je te demande de ne pas insister. De ne pas chercher à me revoir. Jamais.

TROISIÈME PARTIE

L'amour, un peu plus loin

6 juin 1948

Au Champollion, la séance de 16 heures annonce *Autant en emporte le vent* avec Vivien Leigh et Clark Gable. Depuis que Maria l'a vu dans *Les Révoltés du Bounty* avec son sourire en coin et sa dégaine de pirate, elle se damnerait pour lui voler un baiser. Gable est son idole. Que ne ferait-elle pas pour un sourire de ce séducteur impénitent, même si cela veut dire gâcher la moitié d'une belle journée ensoleillée de juin en s'enfermant dans une salle pendant trois heures. Elle téléphone à son amie Pitou. La première arrivée prendra les tickets.

Sa veste enfilée, ses papiers dans son sac, sans même y penser elle cavale jusqu'à l'entrée du jardin du Luxembourg. La nature lui manque : les ciels qui se transforment, la beauté d'un paysage, et surtout l'océan avec ses équinoxes et le rythme des marées. À défaut de mer, il y a dans ce jardin des parterres de rhododendrons roses et violines, des arbres dont elle sent la force sous l'écorce. Au Luxembourg, Maria retrouve les jeux, les rires, les marionnettes ; toute cette part en elle d'enfance préservée.

Elle descend le boulevard Saint-Michel et presse le pas. À force de flâner, elle n'a pas fait attention à l'heure. Elle avance d'une foulée dynamique, le regard droit devant elle, sans voir les gens qui marchent en sens inverse. Soudain, elle se sent comme arrêtée dans sa course. Une image fugitive l'a saisie. Elle pense à toute vitesse : Je me suis trompée, la luminosité du ciel fait ça… Elle a cru voir… Non ce n'est pas possible. Elle tourne la tête de l'autre côté. L'homme qu'elle a croisé s'est aussi retourné. Quasiment au même instant. Tous deux s'immobilisent. Leurs regards s'échangent. Ni l'un ni l'autre ne bougent, pétrifiés. La respiration coupée, elle s'affole. Il amorce un pas vers elle :

– Tu vas où ? lui demande-t-il.

– Je vais faire… je suis… Je vais au cinéma, balbutie-t-elle.

– Tu vas bien ?

– Oui. Et toi ?

Un crachin s'est mis à tomber. Ils restent face à face sans pouvoir bouger, ne sachant que dire ou faire.

– Nous allons être trempés.

– Oui, répond Maria tétanisée. Son cœur bat très fort mais dans un réflexe spontané, elle dissimule son émotion. Sa petite voix intérieure lui dit : « Ne fiche pas le camp. »

– Si ça te dit, on pourrait peut-être prendre un verre ? demande Camus, cherchant à la retenir, et contenant lui aussi son émotion.

– C'est impossible je suis très prise, mais dans la semaine, il faut voir... bafouille-t-elle.

Les mots se bousculent dans sa tête ; sa petite voix la secoue : « Voyons, accepte. »

C'est si brutal, si inattendu, après plus de deux ans... et soudain tout va très vite, elle voudrait lui sauter dans les bras, lui dire qu'elle l'aime, qu'elle n'a jamais cessé de l'aimer et que la vie est belle aujourd'hui ; qu'elle a été bête mais qu'elle n'a rien regretté de sa décision. Il fallait qu'elle tranche dans le vif ; que lui avait été lâche, mais que cet instant est le plus merveilleux, et que... Mais les mots ne sortent pas.

– Demain ? Ça te dirait d'aller chez Hoggard, tu te souviens, c'est rue Monsieur-le-Prince.

– Oui. Je connais. J'ai un rendez-vous le soir... mais ce serait à quelle heure, et je voulais... Elle s'arrête, ne peut plus parler.

– 19 heures. Si tu veux, je fais un bout de chemin avec toi ?

– Je me dépêche, j'ai rendez-vous au cinéma.

– Alors on se retrouve demain. Tu vas bien ?

– Oui, très bien.

Chacun repart dans sa direction, quand elle entend sa voix qui l'appelle, la fait se retourner une nouvelle fois :

– Tu viendras bien demain, n'est-ce pas ?

Elle lui fait un signe de la main, sourit, puis repart tremblante, le cœur battant la chamade.

Pourtant, elle s'était dit ne plus jamais vouloir le revoir. Et cela avait été le cas. Hormis à deux reprises : la première fois, elle avait deviné que c'était lui, juste en voyant son dos et sa démarche sur les quais ; et la seconde fois au théâtre. Elle arrivait au bras de Jean Servais ; il était au bar avec une inconnue et comme elle passait, il avait tourné la tête vers elle d'un regard appuyé. Elle l'avait cherché à l'entracte. La femme avec laquelle il était auparavant attendait seule.

Quand elle arrive au cinéma, Pitou la guette.

– Je m'inquiétais. Ça va ? Tu es blême comme si tu avais vu un fantôme.

– Tu ne crois pas si bien dire.

– Qu'est-ce qui se passe ?

– Rien, dit Maria en descendant l'escalier.

– Pourquoi étais-tu en retard ? demande Pitou au moment où les portes s'ouvrent.

– Je viens de croiser Camus.

– Quoi, vous vous êtes revus ?

– À l'instant, sur le boulevard.

Les Actualités débutent avec le rappel de la mort de Gandhi et la naissance de l'État d'Israël. Maria regarde défiler les images sans pouvoir fixer son attention. Sa seule pensée est pour cette rencontre imprévue. Elle n'a pas même eu le temps de le regarder véritablement. A-t-il changé ? Elle ne s'est pas posé la question tant elle était bouleversée. Le film commence, les images s'enchaînent. Mais dans le noir, c'est un autre film qui se projette dans sa tête, celui de ces deux dernières années sans Camus, le manque, les liaisons éphémères, le vide, le tournis. Sa liaison passionnelle avec l'acteur Jean Servais, leur désespérance que tous deux noient trop souvent dans le whisky, leur manière masochiste de se cramponner l'un à l'autre, de s'aimanter pour mieux se déchirer. Sa façon à elle de refuser le mariage avec un autre Jean. Le théâtre, le cinéma, les tournages, la mort de sa mère, et toujours ce manque de lui… comblé fugitivement par le désir des autres. Le besoin vital d'enfouir ce qui fait mal pour oublier, survivre – et maintenant, en une fraction de seconde, elle s'est retournée et… « Eurydice a beau faire, elle n'ira pas aux Enfers » module sa petite voix. Un bref instant, le sourire ironique de Clark Gable la renvoie à l'ironie de la vie. Quelle *meiga*[1] a jeté une nouvelle fois les dés sur le tapis ? Aura-t-elle la force de recommencer, s'il le lui demandait ? Aura-t-elle le désir de l'attendre… ? Brûlera-t-elle de la même flamme ? Qu'est-ce qui survit de son désir d'avant ? Le mot fin s'inscrit sur l'écran, elle ne bouge pas, attendant que le générique se termine. Les gens ont quitté la salle. Pitou la secoue, lui demande si elle a aimé, et Maria hébétée se met à rire, à rire, à rire sans pouvoir s'arrêter. Elle se détend, renverse la tête et se dit : « Oui ! », elle a aimé et ce n'est pas le mot fin qui s'imprime dans sa tête mais le mot « recommencement », en lettres d'un alphabet mystérieux.

– Ça va Maria ? demande Pitou.

– Oui, le mieux du monde. Allez, on sort, dit Maria en retrouvant son élan.

– On va se promener ? dit Pitou qui voudrait que Maria lui raconte comment elle et Camus se sont rencontrés.

– Une autre fois. Je dois vite rentrer.

1. *Meiga* : fée ou sorcière en galicien.

Elle reprend le chemin en direction du Luxembourg. Soudain, elle se demande quel jour on est. Et comme pour mieux s'ancrer dans le réel, elle prend son calepin ; l'ouvre, le feuillette, mais ses mains sont moites, nerveuses, et les pages ont du mal à tourner. Elle ne trouve pas la bonne page. C'est ridicule, se dit-elle. Elle ferme le calepin, va pour le remettre et le reprend. Un doute la traverse brusquement… elle veut en être sûre… elle l'ouvre à nouveau et cette fois-ci, elle y est. En haut de la page… la date lui saute aux yeux : 6 juin.

Jour pour jour, cela fait quatre ans, qu'elle et Camus vivaient leur première nuit d'amour… Elle s'assoit abasourdie sur un banc, le carnet ouvert entre les mains, sans bouger, sans pouvoir se lever… sans presque respirer. Les coups de sifflets des gardiens se répondent aux quatre coins du jardin. Il est temps de partir, les grilles vont fermer.

Maria se lève, passe devant le bassin. Elle n'arrête pas de marcher, emportée dans une sorte d'ivresse qu'elle ne peut maîtriser. Quelque chose agit malgré elle : c'est comme une drogue, ses yeux la piquent, elle ne cesse de marcher, tous ses muscles fouettés par cette montée d'adrénaline qui la pousse en avant. Elle marche, marche, a besoin de marcher… Un signe… aujourd'hui, peut-elle croire au destin ? *Chi lo sa*…

*

Camus est arrivé le premier chez Hoggard. Certes, elle a accepté son invitation, mais viendra-t-elle ? Toute la journée, il a pensé à cette rencontre d'hier et se demande dans quel état d'esprit elle sera. Elle entre, parcourt la salle du regard et se dirige vers lui. Il se lève pour l'embrasser. Mais d'un geste rapide, elle a posé sa veste sur une chaise et s'est assise en face de lui. Accoudée à la table, le menton légèrement posé sur sa main, un air de défi presque désinvolte, elle le regarde, ne dit rien et attend. Lui, heureux de la voir, s'amuse en son for intérieur, toujours prête à le défier avec son petit sourire ironique, pense-t-il.

– On était venus ici, tu te souviens, Maria ?

– Oui, dit-elle sans broncher, le visage impassible.

La sentant sur la défensive, il sort quelques banalités, histoire d'amorcer la conversation. Mais, trouvant cela stupide, il lui dit simplement :

– C'était étonnant de se retrouver hier sur le boulevard.

– En effet, répond-elle tout en le regardant se dandiner sur sa chaise.

Le serveur apporte la carte qu'il présente à Maria.

– Qu'est-ce que vous nous recommandez ? lui demande-t-elle.

– Un couscous merguez, avec poulet ou agneau.

– Va pour l'agneau, dit Maria.

– Et Monsieur ?

– La même chose. Tu veux du vin ou un thé à la menthe et aux pignons ?

– On commence par le vin et ensuite le thé, répond Maria.

Le garçon prend la commande et s'en va. Camus se dit qu'elle a pris de l'assurance. Si elle reste sur son quant-à-soi, crispée et nerveuse, la soirée sera un calvaire. Quand elle a décidé d'être de mauvais poil, il n'y a rien à en tirer. On ne va tout de même pas se gâcher la soirée, se dit-il. Et très gentiment, il lui demande :

– Tu vas bien ?

– Oui, très bien. Tu me l'as déjà demandé hier.

Il a un rictus et ne sait plus quoi dire.

– J'aime cet endroit. C'est là qu'on est venus avec Mouloudji quand il a reçu le prix de la Pléiade. Beauvoir avait pris une côte d'agneau où il n'y avait que du gras. Tu aurais vu sa tête !

– Tu me l'as déjà dit.

Il essaie de se souvenir du moment où il le lui a dit, rien ne vient. Elle continue à se taire. Il se hasarde :

– Ça fait du bien de te revoir. Et ne sachant plus quoi dire reprend : C'était incroyable cette rencontre, hier.

– Oh, j'ai eu beaucoup de travail, répond-elle à côté à une question qu'il ne lui a pas posée, le laissant déstabilisé, tandis qu'elle cherche à le sonder sans rien manifester.

L'observant, elle remarque que ses joues sont un peu rebondies et qu'il a légèrement forci. Il semble plus assuré et a conservé son beau sourire d'autrefois.

– Oui, je m'en doute, répond-il et il s'arrête de parler.

– Merci pour maman. Ta lettre m'a beaucoup touchée, dit-elle tout en restant sur ses gardes.

– Elle a souffert ?

– Tout est allé très vite.

Et il la voit battre rapidement des cils, émue à ce souvenir.

– Si tu veux, on n'en parle pas.

Elle garde le silence un moment, hésite, et finit par lui dire :

– Un jour, elle s'est évanouie dans la cuisine. Quand je suis rentrée le soir, elle se tordait de douleur. Entre-temps, Papa avait appelé le médecin et il l'a envoyée immédiatement à l'hôpital Necker et de là elle a été transférée à l'Institut Curie. Vers la fin, on lui donnait de la morphine et elle ne souffrait plus. Le plus cocasse, c'est que quand elle est morte, avec mon père on ne savait pas si on devait faire ou non une cérémonie à l'église. On ne se souvenait plus si elle était baptisée. Dans le doute, j'ai pensé que si cela ne lui faisait pas de bien, cela ne lui ferait pas de mal non plus de faire dire une messe. Elle avait le visage détendu et papa lui a caressé la joue avant que le cercueil soit fermé.

– Elle te manque ?

– Parfois terriblement. Mais la vie devait être incompréhensible pour elle. Elle s'ennuyait, ne voyait presque plus personne. Avec les deux guerres, les chocs qu'elle avait vécus, elle avait fini par se replier sur elle-même. Elle ne sortait presque plus de la maison.

– Elle avait un cancer ?

– Oui, foudroyant.

– Je suis désolé. Où est-elle enterrée ?

– Au cimetière Montparnasse.

Camus avait beaucoup apprécié la mère de Maria. Ils avaient dîné un soir à La Mère Catherine tous les trois, et il avait invité Gloria à danser. Elle était si heureuse qu'elle riait comme une petite fille, et ce qui était paradoxal c'est que, bien que de grande taille, plus grande que sa fille, c'était bien Maria qui faisait office de mère, et qui protégeait Gloria. Ensuite, ils avaient parlé toute la soirée au son des violons. Gloria était aux anges. En elle, il avait vu une femme plus qu'une mère, mais qui aimait à sa façon sa fille. Elle avait cette sorte d'intelligence instinctive de la vie qui l'avait séduit. Puis, la voix un peu émue, il confie à Maria en lui parlant comme à lui-même :

– J'ai toujours aimé les cimetières. Il y a une sorte de paix.

Maria allume une cigarette, tire une longue bouffée, et rejette la fumée par le nez. Un nuage de volutes envahit l'espace entre elle et Camus. Le serveur apporte les plats.

– Et toi, que fais-tu à présent ?

Maria a envie de dire quelque chose mais sa gorge est sèche. Camus la regarde, silencieuse, les yeux baissés. Sa main est posée sur le paquet de cigarettes. Va-t-elle se décider à parler… se demande-t-il. Je ne dois rien brusquer… elle a toujours ce vernis carmin sur ses ongles qui lui font des mains d'oiseau de proie… se feront-elles serres, griffes ou caresses ? Elle lui paraît plus déterminée, plus mûre aussi. Ce même regard vert et effronté. Mais en elle, une tension subsiste et il ne veut pas la brusquer, ne sachant pas si elle est venue pour faire la paix ou la guerre.

– C'est quoi ton parfum ?

– *Eau divine* de Rochas.

– Il te va bien ; il est en harmonie avec ta robe.

Maria détourne le regard et tire une bouffée, puis se détendant enfin, lui dit :

– J'ai lu *La Peste.*

– Ah, tu l'as lu ?

– Oui. Je l'ai lu avec curiosité et t'y ai retrouvé dans de nombreux passages. J'avais emporté le livre à Nice et le lisais entre les prises.

– Cela a pris plusieurs années avant que je le termine. J'ai dû partir de Paris pour m'isoler. J'ai parfois du mal à me concentrer à la maison. Puis ne voulant pas s'attarder : J'ai vu que *La Chartreuse de Parme* était à l'affiche.

– Le film est en salle depuis le 21 mai. En ce moment, on reprend *Les Épiphanies* avec Gérard Philipe.

– Tu n'étais pas revenue voir *Caligula.*

– C'est un reproche ? dit-elle en redressant la tête et en ayant un léger mouvement de recul.

– Bien sûr que non, dit Camus.

– J'étais là pour la première... Après, je n'ai pas eu envie de rester, tu peux me comprendre ? Non, Gérard et moi, on a tourné en Italie dans les jardins du palais Boloni, ajoute-t-elle les yeux pétillants.

– Il t'a fait la cour ?

Ça y est, se dit-elle, il a réagi. Mais elle reste impassible, s'efforçant de ne montrer aucune réaction, les yeux fichés dans les siens, comme si elle voulait l'hypnotiser.

– Ça, je ne te le dirai pas. Ça ne te regarde pas. D'ailleurs, il va se marier.

– Malheureux homme, dit-il essayant de faire de l'humour. Et comme Maria ne répond pas : Vous étiez seuls en Italie ?

– Avec une équipe de tournage, cela ne donne pas de grande liberté.

– On peut s'échapper.

– C'est vrai, on le peut, rétorque Maria légèrement provocatrice.

– Et alors ? répond-il sans se démonter.

– Non, mais dis-moi, est-ce que cela te regarde ?

– Je suis curieux.

– Sers-moi un verre de vin.

– Je ne suis pas jaloux, tu sais.

– Alors pourquoi t'intéresses-tu à ce point à ce que l'on a fait ou pas, Gérard et moi ?

– Pour savoir.

– Quoi ?

– Si vous avez couché.

– Et qu'est-ce que cela peut te faire ? On n'était plus ensemble que je sache. Tu ne penses tout de même pas que je me suis privée d'avoir d'autres hommes dans ma vie. On ne va pas revenir là-dessus. Je croyais que c'était clair, dit Maria d'un ton vif.

– C'est plus compliqué que ça.

– Je ne te comprends pas.

– Non, ce n'est pas ça.

– Tu ne sais pas ce que tu veux.

– Peut-être. Mais je ne peux pas faire autrement.

– On ne s'est pas donné rendez-vous pour parler de Gérard Philipe. Sinon je m'en vais.

– Je saurai bien si tu as couché avec lui.

Maria reste silencieuse.

– Tu ne parles plus, Maria.

– Qu'est-ce que tu veux que je te dise ?

– La vérité.

– Tu n'es pas mon amant, ni mon maître. Est-ce que je te demande, moi, si tu as des maîtresses ? Cela ne me regarde pas et ne m'intéresse pas.

Elle ment, pense Camus. Je sais qu'elle ment. Elle voudrait me faire croire que cela l'indiffère. Allons Maria, lâche un peu la bride, et dis ce que tu as sur le cœur. Non, ne dis rien. Mais sois comme avant s'il te plaît. Avant… on était bien ensemble. On était heureux, on riait. On n'a pas ri une seule fois depuis qu'on est là, tu veux me tester et me faire souffrir et moi, comme un imbécile, je vais droit dans le mur et je dis ce qu'il ne faut pas. Si elle se braque, la soirée est fichue et je risque de la perdre à jamais.

– Tu veux une autre côtelette ? demande Maria.

– Pourquoi pas.

– Au fait, tu as des maîtresses ?

– Ça t'intéresse alors ?

– Je ne sais pas. Pour mémoire, je te connais un peu.

– Il n'y a que toi…

– Alors, tu veux en parler ?

– Les autres, c'est sans importance.

– C'est ce que l'on dit toujours.

Il s'avance et la regarde dans les yeux en prenant son air charmeur.

– Tu as de beaux yeux.

– La réplique est déjà prise, répond Maria sèchement, voulant couper court.

– Mais qu'est-ce que tu veux que je te dise ? Que je t'aime. Que je n'ai jamais cessé de t'aimer.

– On ne va pas recommencer, rétorque Maria agacée.

Elle attrape une cigarette.

– Et pourquoi pas ?

– Parce que…

– Tu as quelqu'un dans ta vie ?

– Oui.

– Je le connais ?

– Non.

– Il est acteur ?

– Oui.

Elle allume sa cigarette.

– Philipe est ton amant ?

– Tu n'as qu'à lui demander. Mais ce n'est pas lui.

– Alors dis-moi.

– Qu'est-ce que cela peut te faire ?

– Cela me fait. Il est mieux que moi ?

– C'est très différent.

– Il te fait l'amour mieux que moi ?

– Ce n'est pas la même chose.

– Il est marié ? Où l'as-tu connu ?

– Sur un tournage.

– De *La Chartreuse de Parme* ?

– Non.

– *Roger la Honte* ?

– Je vois que tu suis ma carrière.

– Ah, je sais. *Les Dames du bois de Boulogne*. Tu ne vas pas me dire que c'est Paul Bernard, ce con.

– Oh ! Non.

– Bresson ?

Elle s'esclaffe.

– Non, c'est avec Élina Labourdette qu'il a eu une histoire.

– Christian-Jaque ?

– Il est marié à Renée Faure.

– Alors ? C'est qui ?

– Il a été intime avec Lucienne Bogaert qui jouait la mère dans le film de Bresson. Tu ne vois pas ? C'est Jean Servais.

– Ah !

Il marque un temps, ne sait plus quoi dire, le souffle coupé. Et Maria, qui n'a pas encore touché à son assiette, en profite pour manger. Il prend une cigarette, l'allume et se gratte le lobe de l'oreille.

– Tu as perdu la parole, dit Maria moqueuse.

– Qu'est-ce que je peux dire ? Et vous êtes bien ensemble ?

– Oui.

– Moi, j'ai rencontré une jeune femme en Amérique, dit-il, comme si de rien n'était.

– J'en suis ravie, dit Maria absorbée par la dégustation de sa côtelette.

– Elle s'appelle Patricia.

– C'est un joli prénom. Tu me sers, s'il te plaît ? lui dit-elle, tendant son verre.

– On est allés ensemble dans des boîtes à New York pour danser.

– Cela devait être excitant. Si cela t'a fait plaisir. Elle boit, se tamponne les lèvres de sa serviette. On va se marier, Servais et moi. Puis repose la serviette, et comme s'il s'agissait de banalités : Au fait, dis-moi, quand on s'est quittés…

– Tu m'as abandonné.

– J'ai décidé de te quitter, pas parce que tu étais marié, mais parce que tu étais père. Cela change la donne. Ce n'était pas « moral ». Et je ne t'ai jamais rien demandé. Ne l'oublie pas.

– Tout n'est pas simple.

– Je m'en doute. Tu sais quel jour nous sommes ? lui dit-elle, droit dans les yeux.

– Le 7 juin.

Il ne réagit pas et elle pense qu'il a oublié. Elle insiste :

– Et hier, c'était le 6, cela fait quatre ans jour pour jour…

– Ah bon !

Elle est déçue, mais ne dit rien. Camus sourit et reprend :

– Tu étais sur mon guidon et moi je disais n'importe quoi, des bêtises, et tous les deux on était heureux. Tu t'en souviens ? Attends.

Il se penche et sort de sa serviette un paquet qu'il lui offre. Maria le regarde. Il n'avait pas oublié finalement, se dit-elle.

– Tiens, c'est pour toi.

Elle défait le papier, c'est un livre de poésie de John Donne dont le titre est *L'Extase*. Elle le regarde amusée et tellement heureuse mais tout en restant réservée. Elle ouvre le recueil au hasard et lit :

> Mais, hélas ! si longtemps et si loin de nous-mêmes
> Nos corps, pourquoi les oublier ?
> Ils sont à nous sans être nous puisque nous sommes
> Les intelligences dont ils sont les sphères.

Elle le regarde, troublée. Cette sensibilité, cette intelligence, c'est aussi ce qui lui manquait, qui donnait du sens à la vie et au monde.

– Hier, dit-elle, j'avais une journée entièrement libre pour une fois et sur le boulevard… Tu crois à la prédestination ?

– Je ne sais pas, mais c'est surprenant, comme cela après deux ans justement ce jour-là. Depuis hier, je suis bouleversé.

– Moi aussi, j'ai été tellement surprise. Est-ce un signe du destin ?

Puis, pour ne pas risquer de sombrer dans le sentimental, elle se reprend et demande : Tu suis toujours tes cours d'espagnol ?

– Non, j'ai arrêté. Mais je vais peut-être reprendre maintenant qu'on s'est retrouvés. On va se revoir ?

– Tu habites où à présent ?

– Rue Madame avec les enfants, Francine et ma belle-mère. Et toi, tu es toujours rue de Vaugirard ?

– Oui.

– Et ton père ?

– Il vit avec moi. Je m'en occupe avec un couple d'Espagnols qui sont venus de Madrid pour nous aider.

– Il poursuit ses activités politiques ?

– Oui, mais il n'a plus la même vision des choses. Il s'occupe... L'année dernière, il a suivi jour après jour les épisodes de l'émission censurée d'Artaud, « Pour en finir avec le jugement de Dieu », dans laquelle je disais le poème du *Tutuguri*. Maintenant, il suit la carrière de sa fille chérie, pas à pas...

– Qu'est-ce qu'il dit de tes amants ?

Maria sourit.

– Mais dis-moi, cela t'obsède ou quoi ?

– Pas du tout. Mais je me mets dans la peau d'un père qui voudrait protéger sa fille.

– Tu es gentil. Mais je n'ai plus l'âge d'être protégée ni par mon père ni par aucun autre homme.

– Tu as pourtant décidé de te marier avec Servais.

– Oui. Enfin on s'est fiancés. Je réfléchis encore.

– Tu réfléchis ?

– Oui.

– Pourquoi ? Tu ne l'aimes pas ?

– Si.

– Et alors ?

– Alors, il m'attire pour quelque chose d'irrépressible en lui. Mais il me fait peur parfois.

– Tu as peur de quoi ?

– De lui, de moi. On est dans un rapport très fort, mais aussi parfois… Comment dire…

– Passionné ?

– Si la destruction fait partie de la passion, alors c'est ça.

– Il te détruit ?

– Il lui arrive de boire et dans ces moments-là, il n'est plus maître de lui…

– Il t'a frappée. Réponds !

– Il ne s'en rend pas compte.

– Comment ça ? Tu plaisantes ou quoi ! s'écrie-t-il d'une voix forte.

Maria, surprise et en même temps touchée par la violence de sa réaction, lui lance un regard intense. Elle poursuit :

– C'est parfois drôle, même comique tellement c'est…

– Intolérable.

– Non. Tu ne comprends pas. C'est autre chose. Il y a quelque temps, j'étais à Sainte-Foy-la-Grande chez mon ami Paul Martin et sa femme Jeannette. C'est un ami qui me les a présentés…

– Lequel ?

– Tu vas me laisser finir… Il s'appelle Pierre Reynal.

– Je ne le connais pas.

– Pierre était là aussi. À un moment, on sonne à la porte. Jeannette va ouvrir. C'était Servais. Il me cherchait, s'était perdu et ne me trouvait nulle part. J'avais dû lui donner l'adresse. Il est parti mais on l'a vu revenir vers minuit, et j'ai prévenu Pierre et Paul que je ne voulais le voir sous aucun prétexte. Il m'avait fait un œil au beurre noir… bref, j'en avais marre de lui. Je me suis cachée et ils l'empêchaient d'entrer. Il a donné des coups de poing à la porte et Paul a passé la nuit à errer dans la ville et boire avec lui pour faire diversion. Ensuite, au petit matin, complètement bourré, il a repris le train pour Paris.

– Et tu veux te marier avec un homme qui te brutalise ?

– Il y a quelque chose qui m'échappe dans cette relation. En même temps, il m'attire…

– Tu le domptes, c'est ça ? dit Camus sarcastique.

– Peut-être.

– Quand je pense qu'on disait que c'était moi Don Juan.

– Je peux dire que j'éprouve une certaine jouissance à aller jusqu'au bout de cette relation impossible.

– Qu'est-ce que tu peux en attendre ?

– Qu'est-ce que j'ai à perdre ou à gagner ? Une satisfaction à l'affronter ; mais en même temps il peut se faire d'une incroyable délicatesse et d'une grande tendresse.

– Tu es maso ou tu es possédée ?

– Peut-être les deux à la fois.

Camus lui prend les mains et se penche vers elle.

– Réfléchis Maria.

– C'est tout réfléchi, à moins que quelque chose d'extraordinaire me tombe du ciel sur la tête. Mais le plus comique, c'est qu'en même temps j'ai eu aussi un autre Jean qui était un industriel et voulait aussi m'épouser. Mais lui, je l'ai renvoyé dans ses foyers. Pourtant il était très amoureux.

– Pour l'autre ?

– Oui.

– Tu es une vraie mante religieuse !

Elle sourit. Camus ne croit pas si bien dire. Quand elle était enfant, son père lui donnait des leçons de sciences naturelles, et lui montrait l'accouplement de la mante avec son mâle. Mais en l'occurrence, Maria n'est pas une croqueuse d'hommes. Elle se met à rire.

– Tu sais, moi aussi j'ai lu *L'Amant de Lady Chatterley* avec attention et la théorie de l'amour double ne m'est pas inconnue. Donc, j'existe dans mon plaisir de femme et j'ai le droit d'avoir des amants – un ou plusieurs en même temps pourquoi pas, si c'est adapté à la situation et si, aussi, cela me satisfait. Bref, je fais un mixte entre D. H. Lawrence et Camus…

Il l'observe mi-amusé mi-perplexe. Elle n'a pas froid aux yeux et cela avive soudain son désir. Il la regarde les yeux encore plus brillants, troublé par ses arcades sourcilières, sa peau et ce parfum *Eau divine* de Rochas.

– Et maintenant ?

– Je joue au théâtre avec Gérard. Elle le regarde d'un air goguenard. Je vais te mettre une invitation à la caisse, si cela te dit.

– On pourrait aller danser un de ces soirs. Tu vas toujours à La Rose rouge ?

– L'adresse a changé, c'est rue de Rennes, maintenant.

– Ah, bon.

Il fait semblant de l'ignorer, alors qu'immédiatement après leur rupture, il n'avait de cesse d'y retourner pour tenter de l'apercevoir.

– Oh, il faut que je t'emmène au Tabou, lance Camus.

– J'y suis allée avec Jean.

– Lequel ?

– Gillibert.

– C'est un autre ?

– Non, c'est un ami du Conservatoire. On ira tous les trois, si cela te dit.

– Je préférerais y aller seul avec toi.

– C'est à prendre ou à laisser. Mais viens voir *Les Épiphanies*, c'est un spectacle que je défends, même si Pichette est extravagant. Quand on était en Italie avec Gérard, il lui envoyait chaque jour des pages du texte écrites à l'encre rouge et Gérard me les faisait lire.

– Le spectacle a causé un scandale, d'après ce que j'ai compris, j'ai suivi l'affaire dans *Combat*.

– Tu ne peux pas imaginer comme on s'est battus. Une semaine avant la première, le directeur du théâtre Édouard VII est venu voir ce que l'on avait fait. Il était blême et nous a dit que ce spectacle n'était pas pour son public.

– Et qu'est-ce que vous avez fait ?

– On est allés dans son bureau, Vitaly, Philipe et moi, et on lui a dit ses quatre vérités en face. Moi, je lui ai dit qu'à l'avenir, il ferait mieux de faire son travail sérieusement et de lire la pièce avant d'engager des comédiens. Et puis Gérard a contacté la presse et il a trouvé la salle des Noctambules qui venait de rouvrir au Quartier latin et on a créé le spectacle dans une salle pas plus grande que ma chambre. Et je peux dire que ça a été un succès. Toute la jeunesse de Saint-Germain-des-Prés s'y est précipitée. Dès les premières représentations, les gens criaient au scandale, d'autres au génie. On se bousculait. C'était l'événement théâtral.

– Et toi ?

– Je jouais l'Amoureuse avec Philipe.

– Tu aimes bien jouer avec Philipe.

– Oui. On s'entend bien en scène.

– Et dans la vie ? Tu n'es pas obligée de me répondre.

– Tu veux que je sois franche ?

– Oui.

– On a passé une nuit ensemble.

– Je m'en doutais, dit-il soudainement affligé.

Avant de partir, Maria sort de son sac un petit cadeau et l'offre à Camus.

– C'est quoi ? demande-t-il trop content. Il ouvre le paquet et en sort un fume-cigarette.

*

Dans le hall du théâtre des Champs-Élysées, un homme excité va et vient, accueille le spectateur, et tout aussitôt disparaît, puis resurgit comme le diable de sa boîte. Il apostrophe les gens et leur tend la main, en disant « je m'appelle Henri Pichette ». Il fonce sur Camus, le bouscule. Il l'agrippe, décline son nom, lâche son bras et lui dit qu'il a écrit un recueil de poèmes sous le titre *Apoèmes*, qu'il est un ami d'Éluard et d'Artaud et qu'il veut être son ami. Camus écoute patiemment ce flot de mots qui se déverse sur lui. S'il n'était pas bien campé sur ses deux jambes, il pourrait se trouver emporté tant la fougue de l'auteur des *Épiphanies* est une tornade. Mais Camus a d'autres pensées en tête, il va enfin voir de ses propres yeux le « duo d'Éros » comme le nomme Adrienne Monnier, et dont le Tout-Paris parle depuis qu'elle en a fait une critique dans le *Mercure de France*.

Georges Vitaly, le metteur en scène du spectacle, entraîne Camus hors de portée de ce fou de mots.

– Sympathique à vous Camus d'être venu. Vous auriez dû voir *Les Épiphanies* aux Noctambules, c'était plus intime.

Camus le regarde avec sa belle crinière de lion et lui demande à propos de Pichette :

– Il est toujours comme cela ?

– Oui ! C'est Henri… Il n'en revient pas du succès de sa pièce. Vous allez voir un théâtre autre, un théâtre de rupture qui s'adresse à la bouche, aux yeux et pas seulement mais aussi à tous les sens. C'est une partition phonique, comme dit Gérard. L'avant-garde ! Gide est resté de marbre, soi-disant qu'il n'a pas entendu le texte, mais Monnier, elle, l'a bien entendu, et ils étaient côte à côte… Puis il change de sujet : *Caligula* est une très grande pièce que j'aimerais monter un jour. Si Philipe est disponible, il pourrait reprendre le rôle, ce serait formidable. Le problème avec lui, c'est qu'il est très pris par le cinéma. C'est une vedette maintenant.

Camus, flatté, ne peut s'empêcher de faire une moue discrète, mais en réalité, il apprécie beaucoup le créateur du rôle de *Caligula*. Si ce n'est que l'idylle entre Philipe et Maria lui reste en travers de la gorge.

– Il est très bien au cinéma ; au théâtre également, mais…

Vitaly l'interrompt et développe :

– Il apporte un naturel dans son jeu dont on a besoin aujourd'hui.

Vitaly voyant arriver Éluard et Nusch va les saluer et abandonne Camus qui reste à l'écart. Éluard l'a vu, mais ne vient pas le saluer. Lui-même ne bouge pas. Camus et Éluard se sont croisés chez les Leiris, ont déjeuné avec Ponge, mais le courant ne passe pas entre eux. En tant que communiste, Éluard soutient Moscou. Résolument antistalinien, Camus est mis à l'index d'une partie de l'intelligentsia parisienne. La sonnerie du théâtre retentit.

Maria lui a réservé une place à l'orchestre. Derrière lui se trouvent Éluard et Nusch et devant lui, Elsa Triolet et Aragon.

Décidément ces *Épiphanies* sont une corvée, se dit-il. Si ce n'était pas pour Maria, je partirais. Elle m'estime donc encore. Je ne lui suis pas si indifférent.

Gérard Philipe entre en scène, en chandail et pantalon de ville. Tous les yeux sont braqués sur lui. Son magnétisme, sa jeunesse, sa vérité et sa simplicité naturelle fédèrent le public. Camus regarde autour de lui dans la salle. Des jeunes femmes bouche bée, la tête en avant, semblent hypnotisées par l'acteur. Des hommes avancent le buste, fascinés et Camus le revoit en empereur fou dans *Caligula*. Exceptionnel !

Après tout se dit-il, Gérard, c'est normal. Dans les tournages de films, la proximité entre des acteurs, le climat où l'on passe des nuits et des jours ensemble sur une courte période, cela fait vite déraper... Qu'est-ce que c'est qu'une nuit entre elle et lui ? Une escapade...

La curiosité l'emportant sur le ressentiment, il s'impatiente. Alors quand est-ce qu'elle arrive, cette fameuse scène entre Maria et Philipe qui fait tant parler d'elle ! se demande-t-il. Tout Paris l'a vue et pas moi.

Maria vient d'entrer en scène vêtue d'une longue robe noire, et elle s'assied sur le lit couvert d'une peau de chèvre. Philipe est le Poète, l'Homme nouveau. Maria est l'Amoureuse. Lui a sa jeunesse irradiante et elle représente la ferveur, l'amante célébrant l'Amour selon Pichette.

Tous deux sont allongés, il se penche sur son visage à elle, ses longs cheveux défaits. Comme chaque spectateur, Camus lui aussi se sent happé par cette scène, devenu témoin indiscret, voyeur, intrus qui regarde par le trou de la serrure. Il existe une telle harmonie entre ces deux êtres sur la scène, qu'il en est bouleversé. Il entend leurs voix se mêler, se chevaucher, se couper dans leur duo où des mots inventés jaillissent, métamorphosés en des images toujours inattendues, renouvelées, surgissantes du don d'éros. La voix de Philipe est un appel, celle de Maria module, se fait dense, intense, parfois traînante sur les dernières syllabes mais tenue dans ses rythmes, puis s'emballe.

Et quand Philipe se penche sur le visage de Maria, la main de Camus se crispe sur l'accoudoir de son fauteuil. Ils se frôlent, exhalant les mots du dit d'amour, enlacés dans une proximité troublante.

Quelle audace ! se dit Camus, témoin d'un acte poétique qui représente l'épiphanie de l'amour. Et parce qu'il l'aime, il se sent un peu dépité, tout de même. Mais qu'est-ce qu'elle lui trouve à ce gredin ?

Son ami Jacques Lemarchand lui a confié que Philipe répand, dans tout Paris, qu'il a couché avec Maria. Cela l'énerve. S'il le pouvait, il se lèverait d'un bond pour aller sur la scène ou partirait... mais il reste assis. Il n'a pas de droits. Aucun. Que Maria puisse être à un autre lui est insupportable. Et soudain, il réalise qu'il ne veut pas la perdre. Il le sait maintenant. Il lui a fallu cette séparation de deux ans pour qu'il sache à quel point il tient à elle. Elle a des amants, c'est sa liberté, après tout ; seulement, il la voudrait pour lui. Et il est là, en train de voir un rival sous les feux des projecteurs s'emparer de sa belle, même si c'est du théâtre ! Il ne voit ni n'entend même plus Gérard Philipe sur le plateau. L'imagination retrouve ses dérives. Les mots de Pichette ont beau bourdonner autour de lui, il s'évade dans l'instant... imagine...

Maria et lui sont dans un pays étranger, une ville, et se promènent librement. Il danse avec elle et monte à cheval galopant dans la pampa. Il la porte dans la chambre d'une auberge et lui fait l'amour, la prend encore dans ses bras, l'allonge sur le lit et se penche sur ses lèvres ; en bas, un accordéoniste joue du bandonéon... Il a mis sa chemise neuve, son nœud papillon, il y a la mer, et maintenant face à la plage, l'enseigne d'un néon clignote, *Les Bains Padovani* et il est à Alger. C'est dimanche, c'est le jour où l'on va danser, les cheveux gominés et plaqués à la Valentino. Tout se mêle à nouveau. Il redevient « vilain garçon », gaucho des pampas, bandit qui l'emporte sur son cheval, Ali Baba, et s'il la tient à distance quand ils dansent, c'est pour mieux la voir rayonner, ses cheveux noirs s'envoler sur ses épaules et rire à l'infini. Les danseurs les applaudissent.

Maria sourit aux spectateurs. Les acteurs saluent. Camus reste assis, tandis que le parterre se vide. L'ouvreuse vient vers lui.

– Excusez-moi monsieur. On va fermer les portes de la salle.

– Oui, bien sûr, je m'en vais, répond-il en se levant.

Il a récupéré son imperméable au vestiaire, attend impatient et dépité dans le hall. Maria arrive la première.

– Viens, les autres nous rejoindront au café, lui dit-elle en se précipitant au-dehors.

Il attendait un geste de tendresse. Rien.

– Je crois que je vais rentrer.

– Comme tu veux, dit-elle finissant d'enfiler sa veste sans s'occuper apparemment de lui.

Ils sortent sur le trottoir.

– Ça t'a plu ? lui demande-t-elle en allumant sa cigarette.

– Non.

– Je m'en doutais.

– On peut tout de même aller prendre un café, ailleurs. Tu les retrouveras après.

– Viens saluer Gérard. Je lui ai dit que tu étais là.

– C'est pour toi que je suis venu. C'est impensable cette proximité au théâtre entre deux acteurs.

– Non, mais tu te moques de moi ou quoi ? Ce n'est pas ce que tu disais quand, au moment du *Malentendu*, tu m'avais fait demander à Marcel que lui et Hélène soient plus proches au moment où ils s'embrassaient.

– Oui, mais c'est différent.

– C'est parce que c'est Gérard ?

– Oui, c'est indécent. Vous faites l'amour en scène. C'est obscène.

– C'est du théâtre ! Bon, qu'est-ce que tu veux que je te dise ? On ne va pas gâcher cette soirée. Soit tu restes avec nous, soit tu pars. Mais cela me ferait plaisir que tu dises bonjour à Gérard. Fais ça pour moi, au moins. Et ne fais pas cette tête.

– Je ne fais pas la tête.

– Allez viens, ils vont arriver.

– Je n'ai pas envie de venir.

– Eh bien, reste !

Elle part mais il la retient par la manche.

– Je vais tout de même t'accompagner.

– Tiens, voilà Gérard et Vitaly. Je te présente Henri Pichette.

– On s'est rencontrés dans le hall, dit Pichette, on est amis.

– C'est bien, dit Maria surprise.

Au-dehors, la foule attend la sortie de Gérard Philipe pour un autographe. Quand il apparaît à l'entrée des artistes, ce sont bousculades et cris…

– Quel est votre nom ? demande-t-il de son sourire éclatant à une admiratrice.

– Juliette. Vous êtes extraordinaire ! dit-elle au bord de l'évanouissement.

Il écrit « Pour Juliette son Roméo » et signe Gérard Philipe. Plus d'une heure se passe et Philipe est encore en train de signer. Enfin, il s'extirpe et se rend Chez Francis, face au pont de l'Alma. Il entre en chantant :

– « *Vitrier, vitrier !* » Vous reconnaissez ? clame-t-il de son air d'éternel adolescent. Jouvet aurait tout de même pu venir voir *Les Épiphanies*… À moins qu'il soit en tournée ? Tu sais s'il monte une pièce en ce moment, Maria ?

– J'imagine qu'il est à Paris. Je n'ai pas de relations avec lui.

Philipe la regarde, les yeux brillants, et s'aperçoit de la présence de Camus à ses côtés. Celui-ci, en pleine discussion avec son voisin, n'a pas détourné la tête quand il est entré.

– Salut Albert, alors comment as-tu trouvé le spectacle ? envoie Philipe pour l'obliger à se tourner vers lui. C'est révolutionnaire, non ? L'Homme nouveau, cela devrait te plaire.

Camus tourne d'un geste vif la tête dans sa direction. Maria pose doucement sa main sur son avant-bras comme pour lui dire « je t'en prie, ne dis rien, n'envenime pas la situation ». Répondant à la demande muette de Maria, et même si Philipe l'exaspère, Camus botte en touche, lance une boutade. Maria met sa main sur la sienne en se tournant vers lui, lui dit discrètement :

– Merci, je ne voudrais pas vous voir vous quereller tous les deux. Ce serait idiot, même si, je te l'accorde, Gérard est parfois agaçant. Mais là, il t'a seulement dit bonjour en voulant attirer ton attention. Tu ne peux pas le lui reprocher.

– Ce n'est pas cela que je lui reproche.

– Il n'est pas responsable. J'avais envie de lui. Il m'a demandé : « Qui aimes-tu ? » Et je lui ai dit « toi » et voilà…

Vitaly s'assoit en face de Camus et l'interpelle.

– Alors, Camus, quand est-ce que vous allez nous pondre une autre tragédie moderne ?

– J'ai l'idée d'une pièce.

– Quel est le sujet ? lance Gérard tout excité.

– Le thème principal est la révolte. Barrault m'a écrit qu'il veut me voir pour en parler.

La soirée traîne. Camus, fatigué, voudrait rentrer.

– Maria, tu viens avec moi ?

– Non, je reste avec mes amis.

– Comme tu veux.

Il ne bouge pas.

– Eh bien, qu'est-ce que tu attends ? lui dit Maria qui le voit devant elle, la regardant l'air malheureux et sans dire un mot.

– Rien.

– Alors ?

– Si tu veux, je peux t'attendre et te raccompagner.

– Pas ce soir. Je te remercie, je vais rester…

– Bon, eh bien je m'en vais, dit Camus. Je te téléphone, Maria.

– Oui, mais pas avant 13 heures, lui lance-t-elle en riant. Tu fais le signal, tu sonnes deux fois, tu recommences et je décroche si je ne suis pas dans ma baignoire.

*

Sous les réverbères de la butte Montmartre, Camus a cru voir surgir, depuis les escaliers en contrebas, les silhouettes fantomatiques de Van Dongen, Modigliani, Utrillo, précédées d'un gitan qui parlait avec un fort accent espagnol, accompagné d'un petit homme trapu au regard d'un noir étincelant. Cela lui rappelle des souvenirs !

Mais l'urgence c'est de préparer ce moment où Maria va arriver. Ils ont rendez-vous chez La Mère Catherine, le restaurant où ils ont fêté la Libération, là où ils ont dansé, là où il a emmené dîner Gloria avec Maria…

Il pénètre dans le restaurant, s'adresse à la patronne qu'il connaît bien. Elle est fière d'avoir pour client un écrivain dont on parle dans la presse.

– Eh bien, monsieur Camus, ça fait un bail qu'on ne vous a pas vu !

– Cela ne fait pas si longtemps.

– Vous êtes seul ce soir ou accompagné ?

– J'attends une amie. C'est l'actrice Maria Casarès.

La patronne a compris.

– Pedro peut jouer *Ramona* ou *L'Amant de Saint-Jean* dès qu'elle arrive. C'est ça que vous voulez ? lui dit-elle l'œil pétillant.

– C'est exactement ça que je voulais. Mais je préférerais que ce soit *La Vie en rose.*

– J'm'occupe de vous arranger cela. Dès que votre amie entre, vous me faites signe et Pedro commence à jouer.

– Je vais l'attendre dehors.

Il ressort. Personne. Il fait les cent pas sur la place.

Peut-être ne viendra-t-elle pas. Et si elle avait oublié ? Elle ne va pas venir. Elle devrait être là depuis vingt minutes.

Il désespère… va pour entrer dans le restaurant, se retourne une dernière fois… Il la voit en train de courir…

– Désolée, je suis en retard.

– Tu es là, c'est l'essentiel.

– Le funiculaire a eu une panne. J'aurais mieux fait de monter les escaliers à pied. J'avais peur que tu t'inquiètes.

– Mais tu es venue. Tu es là, Maria.

– J'ai faim. Si on entrait ?

– Dis-moi, je dois juste passer un coup de téléphone. Est-ce que tu pourrais avoir la gentillesse de m'acheter un paquet de Gitanes au tabac ?

– Oui, dit-elle en le regardant étonnée.

Camus se précipite pour prévenir la patronne :

– Elle est là ! lui lance-t-il comme un gosse.

Maria revient avec les cigarettes.

– Viens, on va entrer, lui dit Camus en la prenant par le bras.

Dès qu'ils apparaissent, Pedro change d'air pour celui de *La Vie en rose.*

– Tu entends ? dit Maria en riant.

– Oui, notre air.

– C'est magique. Quelle belle surprise !

– C'est bon d'être avec toi. Comme avant…

– Pas tout à fait comme avant… Mais peut-être autrement qu'avant.

– Tu veux dire quoi par là ?

– On verra. J'ai une faim de loup.

Il la regarde inquiet tout en s'asseyant à la table près de la fenêtre.

– Un whisky ? propose Camus.

– Un whisky, répond Maria.

Il appelle le serveur et passe commande, ils choisissent tous les deux un gigot aux flageolets et des œufs au lait.

– Et comment va Francine ? Et tes enfants ?

– Ils vont bien. Ils grandissent, mais Francine me soucie. Elle est fragile, elle a besoin de moi. Parfois je culpabilise. Mais on n'est pas là pour parler de tout ça. Je gère la situation comme je peux et ce n'est pas simple.

– Tu crois qu'ils vont se dépêcher de servir ? Je crève de faim. On n'a pas arrêté aujourd'hui de répéter. J'ai même cru que je ne pourrais pas venir.

– Tu voudras danser après le dîner ?

– Pourquoi pas ? Mais d'abord manger, sinon c'est le vertige.

– Ne t'inquiète pas, du moment que c'est dans mes bras que tu tombes.

– C'est bien ce qui m'inquiète !

Le garçon vient d'apporter les plats. Maria, à peine son assiette déposée devant elle, commence à manger avec un appétit d'ogre. Elle le regarde, lui sourit, se moque un peu de lui. La soirée est joyeuse.

– Que devient ton ami Sartre ?

– Ne m'en parle pas.

– Il t'a fait des coups en vache.

– On peut dire ça. C'est plus compliqué bien sûr. On s'est engueulés. Je n'ai pas trop envie d'en parler.

– Dis-moi, ça m'intéresse tout de même.

– On a des positions discordantes sur des questions essentielles. Et on s'est un peu fâchés.

– Il t'a trahi.

– Il joue en solitaire.

– Ça t'étonne ?

– Non. Mais tout de même.

– Vous êtes définitivement fâchés ?

– Non, c'est juste une divergence d'opinion.

– Tu es amer ?

– Que veux-tu, il est le pape de l'existentialisme comme on dit, et personne d'autre que lui ne semble posséder le droit de parole. Tu connais ceux qu'on nomme les « Genpolçartres… » ?

– C'est une espèce nouvelle ? demande Maria moqueuse.

– Tu me fais rire. Henri Michaux dit qu'ils attendent le néant jusqu'au soir. Et Vian parle d'eux en ces termes : « La plupart du temps, et où ils sont, ils ne viennent pas et se résignent à "être" avec de longs gémissements existentiels[1]. » Si tu ne m'avais pas quitté, je t'aurais emmené chez lui à une pizza party.

– C'était amusant ?

– Pas vraiment, dit Camus en faisant la moue.

1. Boris Vian, *Manuel de Saint-Germain-des-Prés*, Pauvert, 1997.

– Moi j'aimais bien aller l'écouter jouer de la trompinette au Tabou. Alors comme cela, tu es allé chez lui ? Il habite où ?

– Curieuse ! Rue du Faubourg-Poissonnière. Il y avait Sartre, et Merleau-Ponty que Sartre a nommé à la tête des *Temps Modernes*. Je suis de l'avis de Vian quand il dit que sa phénoménologie de la perception fait mal au crâne.

– Et toi, tu en fais partie, de la revue ?

Camus marque un silence et répond :

– Non.

– Continue.

Camus lui raconte qu'au cours de cette soirée, Merleau-Ponty leur cassait les oreilles en n'arrêtant pas de faire des allers et retours en patins à roulettes dans le couloir des Vian. À un moment, ils avaient commencé à parler d'un article que Merleau-Ponty venait d'écrire en parodiant *Le Yogi et le Commissaire* de Koestler, et fait paraître sous le titre *Le Yogi et le Prolétaire.*

– Je me suis énervé, continue Camus. Je lui ai dit que ses positions justifiaient les procès de Moscou et le ton a monté, on a failli en venir aux mains… Vian s'est précipité à la porte d'entrée et quand quelqu'un arrivait il disait : « Merleau est un con ; Merleau est un con… » Je suis parti en claquant la porte. Sartre m'a rattrapé dans la rue. Mais je n'ai pas voulu revenir.

– Tu penses que cela valait une bagarre ?

– Oui je le pense. Il y a des positions importantes avec lesquelles il ne faut pas transiger.

– Tu parles de Sartre ?

– On ne confond pas la politique et la vie. Mais en ce moment je me mets en retrait dès que je peux, sans pour autant tout laisser passer.

– Tu es excessif.

– Parfois je m'énerve, mais je fais des efforts. Toutes ces querelles m'épuisent. Je suis peut-être parfois un peu trop susceptible. Mais il y a des choses tolérables et d'autres non.

– Tu étais irrité, c'est tout. J'ai l'impression que ce n'est pas facile.

Camus se tait. Il la regarde comme s'il voulait la remercier de le comprendre, et lui dire « tu es là et tu m'écoutes. Je ne suis pas seul ».

– J'ai invité une fois chez moi Sartre, Beauvoir, Koestler et sa femme et ça a été le désastre. Sartre s'en est pris à un ami américain de Koestler et l'a traité de… et de fil en aiguille, ils se sont disputés puis rabibochés.

Elle a un léger sourire, hésite un instant à poser sa question. Puis, lui demande :

– Et que dit le Castor ? Elle avait un faible pour toi, si ma mémoire est bonne.

Il se détend, et lui sourit, complice.

– Oui, peut-être, mais moi, elle m'insupporte.

– Elle t'a fait des avances ? dit-elle amusée.

– Tu es bien curieuse. Elle piaffe de dépit, une vraie midinette, parce que je ne l'ai pas mise dans mon lit. Pardonne-moi ce détail.

– Sans importance. Elle a du goût.

– Quand tu m'as quitté…

– On s'est expliqué… Ne reviens pas là-dessus. Je te l'ai déjà dit.

– Elle et moi, on a passé des nuits arrosées chez Lipp. On parlait… elle restait avec moi, à me regarder, à m'écouter jusqu'à la fermeture et…

– Elle espérait que tu montes dans sa chambre.

– Oui, sans doute, mais elle peut toujours attendre. Elle est très habile à te faire parler aussi, elle est bavarde comme une pie…

– Tu t'es confié à elle ?

– J'étais désespéré, j'avais besoin de parler et on s'est vus… je lui ai fait des confidences, en lui disant que je n'étais pas toujours sincère, que je voudrais un jour écrire un livre sur ce que je suis et vis réellement, et dans lequel je me dévoilerais ; un livre sur l'amour et oui, je crois qu'elle espérait quelque chose. Un moment, j'ai eu l'impression d'être piégé… comme si j'étais son sujet d'observation. Tu le crois, toi…

– Elle aurait bien aimé te faire figurer dans son tableau de chasse.

– Elle peut toujours courir. Tu as vu sa pièce *Les Bouches inutiles* ?

– Non.

– Tu n'as rien manqué. On s'est tous retrouvés chez les Leiris après la représentation, mais ce n'était plus les fiestas comme avant. On se regardait en chiens de faïence. C'était franchement déprimant.

Et tandis qu'il parle, Maria remarque le petit renflement sur la première phalange de sa main droite. La bosse de l'écrivain, pense-t-elle.

– Tu as entendu parler d'Arthur Koestler ? continue Camus.

– Non.

– Je vais t'offrir *Le Zéro et l'Infini*, c'est un grand livre.

– C'est gentil. J'adore quand tu parfais mon éducation, dit-elle en avançant la tête vers lui et en chuchotant.

– C'est ironique ?

– Mais non, ne sois pas susceptible comme cela. Qui est Koestler ?

– Un écrivain visionnaire.

Maria a repris des flageolets et dévore son plat.

– Qu'est-ce qu'il y a ? Pourquoi ris-tu ? lui demande-t-elle.

– J'adore te voir manger, tu me fais rire.

– Je me régale. Et Koestler, continue…

– On a gardé des relations, mais ils sont retournés en Amérique.

– Ils ?

– Oui, lui et sa femme.

– Ah ! Il y avait donc une femme. Tu ne m'en as pas parlé. Il y aurait donc un objet du délit dans le lit ? dit-elle avec une pointe d'humour, tout en pensant qu'il ne sait plus trop où il en est dans sa vie.

– Non, mais je ne vais tout de même pas te raconter ces choses-là. Revenons à nous.

– Mais nous – c'est toi et c'est moi – toi et ta vie ; moi et ma vie. Ce que tu fais avec d'autres femmes c'est ton histoire. Moi, je t'ai fait le point sur ma vie actuelle.

Maria le regarde sans sourciller. Et ce qu'elle a mûri avant de venir se transforme en une proposition :

– Et si dans un lien d'amitié idéal on évacuait tous ces blablas, ces façons de mentir pour protéger l'autre ?

– Que veux-tu dire ?

– Arrêtons les petits mensonges inutiles et la dissimulation. Je te connais. Alors tu me parles de ce dont tu as envie – et je suis ton amie. Ce pourrait être en quelque sorte le premier acte de notre pacte si on veut redevenir amis ou proches.

– Non amants. Comme avant.

– C'est impossible. Le temps nous change. La vie nous fait éprouver…

– Tu ne m'aimes plus.

– Ce n'est pas la question.

– C'est quoi alors ?

– C'est comment on s'aime.

Maria le regarde, il ne dit rien.

– Sartre et Beauvoir se racontent tout, répond-elle, un brin provocatrice.

– C'est du voyeurisme. Et se reprenant : c'est un test ?

– Oui, ça permet de savoir où on en est.

– C'est des cancans.

– Non, c'est la vie, pas celle rêvée, mais celle vécue et c'est aussi, même si c'est intime, important pour comprendre le reste. Ce n'est pas de l'inquisition. On va arrêter tout ça. Les choses sont simples et toi parfois tu les compliques. C'est mon point de vue.

Il hésite et se lance :

– Oh ! C'est rien. Simplement Koestler a eu une histoire d'une nuit avec Beauvoir. Un soir on est allés au Shéhérazade, on a dansé, lui avec Beauvoir

– on aurait dit qu'elle n'avait jamais dansé de sa vie, elle était raide comme un manche à balai –, et moi j'ai parlé avec sa femme.

– Seulement parlé ? dit-elle en se radoucissant.

– Oui, on a dansé. Mais elle m'a dit que Koestler et elle avaient des liaisons parallèles et ça ne leur faisait rien que ce soit comme cela. Mamaine est très belle, blonde, et... Sartre a dansé avec Francine. Ensuite on est allés boire un verre. On a passé la nuit à boire. On était tous éméchés. On a fait les bars et bon... J'ai passé la nuit avec elle. Une autre fois, il y a eu ensuite ce dîner dont je t'ai parlé à la maison. La dispute a éclaté. Sartre a voulu mettre son poing dans la gueule de Kappy qui est un ami des Koestler. Depuis ils sont repartis en Amérique. Tu es satisfaite ?

– Je m'instruis de la vie intellectuelle parisienne.

– Ne sois pas moqueuse. Maria, tu me manques tellement.

– Tu veux danser ? Viens, je ne te ferai pas danser loin de moi car ce soir la vie est en rose. Si cela te fait plaisir.

– Pourquoi résistes-tu ? lui demande-t-il.

– J'ai peur de revenir. J'ai peur d'accepter ce que je redoute et désire en même temps. Il faut que je réfléchisse, vois-tu, à comment faire pour ne pas trop souffrir moi aussi. Et puis il y a Servais.

– Tu vas le quitter ?

– Ce n'est pas si facile.

– Tu es forte, Maria.

– Crois-tu ? Allez viens, on va danser maintenant joue contre joue.

Pedro ne cesse de jouer *La Vie en rose* et tous deux dansent jusqu'à la fermeture. Au petit matin, ils sont encore enlacés, redescendent un peu saouls, ivres de désirs. Camus chantonne, fait le pitre et Maria imite Charlot, fait le clown et glisse sur les rampes des escaliers tandis qu'il la rattrape en les dévalant quatre à quatre. Ils se tiennent par la main, s'étreignent. La vie revient. L'air frais les dégrise un peu, sans pour autant qu'ils veuillent se départir de cette ivresse. Un instant Camus a oublié les fâcheux, les combats, les trahisons. Il vit. Quand ils arrivent sur la place Dancourt devant le théâtre de L'Atelier, elle lui dit sans un reproche :

– Là j'ai joué *Les Frères Karamazov*, et j'ai eu mal parce que tu n'étais pas là.

– C'est bon d'être avec toi, Maria. Ne m'abandonne plus jamais. J'ai besoin de ton amour.

*

Ce matin, au bureau, Camus vient de recevoir un pneumatique. Elle a simplement écrit : « Tu me vertiges. » Il l'appelle.

– On peut se voir ?

– Pas aujourd'hui.

– Ce soir ?

– Je travaille.

– Quand ?

– Demain soir, si tu veux.

– Où ? Je passe chez toi à 21 heures.

– Je t'attendrai en bas en faisant faire pipi à Quat'sous. On ira dans le pigeonnier. Tu sais, je t'en ai parlé, c'est la chambre du haut. Mon père est à la maison. À demain.

– Je brûle d'amour pour toi, Maria.

– Moi aussi. Viens vite.

*

Leur liaison reprend et à présent c'est Camus qui retrouve Maria dans le pigeonnier de la rue Vaugirard. Le soir, ils vont danser à La Rose rouge. Maria en est la marraine. C'est elle qui a aidé la providence, en présentant un mécène à Nikos Papatakis et a contribué à l'ouverture de la nouvelle Rose rouge. Maria y est comme chez elle. Avec Camus, ils y ont leur table réservée. Une fois dégagée, la salle fait office de dancing, avec le piano adossé au mur. Et c'est toujours la même atmosphère, les mêmes artistes qui s'y côtoient dans une ambiance enfumée où l'alcool participe de la fête, des soirées et des rites comme au Tabou, comme dans toutes les boîtes de Saint-Germain-des-Prés. Juliette Gréco s'y produit, Les Frères Jacques ; Jacques Douai, Francis Lemarque…

Paris se reconstruit. Chacun à sa manière vit toujours intensément le présent, même si les menaces de guerres dans le monde ne sont pas écartées. Après Hiroshima et Nagasaki, c'est le rideau de fer et la guerre froide… Tel le coureur de fond, Maria poursuit un rythme échevelé : le théâtre, les tournages, la radio maintenant. Elle n'a pas le choix, il faut ramener de l'argent à la maison pour payer les dettes contractées avec sa mère à leur arrivée. Camus défend les libertés, ne cesse de prendre fait et cause pour l'Espagne et se révèle toujours antistalinien. Il se bat pour les droits de l'homme et les démocraties, fait face à des querelles partisanes et ne déroge pas à ses convictions. Comme journaliste, il continue d'écrire dans *Combat*, et veut y maintenir un journalisme critique et humaniste. Ses irritations se font parfois sentir. Mais, à présent, il a retrouvé Maria et celle-ci lui insuffle un nouvel élan grâce à sa passion de la vie.

Nouvellement nommé directeur du théâtre Marigny, Jean-Louis Barrault a un projet. Il veut en parler à Camus. En se rendant au théâtre, Camus se demande ce que Barrault lui veut exactement : un projet de spectacle, a-t-il annoncé dans sa lettre… Mais c'est bien vague… Une collaboration à Marigny, pourquoi pas ! Camus lève les yeux, les façades lui paraissent un peu moins grises depuis que Maria est à nouveau dans sa vie. En plus de son œuvre et du journalisme, le théâtre pourrait se révéler une voie royale et Barrault lui permettre d'y accéder.

Il pénètre dans le hall et s'adresse à l'accueil. Barrault descend immédiatement.

– Quel bonheur de vous voir Camus. Je vous attendais avec une grande impatience. Vous allez bien ? Madeleine va nous rejoindre. Montons dans mon bureau, je vous ferai visiter le théâtre plus tard.

– C'est toujours émouvant de voir l'envers du décor… Le théâtre est un lieu où je me sens à mon aise, dit Camus en montant les escaliers.

– Bientôt vous serez comme Jouvet, dormant dans un lit sur la scène afin de ne pas quitter son théâtre de l'Athénée.

– Et pourquoi pas ! Je vais y songer, dit-il en souriant, suivant Barrault.

Un bref regard sur les murs, il y aperçoit l'affiche de *Numance*, et derrière la table une immense affiche des *Enfants du Paradis* et sa distribution : Barrault en mime blanc avec les lèvres rouges, le visage d'Arletty se détachant en médaillon, les noms de Casarès, Brasseur, Herrand. Cette distribution familière le met à l'aise. Sur une table juponnée des photographies de Madeleine Renaud à côté de Claudel dans le foyer de la Comédie-Française, le soir de la première du *Soulier de satin*.

En contemplant une autre photo, Camus est frappé par la maigreur de Barrault à cette époque-là. C'était avant-guerre. Puis il le regarde, se disant qu'il n'a pas tant changé, toujours l'œil vif et intense, une énergie sans cesse renouvelée dans sa passion du théâtre et l'exploration de voies nouvelles.

– Je vous sers un cognac ? propose Barrault.

– Non, merci, mais est-ce que je peux fumer ?

– Bien évidemment. Mais où est le cendrier… ? Hélas, je n'ai pas pu jouer *Caligula*. Croyez-moi, j'ai tellement regretté, mais je venais d'être embauché à la Comédie-Française…

– Ce n'est pas grave, dit Camus en allumant sa cigarette.

Comme s'il voulait régler la question, avant de passer dans le vif du sujet, Barrault poursuit :

– Du reste, Gérard Philipe était remarquable dans le rôle.

Barrault lui plaît. Il est direct, intense, nerveux aussi, avec des gestes vifs de la main, à l'affût du moindre signe, attentif à l'extrême. Un oiseau à long bec, un rapace... qui s'envole avec légèreté et maîtrise quand il est habillé en mime. Et cela libère Camus, le change des polémiques. Au moins, il sera pris réellement en compte dans un échange constructif et réciproque.

Barrault s'assied devant son bureau dans un fauteuil à côté de Camus.

– Voilà, mon cher, ce qui m'anime aujourd'hui. Je vais droit au but. Vous savez que j'ai travaillé avec Artaud avant qu'il ne parte au Mexique. On avait eu un projet autour du thème de la peste et Artaud m'avait fait lire *Le Journal de l'Année de la Peste* de Defoe. Vous n'êtes pas sans ignorer l'état où se trouve Artaud aujourd'hui ?

– Hélas, oui.

– Je voudrais reprendre ce projet, ici à Marigny. J'ai lu avec passion votre livre *La Peste*. Dites-moi, vous avez fait un best-seller vendu aux États-Unis à des milliers d'exemplaires.

– Je vous remercie. Mais que ce soit clair, ce n'est pas une adaptation de mon roman que je vais faire.

Barrault croise les mains et avance légèrement le cou, le regard plongeant dans celui de Camus. Puis il se détend et tout de suite enchaîne :

– Vous pourriez partir de cette réflexion et créer une pièce.

– Sur le principe je suis d'accord bien évidemment, dit Camus en attendant la suite.

Un pas léger se fait entendre, Barrault se lève comme un chat de son fauteuil, ouvre discrètement la porte de son cabinet, et regarde dans le couloir, appelle d'une voix douce :

– Madeleine, c'est toi ?

Puis il revient vers Camus l'œil brillant et lui dit en souriant : Madeleine vient d'arriver.

En effet, elle ouvre la porte et entre, pleine de charme. Elle s'adresse à lui d'une voix douce, mélodieuse, mais aussi ferme :

– Cher ami, soyez le bienvenu au sein de notre troupe. Jean-Louis, as-tu fait visiter le théâtre à Albert Camus ?

– On visitera l'ensemble plus tard.

– Alors vous allez être notre auteur maison ? Jean-Louis et moi nous en sommes ravis. Vous viendrez prendre une tasse de thé à la maison ?

– J'ai beaucoup de travail en ce moment, mais avec joie.

Celle que Camus a vue danser un boogie-woogie frénétique avec Barrault au Tabou est aimable, soignée et sobre avec sa robe échancrée et son collier de perles.

– Nous allons bien nous entendre, Camus. Vous êtes « la chance » de ma vie, lui redit Barrault en le prenant par l'épaule.

– Ne parlez pas trop vite ! Mais je suis très heureux de cette future collaboration, réplique Camus, flatté.

– J'ai déjà une idée qui me trotte dans la tête, dit Barrault en regardant amoureusement Madeleine.

– Jean-Louis a mille idées à la seconde, dit aussitôt Madeleine, venue s'asseoir avec eux.

Barrault ne tient plus en place. Il va chercher le calendrier.

– Au fait, qu'en dites-vous si on prévoyait la générale de presse en octobre ?

– Ça laisse peu de temps pour écrire, mais cela peut être jouable, répond Camus.

– Dès que vous avez écrit le début de la pièce, on commence les répétitions.

*

Nuit et jour, Camus ne fait que penser à sa pièce, y met tout son cœur parce qu'il l'écrit aussi pour Maria. Depuis *Le Malentendu* elle ne l'a pas senti aussi vivant, passionné, et tout entier dans l'ardeur de sa nouvelle pièce. Décidément, le théâtre est son univers.

Son héroïne aura pour nom Victoria… Il l'a choisi parce que c'est le prénom de Maria : Maria Victoria qui sonne comme un cri de victoire ! Son fiancé s'appellera Diego et c'est Jean-Louis Barrault qui l'interprétera. Au fur et à mesure, il fait lire ses pages à Maria.

Où situer l'action ? Madrid, certainement pas. Barcelone non plus. Séville ? Et pourquoi pas Cadix, devenant ici le symbole de l'Espagne assiégée par le franquisme. Et Camus ne cesse de demander à Maria qu'elle lui évoque l'Espagne.

– Voyons, mon chéri, je suis galicienne. En Espagne, chaque province est très différente, l'Andalousie n'a rien à voir avec la Galice ou la Castille.

– Oui, mais il y a l'esprit ibérique, insiste-t-il.

– Que te dire ? En Espagne un homme mort paraît encore plus vivant. C'est comme ça. La mort est simplement l'autre face de la vie.

Camus prend part aux répétitions qui commencent.

– Tu as vu, chuchote Maria, quand Barrault me prend dans les bras, j'ai l'impression d'être une statue de bois. Il pourrait me tenir plus serrée. Tu crois que je lui fais peur ?

– C'est plutôt que la secrétaire de la peste, juste à vos côtés, vous observe ma chérie. Et c'est Madeleine ! Puis il l'attire à lui : Oui, Maria, tu es vivante, d'un éclat étincelant. Quand tu ris c'est la terre qui s'illumine. Et moi si j'ai froid, je te prends dans mes bras et tu me réchauffes de ton soleil brûlant.

– Tu deviens lyrique, dis-moi… et elle rit…

Plaçant l'Espagne en scène sur le plateau, Camus en profite pour demander à Maria :

– Ça s'est passé comment ? Raconte-moi, Maria.

Elle se tait tout en buvant son café. Elle prend une cigarette, baisse les yeux sur la tasse vide devant elle.

– Tu as du feu ? lui demande-t-elle.

– Oui.

– Cela me détend de fumer.

Il lui tend le paquet, et regarde la boîte en lui disant :

– Tu ne trouves pas qu'elle est belle cette gitane guerrière avec son casque, dessinée sur le carton bleu pâle ?

Camus s'avance vers elle comme pour mieux être tout près, attentif à chacune de ses paroles, et lui demande d'une voix douce :

– Mais qu'est-ce qui s'est passé ? Tu ne veux pas en parler ?

– On était à Madrid. C'était en 1936.

Elle se revoit marcher sur la pointe des pieds, puis entrebâiller la porte de sa chambre. Six heures du matin viennent de tinter au carillon de la salle à manger. Le jour s'est levé, elle épie le cliquetis de la clef dans la serrure, annonçant le retour de son père à la maison. Comme d'habitude au gouvernement, la séance s'est éternisée.

– La veille, il était parti sans un bécot. J'avais surpris une conversation au téléphone, il disait qu'il « s'y rendait sur-le-champ, que c'était imprévu et qu'il fallait agir vite ». Tu as une autre cigarette, s'il te plaît, mon chéri ? demande-t-elle à Camus qui l'écoute avec attention. Tout a basculé en une nuit. La guerre était là. On était pris dans le feu et le sang. Papa avait l'oreille collée au poste. Radio Burgos annonçait les dernières heures de Madrid. À Radio Lisbonne, c'était l'entrée de Franco sur son cheval blanc. Santiago était livide. Et son pire ennemi avançait triomphant, effrayant les populations.

– Il voulait que les civils se rendent ? Tu veux un autre café ? lui demande-t-il ému.

– « Je détruirai Madrid plutôt que de la laisser aux mains des marxistes ! » hurlait Franco à la radio. Trois jours et trois nuits, des avions allemands et des bombardiers ont survolé Madrid. On avait peur et on se cachait dans la maison. La date est gravée dans ma mémoire, le 17 novembre, et cela a duré plus de quatre jours. Alors papa nous a conduites à la gare des Charmilles. Je ne sais plus pourquoi je te raconte tout ça.

– Tu avais besoin d'en parler.

– Oui, cela fait remonter des images de la guerre civile. Pourtant, je croyais les avoir enfouies très profond.

– Et elles ressurgissent ?

– Comment aurais-je pu survivre et surtout vouloir vivre… si elles n'avaient pas été aussi fortes en moi.

Elle se tait, le regard dans le vague. Camus la scrute intensément, se demandant à quoi elle pense à cet instant.

– Ça va, Maria ?

– J'ai voulu les oublier durant ces dernières années, mais je viens de réaliser que c'est de là que je tire ma force de vie à tout prix. Je suis une acharnée, dit-elle en souriant.

– Ah bon ! Je ne m'en étais pas aperçu !

– Moqueur ! J'ai un rude instinct de survie. Mon père dit que quand j'ai quelque chose dans la tête je suis plus têtue qu'une bourrique.

– Il n'a pas tort.

– Tu prends son parti ? dit-elle taquine.

– Bien sûr.

– Vous êtes deux contre moi, maintenant.

– Qui ça ? Il n'y a pas plus gentil que ton serviteur.

– Je voudrais voir !

– Je t'écris un rôle ! Si ce n'est pas de l'amour ?

– Les gens penseront ce qu'ils veulent. Tout le monde sait pour nous. Le séisme de la guerre d'Espagne, je ne l'ai pas encore… je ne sais pas comment dire… digéré… Je le croyais, mais ce n'est pas si simple.

– Je le partage avec toi… moi, je ne l'ai pas directement vécu, mais je compatis avec ton pays et me bats pour lui.

– Maintenant, grâce à ta pièce, je vais peut-être pouvoir donner enfin un visage à la guerre intérieure de ma patrie, la vivre par procuration sur la scène, comprendre intimement ce qui s'est passé. Mon père nous a épargné ce drame. Il a tout pris sur ses épaules. Quelque chose en lui s'est cassé. Il n'en parle jamais. D'ailleurs à la maison, on ne parlait jamais de la guerre d'Espagne.

– Je ne voudrais pas te faire revivre quelque chose qui te soit insoutenable.

– Au contraire, je veux le voir, et ne pas me le cacher. Oh, oui, tu sais c'est le plus beau cadeau que tu me fais, ce rôle, cette pièce. Au moins en le vivant je pourrai approcher ce cataclysme… et enfin le regarder en face, m'y plonger, ça sert à cela aussi le théâtre.

Victoria ne mourra pas. Maria ne peut pas mourir !

En répétitions, Maria n'a jamais été aussi éclatante, avec son chemisier blanc ouvert sur sa gorge. Comment imaginer que ce rire cesse ! Maria veut savoir comment la pièce finit.

– Je meurs ou je ne meurs pas ? lui demande-t-elle.

Et il la regarde épouvanté.

– Bien sûr que non. Je préfère que Diego se sacrifie, et accepte de mourir pour que Victoria vive, et que Cadix soit sauvée.

– Mon chéri, quand je te disais que tu es un héros.

– Ce n'est pas moi, c'est le personnage.

– Tinrintintin, dit Maria moqueuse.

Camus veut Victoria, certes contaminée par la peste, mais vivante, éternellement vivante. Victoria ne peut pas mourir.

Maria demande à Camus pourquoi.

– Pour qu'elle vive et que leur amour reste intact, lui répond-il.

Elle marque un temps et, les yeux malicieux, s'approche de lui :

– Vois-tu ce qui me plaît, c'est que les autres ne le savent pas.

– Crois-tu, notre amour n'est un secret que pour ceux qui veulent le taire. Et c'est au-devant de la scène qu'il éclate, répond Camus moins dupe.

Il la regarde en train de rire et surtout vivre parce qu'il lui écrit une pièce qui pourrait expurger ses cauchemars, éloigner la peur…

– Mais tu sais mon chéri, c'est vraiment un défi. Tu te rends compte de ce que tu provoques ?

– Moi, pas du tout ! dit-il narquois.

– Après Roméo et Juliette, Antoine et Cléopâtre, il y aura Diego et Victoria !

– Tu es Maria, victoire de l'amour sur la mort…

– Cela va jaser…

– Cela t'ennuie ?

– Non ! Ça m'amuse plutôt.

En un éclair, pense-t-elle, la vraie vie, ne serait-ce pas vivre notre amour sans se cacher et le cacher ?

Camus se demande : Que pourront-ils comprendre dans la salle de ce que nous vivons ? Que savent-ils après tout de cet amour qui me déchire, me galvanise, me redonne un peu de vie par la vie même que porte en elle cette femme singulière ?

*

27 octobre 1948

La première de *L'État de siège* est l'événement théâtral où le Tout-Paris se presse. À la fin du premier acte, des applaudissements parcimonieux se font entendre.

– On va à la catastrophe ! s'exclame Barrault.

– Attendons, réplique Camus sans vraiment le regarder, en se disant à lui-même : il me fatigue à trépigner sur place. Quand va-t-il retourner sur le plateau ? S'il ne sait pas pourquoi il a monté ma pièce, ce n'est pas mon problème, mais le sien. Allez, encore un qui va se défiler si la pièce n'est pas bien accueillie !

Une fois sa scène passée, Barrault revient vers lui comme un bourdon tournoyant autour d'un pot de confiture. Camus feint de l'ignorer. Mais Barrault le secoue :

– Vous êtes optimiste, moi pas. Ça y est, Maria c'est à nous.

Ouf, se dit Camus. Il va me ficher la paix avec ses angoisses. On est dans la même galère ! Qu'il assume ! Ce n'est pas si mal. Si les gens sont réfractaires à ce qu'ils entendent, au moins cela leur donnera de quoi réfléchir. J'ai écrit une pièce qui m'est particulièrement chère au cœur, alors qu'il se débrouille avec ses états d'âme. Moi j'écris du théâtre et mon problème n'est pas de satisfaire ou non le public de Marigny.

Derrière les rideaux, Camus n'a d'yeux que pour Maria. À présent Victoria/Maria est abandonnée dans les bras de Diego/Barrault qui, penché sur son visage, doit l'embrasser.

Il pourrait tout de même la serrer en semblant un peu plus amoureux. Moi, si j'étais à sa place, je la prendrais dans une étreinte fougueuse. Je baiserais ses lèvres de ma bouche ; et m'enivrerais du parfum de sa peau ; et d'une douce caresse je la ferais palpiter. Ma main dans ses cheveux défaits, son cœur battrait à l'unisson du mien. Mais… attention, La secrétaire de *La Peste* est à ses côtés. Elle joue bien son rôle, Madeleine. Cela lui va comme un gant. Mais qu'est-ce que j'ai dû retravailler le texte. Pourtant, elle fait tout bien. Je l'aime bien, mais elle est appliquée. Elle n'a pas le feu de Maria.

Le rideau tombe. La salle se vide rapidement.

Dans les coulisses Barrault, nerveux, parle à Madeleine.

– C'est un échec. Mon premier échec.

– Ne t'inquiète pas Jean-Louis, on s'en relèvera.

– Et dire que maintenant il va falloir affronter ceux qui sont restés au foyer. Viens Madeleine, allons-y ensemble.

– Tu ne veux pas y aller avec Camus ?

– Il discute avec Maria et Brasseur.

Ce dernier regarde Maria en riant. Ils se comprennent et s'apprécient.

– Quittons les coulisses, on va monter boire un coup, propose-t-il.

– Ça n'a pas été trop dur ? demande Camus.

– Personne ne nous a lancé de tomates à la figure ni n'a sifflé dans la salle. Je dirais plutôt que ça les a laissés sans voix. Ça leur fait du bien d'être renvoyés à ce qu'ils ne veulent plus entendre... Allez, Camus ne vous en faites pas, nous les acteurs on est là et on soutient votre pièce, hein Maria ! Et maintenant, on va fêter cette première, nom de Dieu.

– Je vais me changer et je vous retrouve au foyer, dit-elle en partant.

À ce moment-là, arrive Béatrix Dussane. Elle se dirige vers le groupe, retardant leur départ ce qui fait lever les yeux au ciel à Brasseur qui n'a qu'une envie, aller boire un verre avec ses amis.

– À mon avis, mon petit Camus, Méphisto Barrault vous a mis le grappin dessus sans que vous puissiez vous défendre. Il vous a pris dans sa toile. Il a fait du Barrault en imposant ses idées.

– On a travaillé ensemble, main dans la main.

– Et ce pouvait être une excellente idée. Jouvet a eu Giraudoux. Si je comprends bien, après Claudel et Gide, Barrault a voulu vous avoir comme auteur associé. Mais permettez-moi de vous dire que c'est un spectacle à deux partitions qui se contrarient. Vous avez écrit le texte, avec de très beaux moments d'ailleurs, et Barrault a plaqué son esthétique en y mêlant ses machineries et son désir d'art total… Ce serait un spectacle parfait pour le plein air. On n'est pas dans *Les Oiseaux* d'Aristophane.

– Mais j'apprécie le théâtre total. Nous avons créé ensemble en nous inspirant des *autos sacramentales*.

– On peut aimer, mais on peut aussi se tromper et ce que j'ai vu ce soir est une partition hybride. J'espère que je ne vous ai pas trop heurté, surtout le soir d'une première.

À peine Dussane est-elle partie que Camus entre dans la loge de Maria.

– Tu veux filer à l'anglaise ? lui dit-il.

– Pourquoi pas. Mais je plaisante. Quoique… Je déteste ces mondanités. Je serais si bien dans un lit avec toi… Va vite les rejoindre, sinon c'est Barrault qui va te fusiller du regard.

Maria se démaquille. Puis après une grande inspiration, elle se redresse, lève la tête et, armée de son plus beau sourire, se faufile au milieu de ceux qui se sont déjà précipités vers le buffet. Elle cherche des yeux son père parmi la foule. S'il m'a fait le coup de partir sans m'embrasser, je ne lui parle plus pendant une semaine, se dit-elle. Mais non, elle le voit discuter avec Negrín. Maria a juste le temps de mettre la main sur deux toasts qu'elle engloutit et la voilà près de Santiago qui porte sur ses frêles épaules sa grande cape noire en cachemire. Negrín la salue :

– Maria, que je te serre entre mes bras. Tu m'as bouleversé. N'est-ce pas, Santiago, que ta fille est une immense comédienne ? Tu peux être fier ! Ton nom est maintenant représenté sur cette autre scène, celle du théâtre de la France.

– J'aurais aimé qu'il le soit en Espagne.

– Plus tard, il faut patienter.

Maria embrasse son père, craignant ses remarques.

– Nous en parlerons à la maison, Vitola.

Et voilà, Santiago n'a pas aimé et pourtant il a l'air détendu, se dit-elle. Cette fois-ci, il ne va tout de même pas me dire que je manque de flamme ibérique. Mais demain au petit-déjeuner, les critiques tomberont. Et tout cela pour mon bien !

– Mais tu me présenteras Camus tout à l'heure reprend Negrín. Bravo, tu es engagée dans un théâtre politique. Cela ne doit pas plaire à tout le monde ici.

– Pas vraiment. Je vais chercher Camus. Allez vous servir un verre au buffet, avant qu'il ne reste plus rien.

– Dépêche-toi, Maria, je ne voudrais pas rentrer trop tard, répond Santiago, impatient de partir.

Ça y est papa fait la gueule, pense-t-elle. Qu'est-ce qu'il a encore ? Dès qu'il y a un homme qui tourne autour de moi, et auquel je suis attachée… non ce n'est pas un homme, c'est Albert… Oui, il est marié et moi, je devrais trouver quelqu'un de libre… C'est pour mon bien, pour faire ma vie, comme dit Santiago. Et puis zut !

Elle s'apprête à rejoindre Camus, quand des mains l'empoignent aux épaules, elle se dégage et se retourne :

– Jean-Louis, tu m'as fait peur.

– Comment as-tu trouvé la représentation ? dit-il en l'attirant à part.

– Il n'y a eu que quelques passages où je ne me suis pas sentie au mieux, mais...

– Tu as vu les réactions dans la salle ?

– Non.

– Ils étaient de marbre.

– Jean-Louis, je ne pouvais pas être sur la scène et dans la salle.

– Mais tu les as sentis comme moi ?

Une femme vêtue d'une robe de Madame Grès passe devant eux, une coupe de champagne à la main. Aussitôt Barrault change d'expression, arborant un sourire en dépit d'un visage tourmenté.

– Jean-Louis, présentez-moi à votre partenaire.

– Mais avec plaisir, très chère. Maria, je te présente la princesse Bibesco. Tu sais, elle a écrit *Le Perroquet vert*.

– Enchantée. Vous jouez avec passion. Je suis en train d'écrire un nouveau roman, *Katia*... Au fait, Jean-Louis, quand vous embrassez votre partenaire, soyez plus convaincu. Je sais que Madeleine est sur la scène en même temps et vous surveille, mais tout de même, mettez-y un peu plus d'ardeur, que diable.

– Oh, la pudeur !

– Voyons ne soyez pas prude. Ne me dites pas que vous avez peur d'un baiser de feu.

Puis se retournant vers Maria : Faites-moi le plaisir de venir à mon salon littéraire. C'est quai de Bourbon...

Elle se retourne et ils l'entendent dire : « Ah, Paul comme je suis heureuse de vous voir. »

Barrault prend à part Maria à qui il souffle à l'oreille :

– Le Tout Paris vient chez elle. C'est une femme de grande culture. L'amie de Winston Churchill. On pourrait y aller ensemble. Ah ! voilà Vincent Auriol, je vais le saluer.

Maria cherche des yeux Camus pour le présenter à Negrín, elle se retourne et voit de dos le crâne chauve d'un homme petit, épais comme un centaure, en grande discussion avec la princesse.

– Très chère amie, une soirée comme celle-ci, il va falloir au moins une semaine pour que je m'en remette. Elle m'a éreinté. Il y a trop de mouvement. C'est du Barrault tout craché. C'était agité et on n'avait pas le temps de goûter les mots, de savourer la langue tant on était emberlificoté dans cette synthèse scénique. Mais avez-vous tout entendu ?

– Oui, sans problème.

– Ah ! bon, moi je n'ai pas tout entendu. C'était trop frénétique pour moi…

– Cher Paul, vous connaissez Barrault et ses expériences originales, puis se tournant vers Maria, elle lui dit, en agitant son éventail : pas toujours réussies, il est vrai, mais au moins d'avant-garde.

Maria cherche à se défiler quand une voix gronde dans sa nuque :

– Ce n'est pas parce que j'ai trouvé le spectacle de ce soir forcé et brouillon qu'on ne doit pas me dire bonjour, mademoiselle Casarès !

Elle fait volte-face pour se trouver nez à nez avec des yeux plissés qui la scrutent l'air taquin. Claudel se tourne vers la princesse à qui il confie en regardant Maria :

– Voyez-vous chère princesse, Maria Casarès et moi-même sommes de vieilles connaissances. Maria, embrassez-moi. Maria a répété avec moi le rôle de Pensée du *Père humilié*. J'ai fait ce que j'ai pu pour vous avoir dans *L'Annonce faite à Marie*, mais à la Comédie-Française, on m'a opposé une fin de non-recevoir.

– Je suis désolée.

– J'aurais aimé que vous jouiez *L'Annonce*. Vous reviendrez me voir. Nous parlerons encore de création. Ne tardez pas trop. J'ai encore bon pied bon œil, mais les années passent. Et dites à Barrault qu'il ne peut pas transposer son univers sur un texte idéologique. Passez me voir à la maison, cela fera plaisir au vieux bougon que je suis.

Elle lui sourit et continue de chercher Camus. Elle l'a aperçu discutant avec une femme de petite taille qu'elle ne connaît pas, mais elle ne les voit plus. Elle est en train de le chercher, quand un homme, avec lequel il s'entretenait tout à l'heure, vient à sa rencontre. Il la déshabille du regard en souriant. C'est un chasseur, celui-là aussi, pense-t-elle aussitôt.

– Vous devez avoir soif. Tenez, c'est pour vous, lui dit-il, en lui tendant un verre de vin.

– Non, merci, j'ai assez bu comme cela.

– Vous ne voulez pas que nous buvions à votre santé ? Bien sûr, nous ne nous connaissons pas encore et cela est dommage…

Il est vraiment charmant, sait parler aux dames, se dit Maria, lorsque la femme au regard aigu qui accompagnait Camus les interrompt. Elle scrute Maria avec attention, tandis que l'homme, qui ne s'est toujours pas présenté, se tourne vers la nouvelle venue :

– Marguerite, je vous avais aperçue tout à l'heure. Denys n'est pas avec vous ?

Qui sont-ils ? se demande Maria. Personne ne se présente, comme si elle devait les connaître. Comme je serais bien dans mon lit avec mon polar, se dit-elle. Camus les rejoint. Visiblement, ils se connaissent tous les trois. Puis Camus est appelé par quelqu'un d'autre, et Maria a juste le temps de lui dire que le président Negrín voudrait le saluer.

– Excusez-moi. J'arrive, lance-t-il. Où est Negrín ? demande-t-il à Maria.

– Avec papa. Tu connais les gens que l'on vient de croiser ?

– Oui, c'est Marguerite Donnadieu. Elle a vécu en Indochine. Je t'en avais parlé. Elle a fait partie de la Résistance avec son mari qui a été déporté.

– Et l'homme avec lequel elle semble liée ?

– Lui ? C'est François Mitterrand. Ils se retrouvaient rue Saint-Benoît lors de réunions pour la Résistance. Tu te souviens du gars à la machine à ronéotyper, il vit aussi avec elle, rue Saint-Benoît.

Ils cherchent du regard Negrín parmi les invités, lorsque Barrault surgit comme un diable, dans un état de tension qu'il voudrait maîtriser sans y arriver pleinement.

– Camus, il faut que l'on s'appelle demain matin de toute urgence pour faire le point sur cette soirée. Ne tarde pas à rentrer Maria, on réattaque demain.

Maria ne répond pas. Camus est agacé. La tension de la soirée et le fait que tous ces gens aient pu entendre son texte le comblent, quand bien même ils n'auraient pas apprécié le spectacle. Quant à Barrault, il réglera le problème demain. Maria le laisse et en profite pour conduire Camus vers Negrín.

– Je suis désolée, on a fait des chassés-croisés…

– Cela n'a aucune importance. Camus, je suis très heureux de vous rencontrer. Casares Quiroga m'a parlé de vous, de ce que vous faites pour les Espagnols en exil et je connais vos positions… Ce soir, c'est une preuve de plus que vous n'oubliez pas l'Espagne républicaine.

– La seule légale.

– Merci. Oui. La seule légale, mais il semble que les gouvernants s'en désintéressent. Nous n'avons pas été aidés et je m'inquiète. Nous ne pourrons pas reprendre l'Espagne… j'en ai bien peur, tant qu'il y aura Franco au pouvoir. Vous savez comment j'ai été traité par mon propre camp. Un jour, l'histoire verra clair. Du moins, je l'espère… C'est comme Santiago… nous avons été… mais peu importe, ce qui compte, c'est l'Espagne.

– Je suis de tout cœur avec vous et je ferai tout ce qui est en mon possible pour défendre l'Espagne.

– Vous l'aimez vraiment ?

– Je lui dois presque tout.

– Alors, on se revoit bientôt. Et je vous remercie encore de cette pièce. Je n'ai pas perdu une seule de vos paroles. J'ai tout entendu et bien entendu. Maria, tu viens dîner à la maison quand tu as un soir de libre avec Santiago. Si vous voulez vous joindre à nous, Camus, ce sera avec plaisir. N'est-ce pas Santiago ?

– Mais certainement. Maria, je vais rentrer avec Pitou. Je suis un peu fatigué. Belle pièce, Camus. Bravo !

Alors que Negrín et Santiago s'apprêtent à partir, Maria voit Picasso qui vient saluer Negrín et son père… Au fait, je ne suis jamais allée dans son atelier se dit-elle. Et où sont donc passés Sartre et Beauvoir ? Ils avaient dit qu'ils viendraient… ils n'ont tout de même pas pris la poudre d'escampette… Elle est interrompue dans ses pensées par une femme qui s'approche.

– Nous ne nous sommes pas encore présentées. Je m'appelle Elsa Triolet. Vous avez des accents de tragédienne avec vos gestes et vos cris… Je suis surprise de ce que Barrault a fait de votre beauté et de vos cheveux…

– C'est du théâtre.

Camus s'approche des deux femmes et Elsa le regarde avec une certaine admiration.

– Elsa, je suis très heureux que vous soyez venue.

– Aragon papillonne avec Barrault, Breton et Balthus.

– Elsa et moi sommes de vieux complices, dit Camus à Maria qui les regarde, mi-intriguée mi-amusée, se disant : en voilà une qui est aussi tombée sous le charme de Don Juan.

Au même moment, un homme adresse un salut distant à Camus. Il prend Elsa par les épaules argumentant qu'il est fatigué et qu'ils doivent rentrer. C'est comme cela qu'on se défile, pense Maria, que ce soient chez les communistes ou les bourgeois.

– De quoi t'a parlé Elsa ?

– De mes cheveux...

– Elle va faire un papier sur le spectacle dans *Les Lettres Françaises*. On verra bien.

– Elle a été charmante avec toi.

– Tu sais, avec les critiques, il faut s'attendre à tout.

*

Maria vient d'arriver à la radio. Comme sa voix est particulièrement radiogénique, elle est très sollicitée, depuis quelque temps, pour des émissions. Pierre Schaeffer a fondé le studio d'essai de la Radio Télévision Française et Alain Trutat est un réalisateur qui ne cesse de la demander. Elle adore ce nouveau média, s'y sent à son aise. Seule dans une proximité avec l'auditeur, elle lui livre une part de son âme avec sa voix, et les mots chez elle se transforment en images. Elle est arrivée très en avance comme d'habitude. Le technicien lui ouvre le studio et elle se plonge dans son texte, note encore au stylo des rythmes, reste très concentrée et attend.

– Asseyez-vous bien devant le micro, dit une voix irréelle derrière elle.

– À cette place ? demande Maria sans se retourner pour se caler face au micro.

La voix se fait plus présente et chuchote :

– C'est un revenant qui vous parle.

Cette voix, je la connais, pense Maria, sans pour autant l'identifier et elle se retourne d'un bond.

– C'est toi ?

– Oui, la belle, c'est moi. J'enregistre aussi. Tu es radieuse…

Maria repousse sa chaise et se jette dans les bras de Marcel Herrand qu'elle n'a pas revu depuis son départ des Mathurins.

– Comme tu m'as manqué, Marcello.

– Ce n'est rien de le dire. Toi aussi tu m'as manqué. Tu vas bien ?

– Oui, tout va très bien. Je travaille comme une folle. Cela me donne parfois des crises d'urticaire, tellement je m'angoisse. Mais à part ça, tout va bien. Comme je suis heureuse de te voir… Elle attire une chaise pour Marcel. Et dis-moi, comment se porte mon Raminagrobis chéri ?

– Il perd ses cheveux et a pris de l'embonpoint. Moi aussi je vais vers une petite calvitie… Mais, toi, toi, toi, parle-moi de toi. Je veux tout savoir.

Le réalisateur arrive. L'enregistrement commence. « Ça tourne », dit la voix sortant de derrière la vitre de la cabine. Puis, à la fin : « La prise est bonne. Il n'y a pas de raccord. »

Maria et Herrand restent dans le studio.

– Marcel tu n'as pas changé. Tu es toujours…

– Curieux comme une pie… et alors c'est un péché ?

– Non, un défaut de fabrication.

– Alors, on laisse tomber car on ne peut rien y faire ! Mais sache que je ne suis curieux que des êtres que j'aime, mais jamais inquisiteur…

– C'est vrai.

– Bon alors on peut reprendre le dialogue ? demande-t-il en y allant sur la pointe des pieds.

– Marcel tu ne changeras pas, surtout reste comme tu es…

– J'en ai bien l'intention. Il se rapproche d'elle : Tu as fait tourner la tête à qui depuis que tu m'as quitté ?

– J'aurais du mal à les compter, dit-elle en s'esclaffant. Non, plus sérieusement, à la maison mon père m'inquiète avec ses poumons.

– Le Tout Paris parle de ta liaison avec Camus…

– C'est vrai et je suis heureuse.

– On va se revoir, tu veux bien ?

Maria se lève et câline le prend dans ses bras.

– Oui mon Marcello. Tu m'as manqué.

– J'ai été un vieux crétin, que veux-tu que je te dise ! Un idiot. Jamais je n'aurais dû t'accaparer comme cela. Serre une anguille et tu la verras filer entre tes mains.

– Tu ne m'as jamais mise en prison, voyons. C'est toi qui m'as fait naître au théâtre. Avec une ardeur à aimer dont j'avais besoin, mais à un moment j'ai voulu prendre mon envol.

– Et tu as eu raison.

– Tu n'as rien dit quand je suis partie. Tu m'as laissé le chemin libre et je te voyais malheureux… Alors maintenant on se retrouve et on ne va plus se quitter.

– On pourra un peu se chamailler, tout de même ? Et Camus ?

Ses paupières se lèvent. Marcel voit ses prunelles vertes passer au noir. Mais elle se radoucit :

– Camus quoi ? Domaine privé.

– Non mais dis donc, tu ne vas pas faire ta bégueule avec moi ? Tu ne vas tout de même pas me la jouer bourgeoise ! ça ne te ressemble pas, Mariquita. Ce n'est pas à un vieux singe qu'on apprend à faire la grimace. Tu te fiches de moi.

– Camus m'épaule. Puis elle ajoute : Avec lui pas question de ne pas être émancipé.

– Tu as toujours été émancipée. Tu l'as dans la peau et lui aussi, comme dit la môme Piaf.

– En même temps il parfait mon éducation. Après mon père, c'est lui. Je l'écoute, il me fait lire ses textes...

– La presse a été vache pour *L'État de siège* ! Dis-moi, la belle, qu'est-ce que tu as fait à la mère Triolet ?

– Moi ? Rien.

– Attends, si je me souviens bien, et ma mémoire est bonne, elle a écrit dans son papier des *Lettres Françaises* : « Le texte de Camus n'est ni plus ni moins le résumé de *Combat*, noyé dans un imbroglio de mise en scène affectée... » Et pour toi : « Et qu'a-t-on fait de la belle Maria Casarès ? Il ne lui reste pour pleurer que le dramatique de ses cheveux lui tombant dans le dos. » Tu ne vas pas me dire qu'elle est une enfant de chœur, la guêpe ! Elle n'y va pas de main morte. Si ça, ce n'est pas vache...

Le technicien vient fermer le studio. Maria et Herrand rassemblent leurs papiers. Ils se dirigent dans le couloir vers la sortie.

– Je crois qu'elle avait des vues sur Camus à une époque et lui a fait semblant de ne rien voir.

– En clair c'est ce que j'appelle un dépit amoureux... un petit coup de griffe... et le tour est joué.

Marcel se tait, pensif, et poursuit :

– Ah, ces communistes, ils ont des comptes à régler avec Camus, enfin pas tous, lui reprochant d'afficher son antistalinisme. Et il a raison. Tu vas voir quand on saura tout ce qui se passe en Union soviétique. Gide le premier a dénoncé bien des choses. Camus a raison et je l'approuve. Mais tout de même je ne croyais pas qu'Elsa, qui est charmante, fine et supérieurement intelligente, fasse des coups bas de ce genre. C'est bien les bonnes femmes entre elles, va…

– Marcel, ne généralise pas. C'est comme tu le dis du dépit amoureux, à cause d'un coup de cœur échoué.

– Elle a son Aragon qui lui écrit les plus beaux poèmes de la langue française, avec Éluard qui chante Nusch. Et dire qu'elle aurait un petit coup de cœur pour Camus… Faut dire qu'il est beau gosse, un brin voyou quand il s'y met avec ses blagues et moi j'aime ça.

– Désolé, il n'est pas pour toi, Marcel.

– Je te le laisse, ma belle. Motus et bouche cousue. Tu ne lui dis rien de tout ce dont on vient de parler. Il me prendrait pour un toqué et une vieille folle. Je dois garder mon standing tout de même. Tu fais souvent de la radio ?

– Oui, j'adore parler au micro, on dirait une glace. Tu peux chuchoter, parler à voix basse à quelqu'un que tu ne connais pas et qui t'écoute. C'est divin.

Dehors, ils se dirigent vers un café.

– Je voudrais monter une pièce de Gracq, *Le Roi pêcheur* et tu pourrais être une formidable Kundry. J'ai demandé à Jean-Pierre Mocky, Jacqueline

Maillan et Monique Chaumette. Ils sont d'accord. On joue au théâtre Montparnasse du 25 avril au 22 mai. Si tu es partante, le rôle est pour toi. Tu vois et réfléchis, mais réfléchis vite.

– Et on commencerait quand les répétitions ?

– Le plus vite possible. On est le 25 mars, il reste un mois devant nous.

– Je passe chercher le texte demain, dit-elle intéressée et heureuse de le retrouver.

Il s'arrête.

– Il faut que je te parle d'autre chose, j'ai vu Cocteau. Il avait écrit un rôle pour Greta Garbo et Marlène Dietrich pour son prochain film. Ni l'une ni l'autre ne sont disponibles pour le tournage. Je lui ai parlé de toi. Il te connaît et t'a vue dans *Federigo*. Il voudrait que tu joues la mort.

– La mort ? Quelle idée ! C'est une blague ?

– Non, il n'y a rien de plus sérieux.

– Mais pourquoi moi, je serais la mort ?

– Et pourquoi pas ?

– Je suis pleine de vie. Ce n'est pas parce que je jouais la mort dans *Federigo* que je vais récidiver.

– Rencontre Cocteau. Il t'expliquera ce qu'il attend. Avec lui… ce n'est pas comme avec les autres. C'est un poète et un magicien. Il va faire de la mort un être à part, j'en suis sûr. Crois-moi, s'il te donne le rôle, tu peux lui faire confiance.

– Si tu le dis…

– Il a créé ce rôle de la princesse de la Mort et tu jouerais avec Jean Marais. Passe vite le voir, demain si tu peux, il attend ton appel.

Maria le regarde interrogative.

– Oui, je savais qu'on allait enregistrer ensemble. Et voilà, je lui ai parlé de toi. Il habite au Palais-Royal. Tiens-moi au courant.

Quand elle rentre rue de Vaugirard, Maria découvre son père habillé de la robe de chambre qu'elle lui a offerte, en train de fumer un cigare tout en écoutant *Don Giovanni* de Mozart. Elle s'appuie contre le chambranle de la porte et l'observe devant la glace en train de mimer un chef d'orchestre. Il s'est retourné et paraît surpris de la voir, puis continue comme si de rien n'était. Maria se dirige vers sa chambre. En passant dans le couloir, elle capte son reflet dans le miroir et cette vision la saisit. Elle s'arrête et se contemple longuement. Qu'est-ce que Cocteau va faire de son visage si elle incarne la mort dans son nouveau film ? Comment va-t-il la transformer ?

Santiago a monté le son. Maria lève la tête et frémit. Dans le miroir face à elle une tête de mort s'est superposée à son visage alors que résonne l'air du commandeur au moment où celui-ci vient chercher Don Juan. Est-ce que j'hallucine ? se demande-t-elle. Son visage à elle n'est plus qu'une pâte jaunâtre aux chairs ramollies, comme les vieilles de Goya, couvertes de poudre de riz, les yeux cernés de violet, la mâchoire édentée. Ce n'est pas elle, Maria. Et soudain, sortant de son hallucination, elle éclate de rire. Voyons, je suis bien vivante et il n'y a pas de danger à ce que je joue la mort. Je vais même la défier… La musique s'est arrêtée. Maintenant, dans la glace, le reflet lui présente son propre visage. Demain, j'irai chez Cocteau, c'est décidé, pense-t-elle se souriant à elle-même.

Le lendemain, au moment où elle sort de l'appartement de Cocteau, Maria est rassurée. Elle gardera son beau visage ; hormis pour une scène où il maquillera lui-même ses yeux pour dessiner sur ses paupières, le masque de la mort en train de regarder Eurydice endormie. Il lui a dit qu'elle n'avait pas de soucis à se faire et ne sera transformée ni en Nosferatu, ni en croque-mort ou autre revenant voire fantôme de l'Autre-Monde. Il lui a certifié qu'elle sera elle ; qui n'est pas la Mort, et interprétera la Mort amoureuse d'Orphée. Le tournage est prévu du 12 septembre au 16 novembre 1949.

Printemps 1949

Camus vient de téléphoner à Maria. Il veut la voir. Elle n'a que le temps de nouer un joli foulard noir sous le cou et prendre ses lunettes de soleil, et la voilà en train de descendre la rue de Rennes dans sa robe légère bleue à petits pois blancs. Camus l'attend devant Le Bonaparte et ils prennent la direction des quais de Seine. À ses côtés, elle sent son angoisse. Il a accepté une tournée de deux mois en Amérique latine.

Ils s'arrêtent devant les péniches amarrées et contemplent le fleuve. Le regard de Maria se perd dans les tourbillons de la Seine.

– Même gosse, j'avais une fascination pour les bateaux et les eaux qui se mêlent. Mon père m'avait appris un poème qui disait que là où les fleuves se jettent dans la mer, c'est le mouvement de la vie qui circule.

En ce mois de mai, la journée est radieuse, et il la prend par les épaules en flânant.

– Tu n'as pas froid avec cette robe sans manches ?

– Non, il fait si beau, j'ai même trop chaud. Mais toi, tu m'as l'air fatigué.

– Je suis vidé. J'avais besoin d'air, c'est pour ça que je t'ai proposé d'aller sur les quais. Dès que je fais un effort, cela m'épuise. Je ne parviens pas à me concentrer à la maison. Et puis, j'étouffe entre ma belle-mère et les enfants. Je rêve d'une île déserte, de plage et de mer. Et surtout de tranquillité. Cela fait des mois que je voudrais finir mon livre sur la révolte et je n'y arrive pas. Je suis toujours tiraillé entre la maison et mon travail. Ça te dirait de venir avec moi en Amérique latine ?

– Mais je joue en ce moment. Et puis mon père a rechuté. Je ne veux pas le laisser seul.

– Demande à ton amie Pitou de rester avec lui.

– C'est une solution, elle serait ravie de s'en occuper, mais je ne sais pas. C'est comme un pressentiment. Je ne veux pas le laisser seul. Tu n'es pas content de faire cette tournée ?

– Parfois oui ; parfois non. Le oui c'est que je vais enfin pouvoir avoir la paix et le non c'est que je serai loin de toi, sans ta force de vie. Et j'en ai tellement besoin, Maria.

– Je suis toujours là.

– Je voudrais t'avoir tout entière pour moi seul.

Maria garde le silence tout en avançant. Plus loin un chien court et fait s'envoler un groupe de pigeons. Elle se retourne vers Camus :

– À ton retour, on pourrait aller à la mer. Ce serait l'occasion d'une belle escapade. On pourrait aller à Camaret, sinon j'aimerais t'emmener un jour à Sainte-Foy-la-Grande et de là on ira à Lacanau. Je connais un endroit merveilleux sur les dunes où on va de temps à autre avec papa.

– Oui, mon amour, mais…

– Mais il y a Francine.

– Elle a besoin de moi et je ne peux pas m'absenter comme je le veux. On va attendre un peu pour voir comment les choses évoluent. J'ai pratiquement terminé les corrections des *Justes*. Tu as reçu mes lettres ?

– Oui, mon chéri. Je les attends avec impatience. La semaine dernière, une le matin et une autre l'après-midi. Tu m'as gâtée. Je les lis et les relis. Il ne faut pas que tu t'en fasses. Les choses s'arrangeront un jour.

– Quand je suis avec toi, je me sens moi-même. Je retrouve la vie, j'ai envie de faire des choses. Toi, il faut que tu travailles… et surtout que tu ne te déconcentres pas.

– Mais je ne fais que travailler et t'attendre.

– Je voudrais être avec toi tout le temps. Je sais que ce n'est pas assez.

– Tu fais ce que tu peux.

– Tu n'as personne d'autre dans ta vie ?

– J'ai assez de travail comme cela pour ne pas m'embarrasser de quelqu'un d'autre en ce moment.

– Je me sens empêtré. Cela m'épuise. Les crises de Francine m'inquiètent. Je ne voudrais pas qu'elle fasse une rechute. Elle me touche, elle m'aime vraiment, croit en moi, et je suis tout pour elle qui est fragile. Mais on ne partage pas la même vie.

– Je ne dois pas être bien vue par elle ni par sa famille.

– Non. Elle sait bien que nous sommes ensemble, mais elle ferme les yeux. C'est plutôt sa mère et l'une de ses sœurs qui ont défendu que l'on prononce ton nom à la maison.

– Toi et moi on commence à trouver une façon de vivre ensemble sans être rivés l'un à l'autre. Ce n'est déjà pas mal, dit Maria.

– Mais ce n'est pas la faute de Francine si…

– Ce n'est pas ce que je dis. Je cherche comment faire pour qu'ensemble nous puissions concilier ce qui est insoluble.

– Je devrais renoncer à partir en Amérique latine. Si tu savais comme je me sens parfois mal. J'ai comme un poids sur la poitrine qui m'oppresse. Peut-être que quitter Paris me fera du bien. J'ai besoin de me rassembler si je veux continuer à écrire. Si j'ai mis en sourdine le journalisme ce n'est pas pour renoncer à poursuivre mon œuvre.

– Le dépaysement te permettra certainement de te changer les idées.

– Tu crois cela ? Au ministère des Affaires étrangères, ils m'ont demandé de faire des conférences. Ils voulaient que j'en fasse cinq par pays. J'ai dit pas plus de deux. Il paraît que Margarita Xirgu va monter *Le Malentendu* en Argentine.

– Mon père l'a connue. Elle était de la famille de Chérif et surtout c'était la comédienne de Lorca. Elle a créé ses premiers spectacles à Madrid puis avec sa compagnie elle partait dans les provinces pour faire connaître les œuvres du poète.

– Ton père a rencontré Lorca ? lui dit-il intrigué.

– Oui et moi aussi, il m'a porté dans ses bras ; ce jour-là, il était accompagné de Don Ramon del Valle Inclan et de Rafael Alberti. Et moi, je jouais le rôle de la Terre-Mère… j'étais précoce !

– Tu ne me l'avais jamais dit. J'ai lu des nouvelles de Valle Inclan. Tu te souviens, je t'ai aussi parlé d'André Belamich, il connaît la poésie de Lorca sur le bout des doigts.

– Quand pars-tu ?

– Le paquebot embarque le 30 juin de Marseille… J'ai réfléchi. Je vais partir un peu avant pour m'arrêter à L'Isle-sur-la-Sorgue chez René Char. Tu ne veux vraiment pas m'accompagner ?

– On ne va pas revenir là-dessus, mon chéri. C'est Francine qui t'accompagne jusqu'à Marseille.

– J'ai un pressentiment comme s'il y avait une sorte de maléfice sur ce voyage.

– Cela te fera du bien de changer d'air. Tu me raconteras tout à ton retour ? Même à quoi ressemblent les filles là-bas ?

– Si tu veux. Je suis épuisé rien qu'à y penser…

– Aux filles ?

– Arrête d'être moqueuse, vilaine fille toi-même. Ensorceleuse, va ! Non, je suis déjà las des déjeuners officiels, des obligations de parler, de faire semblant d'être joyeux, de composer une face enjouée alors que je ne me sens vraiment pas en forme. Si tu étais avec moi, ce serait différent…

– Arrête… Allons, je suis sûre que tu iras danser à Buenos Aires. C'est un beau pays. J'y ai de la famille.

– Tu sais où ils habitent ?

– Je te le dirai. Papa doit savoir.

– Tu ne penseras qu'à moi. Tu n'auras dans tes pensées que moi. Je t'interdis d'aller voir qui que ce soit d'autre.

– Je ne vais pas rester comme une pleureuse à t'attendre. Qu'est-ce que tu crois, je ne vais pas non plus rester dans une prison à vie. Tu ne voudrais tout de même pas me contraindre à vivre dans la solitude absolue.

– Et pourquoi pas ?

Ils s'arrêtent de marcher. Maria se plante devant lui.

– Je ne suis pas Doña Elvire, moi. J'ai besoin de liberté… et nous aussi nous avons notre pacte. Je ferai ce dont j'ai envie ; j'irai là où le vent me pousse comme toi, n'est-ce pas ? Et nous nous retrouverons, comme nous sommes maintenant. Et encore mieux que maintenant grâce à l'éloignement. Et nous aurons tant de choses à nous dire… Je t'attendrai, oui – et tu le sais. Tiens, ouvre ta main, je vais te prédire ton destin. Allez ! Ouvre, que je regarde tes lignes.

Il hésite. Elle lui attrape la main droite et le force à l'ouvrir.

– Qu'est-ce que tu vois, sorcière ?

– Deux vies en parallèle. C'est banal… des voyages et de l'amour, de la trahison et…

– Pour mon œuvre ? Après tout, je ne crois pas à ces histoires. Un jour j'ai reçu une carte postale de Max Jacob. Il établissait des thèmes astraux. Il m'avait écrit que je mourrais de mort brutale.

Fin août 1949

L'avion qui ramène Camus d'Amérique du Sud vient d'atterrir. Il est malade, doit rester tranquille à la maison. Mais il vient voir Maria, il a toujours besoin d'elle. Malgré son état, il se précipite rue de Vaugirard où elle l'attend. Il a du mal à monter les escaliers. Quand il arrive elle voit immédiatement sur son visage les traces de la maladie, et l'aide à s'allonger sur le canapé du salon.

– Qu'a dit le médecin ?

– Il a diagnostiqué une rechute. Je dois prendre de la pénicilline. Il faut que je sois prudent et fasse très attention aux dosages. Il paraît que si on en prend trop cela rend sourd.

– Mon chéri. Tu dois rester au repos le plus que tu peux et te soigner.

– Je vais mourir ? demande-t-il inquiet.

Elle le regarde, ne sait pas quoi répondre et dit :

– On meurt tous un jour, si tu vas par là. Mais tu vas te soigner et cela ira mieux. Oublie tous tes tracas si tu peux et pense à toi, à ton œuvre, réfléchis à ce que tu vas écrire… C'est le principal et cela t'aidera à puiser de la force. Mais pour l'instant ménage-toi, je t'en prie, ne prends pas de risques.

– Là-bas, j'avais la fièvre et au début, j'ai cru que c'était la grippe. Je n'en pouvais plus de ce voyage.

C'est la première fois que Camus entre dans l'appartement de Maria. Depuis le retour de Francine et avec la présence du père de Maria, ils se voient rue de Vaugirard mais en catimini dans la chambre du haut.

– C'est un campement ici ! dit-elle comme pour s'excuser du peu de meubles. J'ai enfin pu acheter cette table et d'autres chaises. Et j'ai trouvé un bahut. Le luxe ! C'est l'argent du tournage d'*Orphée* qui m'a permis de rendre un peu plus confortable la maison. J'étais lasse de vivre comme cela depuis qu'on est arrivés sans rien.

Il ne répond pas, veut se lever, mais faible, reste allongé.

– Tu es content de ton voyage ?

– Ça a été l'enfer. Toujours le même refrain : « Alors c'est vous le second de l'existentialisme ? » Insupportable. Sans fausse modestie, c'est irritant. À la fin, j'ai trouvé la parade par une réponse toute faite. J'expliquais qu'avec Sartre, on allait publier une annonce commune pour dire qu'on n'avait rien en commun.

Tout en l'écoutant, Maria va dans la cuisine et rapporte un verre.

– Tiens bois, c'est un café cognac.

Il la regarde et elle le voit enfin se détendre. Il se redresse un peu et elle lui met des coussins derrière le haut du dos. Il boit cul sec et cela le revigore.

– C'est toi qui me l'a préparé... Je suis comme un coq en pâte...

– Mon amour, tu n'as jamais manqué de repartie, dit Maria avec humour, soulagée de lui voir reprendre des couleurs.

– Tu trouves ? dit-il avec un brin de fierté.

– Je te retrouve enfin.

– Je n'avais pas réalisé à quel point cela serait éprouvant d'être confronté à ces régimes de dictature.

– As-tu vu Margarita Xirgu à Buenos Aires ?

– Rapidement, mais j'ai raccourci mon séjour en Argentine, en protestation contre l'interdiction du *Malentendu*. Quand tu penses que la censure de Perón s'applique aussi aux entretiens. Moi, j'ai carrément refusé de soumettre ce que je disais aux journalistes. En fait, j'aurais dû carrément annuler ce déplacement.

Il se tait et elle le voit qui ferme légèrement les paupières. Maria se dit qu'il est vraiment fatigué et le laisse se reposer.

Quand elle revient Quat'sous est en train de lécher le bout du nez de Camus.

– Tu vois je vais mieux, j'ai un petit compagnon. Maria, j'avais vraiment envie de pleurer en partant. J'ai même pensé mourir…

– Mon chéri. Tu vas te reposer… tu es éreinté.

– Tu es comme une mère pour moi.

– Et un père aussi, tant que tu y es ! Voyons, je suis une femme qui t'aime.

– Quand je suis arrivé, je me suis précipité à l'ambassade pensant y trouver une lettre de toi. Et rien.

– Je t'ai écrit pourtant aux adresses que tu m'as données.

– Oui, j'ai reçu des mots de toi. Et c'était bon de t'entendre me parler de tout ce que tu faisais. Je les relisais avant de m'endormir et me sentais un peu moins seul. Je suis si fatigué. Crois-tu que j'aurais assez d'énergie pour terminer tout ce que j'ai à écrire ?

– Ne panique pas. Tu vas te reposer, reprendre des forces.

Camus tourne la tête vers la table basse où se trouve un cendrier.

– C'est à toi ce fume-cigare ?

– Non, c'est papa qui l'a oublié. Il est allé à la bibliothèque Sainte-Geneviève. Il rentrera plus tard.

– Comment va-t-il ?

– Mal. Très mal, mais il refuse de le dire. Il note scrupuleusement chaque jour son état. Tu sais pourquoi ?

– Non, dit-il avec compassion.

– Pour s'accrocher à la seule trace qui fait qu'il est en vie. Il aurait été réduit à la folie, s'il n'avait pas continué de noter jour après jour, minute après minute presque, sur ses petits carnets Moleskine, sa température, suivant la progression de sa survie et c'est ce qui le tient en vie. Voilà mon amour. Je sens que je vais le perdre bientôt. Je m'y prépare. Mais toi, je ne veux pas te perdre.

Maria raccompagne Camus en bas de l'allée, le regarde s'éloigner sur le trottoir. Il se retourne et lui offre toujours le même petit geste de la main.

Angeles et Juan sont arrivés pour s'occuper de la maison. Maria veut dissimuler sa peine. Elle va au salon, prend un café cognac et regarde le fume-cigare de son père. Elle est assise sur le rebord du canapé, son visage dans les mains. Elle ne pense à rien. Fait le vide en elle.

Elle prend la chemise laissée par Camus sur la table, l'ouvre, il y a des photographies, des notes qu'il a prises. Elle caresse la feuille et lit l'écriture fine : « Notes pour les acteurs. »

Et en dessous, à côté d'un mot biffé, elle lit *Les Justes*.

*

Sur le plateau du théâtre Hébertot, Camus discute avec les acteurs. Ce n'est pas lui qui fait la mise en scène, mais Paul Œttly. Camus convalescent doit se ménager. Il n'est pas encore sorti de sa maladie.

Maria tient entre les mains une photographie de Dora Brilliant, l'activiste russe qui a servi de modèle pour son personnage. Elle tourne en rond sur le plateau.

– Le personnage me parle, mais qu'est-ce que je peux lui apporter, moi, véritablement avec ce que je suis ?

– Prends appui dans l'acte III sur la scène d'amour entre Dora et Kaliayev ; j'ai mis tout mon cœur à l'écrire. Je crois que tu peux y puiser l'état d'esprit de Dora. Son rapport et ses états d'âme avec l'action et l'esprit révolutionnaire de ces terroristes. C'est elle aussi qui est chargée de fabriquer la bombe qui peut exploser à chaque instant si elle ne fait pas attention. Elle pactise avec la mort au nom de la cause qu'elle défend.

– J'ai lu le texte de Boris Savinkov que tu as mis dans les documents. J'ai retenu cette phrase à propos de l'histoire de la vraie Dora : « l'amour est fort comme la mort ». Je ne savais pas qu'elle était morte en prison. J'aime aussi le passage où Dora avec son ombrelle dessine des figures au sol et réfléchit. Elle ne veut pas d'autres meurtres mais elle comprend qu'il faut encore tuer, ce qu'elle ne supporte plus et ne peut s'y habituer. Elle préférerait, elle, qu'on la laisse mourir. Et c'est l'angoisse, le tourment, la conscience de ce qu'elle fait et qu'elle doit aller jusqu'au bout qui met ce cœur à vif. Je vais tâcher de m'arranger avec cela. Si j'ai des questions ?

– Je suis là pour y répondre… Et vous Michel Bouquet, vous vous sentez bien dans votre personnage ?

– Oui, je le vois comme un homme plutôt qu'un personnage. Un homme qui a souffert dans les camps tsaristes, qui a été humilié, et ne transigera pas. Mon travail va consister à rechercher véritablement l'homme sous le monstre. L'homme qui a été cassé et qui ne reviendra pas en arrière. Seule Dora pourrait le faire fléchir une seconde… Et même s'il le voulait, il ne pourrait plus aimer.

Maintenant c'est au tour de Reggiani à qui Camus a confié le rôle de Kaliayev.

– Pour moi aussi, cela m'a servi d'avoir les pages des mémoires concernant ces terroristes. Tout quitter, vivre en clandestinité, refuser l'amour, mourir, tuer pour servir la cause. J'aime bien le rôle de Kaliayev, j'ai l'impression que je ne vais pas y arriver, mais je vais essayer… C'est ce moment où il va pour tuer le grand-duc quand celui-ci passe en calèche et voit des enfants dedans, il ne peut pas… lancer la bombe. Il a le bras levé et ne peut pas... Oui, c'est vrai, cela ramène à la question : pourquoi les enfants devraient-ils mourir ? Et comme dit la grande-duchesse : « Qu'ont-ils fait ? Ils sont innocents... pas les enfants. » On ne tue pas les enfants. Et puis, il lancera la bombe sur la calèche et le grand-duc est assassiné. Il a du sang partout, c'est horrible, mais c'est une vie contre des vies...

Le soir de la première le 15 décembre 1949, Camus a promis à Maria qu'il serait dans la salle.

En allant en scène, elle a un pincement au cœur. Camus n'est pas comme d'habitude dans les coulisses, en train d'entrouvrir le rideau pour voir la salle. Ce soir, elle n'aura pas ce petit signe de la main qui l'encourage, dit qu'il est là, avec elle, sur le plateau.

À peine le rideau tombé, Camus frappe à la porte de la loge de Maria.

– Entrez ! Je savais que tu étais dans la salle. Tu n'es pas trop épuisé ?

– J'ai fait tout ce que j'ai pu pour me lever. Je voulais tellement être là pour toi, pour les autres et voir ma pièce. J'avais peur. Et vous avez été merveilleux. J'en ai oublié ma fatigue.

– Alors tu es content.

– Je suis fou de joie. Je vais t'attendre au foyer.

Maria se change vite et le rejoint, suivie de Reggiani, Bouquet et des autres acteurs. Lorsque Dussane arrive, elle se dirige vers Maria qu'elle embrasse.

– Tu étais formidable. Qui d'autre que toi, dans le rôle de la terroriste Dora, aurait pu incarner cette femme prête à tous les sacrifices et brûlante de pitié ?

– Vous êtes indulgente, madame.

– Non, lucide et critique. Jamais je n'aurais cru que tu serais capable de nous faire passer cette brûlure et cette pureté. Je vais saluer Camus.

Elle s'en va et revient vers Maria.

– Je ne t'ai jamais vue aussi mince. Tu as maigri. Sur le plateau quand je t'ai vue apparaître, j'ai eu soudain l'image d'une épée ou d'une lame qui sert très bien le personnage. Mais ne maigris pas davantage, pense à ta santé.

Elle se dirige vers Camus : il discute avec Paul Œttly qui a signé la mise en scène.

– Mon petit Camus, il faut que je vous parle. Cher Paul, je vous restitue votre auteur dans quelques instants.

Elle l'entraîne en lui prenant le bras.

– J'étais restée sur ma faim avec *L'État de siège*. Mais là, vous êtes parvenu à restituer l'amour de l'Idée et son sacrifice. C'est admirable. La distribution parfaite. Œttly n'a rien inventé et c'est peut-être tant mieux. Je connais Reggiani, Bouquet et Maria, et ils ont su trouver des lignes de forces et de tension. Je m'étais ennuyée à la première des *Mains sales*. Sartre a poussé dans le didactisme. Je suis enchantée, Camus, que vous mettiez nettement l'Homme au centre de conflits, les siens, ceux de la société et du rôle qu'il y joue. Et toute votre morale s'éclaire. Est-ce que la fin justifie les moyens ? Voilà devant quoi nous amène à réfléchir votre pièce : est-ce que la victoire de la révolution justifie qu'on tue des innocents ?

– On ne tue pas des innocents. Pour moi, les enfants sont l'image de l'innocence.

– J'avais vu la Grouchenka infernale des Karamazov et la servante de l'amour des *Épiphanies*, mais là, Maria réussit un tour de force, elle endosse dans son exacte vérité le rôle d'une femme mue par son idéal et sa passion, partagée entre ces deux révolutionnaires, leur dualité, leurs contradictions.

Bouquet et Reggiani se sont approchés pour saluer Béatrix Dussane.

– Reggiani, je ne vous croyais pas capable non plus de ce que vous avez fait de ce rôle. Comment rester un juste et ne pas perdre son humanité ? Quant à vous, Bouquet, votre ironie froide apporte une sorte de folie et de cruauté, mettant à nu la douleur exacerbée d'un homme ayant subi la torture des prisons tsaristes. Mes enfants, je vais vous laisser, et rentrer de ce pas pour écrire ma chronique. Où est Maria que je lui dise au revoir ? Ah, je la vois avec Sapritch.

Elle se dirige vers le petit groupe.

– Je vous interromps ? Bonsoir Sapritch.

– Madame, nous discutions de Dora, révolutionnaire terroriste partagée entre deux hommes, et qui a soif de justice.

– Maria, rétorque Alice Sapritch, me dit qu'il s'agit de l'amour double. Une femme vacille sans pouvoir choisir entre deux hommes qu'elle aime pour des raisons différentes. Comment se sortir d'un tel dilemme ?

– Que peut-on faire alors avec l'un et avec l'autre ? Je n'y avais pas pensé… Camus pourrait nous éclairer sur ce point… Il est trop intelligent pour n'y avoir pas introduit un mobile ni pour avoir testé cette dualité en la projetant ainsi dans ses personnages... Comment renoncer à l'un pour choisir l'autre ? C'est la question du choix lucide. Mais il a très bien su poser les cartes sur le tapis... Je vous quitte mes chéries, pour écrire mon papier.

Camus, fatigué, doit partir et vient embrasser Maria et s'isole avec elle.

– On part pour Cabris avec Francine. Je n'ai pas vu ton père.

– Il est trop fatigué, il n'a pas pu venir. Prends bien soin de toi. Je t'aime.

Le lendemain il lui téléphone. Elle devine qu'il ne peut pas trop parler.

– Si tu savais comme je n'ai pas envie de partir loin de toi. Ne pas suivre les représentations des *Justes* est une torture, dit-il à voix basse.

– Je te tiendrai au courant jour après jour. Tu auras un compte rendu fidèle.

– J'espère bien. Peut-être serait-il préférable que je reste avec toi pour te soutenir.

– Je te l'interdis. Tu as besoin de repos et d'air pur loin de Paris. Cabris est sur les hauteurs. Le climat est favorable et tu seras loin de la vie parisienne.

– Je vais en profiter pour avancer *L'Homme révolté*. Si je n'étais pas si fatigué...

– Tu n'as pas le choix. Je suis rassurée que Francine soit à tes côtés. Moi, je n'aurais pas pu.

– Toi, tu joues ma pièce. Je voudrais tant te soutenir. Je ne serai pas présent pour les représentations.

– Tu as créé ce rôle et moi je l'interprète.

– Quand je l'écrivais je pensais à toi, à ta voix, ton côté révolté, ton énergie dans le combat. Je te voyais et le personnage de Dora prenait vie.

– Adolescente, on était allés dans un vieil hôtel très chic avec mes parents, et je montais et descendais dans un ascenseur m'imaginant que j'étais une révolutionnaire.

– Tu ne me l'avais pas dit. À travers toi mieux qu'avec toute autre interprète, je peux faire entendre ce que je veux dire.

Il marque un temps comme si quelqu'un venait d'arriver et qu'il doive attendre pour continuer à parler. Puis il reprend :

– Il y a un accord profond entre nous au travers du théâtre, n'est-ce pas ? Je t'écrirai encore des rôles.

– Tu me crées, mon chéri…

– Non, on crée ensemble. C'est pour cela que je suis si triste de te quitter parce que je suis malade.

– Ne te tourmente pas, l'important c'est ta santé.

– J'aurais voulu assister au moins une autre fois aux représentations. Je respire tes silences ; tu les imposes et amènes le spectateur à te suivre et c'est unique au théâtre. Tu es ma comédienne. La voix de mes personnages.

– Pour l'instant je suis Dora, la révolutionnaire. Quand écriras-tu une pièce sur l'amour ?

– J'y réfléchis… mais je voudrais aussi aborder le thème de Faust et Don Juan.

– C'est une belle idée… Écris-la !

– C'est un défi ?

– Je dirais un pari.

– Et moi, je tâche de terminer d'écrire *L'Homme révolté*... dit-il en retrouvant sa bonne humeur.

– Voilà, tu ris de nouveau ! Prends bien soin de toi. Tu me manques déjà.

17 février 1950

À Cabris, Camus et sa femme logent dans une maison sur les hauteurs de la ville, non loin de l'endroit où se trouve la maison de Gide. Camus descend chaque jour à l'hôtel Le Coq d'Or d'où il passe ses appels.

– Ma chérie, je n'ai pas beaucoup de temps pour te parler.

– Tu vas bien ?

– Je suis toujours épuisé, il fait froid et il pleut. Comment se déroulent les représentations ?

– Bien. Je ne peux pas trop te parler.

– Tu ne vas pas ?

– Mon père est mort cette nuit.

– Oh, je suis désolé. Je vais essayer de trouver un avion pour te rejoindre. Il doit y avoir des vols depuis Nice.

– Non, reste. Tu as besoin de repos. Francine s'occupe de toi. Cela me rassure.

– Comment est-il mort ?

– Le docteur est passé hier pour une séance d'insufflation et quand je suis rentrée du théâtre, il dormait. Je l'ai embrassé et suis allée me coucher. Il respirait normalement. Et ce matin, Angeles m'a réveillée vers 11 heures pour me prévenir que papa était décédé dans son sommeil.

– Il n'a pas souffert ?

– Il avait du mal à respirer ces derniers jours.

– Que vas-tu faire ?

– J'attends le médecin et on l'enterrera au cimetière Montparnasse à côté de maman. Ne viens pas. Le théâtre a prévu deux jours de relâche pour la pièce. Il faut que je te laisse.

– Je te téléphone en fin de soirée.

– Oui.

Maria se dirige vers la chambre où repose son père. Devant la porte, elle hésite, s'arrête, tend l'oreille comme si elle espérait percevoir encore sa respiration, entendre sa voix entonner un air de Mozart comme quand elle était petite. Enfant, elle aimait ce rituel matinal. L'oreille collée derrière la porte de la salle de bain, elle guettait le petit raclement de gorge, prélude aux notes de l'air du commandeur dans *Don Giovanni*. Ensuite dans un ordre immuable, l'air de Figaro dans *Les Noces*, et quand il arrivait parfois que Santiago se coupe, on entendait un juron suivi des appels de Papageno : « *Zu Hilfe* ! *Zu Hilfe* ! *Zu Hilfe* ! » (À l'aide ! À l'aide ! À l'aide !) de *La Flûte enchantée*. La passion qu'avait Santiago pour ces opéras lui faisait habituellement oublier qu'il avait entre les mains un rasoir affûté. Mais un jour, il avait cessé de chanter. Maria aurait bien aimé demander à sa mère pourquoi son père ne chantait plus. Mais elle n'osait pas.

Une autre fois, Maria s'approcha de la chambre paternelle, en essayant de ne pas faire craquer les lames de parquet, colla son oreille à la porte et discerna le léger sifflement de la respiration de Santiago assoupi, héritage de la tuberculose qui avait failli l'emporter comme ses frères. Discrètement pour ne surtout pas le réveiller elle rejoignit la salle à manger. Elle était la première. Alors qu'elle s'apprêtait à s'asseoir à la table, son regard fut attiré par deux livres épais à la couverture d'un beau rouge, posés sur un guéridon. Elle ne les avait jamais vus et se demanda par quel hasard ils étaient arrivés là. Sa curiosité piquée au vif, elle s'empara de celui du dessus, l'ouvrit et lut : « La vie, une ombre errante ; un pauvre comédien qui se gonfle et s'agite, un instant, sur l'estrade et qu'on n'écoute déjà plus ; un conte débité par un idiot plein de bruit et de fureur, un conte dénué de sens. » Il n'en fallut pas davantage ! Devant son bol de chocolat chaud fumant servi par un domestique, elle découvrait un monde fait de sang et de tempêtes, de crimes et de vengeances ! À treize ans, elle entrait dans le monde de Shakespeare. Santiago apparut dans l'entrebâillement de la porte, guilleret, cette fois-ci. « Tu les as trouvés », dit-il d'un air entendu, prenant place face à elle. « J'ai pensé, Vitola, qu'il fallait à présent que tu explores un monde à l'image du nôtre. C'est une bonne lecture, tu verras. » Elle alla pour l'embrasser quand un domestique entra prévenir Monsieur le ministre que son chauffeur était arrivé. Santiago soupira. Sa mine s'assombrit. Et tout en remettant devant la glace, sa pochette de soie blanche dans la poche droite de sa veste, il lui dit à voix basse : « Tu embrasseras ta mère pour moi, ma chérie, je dois partir, c'est urgent. » Et avec une lueur complice de tendre ironie dans le regard : « Belle journée, Miss Macbeth ! »

Et le voici maintenant devant elle, le visage cireux semblable à un portrait du Gréco. Elle le regarde longuement, vacille, puis soudain, se met à rire… Il n'aurait pas voulu qu'elle s'apitoie.

Rue de Vaugirard, 1952

Maria, tout juste réveillée, se sourit à elle-même en voyant surnager des miettes de tartine dans son bol de café, à défaut de prédire l'avenir.

Après avoir accompagné Santiago au cimetière du Montparnasse où il a rejoint Gloria, elle était rentrée seule à la maison. Les jours passant, l'appartement s'est vite retrouvé peuplé par des amies à qui elle offre parfois l'hospitalité. Angeles et Juan ont pris en charge la maison. Et Camus vient dès qu'il peut la retrouver.

Maria va dans sa chambre, cherche une photo rescapée de Madrid. Celle sur laquelle, adolescente, elle est déguisée en bohémienne. Sur la photo, elle est assise sur une grosse pierre. C'était à l'occasion d'un spectacle à l'Institut Escuela. Son père, Federico Garcia Lorca, Ramon del Valle Inclan et Rafael Alberti étaient dans le public. Et déjà le théâtre. Maria contemple cette image et derrière l'étrangeté qu'il y a à se regarder à travers le temps passé, elle s'y retrouve, comme un reflet d'elle-même. Du haut de ses douze ans, le menton posé sur la canne, elle porte le regard loin devant, comme si cette *meiga* qu'elle incarne s'était postée à la croisée des routes et attendait son destin.

Aujourd'hui, plus que d'habitude, elle ressent le besoin de faire le point, comme elle dit, afin de réfléchir à l'avenir. Ce qu'elle a vécu avec Camus, cette passion jaillie si soudainement, ce moment particulier de la guerre, la fulgurance de leur passion qui paraissait ne jamais pouvoir prendre fin. Cette façon de prendre la vie à pleines mains, de vivre l'urgence dans une vie démultipliée. Et cet orgueil de part et d'autre… Sur un coup de colère, elle, voulant Tout, ce qui était impossible, a préféré le Rien, préférant brutalement arrêter ce qui l'avait fait vivre au plus haut ; comme lui avait vécu également. Puis, leurs retrouvailles, le hasard, l'imprévu de la rencontre, de ce moment, et tout avait repris ; non pas comme avant mais cette fois-ci avec la construction d'un amour où chacun donne le meilleur de soi, la jalousie que l'on doit taire pour ne pas faire mal à l'autre. Une sorte d'école de la vie.

À la sortie de *L'Homme révolté*, Camus ne se fait pas d'illusion : ce livre va provoquer des remous. Le compte rendu critique paru dans la revue *Les Temps Modernes* l'a bouleversé. Il a besoin d'en parler à Maria.

Le trajet n'est pas long de la rue Madame, où il habite avec sa famille, à la rue de Vaugirard. Mais aujourd'hui, le chemin lui paraît interminable. Arrivé en bas de l'immeuble, il reprend son souffle et monte les escaliers avec difficulté, se tenant à la rampe. Il frappe à la porte. Angeles lui ouvre.

– Maria n'est pas là ? demande-t-il en s'appuyant contre le chambranle de la porte.

– Elle ne devrait pas tarder. Vous n'allez pas bien ? Asseyez-vous. Je vous fais du café, propose Angeles qui le connaît bien maintenant.

Camus se laisse tomber dans un fauteuil. Ses mains tremblent. Il regarde la pièce comme s'il était perdu.

– Quand va-t-elle rentrer ?

– Elle est partie faire des courses pour le dîner. Ça ne va pas ?

– Si, si, ça va. Merci Angeles. Je vais l'attendre.

Il est pâle, nerveux. La tête lui tourne. Sa chemise humide de sueur lui colle au corps. Il serre ses deux poings comme pour se donner du courage, se dire « Tiens bon, ça va aller… ». Depuis la parution de *L'Homme révolté*, il est sous pression.

Maria arrive et le trouve effondré dans le fauteuil, ayant visiblement du mal à respirer. Elle se penche sur lui. Il la regarde d'un air implorant.

– Que se passe-t-il ? fait-elle en se tournant vers Angeles qui ne sait trop quoi répondre.

– Respire tranquillement, ajoute-t-elle sans s'affoler. On va te donner un peu d'air frais.

Tandis qu'Angeles ouvre la fenêtre, Maria continue de l'apaiser, lui dit que ce n'est rien, que ça va passer.

– Je suis désolé. J'avais l'impression d'étouffer. Tu crois que je vais mourir ? répète-t-il. Reste à côté de moi, s'il te plaît.

Il claque des dents et ses jambes tremblent. Les deux femmes l'aident à s'allonger sur le divan.

– Cela va passer. C'est une crise d'angoisse. Angeles va te faire une tisane.

Il lui serre la main pour la retenir, veut qu'elle reste là, tout près de lui.

– Qu'est-ce qui t'arrive ? chuchote Maria en lui faisant un baiser sur ses tempes en sueur.

– Je ne veux pas en parler.

– Alors ne dis rien, répond Maria. Elle attend silencieuse qu'il se décide à parler.

Angeles revient avec la tisane dans une main et, dans l'autre, une bouteille d'eau de Cologne. Maria en verse quelques gouttes sur un mouchoir, pour rafraîchir son front. La crise s'estompe. Il se redresse et défait son nœud de cravate.

– C'est cette histoire avec Sartre et *Les Temps Modernes*. Quand tu penses qu'il n'a même pas été foutu de faire la critique et a demandé à Jeanson de l'écrire. J'irais bien lui casser la gueule à Sartre, mais il est trop petit. Maria, crois-tu que j'ai tort ? Et comme pour se persuader lui-même : Je ne vais pas tout de même leur faire de la publicité en continuant à polémiquer.

– Chut ! Repose-toi. Oublie-les. Cela te fait du mal.

– Tu crois que je me suis trompé ? Tu as lu *L'Homme révolté*, il est si mal écrit ?

– Mais non, bien sûr, soupire Maria en se dirigeant vers la fenêtre pour la fermer.

Il se laisse retomber mollement dans son fauteuil.

– Peut-être aurais-je dû aller plus loin dans mes raisonnements ? martèle-t-il en serrant son poing.

– Ne te remets pas en question comme cela. Tu sais comment est Sartre, il cherche toujours la polémique. On dirait qu'il y trouve un certain plaisir.

Il se relève, excédé et s'écrie :

– J'ai envoyé ma réponse à « Monsieur le Directeur des *Temps Modernes* » !

Maria soupire en signe de désapprobation, se tait et le regarde navrée.

– Tu ne réponds pas ? lance-t-il agressif. Tu sais comment il me traite ? dit Camus un sourire sarcastique aux lèvres, tout en cherchant à se défendre.

– Comment est-ce que je le saurais ?

– Est-ce que je suis un littérateur ? demande-t-il inquiet.

– Tu sais bien que non, mais méfie-toi, si tu le provoques, il va riposter durement. Ne rentre pas dans son jeu. Il a le goût de la bagarre. Puis, pour faire diversion, elle lui lance d'un ton badin : Et si on partait à la mer ?

– Je ne peux pas laisser Francine seule.

– Eh bien, je vais partir à la mer avec Pierre.

– C'est qui ?

– Un ami comédien.

Il la regarde suspicieux.

– Enfin voyons, reprend-elle, c'est là où on est allés il n'y a pas si longtemps. Paul Martin et Jeannette nous ont prêté leur cabane de pêcheur au joli nom : Le Poivron. Sainte-Foy-la-Grande, tu te souviens ? Paul t'a photographié. Et ensuite on est partis à Lacanau. Tu ne vas tout de même pas me dire que tu as oublié les dunes de sable blanc. Tu fermais les yeux, moi je dansais. On a fait des grimaces. Et au marché on a acheté des huîtres et des chipolatas.

– Il faut que j'y aille, je dois passer chez Gallimard.

Maria ne dit rien. Elle se poste dans l'embrasure de la porte-fenêtre qui ouvre sur le balcon et regarde dehors. Camus, toujours obsédé par sa querelle avec Sartre, n'a qu'une idée en tête et va chercher, dans la poche de son imperméable, le fameux article des *Temps Modernes* qui l'a mis dans cet état.

– Tu n'as pas lu ce qu'ils ont écrit ? Tiens regarde ! Et commençant à lire : « un humanisme vague, juste relevé de ce qu'il faut d'anarchisme ». Et là, écoute c'est pire encore : « cette satisfaction générale s'expliquerait-elle par une certaine inconsistance de sa pensée indéfiniment plastique et malléable, apte à recevoir maintes formes diverses ». Quand je pense à Sartre, quand en sortant de la salle Wagram, on est allés boire un verre. Il m'a dit qu'il était « emmerdé » par rapport à mon livre et m'a précisé que Jeanson en ferait la critique. Et le Castor a ajouté : elle sera « ferme et courtoise ». Tu parles ! Plus de vingt pages incendiaires de Jeanson, que du mépris pour me dénigrer. Puis, se tournant vers Maria, il lâche un peu aigri : Comment as-tu pu accepter de jouer sa pièce ?

Elle ne le regarde pas, ne sourcille même pas et fixe un point à l'horizon.

– Tu parles du *Diable et du Bon Dieu* ? Sartre m'avait bien aimée dans *Les Justes* et il m'a vue dans *Orphée*... J'ai accepté aussi pour l'argent et pour Brasseur. Qu'est-ce que tu crois, il faut bien que je gagne ma vie aussi. Écoute, maintenant, il faudrait que tu prennes tes distances. Elle va dans la cuisine tout en continuant : On en a déjà parlé. Cela te fait trop de mal. Qu'en dit Francine ?

– La même chose que toi.

Elle passe la tête par la porte :

– Bon alors, nous sommes toutes les deux d'accord. Chapitre clos.

Camus n'arrive toujours pas à décolérer. Il se lève, se dégourdit les jambes et va faire un tour vers la fenêtre comme s'il cherchait à trouver une bouffée d'oxygène en scrutant le ciel. Et même là, il ne peut s'empêcher d'être encore acerbe à l'égard de Sartre :

– Et dire que j'ai fait l'éloge de ses deux livres, *Le Mur* et *La Nausée*, dans *Alger républicain*. Je lui ai même commandé des articles pour *Combat*. C'était un ami, dit-il désappointé avec son œil vert-gris des mauvais jours.

– Si ce n'est qu'il ne se privait pas de dire que tu étais un voyou d'Alger, répond Maria qui s'est mise à ranger dans les étagères, les livres qui traînent au sol. Une façon à elle de calmer ses nerfs face à la résistance de Camus, partagé entre le dégoût, la nausée et une trahison qui le rend vraiment malheureux.

– Il plaisantait ! s'exclame-t-il, pour le défendre, désireux encore de passer sur cette blessure d'amitié.

– Il faut toujours que tu fonces tête baissée ! Les deux poings en avant…

Il la coupe.

– Quand j'étais gosse, dans mon quartier, il fallait bien apprendre à se défendre et répondre, quand ceux des autres quartiers venaient nous chercher et que l'on se faisait insulter.

Il détourne le visage de la fenêtre car maintenant, la luminosité trop forte du ciel lui fait mal à la tête et il revient s'allonger sur le divan.

– D'accord ! soupire Maria tout en continuant à rassembler les livres, puis elle ajoute, avec son regard noir : Traite-les par l'indifférence et cesse de répondre à la polémique. Sartre recherche le duel. Tu es plus beau que lui mon chéri. Peut-être lui fais-tu de l'ombre, dit-elle avec un sourire.

– Mais je ne peux pas non plus ne rien faire pour mon livre. J'ai mis quatre ans à l'écrire. Et puis j'aime bien Sartre, redit-il, n'arrivant toujours pas à accepter la réalité, sans pour autant se faire d'illusion sur son ancien ami.

– Tiens, pourrais-tu faire une dédicace « pour Dominique » ? demande-t-elle en lui tendant un exemplaire du *Malentendu* et elle part dans la cuisine se servir un verre de calva.

– Mais tu ne m'écoutes pas. Il s'assoit sur le rebord du divan. Sans bouger, il attend.

– Qu'est-ce que tu veux que je dise ? lance-t-elle. Tu veux un verre de calva ? Je ne te répondrai plus quand tu me parles de Sartre. C'est ton problème. Mais arrête de ressasser.

Camus se prend la tête dans les mains. Elle le voit amer et désespéré, les épaules légèrement voûtées. Elle retourne dans la cuisine, sert un autre calva et revient dans le salon. Elle lui tend le verre. Il refuse et elle le boit à sa place.

Elle s'assoit sur l'accoudoir du fauteuil et lui caresse la nuque.

– Ce soir, je vais à La Rose rouge. Ça te dit ?

– Non, répond-il buté.

– Comme tu veux. Moi, j'y vais.

Elle allume une cigarette pour ne pas perdre patience, puis classe méthodiquement les livres par ordre alphabétique.

– À quelle heure y vas-tu ? demande-t-il.

– Vers 10 heures.

– Je t'y retrouverai.

– Si cela ne te dit rien, pas besoin de te forcer.

– Si, ça me dit. Tu ne veux pas de moi ?

– Ne me fais pas dire ce que je n'ai pas dit.

– Pourquoi ne veux-tu pas que je vienne ?

Elle ne répond pas. Il reste muré dans son silence. Lasse, elle se lève :

– Eh bien, fais comme tu veux !

Et elle part dans la pièce à côté. Camus se lève brusquement, prend son imperméable et quitte l'appartement sans l'embrasser, en claquant la porte.

Dans la soirée, en allant à La Rose rouge, Maria se dit qu'elle veut passer un bon moment, se détendre et s'amuser. Camus aura décompressé. Ils vont danser jusqu'au petit matin. La rue de Rennes n'a pas de secret pour elle, elle l'arpente régulièrement. Elle arrive au cabaret et descend au sous-sol. Ici, grâce à Papatakis, Juliette Gréco y donne son tour de chant. C'est lui qui a créé sa robe noire qui, dans l'immédiat après-guerre, a fait d'elle la Dame noire de Saint-Germain-des-Prés.

Nikos Papatakis vient à la rencontre de Maria, lui prend les mains qu'il embrasse.

– Seule ce soir, Maria ? Tu es resplendissante. Viens à ma table. Anouk Aimée est avec moi. Tu veux une coupe de champagne ?

Il la sert sans attendre sa réponse.

– Les Frères Jacques finissent de s'habiller, dès qu'ils me font signe, je lance le piano. Tu vas te régaler, c'est un nouveau numéro.

– Je les adore, dit Maria pétillante.

– Ça fait combien de fois que tu les as vus ? demande Anouk qui s'entend bien avec Maria.

– Oh, bien une quinzaine… Ils sont drôles.

Papatakis la fixe attentivement, et effleure ses cernes.

– Tu as les traits tirés, dit-il observateur.

– Une vague querelle, élude-t-elle.

Papatakis se lève, prend une rose sur la table voisine, revient et l'offre à Maria, en disant : « La reine de La Rose rouge est toujours éclatante. » Maria, touchée, lui envoie un petit baiser de la main.

Les lumières baissent dans la salle. Le silence se fait. Pierre Tchernia annonce : « Voici… Les Frères Jacques. »

Avec leurs parapluies, ils portent des chapeaux melon noirs, ont des gants blancs, de grosses moustaches, des gilets verts, rouges, jaunes sur des collants noirs. Ils se mettent à chanter, ce qui ravit Maria.

– Ils sont drôles, dit-elle en se penchant vers Nikos.

Camus arrive. Il se dirige vers la table de Maria. Elle fait semblant d'être absorbée par le tour de chant et l'ignore. Vexé, il se détourne et rejoint le bar, commande un whisky soda. L'alcool aidant, il se détend en regardant le spectacle, son verre à la main.

À une heure avancée, la salle se transforme en dancing. Maria, sur la piste, n'arrête pas de danser et chaque fois qu'elle va pour rejoindre sa place, c'est un nouveau partenaire qui l'invite. Elle est ivre de danse, de musique, de fatigue, de cette journée qui aurait pu être simple. À la fin d'un morceau, elle se décide finalement à rejoindre Camus qui, lui, n'a pas bougé.

Il allume une cigarette et, sans la regarder, demande :

– C'est qui cet homme avec qui tu dansais ?

– Lequel ? Je ne le connais pas, répond-elle en faisant un signe pour que le serveur apporte un autre whisky soda. Elle boit rapidement. L'alcool lui brûle la gorge, une sensation qui aseptise finalement une autre douleur.

– Je te défends de t'approcher de lui, continue Camus sans la regarder.

Elle ne répond pas, lui jette un bref regard et s'en va. Il la suit.

– Tu m'entends ! dit-il en la saisissant par le poignet. Et elle, lui faisant face, le foudroie du regard sans céder. Il la lâche, incapable de dire quoi que ce soit et retourne au bar. Elle traverse la salle et part.

Il la suit, et dans le hall, se plante devant elle.

– Arrête ! qu'est-ce que tu veux ? tu exagères, s'écrie-t-elle, prête à lui rentrer dedans.

– Tu m'appartiens.

Elle le regarde, et d'une voix ferme et cassante :

– Je n'appartiens à personne. Je n'en peux plus de ta possessivité. On en a déjà parlé cent fois.

Ce soir, elle n'est pas d'humeur à ferrailler. Il la fixe, ne sachant quoi dire de plus. Et se sentant un peu ridicule de s'être laissé emporter :

– C'est difficile à expliquer, dit-il soudain navré.

Elle se dégage et le contourne, sentant la colère monter en elle. Il la suit. Elle s'arrête net dans son mouvement, ce qui le fait reculer.

– Qu'est-ce que tu as aujourd'hui ?

– Dis-moi que tu n'appartiens qu'à moi, dit-il éperdu.

Maria ressent un tel désarroi chez lui qu'elle se retient de l'envoyer promener.

– Si je te dis non ?

– Je ne sais pas ce que je ferai. Je n'ai plus de goût à vivre.

– Qu'est-ce que je peux pour toi ? Je ne cesse d'être à ton écoute ; je t'attends ; tu viens quand tu veux à la maison. On a vécu de beaux moments dans les Vosges et à Lacanau. Qu'est-ce que je peux faire de plus ?

– Dis-moi que tu m'appartiens, insiste-t-il. Et il reste là, sans bouger, attendant qu'elle lui dise ce qu'il veut entendre.

Elle se met à marcher rapidement, comme si elle voulait échapper à son emprise. Sur le boulevard il la suit sans parler. Elle titube légèrement sous l'effet de l'alcool.

– Je vais rentrer, je suis fatiguée ; on se verra quand tu iras mieux.

– Tu n'as pas le droit de m'abandonner.

C'en est trop, irritée, elle fait volte-face et dans un épuisement d'où elle tire une force de réaction, elle s'écrie :

– Mais arrête avec ta possessivité. Tu mélanges tout. Je n'ai plus que toi au monde ; toi tu as ta femme et tes enfants. Et tes maîtresses quand tu veux. Tu n'as aucun droit d'être possessif. Est-ce que je t'empêche de faire quoi que ce soit ? Grandis. Je ne suis pas ta mère.

Camus la regarde stupéfait et, simplement, demande :

– Je te raccompagne ?

– Non, j'ai besoin de me retrouver avec moi-même, lance-t-elle exaspérée.

– Je ne suis pas bien sans toi. Laisse-moi venir, je repartirai après.

– Non, rentre chez toi. Et laisse-moi.

Et pour bien qu'il comprenne, elle le toise, allume une cigarette, rejette la fumée et attend. Camus baisse la tête, prenant soudain conscience de son comportement. Elle le voit désemparé quand il lui dit avant de la quitter :

– Je ne veux pas t'enfermer dans une prison mais je ne peux pas m'en empêcher, j'ai tellement peur de te perdre encore une fois.

De retour chez elle, Maria prend un polar et va se coucher. Elle n'arrive pas à lire, son attention ne se fixe pas. Elle pense à Camus, à sa maladie et à ce côté irascible qu'il a de plus en plus. Et cette manière exclusive de la vouloir pour lui tout entière, ce qu'elle refuse, pour préserver sa liberté. Tout cela, elle le sait et elle le gère au mieux. Mais ce qu'elle redoute pour lui, c'est qu'il s'épuise et perde goût à la vie.

Elle a vu comment son père a été détruit par la politique, désavoué par certains membres de son camp. Malgré sa clairvoyance et sa conviction, Santiago a fini par être un homme brisé. Durant cinq ans, Maria à ses côtés l'a porté. Et maintenant, c'est Camus qu'il faut soutenir malgré lui. Elle le devine, connaît sa façon de cacher ses colères. La rupture avec Sartre a fait ressortir un orgueil qui pourrait se retourner contre lui. Il s'isole et sa souffrance est réelle. Il peine à écrire. Maria l'aime trop d'amour, pour le voir perdre sa vie, s'épuiser dans des combats, certes essentiels quand il s'agit de défendre ses convictions, mais terribles pour un être épris de justice quand il s'agit d'affronter une gauche résolument stalinienne. Une phrase lui revient : « Au théâtre, je me sens innocent » lui a-t-il dit. Et c'est dans cette direction qu'une ouverture peut être, éventuellement, envisageable afin qu'il retrouve le plaisir d'une vie libérée où il pourra donner le meilleur de lui-même.

Elle décide de lui en parler au plus vite. À Paris, il y a trop de pressions de toutes sortes. Ce sera à la mer et cette fois-ci, il n'a pas le choix. Elle l'embarque pour l'océan. Elle ne joue pas en ce moment. Pas question de tergiverser avec des « oui », « mais », « tu comprends ».

Quelque temps plus tard, quand il repasse chez elle, elle prend son agenda, l'ouvre et d'un ton ne souffrant aucun refus :

– J'ai trois jours sans répétitions, sans tournage, on part à l'océan.

– On en vient, dit Camus surpris par une telle détermination.

– Eh bien, on y retourne… tu as besoin d'un bon bol d'air avec le coup que vient de te faire Sartre.

Maria trouve que Camus conduit trop lentement, aussi cette fois-ci a-t-elle décidé qu'ils prendraient le train. Elle s'installe à côté de la fenêtre. Camus s'assoit en face d'elle. Le train n'a pas encore démarré qu'elle entre dans le vif du sujet.

– Écoute, tu ne peux pas rester dans cet état. Il faut repartir sur des bases nouvelles, et au théâtre tout est possible.

– Tu crois ça, toi ? En ce moment, c'est vrai, j'ai du mal à écrire, et ça dure… répond-il, le regard attiré par un papier de bonbon qui traîne sur la moquette.

– Tu as écrit trois pièces. Tu as des tonnes d'idées et je suis sûre que tes cahiers fourmillent de notes pour des pièces en gestation. Tu ne peux pas t'en empêcher. Je te connais un peu maintenant.

Il hoche la tête et se penche pour ramasser le papier.

– Plus tard oui, mais je n'ai pas le temps pour le moment.

– Tu commences par des adaptations, ensuite tu reviens à la mise en scène et tu joues, poursuit-elle, tandis que le train s'élance.

– Excellent, dit-il en se calant contre l'appui-tête au sigle de la SNCF, tout en évitant de la regarder. Il allonge les jambes.

– Voyons, secoue-toi ! Elle avance le buste : Et puis, tu fais la mise en scène et moi je joue… ça, c'est un bon programme ! Cela te convient ?

Il reste pensif, et comme il ne dit rien, elle regarde la pluie ruisseler sur la vitre. La vitesse accentue le mouvement des gouttes sur le verre. Camus ferme les yeux quelques minutes. Puis il les rouvre et se redresse, passe la main dans ses cheveux.

– Oui, ce serait un rêve, mais il faudrait d'autres acteurs. Il y a bien les amis d'Alger qui vivent maintenant à Paris. Pour l'adaptation, j'ai toujours pensé aux *Possédés* de Dostoïevski, et puis j'ai parlé de lui dans *L'Homme révolté,* cela ferait une suite…

– Hum ! On va peut-être oublier *L'Homme révolté* pour l'instant. Mais l'idée est très belle. Avec Dostoïevski, vos univers se rencontrent. Monte une troupe ! suggère-t-elle.

Il la regarde surpris.

– Je vais y réfléchir. Pourquoi pas.

Le contrôleur passe la tête et avertit que l'on arrive à Bordeaux. Là, ils prennent le car jusqu'à Lacanau et s'installent au Poivron. Le lendemain, Maria revient à la charge au cours d'une promenade dans les dunes. Camus paraît toujours indécis.

– Je ne sais pas si j'aurai la force et le temps de revenir au théâtre, mais on peut essayer tout de même.

– Si, tu as l'expérience, tu as écrit des pièces magnifiques et tu as dirigé des acteurs… mais ton point fort c'est surtout les actrices, pique-t-elle provocatrice.

– Je ne vois vraiment pas ce que tu veux dire, dit-il en lui jetant un coup d'œil. Il capte aussitôt son petit sourire en coin satisfait. Mais tout seul, je n'y arriverais pas.

– Tu n'es pas seul, dit-elle en lui prenant la main. Je peux t'aider. Demande conseil à Herrand, il connaît toute la profession. Il fait partie du Cartel avec Copeau, Jouvet, Baty, Dullin. Il t'aidera. Partout, il a des introductions. Je vais lui en toucher un mot.

Le visage fouetté par le vent de mer, tout en marchant sur la plage, Camus commence à être accroché par l'idée de Maria.

– Cela me ramènerait à des temps meilleurs, soupire-t-il, s'arrêtant pour contempler les rouleaux furieux de l'Atlantique et remplir ses poumons des embruns de la mer.

Maria profite de l'océan, fait des étirements, court sur la plage, prend une bonne bouffée d'oxygène. Un peu plus loin, Camus scande dans sa tête : Pièces élisabéthaines – Siècle d'or – auteurs américains – Faulkner – Melville, etc. *Don Juan* ! s'exclame-t-il à voix haute.

– Lequel ? lance Maria qui revient vers lui en gambadant.

Soudain enthousiaste, il la regarde exalté et s'écrie :

– Mais tous les *Don Juan*, un festival de Don Juan… celui de Molière, Milosz, Pouchkine, Tirso de Molina et le mien…

– Tu veux écrire un Don Juan… ? Il va te falloir au moins trois assistants pour ton festival.

Ils reprennent la balade, elle, courant à petites foulées à côté de lui, réfléchit :

– Je peux te présenter mon ami Gillibert. On était dans la classe de Georges Le Roy. Il s'occupe du groupe de théâtre antique de la Sorbonne.

– Il est aussi comédien ?

– Oui, oui, oui, dit-elle en continuant à sautiller et haussant la voix pour couvrir le bruit du vent : au Conservatoire on nous appelait les hurleurs.

– Ça me plaît ! J'aime ce type de théâtre où l'on profère et lance la voix.

– Moi je me la suis plutôt cassée, je ne sais combien de fois, à force de crier.

– J'aime t'entendre crier quand tu joues ! hurle-t-il encore plus fort comme pour couvrir la voix de l'océan.

Avoir une troupe est une idée séduisante, pense Camus, d'un pas plus vif et retrouvant de la vigueur : comme cela, je pourrais enfin revenir à mes premières amours avec une troupe de théâtre.

– Je te l'ai dit, tu devrais jouer. Tu es un excellent acteur, répète Maria en se pendant à son cou.

Il la prend alors par la taille et l'attire à lui :

– Flatteuse ! Tu crois ? Tu dis ça pour me faire plaisir ? Il approche son visage jusqu'à toucher son nez.

Elle recule la tête, le nargue :

– Non, pour avoir un rôle !

– Ça, ce n'est pas dit… Il faudra être très gentille avec ton auteur-metteur en scène !

Et il la prend par la main et se met à courir avec elle. Un peu essoufflé, il ralentit et s'arrête, se plante face à l'océan et renverse la tête en arrière, comme s'il buvait tout à la fois le soleil, le vent, l'air et l'espace en son entier. Il se sent libre, il est heureux. Il lui dit :

– Ce qui se vit entre nous est unique. Tu es mon unique.

De retour à Paris, Maria contacte Jean Gillibert pour un rendez-vous avec Camus. Il propose le café Bonaparte, elle préfère éviter Saint-Germain-des-Prés. Depuis la polémique avec Sartre, Camus fuit le quartier, veut échapper aux rencontres inopportunes. Il se met en retrait de la vie germanopratine. Le rendez-vous est donc fixé à la Rotonde, à Montparnasse. Gillibert entre dans le café. Maria le présente à Camus qui semble le trouver sympathique. Il habite une chambre de la Maison des Lettres, rue Férou. Camus connaît bien l'endroit. Comme Barthes et d'autres, il est venu y donner des conférences auprès des étudiants.

– Maria m'a dit que vous êtes acteur et que vous avez dirigé le groupe de théâtre antique de la Sorbonne. Vous continuez à jouer ? demande Camus directement.

– Peut-on cesser, une fois le virus inoculé ! répond Gillibert. Avec des camarades, nous avons joué *Les Perses* d'Eschyle à Épidaure en 1947, juste à la fin de la guerre civile, dans le lieu même où est née la tragédie.

Camus l'écoute, très attentif. Gillibert a une façon de parler du et sur le théâtre qui le séduit. Aussitôt il se sent des affinités avec ce jeune homme intériorisé et généreux. Une amitié sincère naît. Il lui fait part de son projet :

– Je souhaite monter une troupe, et refaire du théâtre. Voulez-vous être mon assistant ?

– Ce serait formidable ! s'exclame Gillibert, ne s'attendant pas à une telle proposition.

Maria s'insinue dans la conversation.

– Vous pourriez aussi jouer tous les deux. Je vous verrais bien dans *Le Misanthrope* de Molière, je parie qu'on ferait un trio d'enfer.

– Et qui ferait Alceste ? demande Camus sur la défensive.

– L'un ou l'autre et pourquoi pas l'un et l'autre en alternance ? Vous êtes grands tous les deux, à peu près de la même corpulence. L'enjeu serait troublant. Quant à moi, je serai Célimène, fait-elle papillonnant exagérément des yeux, imitant une coquette.

– On pourrait y songer, n'est-ce pas Gillibert ? reprend Camus, se prenant au jeu.

– Pari tenu, lance Gillibert tout aussi malicieux.

– Vous pourriez échanger vos rôles, Alceste et Philinte, un jour sur deux. Ce serait amusant. Et moi, entre vous deux… Célimène travestie en Don Juan, c'est une idée, non ! Dans Alceste, Albert, tu jouerais sur le registre mélancolique. Et Jean…

– Moi je serais troublé et inquiet.

– Une expérience à tenter, dit Camus égayé par cette perspective.

– Je sens que cela va être captivant, répond Maria ludique. En attendant, ça vous dirait d'aller à La Rose rouge demain ?

– Vous êtes bon danseur Gillibert ? interroge Camus, tout en pensant à Alceste et à ces jeux de rivalités propres au théâtre.

– Ça dépend. Je me débrouille… J'adore danser mais surtout voir mes amis danser.

– Camus danse jusqu'à l'épuisement… dit Maria.

– Allez, je paie la tournée, rétorque Camus, tout excité à l'idée de retrouver l'esprit du théâtre et en ayant bien l'intention de s'y épuiser à son tour.

Quand il raccompagne Maria, il exécute quelques pas de claquettes dans la rue, mimant Fred Astaire. Avec son imperméable, cadeau de Mamaine Koestler envoyé directement des USA, il ressemble de plus en plus à Humphrey Bogart. Il retrouve cette flamme, ce rire, cette joie qu'il n'a plus ressentis depuis longtemps et qui lui rappellent les premiers temps de son histoire avec Maria.

– Comme je suis heureuse, lui dit Maria le regardant dans les yeux. Et toi es-tu heureux ?

– Oui. Tu ne peux pas savoir, j'ai l'impression qu'un ciel s'ouvre devant moi. L'océan, l'océan c'est aussi le théâtre, les tempêtes et les forces qui s'y croisent. Je renais, Maria… Victoria, tu fais de moi un homme vraiment heureux. Tu m'apprends à vivre.

Février 1953

L'avion de Maria, en provenance d'Algérie, vient d'atterrir au Bourget. Camus aurait voulu l'accompagner, mais c'était impossible. Francine est en dépression. Hors de question de la laisser toute seule. Maria est partie avec Dussane, qui lui a proposé de l'accompagner pour une série de conférences qu'elle donne pour le contingent français.

Maria y a été reçue en vedette de la Comédie-Française et y a interprété des extraits de *Phèdre* de Racine et des *Adieux à la Meuse* de Charles Péguy. À son retour, Camus n'a pas pu aller la chercher. Dussane la dépose en taxi devant chez elle. Angeles et son mari ont préparé la maison. Juan monte ses bagages. Son manteau posé à la va-vite sur le fauteuil, Maria se précipite sur le téléphone. Camus s'empresse de la rejoindre.

Quand il arrive, elle l'entend monter les escaliers et ils se jettent dans les bras l'un de l'autre.

– Enfin, tu es là, ma chérie, dit-il en l'embrassant, la serrant contre sa poitrine.

– Tu m'étouffes ! s'écrie-t-elle en riant. Et se dégageant un peu de son étreinte : Je ne suis partie que dix jours.

– Dix jours c'est trop ! Il veut la voir : Tu es rayonnante.

– Attends.

Maria sort et se précipite vers Angeles et lui demande de ne surtout pas la déranger. Elle revient et ferme la porte. Camus l'attire à lui sur le divan, ils se blottissent l'un contre l'autre.

– Alors parle-moi, dis-moi comment tu as trouvé ma ville ?

– Oh, tu sais, on a eu si peu de temps pour les visites. Mais on est allés à l'Amirauté, et je me suis régalée de petites sardines grillées au cumin sur feu de bois. Un délice !

– Oh, cela me fait plaisir, et la serrant encore plus fort, il sent la chaleur de son corps. Tu as vu la plage ? Et les Bains Padovani ? Les mères y vantent leurs filles pour chercher un mari. Et il les imite sachant que Maria va éclater de rire : « Regardez comme elle est belle ma fille, elle a les plus belles hanches, le plus beau ventre, les plus belles dents, les bras forts, musclés » et elles terminent tout le temps par et…

– Elle est garantie vierge ! disent-ils d'une seule voix.

– J'étais tellement occupée avec Dussane qu'on n'a pas fait grand-chose d'autre. Tu as reçu ma carte ?

– Pas encore. Elle va arriver. Tu l'as envoyée au bureau ? demande-t-il inquiet.

– Évidemment. Je tenais absolument à aller à Tipasa. J'aurais tellement aimé que tu sois près de moi. Je marchais dans les ruines, et j'avais l'impression, en fermant les yeux, de sentir ta présence. Mais tu n'étais pas là.

– J'aurais tant aimé te montrer ma ville. Ensemble, on ira un jour à Tipasa.

Elle le regarde et se tait. Elle sent sa main sur les cheveux.

– Il y avait un peu de vent. Je suis restée longtemps, à t'imaginer, assis sur les pierres. J'ai voulu refaire le chemin que tu avais fait. J'ai cherché les absinthes… et les fleurs que tu voyais… et le bleu vert indigo de la mer au travers des ruines. Tu as raison, c'est vraiment un lieu habité par les dieux. J'étais seule, seule comme toi quand tu y venais… et je pensais à cette nature généreuse. On est bien là-bas, entre la mer, le ciel, et cette terre et j'ai moi aussi voulu ressentir cet accord profond dont tu m'avais parlé. Le temps n'existe plus dans cet endroit… tu as raison. Je l'ai éprouvé en pensant à toi. Et j'ai compris pourquoi tu aimes tant ce lieu… je m'y suis ressourcée. Les pierres me disaient qu'elles avaient plus de mille ans et moi aujourd'hui je les caressais. Il n'y avait personne. Je me suis allongée par terre et je t'ai vu… tu plongeais dans la mer… je savourais là-bas cet instant unique, t'imaginant avec tes amis sur la plage en train de pique-niquer… Je n'ai même pas pu marcher sur la plage. Dussane m'a appelée. Il fallait rentrer pour préparer la conférence. Mais j'ai voulu retarder le moment et suis partie sur un sentier… J'avais besoin de garder en moi tes paysages… pour mieux savoir qui tu es, quelles images tu portes en toi… Il n'y a pas que l'absurde, la révolte dans ce monde. Là-bas, j'ai eu soudain l'impression qu'un voile se levait, découvrant un peu de toi dans ce ciel… Je t'imaginais encore au milieu de ces pierres ; parmi les absinthes, j'avais dans les yeux ton regard qui brillait. Je t'aime tellement. Je t'y sentais comme délié de tes chaînes. Prométhée libéré ! C'est l'image qui m'est venue… Et bien d'autres encore… Tout était calme, silencieux. Et devant moi, la mer. Je t'imaginais plonger dans cette eau transparente et j'aurais aimé être avec toi, en nageant. Mais je te voyais sortant de l'eau, t'ébrouant sur le sable doré pour te réchauffer au soleil.

Camus se penche sur son visage.

– Mais c'est toi mon soleil qui m'attire. Ton éclat m'attire, ta vie, tout ce qui émane de toi ; tu me fécondes de tes richesses ; tu irradies de lumière et de nuit… Reste comme tu es…

La sonnette de la porte les interrompt brutalement.

– Tu attends quelqu'un ?

– Non. Je ne sais pas qui cela peut être. Angeles va se débrouiller.

Maria entend des voix qui montent dans le couloir.

– Où est Maria ? J'ai besoin de lui parler immédiatement.

Elle reconnaît aussitôt la voix de Pierre Reynal. Comédien, il l'aide à travailler ses rôles et lui a fait répéter *Phèdre*. Comme d'autres de ses amis, il est possessif, jaloux et exclusif. Elle tend l'oreille pour savoir ce qu'il veut.

– Elle vient d'arriver et se repose, répond Angeles. Elle a demandé à ne pas être dérangée.

– Il faut que je la voie. Comment va-t-elle ?

– Parlez moins fort, elle dort.

– Je vais l'attendre.

– Vous ne pouvez pas.

– Et pourquoi ?

– Parce qu'elle n'est pas seule, finit par dire Angeles ne sachant plus comment s'en débarrasser.

– Mais qu'est-ce qu'elle lui trouve à ce con, elle est encore avec lui ! s'écrie-t-il en poussant la voix afin d'être entendu dans la pièce à côté.

À cette phrase, Maria saute du canapé, sort comme une furie et foudroie du regard Pierre Reynal.

– Je t'interdis de parler comme cela d'Albert.

– Qu'est-ce qu'il fait ici ? Je t'attends.

– Cela ne te regarde pas. Tu sors immédiatement. Et ne reviens plus jamais, tu m'entends. Je ne veux plus te voir passer la porte de cet appartement. Je te défends de revenir. Je ne veux plus te revoir. Angeles, ouvre la porte, qu'il fiche le camp.

– Mais…

– Il n'y a pas de mais ! Tu pars maintenant, tout de suite.

Maria revient près de Camus, tremblante de rage et s'assoit sur le rebord du canapé.

– Qu'est-ce qu'il te voulait encore celui-là ?

– Ce n'est rien. Je ne veux plus le revoir et il sait pourquoi.

– Je te complique la vie. Tu devrais me laisser.

– Je n'ai que toi au monde. Tu enrichis ma vie… je ne veux ni douter, ni m'illusionner. J'ai bien réfléchi. Je ne cesse de réfléchir en ce moment. C'est peut-être parce que tu m'as donné à lire Julie de Lespinasse, dit-elle songeuse. La passion peut être une lame acérée ; mais l'amour se façonne, pierre après pierre, jour après jour. Et ça demande une certaine patience.

– Je me demande comment tu fais pour me supporter… D'ailleurs, je ne te laisse pas le choix, dit Camus en se levant.

– Non ! bien sûr que non. Je suis libre et toi tu n'es pas enchaîné. Tu es libre comme je le suis et pourtant il m'a fallu apprendre autre chose que ce qu'on lit dans les livres… L'amour, la tolérance, la patience sont des apprentissages ! En ce qui me concerne je refuse de me voiler la face. Pour cela j'ai reçu une bonne éducation avec mon père. Puis elle ajoute : Et à présent avec toi, mon chéri, tu poursuis ce qu'il a commencé. Elle se redresse légèrement, allume une cigarette : Vois-tu, quand j'étais à Tipasa, j'ai réalisé que le meilleur pour moi était de plonger en terre inconnue.

– Mais moi, je suis toujours là.

– Merci de me le rappeler !

– Je te demande pardon.

– La vérité, c'est que j'essaie de dépasser les barrières de la société comme les préjugés…

– Comment fais-tu pour être toi-même ? Aussi sûre de notre amour quand…

Elle ferme les yeux et se souvient :

– Une vision m'est apparue là-bas : un paysage, je ne sais pas si c'était en Espagne ou ailleurs, mais c'était une terre aride, vraiment aride, mais salutaire… puis une étendue vierge… pareille à un no man's land et enfin on arrivait tous les deux dans un champ de pavots. Il fallait passer une frontière et je marchais à cloche-pied…

– Tu es sûre que tu n'avais pas fumé d'opium ? dit-il en se servant un verre de calva.

– Que tu es bête !

– Et qu'est-ce qu'on faisait dans ton champ hallucinogène ?

– Au départ, j'étais seule, j'avais peur et je marchais comme une petite boiteuse, un pied sur un territoire et l'autre levé, c'était dans une sorte de tunnel. Puis cela devenait agréable ; je traversais une matière opaque, noire et rouge, molle et légère et je dansais avec une sensation soudaine de liberté, et on déboulait tous les deux dans une plaine… et devant mes yeux j'ai vu cet espace inconnu. C'est drôle comme perception. Et puis, j'ai ouvert les yeux. Et il était l'heure de rentrer.

– Tu as des visions maintenant ?

– J'en ai toujours eu. Au moment du tournage d'*Orphée*, j'ai vu un paysage avec des couleurs, rouges, violines et jaunes, et j'entendais la voix de papa qui disait : « Comme on est bien ici. » Et dans ma vision avec toi, j'ai ressenti qu'on était bien tous les deux dans ce pays. C'était une douce et belle hallucination… Je réfléchis beaucoup en ce moment, conclut-elle en riant. Mais plus sérieusement, que ces visions ne t'inquiètent pas, mon chéri, grâce à toi, j'ai aussi appris à être consciente, ou du moins à laisser venir au premier plan le conscient.

– Vois-tu, moi, je suis nettement plus prosaïque, dit Camus avec un brin d'ironie.

– Pourquoi ne pourrait-on pas faire coïncider le feu que l'on porte en soi avec le rationnel ? demande-t-elle. Les deux ne pourraient-ils pas aller de pair sans se contraindre, s'étouffer ou se contrarier ?

Camus s'est levé. Il marche en direction de la fenêtre. Il lui parle dos tourné.

– Reste, Maria, comme tu es, faite de tout ce que tu es, lui dit-il en ouvrant légèrement le rideau pour regarder le ciel.

– Parfois, je me sens décalée, tu sais.

– Mais tu l'es. Et c'est pour cela que je t'aime, parce que tu me fais être moi-même, et meilleur. Si tu savais comme moi aussi je me sens déplacé, dans ce monde que je voudrais autre.

À son tour, elle se lève, le rejoint à la fenêtre donnant sur le balcon, l'enlace puis joyeuse, s'écrie :

– Tiens, il neige ! Si l'on mangeait des gâteaux ? Tu n'as pas faim ? Avec le voyage, je n'ai pas déjeuné, je vais demander à Angeles de nous préparer à goûter. Que dirais-tu d'un chocolat chaud ?

– Pourquoi pas. Mais… je dois passer au bureau. On pourrait se retrouver à Saint-Germain ce soir, si cela te dit ?

– Je préfère dormir. Il y a beaucoup d'émotions en moi en ce moment. Mais demain pourquoi pas ?

*

Décembre 1953

Rue de Vaugirard, Maria et Camus finissent de corriger la dernière mouture de la traduction de *La Dévotion à la croix* de Calderon, destinée au prochain festival d'Angers.

Camus s'est lancé à corps perdu dans cette aventure. Il aime faire des adaptations, comme il l'avait fait à Alger, à partir du *Temps du mépris* de Malraux. Herrand lui a proposé de participer en tant qu'auteur au festival. Maria collabore à la traduction. Prudente, elle a mis les choses au point. En aucun cas elle ne fera la dactylo. Camus lui demande :

– Comment tu traduirais ça, Maria… ?

Il lui montre un passage.

– Tu as fait des progrès en espagnol depuis le temps, lui dit-elle, se moquant de ses efforts désespérés pour apprendre cette langue.

– Francine me donne des leçons, répond-il fier comme coq.

– Et moi, je vais faire une tortilla pour le déjeuner. Et elle le plante avec la *Dévotion*.

Dans le couloir, elle aperçoit une lettre qui dépasse sous la porte d'entrée. C'est un mot de Herrand qu'elle ouvre. « On part à Nice » lance-t-elle à Camus.

Elle revient dans le salon.

– Qu'est-ce qui se passe ? demande Camus.

– Marcel a un cancer. Il ne peut pas se déplacer. Il nous demande d'aller le retrouver.

Deux semaines plus tard, dans le train de nuit qui l'amène à Nice, Maria ne cesse de penser à Marcel. De son côté, Camus arrive d'Alger et ils ont convenu de se retrouver à la gare.

Avec retard, le train vient d'arriver. Ils se dépêchent mais se perdent dans la ville. Camus s'énerve ; il fait très froid. Maria grelottante est sur les nerfs, elle ne retrouve pas le salon de thé où Herrand leur a donné rendez-vous. Elle ne veut pas le faire attendre. Quand ils arrivent enfin, ils le trouvent assis devant une tasse de thé qu'il savoure.

– Marcel, je suis désolée, on s'est perdus. Le train avait du retard, dit Maria essoufflée.

– Vous n'êtes jamais en retard !

Elle s'approche. Il paraît inquiet. Il attrape sa main et l'attire vers lui.

– Camus, je vous vole un baiser de ma Mariquita, s'adressant à lui avec aplomb.

Maria le regarde tendrement, reconnaissante pour celui qui n'a cessé de l'aider à grandir, à se faire une place au théâtre. Elle sourit à l'intérieur d'elle-même. Elle le reconnaît bien. Malgré la maladie, il a voulu paraître à son avantage en se maquillant avec un peu de poudre. Mais ses yeux sont éteints. Quand elle lui dit bonjour et l'embrasse, elle remet en place sa mèche rebelle. Il la regarde, reconnaissant également.

– Ne maigris pas plus ma Mariquita, bientôt on ne te verra plus. Maintenant, asseyez-vous et entrons dans le vif du sujet. Si je crève et c'est bien possible avant le festival, Camus vous prendrez le relais. Je peux compter sur vous ?

– Mais tu ne vas pas mourir mon Marcello, dit Maria d'un ton sec comme refusant de l'envisager. Il se tait et la regarde de son œil noir qui brille un peu plus maintenant. Il prend maladroitement l'assiette où se trouvent des biscuits pour les leur offrir, et poursuit :

– Un petit conseil, chérie, à Angers, devant la muraille du château Saint-Louis, place-toi devant la partie où il y a des pierres bleutées. À cet endroit tu n'as pas besoin de t'égosiller comme une enragée ; on t'entendra dans toute l'enceinte. J'ai testé moi-même, il y a là une bonne réverbération. C'est un truc mais c'est efficace. N'oublie pas.

Puis il se tourne vers Camus.

– Très bien, Camus, votre traduction de *La Dévotion à la croix*. Vous avez mis au boulot Mariquita ? dit-il goguenard en regardant malicieusement Maria.

– Elle m'a beaucoup aidé… je dois le reconnaître.

– Tenez Camus, je vous ai apporté cette note d'intention au cas où… Il lui tend le programme posé sur la table. Et se tournant vers Maria : Reggiani sera ton partenaire. Et vous Camus, vous pouvez rester durant les répétitions ? Et avant même qu'il ait répondu : Vous en êtes où avec le Récamier ?

– J'attends.

– Nous trouverons d'autres théâtres. On verra ça après le festival. Je vous donnerai un coup de main.

Il se tourne vers Maria.

– Approche-toi, que je te vois de près. Je dois avoir une cataracte... lui confie-t-il, coquet, pour justifier sa vision défaillante. Il lui caresse la joue. Maria lui prend la main et il lui chuchote : Reste près de moi. Je suis tellement heureux de te voir. Tu es venue exprès de Paris ?

– Marcello, tu vas t'en sortir, dit-elle la voix nouée d'une émotion qu'elle cache.

– Tu crois ? Avec un cancer du foie, je suis foutu.

Camus les regarde à distance. C'est un vieux couple pense-t-il. Herrand, heureux de voir Maria, en a oublié Camus, silencieux depuis un moment. Percevant sa présence, il revient vers lui, avançant le buste :

– Eh, le maître de l'absurde, croyez-vous en Dieu ?

– Je ne crois pas en Dieu et ne suis pas non plus athée...

– J'ai peur... Et puis parfois je me dis : Je vais rejoindre le grand peut-être, c'est de Rabelais... Vous ne buvez pas votre thé ? Prenez un jus de fruit. Alors, elle en est où votre troupe ?

Puis, serrant la main de Maria : Tu en fais partie aussi ?

– Albert a en projet l'adaptation des *Possédés* de Dostoïevski.

– Vous étiez sacrément bien, toi et Reggiani avec Bouquet dans *Les Justes*. Belle pièce, Camus. Finalement vous faites dire à vos personnages que l'amour c'est aussi la tendresse. Bon, on n'a pas trop de temps à perdre. Puis, s'adressant à Maria : Cela se passe comment pour toi à la Comédie-Française ?

– J'y suis rentrée avec l'emploi de comédienne dramatique ; on m'avait fait miroiter Phèdre et Hermione et je me retrouve avec la Périchole.

– Mon petit doigt m'a dit que tu as été une sublime Elvire avec de vraies larmes. Et en plus sans glycérine !

– Je t'avais raconté que Bresson voulait m'en mettre dans les yeux pour que je pleure, quand on a tourné *Les Dames du bois de Boulogne* ?

– Quel chien. Bon, c'est du passé. On m'a dit que tu avais été aussi excellente dans la reprise des *Six personnages en quête d'auteur* avec Ledoux. Et *Orphée* ! Grâce à Cocteau, ton visage est immortalisé sur la pellicule.

– C'est bien ce qui m'embête d'être prise pour la mort.

– Mais arrête avec ça. Il a fait de ton visage une icône. Tu vois, je suis ta carrière… Je découpe, jour après jour, des coupures de presse te concernant.

– Je croyais que tu ne lisais pas les critiques.

– Mais qu'est-ce que tu crois ? Tout ce que tu fais me regarde.

– Après la Périchole, je vais donner ma démission à l'administrateur. Quand on est une étrangère, on a du mal, parfois, à se faire accepter.

Camus commence à s'impatienter. Il se lève :

– Je vous laisse, j'ai besoin de me dégourdir les jambes.

– Il faudra qu'il poursuive ce que nous avons fait, dit Herrand, une fois Camus parti.

– Oui, tu peux lui faire confiance, le rassure Maria.

– Tu sais que j'ai été jaloux de lui, autrefois ?

– Je m'en suis aperçue.

– Comment ça se passe avec lui ?

– Il a besoin d'être rassuré. C'est comme un grand enfant qui a peur de ne pas être assez aimé.

– Et toi tu l'aimes ?

– Je l'aime.

– Comme une femme, une mère ou une amante ?

– Un composé de tous ces ingrédients. Il est très intelligent et surtout il sait rendre les autres intelligents. C'est rare et précieux.

– Vous êtes toujours ensemble ?

– J'essaie de construire avec lui un amour avec un grand A, sans rapport exclusif. Mais il est toujours si possessif, même s'il a d'autres femmes dans sa vie.

– Tu le rassures, Maria.

– Je fais ce que je peux. Mais il souffre du milieu parisien qui l'a blessé et, quelque part, lui refuse une place qui est pourtant la sienne. Je ressens parfois la même chose.

Herrand doit rentrer et commence à se préparer. Maria l'aide à mettre son chapeau. Et lui tend sa canne au pommeau d'or.

– Merci. Je vais retrouver la vue d'ici le festival. Ce sont les médicaments. Toi tu es une guerrière ; lui se bat avec des idées, ça dérange parfois. Pour le festival, tu crois que je peux lui en confier les rênes ? Ce serait idiot d'arrêter.

– Oui, tu peux lui faire confiance. Il assurera car il aime le théâtre. C'est même l'une de ses passions avec le foot.

– Je vais le lui proposer, si tu me dis que c'est bien. Si je passe l'arme à gauche, il prendra ma place. Qu'en dis-tu ?

– Tu as raison. Il te sera fidèle.

Elle le prend par le bras, émue mais ne voulant rien laisser paraître. Ils se dirigent vers la porte et font quelques pas au-dehors. Elle le tient pour l'empêcher de glisser.

– Ah, ma Mariquita, comme je suis heureux que tu sois venue voir ton vieil ami.

– Je t'aime Marcello. Tu ne m'en veux pas si je suis partie ?

– On s'est expliqué. C'était moi qui aurais dû te mettre à la porte avant et te laisser faire tes expériences ailleurs, mais je ne pouvais pas. C'était comme si tu étais à moi. Je te couvais sans te laisser ta liberté. Un mari exclusif… et je sais que tu souffrais. Tu as bien fait de partir, de… comment tu dis déjà ?

– Trancher dans le vif !

– Ah, oui, redis-le-moi en espagnol.

– *Cortar por le sano*. Et puis, Camus veut monter ce qu'il nomme un « Nouveau Théâtre ».

– Tu as raison, fiche le camp de la Comédie-Française. C'est une maison qui n'est pas faite pour toi. Tu as besoin de te lancer dans des aventures, te renouveler. Voyager… Tu feras partie de la troupe de Camus.

– Oui, bien sûr.

– Ne t'inquiète pas. On se revoit bientôt à Angers, lance-t-il d'un regard qui la retient quelques instants encore, un regard qui la poursuit jusque dans le train et plus longtemps encore.

Début juin, Camus et Maria partent en Citroën à Angers, pour répéter *La Dévotion à la croix* de Calderón et *Les Esprits* de Pierre de Larivey. Les répétitions commencent avec Herrand. Trois jours plus tard, Maria est effondrée. Marcel s'est éteint. Ses dernières forces, il les a consacrées à la voir en scène répéter, emportant avec lui son image.

Camus lance le festival et poursuit avec humilité dans l'esprit de Herrand. Maria, plus mince que jamais dans son pourpoint noir, devant le muret de pierres bleues, le regard halluciné, fait de son corps l'image d'une épée qui s'interpose entre son personnage et la vision divine de la croix. Pour les raccords, du haut des gradins, Camus peaufine la direction d'acteurs. Vidée, elle est dans un état second. Elle ne s'économise pas. Elle joue pour Marcel, pour Albert, pour ce nouveau public. Elle ne quittera plus jamais la scène. Le théâtre est désormais sa patrie. Et elle voudrait la partager avec Camus. Il la pousse dans le jeu, sa voix résonne dans le micro :

– Plus fort, encore plus fort, il faut que tu cries Maria…

Et Maria crie et hurle.

– Encore plus fort, insiste la voix.

Et Maria hurle :

– Crescendo ?

Camus vient de prendre en main officieusement le festival d'Art dramatique d'Angers.

VIIIe festival d'Avignon,
Macbeth, 1954

Maria a donné sa démission de la Comédie-Française. La semaine suivante, Vilar déjeune avec elle. Il lui tend un contrat. Elle signe. Tout content, il informe Gérard Philipe : « Fiston, contrat signé avec Maria, engagée pour le festival, dans Lady Macbeth. »

Un temps de répit et Camus replonge à nouveau. Il n'arrive plus à écrire. Il est inquiet. Francine souffre d'un état dépressif grave. Il s'en occupe.

Quand Maria arrive à Avignon, c'est le branle-bas de combat dans la Cour d'honneur du Palais des papes. Des ouvriers terminent d'installer le plateau et montent les gradins. Maria cherche désespérément Gérard Philipe. Elle le trouve enfin à l'hôtel de France. Sur la place devant le Palais, il sirote un pastis tout en discutant avec des Avignonnais. Les représentations du *Prince de Hombourg* sont achevées, et il l'aide à répéter *Macbeth.* Maria a besoin de nombreuses répétitions avant d'entrer en scène. « Sinon, c'est l'horreur » a-t-elle dit à Philipe. Et celui-ci lui a répondu : « T'inquiète pas, je te donne les répliques pour les placements. » Agnès Varda les photographie.

Le lendemain de la première, Gérard arrive en chantonnant à l'hôtel de France où loge Maria.

– Tu as vu, Maria, l'article de Renée Saurel des *Lettres françaises* ?

Elle vient de se réveiller et boit son café avec ses tartines.

– Tiens, je te lis : « Maria Casarès dans Lady Macbeth est exceptionnelle. Ce qu'elle a réalisé est de l'ordre du génie. Nous ne sommes pas près d'oublier sa voix blanche, son beau visage douloureux, ce ton parfaitement naturel dans le délire maniaque que seule une aussi grande comédienne pouvait, non imiter, mais inventer, et ce geste obstiné de la main frottant l'autre, pour effacer le sang. »

Camus lui téléphone à l'hôtel de France. Il n'est pas sûr de pouvoir venir à cause des événements d'Algérie. Il va essayer de se libérer et ils passeront une journée ensemble avec René Char.

À la reprise, à Paris, Camus franchit les portes du palais de Chaillot, descend d'une foulée sportive l'immense escalier ; les trompettes de Maurice Jarre résonnent dans Chaillot, invitant les spectateurs à gagner leurs places.

À l'issue de la représentation, Camus aperçoit Gillibert en compagnie de Roland Barthes et se joint à eux. Quand Maria arrive, elle les trouve en pleine discussion.

– Tu étais merveilleuse, lui dit Gillibert, stupéfait de sa prestation.

– Gérard n'est pas venu ?

– Je ne l'ai pas vu dans la salle.

– Tant pis.

– Maria, il faut que je te présente Barthes. Il est enthousiaste. Et voudrait te parler, dit Gillibert.

Barthes lui serre la main et enchaîne passionné :

– Je vous remercie. C'est tout à fait remarquable. Vous exposez votre visage et engagez tout de vous dans un mouvement global, et c'est exceptionnel. Vous retrouvez le masque tragique.

– C'est magistral ! poursuit Gillibert dans son élan. Je ne connais aucun acteur français, même le plus prestigieux, qui se soit risqué comme tu le fais.

– Maria, on va dîner ? presse Camus en l'attirant à lui. Vous venez avec nous Gillibert ?

– Désolé, mais on a prévu, Barthes et moi, de passer un moment ensemble.

– Dommage. On se retrouve très vite pour nos projets ?

– Belle soirée et encore bravo Maria ! reprend Gillibert.

– Si tu vois Gérard, dis-lui que je lui ai envoyé des fleurs. Je n'ai pas eu le temps de le prévenir.

Alors qu'ils gravissent les escaliers, Camus demande à Maria :

– Pourquoi envoies-tu des fleurs à Philipe ?

– Ça ne te regarde pas. On va dîner en face ? Attends !

Maria intercepte un comédien de la troupe.

– Dadé, je te présente Camus.

Son vrai nom est André Schlesser. C'est lui qui fait bouger les drapeaux du TNP et il joue dans la troupe. Il dirige le cabaret L'Écluse sur les quais et a un tour de chant avec Marc Chevallier. Maria lui présente d'autres camarades, Philippe Noiret,

Monique Chaumette, Jean-Pierre Jordis… Camus reconnaît Zanie Campan.

Dehors, Maria et Camus traversent la place du Trocadéro. La circulation est dense et il tombe une pluie battante. Ils slaloment comme ils peuvent entre les voitures et les gouttes.

– L'autre jour, une automobile m'a renversée ; j'ai rebondi sur le capot comme une chèvre.

– Tu ne me l'as pas dit ? demande-t-il inquiet. Tu as été blessée ?

– Non, j'ai eu un gros bleu.

Ils se réfugient dans le restaurant, s'ébrouent, retirent leurs manteaux trempés et s'installent à une table.

– Tu étais vertigineuse dans ta scène de somnambulisme, la félicite Camus.

– Non ! Ce n'était pas tout à fait ça, ce soir. Il manquait quelque chose dans le tempo de la scène.

– Pourquoi ? Je ne suis pas d'accord.

– Je fais chronométrer la scène par le régisseur. Dès que j'ai terminé, je vais le voir dans les coulisses pour lui demander mon temps. Et ce soir, j'étais en retard de 30 secondes.

– Tu as un métronome dans le corps.

– J'ai un temps déterminé. Si je suis en avance ou en retard, ce n'est pas bon. Je n'ai pas trouvé l'accord parfait. À propos, quand Vilar a visionné les scènes que Franju a tournées à Avignon, au moment de ce passage, tu sais ce qu'il a dit : « Mais c'est moi qui ai fait ça ? C'est bien, c'est vraiment très bien ; je ne sais pas comment j'y suis parvenu… mais c'est excellent, j'ai un talent fou ! »

Tu le crois ? C'est Gérard et moi qui l'avons mis en place, parce que Vilar était à l'hôpital ! Gérard était médusé par son culot... et moi aussi, mais on l'aime bien quand même.

Camus sourit. Le serveur leur apporte les plats. Maria attaque comme toujours avec un bel appétit alors que Camus rallume une cigarette.

– Tu n'as pas faim ? demande-t-elle.

– Je ne peux rien avaler, ça me reste en travers de la gorge. C'est à cause du bouquin de Beauvoir. C'est un torchon. Tu as vu le portrait qu'elle fait de moi ?

– J'ai lu *Les Mandarins*, c'est pas si mal. Mais qu'est-ce que tu pouvais attendre ? J'étais l'autre jour en présence de tes anciens amis... Devant moi, ils ont commencé à déblatérer sur toi... J'ai préféré partir.

– Ils m'ont attaqué ?

– Mais passe ton chemin.

– On pourrait prendre quelques jours de vacances ? On pourrait aller à la montagne.

– J'en rêve. Mais je n'arrête pas de travailler.

– Tu es toujours partante pour la pièce de Faulkner ?

– Bien sûr. J'ai très envie de la jouer. C'était une idée de Herrand.

– Je vais me mettre à la traduction. Tu seras formidable dans le rôle de Temple Stevens. Ma mise en scène sera mes apprentissages avec toi... Je pense demander à Léonor Fini de finir de faire les décors.

– Belle idée. Elle a peint mon portrait. C'était aussi une amie de Marcel. Mais ne t'épuise pas trop, mon chéri.

– Tant que je peux, je vis et me dépense.

– Moi, je vais rentrer. Demain, on reprend. Et Chaillot est un immense navire qui vous absorbe entièrement.

Ils se séparent. Elle le rappelle :

– Au fait, il y a un bal costumé dans le foyer de Chaillot dimanche. Tu viens !

1956

Pendant que Camus intervient dans les événements d'Algérie, lançant un appel à la trêve, et qu'il revient au journalisme en participant à *L'Express*, Maria fait et défait ses bagages, part en tournée avec le TNP. Elle n'a pas de temps. Les répétitions, les représentations, les alternances se succèdent. Elle fuit les rencontres avec le public… Elle préfère répéter plutôt que jouer. Camus et elle sont allés voir *La Mouette* de Tchekhov au théâtre de l'Atelier. En sortant, sur la place devant le théâtre, pensif il a allumé une cigarette. Maria a dit : « Catherine Sellers est une jolie mouette. » Il n'a rien dit. Elle a vu ses yeux briller. Elle a compris.

Du moment qu'elle est la reine ! Du moment qu'il lui envoie toujours des mots, des lettres, des petits soleils qu'il dessine pour les accompagner, la vie n'est pas médiocre. Elle garde confiance en eux. Elle s'arrange pour se donner entièrement au théâtre, ne pas trop penser. Elle rentre chez elle, fait le tour de l'appartement, met un disque et décide d'acquérir une écritoire.

Camus lui a donné rendez-vous au Trocadéro, dans un bistrot en face du palais de Chaillot. Il est curieux de savoir ce qu'elle a pensé de son adaptation de *Requiem pour une nonne* de William Faulkner. Mais surtout il a quelque chose de difficile à lui annoncer. De son côté, Maria a réussi à négocier avec Vilar un quart d'heure de pause dans leurs répétitions. Elle se dépêche de le rejoindre. Quand ils se retrouvent, Camus semble mal à l'aise. Maria comprend tout de suite qu'il a quelque chose sur le cœur qui a du mal à sortir. Elle attend et fait le test comme elle dit. Elle reste silencieuse tout en le regardant d'un air interrogatif.

– Je déteste quand tu me regardes comme cela, lance-t-il sur la défensive.

– C'est tout ce que tu as à me dire ?

– Oui.

– Alors, je retourne travailler et je pense que toi aussi tu as du travail. Elle rassemble ses affaires, se lève.

– Attends, répond-il. Ne pars pas comme ça.

Elle hésite, se rassoit, allume une cigarette, pose ostensiblement devant elle son réveil.

– C'est pour ne pas être en retard à la répétition. Vilar ne plaisante pas sur les horaires, dit-elle tout en désignant le réveil. J'ai dix minutes devant moi.

Il se dandine sur sa chaise, allume une cigarette. Maria le sent prisonnier de lui-même, de ses propres contradictions, de ses bonnes intentions, de ce qu'il n'a pas pu résoudre en lui… Elle attend qu'il se décide à parler.

Elle regarde la salle. Des gens la saluent d'un petit signe de tête. Elle répond et se retourne face à Camus. Il cherche ses mots. Les yeux verts de Maria n'ont jamais été autant à l'écoute.

– Je vais t'aider, dit-elle finalement. Lâche le morceau...

– À la maison, il a été décidé par ma belle-sœur que nos deux noms ne devaient pas être ensemble sur l'affiche de *Requiem pour une nonne*. On ne doit plus parler de toi devant Francine.

– Et qu'as-tu répondu ?

– C'est important que Francine ne rechute pas et si elle voyait nos deux noms ensemble, cela pourrait la faire à nouveau basculer dans ses crises. J'aimerais éviter qu'elle subisse à nouveau des électrochocs. Tu comprends ?

– Je comprends très bien qu'il faille protéger Francine. C'est important. Mais ce que je ne comprends pas tout à fait, c'est ta réponse. Le théâtre est mon domaine, c'est mon métier, je n'écris pas moi, je vis du théâtre et je trime parce que je suis seule et que je n'ai pas d'argent. C'est ce que j'appelle un coup d'épée dans le dos.

– Mais notre histoire ne s'arrête pas à ça.

– Je ne sais pas. En tout cas cela ressemble de plus en plus à un amour interdit. C'est tout ce que je peux dire.

– Oui, mais tu comprends, il ne faut pas que tu sois...

– Jalouse ! De qui ? Voyons... Tu vas me dire que c'est Catherine Sellers qui va me remplacer ?

– Je ne sais pas encore... peut-être, mais tu es meilleure qu'elle...

– Prends-la, elle sera très bien dans le rôle. Elle prend une cigarette et rejette la fumée par le nez :

Et ça ne dérange pas ta belle-sœur que tu couches avec elle et qu'elle soit sur l'affiche avec toi ?

– Crois-le bien, si je pouvais faire autrement... C'est temporaire, on va rejouer ensemble...

– Écoute, mettons cartes sur table. Voilà comment je vois la situation.

– Tu me manques.

– Justement parlons-en de ce manque. J'ai bien réfléchi, toi tu voudrais que je ne vive que pour toi. Je suis toujours là. Je te l'ai prouvé. Mais que tu acceptes qu'on ôte mon nom de l'affiche. Autrement dit...

Il va pour la couper.

– Laisse-moi terminer. Que tu acceptes qu'on m'efface de ta vie. Ça, j'ai du mal à le digérer.

Puis elle le regarde et dit très posément :

– Parlons franc, je me fiche de tes maîtresses. Ce n'est pas si important. De toutes les façons, je n'aurais pas pu jouer. Je suis sous contrat avec Vilar.

Camus encaisse. Il va pour finir sa tasse de café sans se rendre compte qu'elle est déjà vide. Il la repose et demande d'une voix atone :

– Tu me diras quand même ce que tu as pensé de mon adaptation ?

– On verra plus tard.

– Tu m'en veux ?

– Oui et non, dit-elle détachée.

– Je crois que tu as raison, je vais prendre Catherine Sellers, c'est la seule comédienne capable de jouer le rôle.

Maria ne répond pas. Elle prend son réveil et se lève.

– Il faut que je file. Je dois répéter, maintenant.

Dans la rue Maria, qui n'a pas pleuré depuis la mort de son père, éclate en sanglots.

Même fragilisée, Maria doit être forte. Elle n'a pas le temps de penser. Depuis Lady Macbeth quatre ans se sont écoulés. Elle tient sur les nerfs le rythme du TNP, demande toujours plus de répétitions et un calendrier dans lequel il n'y aurait pas d'affilée deux pièces différentes du répertoire dans la même journée. C'est aussi le cycle des tournées en URSS, aux USA, en Amérique latine avec la troupe.

Elle crée *Phèdre,* mais ne s'en sort pas avec le rôle. Elle demande des conseils à son ami médecin chilien, Cisco.

– Qu'est-ce qui ne va pas ?

– Tout. J'ai du mal avec *Phèdre.* Je ne vois pas le rôle. Et puis, je ne sais plus... avec Camus c'est devenu différent. On est très proches... Je ne sais plus. Je suis larguée...

– Il t'aime toujours.

– Ce n'est pas la question. J'ai dit que j'allais partir, je ne voulais plus le voir... Mais il veut que je sois là.

– Tu es en colère ?

– Non, lasse et fatiguée. On n'arrête pas. L'administrateur ajoute sans cesse des représentations en même temps que des reprises.

– Parles-en à Vilar.

– On s'entend bien mais parfois il a l'art de contourner les obstacles...

– C'est aussi son métier. S'il devait accéder à toutes les doléances de sa troupe...

– Tu prends son parti ? Je suis éclatée avec Phèdre... C'est tout mon corps qui est comme écartelé et me parle. Avant de me coucher, je m'abreuve de la lecture de *Tristan et Iseult*. Mais le philtre n'opère pas. Je me sens perdue. Et tu me connais je ne veux pas le montrer. Camus est dans ses problèmes avec l'Algérie. Il est dans sa mise en scène des *Possédés*. Il m'envoie des mots tendres. Il vit son histoire avec Catherine Sellers. Il m'a fait lire *La Chute* qu'il en train d'écrire et m'a demandé mon avis. Il veut tout à la fois. Je ne sais pas où j'en suis. Je ne sais pas ce qu'il veut... Puis, avec un sourire, elle ajoute : J'ai pris un amant dans sa distribution.

– Non ?

– Si ! Pierre Vaneck. Il joue Nicolas Stavroguine, qui est le héros de Camus. Tu vois à quoi j'en suis réduite par amour. Mais j'aime bien Vaneck. Tu ne dis rien ?

– Non, j'écoute en ami, pas en psychiatre.

– Tu connais Camus.

– Un peu.

– Il est allé à Alger. Il y a sa mère là-bas. C'est très important pour lui. Il l'aide dès qu'il le peut.

– Quand tu étais à Alger tu n'es pas allée la voir ?

– Non, j'étais devant la ville telle une étrangère, comme si aujourd'hui j'étais étrangère à ce qu'il ne me dit pas.

– Et que tu sais pourtant...

– Que j'ai appris à deviner sans qu'il me le dise. Mais je ne sais plus...

– Tu le connais bien. Qu'est-ce que tu veux ou peux lui accorder : une main de mère tendue peut-être. Réfléchis !

– Mais je ne fais que ça. Je réfléchis à Camus, à Phèdre et cette passion interdite, je ne sais pas ce que c'est la vérité de l'amour, le vrai amour et me demande si je ne me suis pas fourvoyée dans ma vie, dans le rôle… non, pas dans ma vie… et me raccroche à un certain « masochisme » comme dans ma vie.

– Certes, mais n'es-tu pas lasse de tous ces combats ?

– Vois-tu ce qui me plaît avec lui, c'est que nous, nous transgressons des interdits. Moi, je suis en dehors des cadres… hors de la morale traditionnelle.

– C'est en cela que vous êtes complices, ma chère… vous comme d'autres, vous êtes dans l'interdit de la convention.

– Et j'aime ça… je vis libre. Ne sommes-nous pas des nomades face à la société et à la morale ? Si nous étions coupables, ce serait de quoi ? D'amour, sans doute… et devant notre chemin, ce qui est écrit est « interdit aux nomades » mais de cet interdit, nous faisons une façon de connaître autrement le monde, la vie, les autres… l'univers même…

Maria se tait. Un silence s'installe que Cisco n'ose rompre. Elle reprend sa respiration et poursuit :

– Tu vois, finalement je ne suis pas romantique. J'aspire à l'amour. Et elle se reprend : À une sorte d'érotisme amoureux, celui du plaisir de vivre l'amour.

– Mais est-ce que Camus le vit comme toi ?

– Oui, bien sûr, mais pour aller plus loin je voudrais aussi construire avec lui.

– Est-il prêt à cela ?

– Dans le fond de son cœur, peut-être, mais dans la réalité, il a ses interdits.

– Maria, j'ai toujours dit que tu étais en avance sur ton temps. Tu es plus moderne que bien d'autres. C'est aussi pour cela qu'ils n'ont rien compris à ton interprétation de *Phèdre*.

Elle rit pour cacher son trouble.

– J'ai cherché les symptômes du désir amoureux, son aliénation, je ne sais pas quoi encore… Il faut bien réinventer ce personnage, le rendre en phase avec notre temps. C'est du moins vers cela que m'a poussée Vilar. J'ai si peur de la sclérose du comédien, ne pas savoir se remettre en question… Ce serait l'horreur pour moi, si je devais toujours refaire la même chose jusqu'à n'être plus qu'une caricature de moi-même.

16 octobre 1957

À minuit, après la représentation, Maria rentre chez elle, tourne la clef dans la serrure. La sonnerie du téléphone retentit. Elle hésite. Très calmement, elle laisse sonner deux coups. On rappelle. C'est le signal. Elle décroche.

– Qu'est-ce que je fais ? dit Camus.

Il lui parle comme si elle était au courant de quelque chose qu'elle doit savoir.

– Qu'est-ce que tu veux dire par là ? dit-elle lasse.

– Je viens de recevoir le prix Nobel.

Elle ne peut rien répondre d'autre que :

– C'est merveilleux mon chéri.

Elle le laisse parler.

– C'est Malraux à qui on aurait dû le décerner.

Elle ne s'y attendait pas et tout de suite répond :

– Tu ne vas pas me dire que tu vas refuser, tout de même.

– Tu sais ce qu'a dit Francine quand je le lui ai dit ?

– Non.

– La même chose que toi.

Mai 1958

Camus a proposé à Maria de la retrouver à La Palette. Ils s'installent au fond de la salle.

– Tu as des nouvelles pour le théâtre ? Et Micheline Rozan, tu t'es bien entendu avec elle ? demande Maria, à peine arrivée.

– Oui, elle a lu *Les Possédés*. Elle a bien aimé. Barrault voulait prendre la pièce pour son théâtre, mais…

– C'est Barrault… pas de commentaire.

– On a trouvé le théâtre Antoine.

– Là où j'ai joué *Le Diable et le Bon Dieu* de ton ami Sartre ?

– Oui, mais maintenant on va y jouer du Camus.

– C'est pernicieux.

– C'est de bonne guerre. Tu viens toujours en Grèce avec moi ?

– Avec qui d'autre ?

– Michel et Janine, avec sa fille Anne, nous attendront sur le yacht qu'ils ont loué et il paraît qu'il y aura Mario Prassinos, tu le connais ?

– Oui, il a travaillé avec Vilar au TNP. Ses maquettes de costumes sont superbes.

– On s'est disputés tous les deux. Mais Michel voudrait nous réconcilier…

En Grèce

Sur le bateau de Michel et Janine Gallimard, Maria rit et plonge dans la mer Égée.

Elle est heureuse. Elle a la peau dorée par le soleil, le sel et la mer. Et Camus se sent bien. Ils ont prévu de passer quelques jours tous les deux sur l'île de Chios.

Les Gallimard les déposent en fin de journée. Ils ont trouvé un petit hôtel en bord de plage. Le soir, ils dînent de poissons, poulpes et coquillages ; de pommes de terre et de poivrons.

– Ça me change des flocons d'avoine, dit Camus.

– Et moi des lardons, répond Maria.

Ils boivent des cafés frappés. Les jours suivants, ils n'ont rien d'autre à faire que de se promener, boire encore des cafés devant la mer. Ils trouvent un peu d'ombre à midi. Maria mange quelques olives, des tomates et du fromage. Ils sont bien ensemble.

Le soir, ils se rendent dans une taverne. Des femmes habillées de noir les regardent passer depuis le pas de leur porte, assises sur des petits bancs ou des chaises. Camus apprend le sirtaki.

Il pense à Alger. Maria est heureuse. Il pense à Francine, a du mal à se détendre. Il pense à son livre en cours. « J'écris un roman, annonce-t-il à Maria. C'est sur mon père. Le titre, ce serait *Le Premier Homme*. Ce serait comme une saga à la Tolstoï. » Et il a des projets de théâtre, ils en parlent longuement ensemble. Et il aimerait écrire une pièce sur Don Juan et Faust et plus tard sur l'amour. Il va peut-être avoir la possibilité de diriger un théâtre. « Tu penses à Catherine ? » demande-t-elle. Et en riant, elle ajoute : « On est tes acteurs volants. » Il est heureux.

Au crépuscule, ils s'installent devant la mer. Le disque rouge du soleil se couche et Camus dit : « Quand on voit ça on comprend que les dieux existent ici. »

Maria le prend par la main, ils vont nager. Et le lendemain, à nouveau, ils se promènent, se retrouvent enfin. Hors du monde, hors de Paris, hors du temps, sur cette terre fraternelle. Ici, ils ont l'impression d'être vrais, d'être comme ils auraient toujours voulu être. Ils vivent enfin réunis, même si ce n'est que pour quelques jours. Ils n'ont besoin de rien d'autre. Ils sont ensemble. La paix retrouvée. Ils repartent, plein de soleil dans les yeux, portant en eux, la lumière des îles grecques.

1959

Les représentations des *Possédés* sont un succès. Mais Maria a refusé d'y assister. Elle ne pouvait pas. Elle est partie à l'étranger. Elle en a eu un compte rendu par Camus et Pierre Vaneck. Camus cherche toujours un théâtre pour sa troupe. Au pire, il pense aux Mathurins ; au mieux, ce pourrait être le théâtre de l'Athénée. Lui et Rozan ont fait une proposition de projet. Malraux en a eu connaissance. Il est prêt à signer. Camus a repris des forces. Il a une nouvelle maîtresse, Mi. Autrement dit, il a un harem. À part Francine, il y a Maria, Catherine, Mi. Maria vit sa vie de son côté, mais Camus est le seul homme qui existe vraiment pour elle. Ils continuent dans cet amour don qu'elle a voulu construire.

26 novembre 1959

Jean Cocteau a visionné le montage de son film *Le Testament d'Orphée*. Quelque chose manque… Immédiatement, il appelle Maria et François Périer qui jouait Heurtebise dans *Orphée*. Cocteau leur demande s'ils sont libres pour tourner une séquence.

Maria et Périer se retrouvent sur un tournage improvisé. Mais Cocteau est un magicien. Dans la nuit, il a écrit leur scène.

Le tournage est sur sa fin. Maria est demandée d'urgence au téléphone.

– Vous permettez, Jean ? Je vais faire vite.

Cocteau, satisfait des plans qu'il vient de tourner, propose une pause.

Maria revient livide, elle passe près de François Périer et lui murmure :

– Gérard est mort.

Périer ne comprend pas ce qu'elle veut lui dire. Il la regarde interrogatif. Elle lève les yeux sur lui. Il se dit qu'elle est pâle mais que c'est pour le rôle de la mort.

– Gérard Philipe, peine-t-elle à articuler.

François Périer réalise.

– Pas possible, dit-il.

Maria ne répond pas.

– C'est bon ? On va tourner les dernières prises, annonce Cocteau.

Périer regarde le visage de Maria, sans expression.

– Tu vas bien, Maria ?

– Allez ! On tourne, dit le premier assistant.

Maria reste silencieuse. Le visage grave, cachant son émotion. Elle joue comme si elle était dédoublée. Cette scène, elle est en train de la vivre à l'intérieur d'elle-même. Elle est au-delà du personnage. Impassible, elle joue la mort et est dans le rôle plus que jamais, sans avoir à rien faire d'autre que d'être là, à ce moment précis où elle vient d'apprendre la mort de Gérard Philipe.

À la fin du tournage, Périer propose de la raccompagner.

– Je te dépose chez toi, Maria.

– Oui, si tu veux.

– Comment Gérard est-il mort ?

– Un cancer du foie, comme Herrand.

– Oui, j'ai lu dans les journaux qu'il était mort une semaine avant le festival d'Angers.

Maria ne parle pas. On lui a dit que la veille de sa mort, Gérard était encore en train de recenser les rôles qu'il allait jouer.

– Tu étais proche de lui ?

– Oui et non. C'était un bon camarade.

À quoi bon raconter Gérard. Ses souvenirs sont pour elle.

– Tu l'aimais ? demande Périer.

– Sans doute. Son regard d'ange va nous manquer.

En apprenant la mort de Philipe, Camus l'appelle tout de suite de Lourmarin.

– Je suis désolé pour toi.

– On s'entendait bien, oui. Même si parfois il m'agaçait. Je ne parvenais pas toujours à le comprendre. Mais c'était lui.

Il la sent vraiment bouleversée et se dit : j'ai été idiot d'être jaloux.

– Je comprends. Je l'aimais beaucoup aussi. Il est parti trop tôt.

– Oui, c'est injuste. C'est cette injustice qui m'effraie et me met en colère... Je pense à toi... et je ne voudrais pas que tu meures. Ce serait affreux.

– Je n'ai pas l'intention de mourir. J'ai trop de projets. Micheline Rozan s'occupe du théâtre. Il y a des ouvertures du côté de l'Athénée. Camus/Rozan ; elle, à l'administration et moi, j'ai commencé à établir un programme avec une proposition d'alternance... et je voudrais que tu joues dans ce Nouveau théâtre.

Elle marque un temps, se demande s'il est sérieux.

– Oui, tu joues et Catherine aussi.

– Quand vas-tu enfin écrire Don Juan et Faust ?

– Et ma pièce sur l'amour ! J'avance dans mon roman. *Le Premier Homme* prend tournure. J'ai retrouvé de l'énergie, maintenant tout s'ouvre devant moi. C'est un nouveau départ Maria. Je t'envoie un mot pour te dire quand je reviens à Paris début janvier, et on se retrouve pour dîner et passer la soirée ensemble. Et il rit.

– Je t'attends, lui répond-elle, aussi rieuse.

Il hésite à raccrocher :

– J'avais oublié, que veux-tu pour ton Noël ?

– Un imperméable comme le tien.

– Tu iras le choisir comme tu veux, je t'enverrai un chèque. Francine va venir me rejoindre avec les enfants.

Maria l'écoute ; elle entend sa voix, reconnaîtrait entre mille ce timbre qui l'attire toujours. Oui, pense-t-elle, un nouvel horizon s'ouvre… et elle raccroche, soulagée et heureuse.

Après le jour de l'an, elle reçoit un mot, daté du 30 décembre. Ils ont rendez-vous… Elle regarde son calepin : ce sera le lundi 4 janvier 1960. Il y a un chèque dans l'enveloppe. Elle va acheter son imperméable, elle le mettra pour leur dîner.

Maria vient de rentrer. Au matin, Dominique Marcas, une amie qui loge chez elle, s'est cassé les deux poignets et elle l'a accompagnée à la clinique. À son retour chez elle, elle a tourné la clef de la porte, et a senti comme un frisson dans le bas des reins. Angeles était dans le couloir et Micheline Rozan l'a regardée et lui a dit « Albert est mort ». Elle n'a pas compris. Elle a entendu ces mots, « Albert est mort », comme une voix lointaine, qui n'était pas celle d'une personne réelle qu'elle avait devant elle. Elle n'a rien dit. Elle est allée s'asseoir comme une somnambule sur la banquette, parcourue de frissons. Elle ne pouvait ni parler ni pleurer. Elle est restée hébétée et n'a même pas voulu savoir ce qui s'était passé. Elle est sortie de la pièce, elle avait besoin d'être seule. Elle ne voulait plus les voir, ne plus être là, ne plus vivre, ne plus exister. Elle est allée dans leur chambre d'amour, dans le pigeonnier et elle s'est effondrée seule en elle, dans sa douleur qui lui brutalisait le corps et son cœur semblait s'être arrêté. Elle ne voyait plus rien que le noir… plus rien… rien… Elle ne bougeait plus, ne savait plus où elle était. Elle ne voulait pas quitter cette chambre. Et la colère est montée, elle a hurlé, et des larmes ont jailli, elle n'arrêtait pas de pleurer. Elle qui ne croyait pas en Dieu, elle a dit « mon Dieu… pourquoi me l'avez-vous pris » ? Qui êtes-vous pour l'avoir enlevé si jeune ? Pourquoi cette injustice ? Oh, oui, quelle injustice. Elle ne voulait pas que ce soit vrai. Son cœur hurlait, se déchirait. Elle cria à nouveau sans que sorte un son. Il ne devait pas mourir… oh, non, pas lui, pas lui… et elle était perdue, ne désirant plus que la mort. Elle a hésité… Pendant trois jours, elle est restée dans le pigeonnier, enfermée, elle n'a cessé de pleurer. Elle ne savait plus qui elle était. Elle se saoulait de musique, *Don Giovanni* et *Les Noces de Figaro*… La nuit elle voyait des images, un fil sur lequel un homme en blanc marchait en déséquilibre. Il avançait et regardait loin devant lui, ce qui l'empêchait de tomber. Et au loin, il y avait la mer et ensemble, ils ont roulé depuis la montagne, sur la plage de sable blanc. Elle lui donnait des coquelicots et il riait, la renversant sur la dune il ne cessait de rire en la regardant et faisait le clown en disant des bêtises et il… Puis elle a senti comme une force de vie la traverser. Elle vivra, oui, elle vivra pour lui… pour eux, pour tous ceux qui ne sont plus et qui l'ont faite, ses amours : Gloria, Santiago, Marcel, Gérard, Albert… tous ses morts, elle ne les abandonnera pas dans cette vie. Et elle ne cessait de marteler le vide de « ils m'ont fait confiance ». Pour eux, pour ce qu'ils lui ont donné, elle doit vivre de tout son orgueil et regarder en face la vie et vivre pour ne pas oublier, jusqu'au moment où… Albert viendra la chercher. Elle saura reconnaître ce jour et ils se retrouveront dans une danse endiablée, comme pour défier le temps.

Elle n'est pas allée à l'enterrement, ce n'était pas sa place, elle n'aurait pas été tolérée. Plus tard, elle a appris que, sur la route, la Facel-Vega de Michel Gallimard avait talonné une voiture pendant plusieurs kilomètres. Une petite fille s'y trouvait et sa maman, qui surveillait dans son rétroviseur cette voiture qui n'arrêtait pas de vouloir la doubler, s'inquiétait. Puis, à un carrefour, elle avait bifurqué et la Facel-Vega avait filé droit devant… et… Cette petite fille s'appelait Laurencine Lot et elle deviendra, des années plus tard, la photographe de Maria.

Elle n'a pas voulu voir les journaux. Elle voulait garder intacts son visage et ses yeux. Elle ne pleurait plus… et elle a allumé cigarette sur cigarette. En prenant son briquet dans sa poche, elle y a trouvé la lettre dans laquelle il lui donnait rendez-vous pour dîner le soir même.

Il lui disait qu'elle était son soleil et sa patrie. Elle a remis la lettre dans sa poche. Elle avait envie d'en faire une boule et de l'avaler, comme autrefois, elle l'avait fait avec l'en-tête de *Combat* et ce souvenir l'a fait sourire pour la première fois depuis... Elle a bu un whisky et a levé son verre. Il était devant elle et lui disait si gentiment : « Tout est bien ici. » Elle se revoyait avec lui sur la plage, ils avaient du soleil plein les yeux et ils riaient... à cet instant, elle a su qu'à nouveau, la vie pouvait recommencer.

Remerciements

Ce parcours s'est accompagné de belles amitiés. Je remercie Claude Chauvineau, fidèle à Maria Casarès depuis des années ainsi que Laure Guizerix ; Colette Corneille dont le regard m'est précieux. Un grand merci à Dominique Pillette pour ses encouragements attentionnés. Je pense aussi à des amis de Maria Casarès qui nous ont récemment quittés, Jean Gillibert et André Cazalas.

Ma gratitude va à Pascaline Giboz qui m'a permis de développer cette histoire et Christophe Rémond qui, d'emblée, n'a pas hésité à s'embarquer dans cette aventure passionnée, pour qu'elle existe enfin…

Table

La littérature au Passeur Éditeur

Coline Béry
ADRIENNE BOLLAND OU LES AILES DE LA LIBERTÉ

Frank Lanot
UNE BALLE DE COLT DERRIÈRE L'OREILLE

Elizabeth Letourneur
JE N'ÉCRIRAI QUE MORTE

Philippe Mac Leod
LE VIF, LE PUR
POÈMES POUR HABITER LA TERRE

Jean-Michel Maulpoix
LE VOYAGEUR À SON RETOUR

Dominique Sampiero
AVANT LA CHAIR

Jean-Pierre Siméon
LA POÉSIE SAUVERA LE MONDE

Frédérick Tristan
LES IMPOSTURES DU RÉEL

CET OUVRAGE A ÉTÉ COMPOSÉ
EN PALATINO CORPS 10,5
PAR NORD COMPO
À VILLENEUVE-D'ASCQ.

ACHEVÉ D'IMPRIMER
PAR L'IMPRIMERIE CPI FIRMIN-DIDOT
À MESNIL-SUR-L'ESTRÉE, EN FÉVRIER 2018,
SUR PAPIER PLUSBOOK 52G,
POUR LE COMPTE DU PASSEUR ÉDITEUR.

Dépôt légal : AVRIL 2018.
N° d'imprimeur : 144504
Imprimé en France.